김병식 일대기 2권

백호 하얀 호랑이

전국아버지의 원수들을 갑는다,

대한민국 경기도 오산시 고향을 지키는 앞표
지 사진에 김병식 대표 오산시 정통으로 가는
시내파 보스 두목 김병식 백호 하얀호랑이
대장 김병식 대표 입니다,

저자; 김병식

이 소설은 앞 사진의 김병식대표 건딜액션 실화입니다,

헝거리출판사

지은이 ; 김병식

1974년 경기도 오산시 누읍동에서 태워나서 출생하여 성장하였다,
부모님으로부터 물려받은 강인한체력과 순발력으로 어렸을때부터 오산시 누읍동에서 자라오면서 마라톤, 육상, 씨름, 복싱, 격투기, 주짓수, 검도을하여 싸움으로 타고 난 몸으로 대한민국 경기도 오산시을 셔클들 9군데을 백두산셔클, 서락월셔클, 시장셔클, 야생마셔클, 물래방아셔클, 티엔티셔클, 오산셔클, 맥진셔클, 조약돌셔클, 들과 라이온스클럽, 로타리클럽, JC, 등, 오산학교선배들을 정리을 주먹과 발로 다 잡았으며 오산시 주민분들에 타지역 건달 40군데가 합쳐서 전국구파로 들어오는 것에 오산시을 괘롭히는 것에 김병식 보스 두목 백호 하얀호랑이 대장이17살 때 1월초부터 별명, 백호 하얀호랑이로 경기도 오산시에서 지켜가며 김병식보스가 정통으로가는 한 개에 시내파 건달조직을 혼자서 만들었으며 40명동생들을 데리고 다니면서 서로간에 김병식보스가 동생들끼리 40명들에 말을 놓고서 지내라고 하였다,
 돌아가신 친 아버지에 나는 김기동 이다, 별명, 백용 백호파 1회 맴버로 대한민국 한 개가 있는 전국구1회    31살 1회 백호회 로 백호파 보스 두목 회장으로 김병식대표가 활동하고 앞표지에 사진이다,,
현재에도 전국구 백호회 가 백호파 가 있다,
 현재도 대한민국 경기도 오산시에는 정통으로가는 시내파 한 개가 있으며 김병식 보스 두목 백호 하얀호랑이 대장이 혼자서 이끌고 있는 건달조직이 있다,

시내파에 명칭은 김병식보스의 별명, 백호 하얀호랑이이다,
이소설은 김병식대표에 실화이다, 대한민국에서 영화을 만든 사람들은 뻥이고 대한민국 경기도 오산시 시내파 보스 두목 김병식 백호 하얀호랑이 대장이 건달 실화이고 화려 하다고 하며 싸움과 장면들이 더 많고 화려하다고 하여서 책과 영화을 만들어 보라고 하여서 김병식보스 대표가 자라왔던 것을 만들었다,
그동안 대한민국에서 영화을 만든분들은 뻥이다, 김병식보스 대표가 대한민국에서 판정이 되여 실화 영화을 만들고 있다,
대한민국에서 김병식 보스 두목 시내파 백호 하얀호랑이 대장만 된다고 하였고 일대기이며 돌아가신 친 아버지 도 드라마와 김병식보스의 영화을 헝거리연예기획사 김병식대표로 헝거리출판사 김병식대표로 작가, 감독으로 직접 지필을 하고 있다,
김병식 시내파 보스 두목 일대기 건달, 액션실화는 김병식보스기 민드는 만큼 만들고 없셀 것이디,
김병식 시내파 보스 두목 동생에게 인계식을 해주었고 의리있게 끝마치고 김병식 시내파 보스 두목이 건달, 액션은 없셀 것이다,
김병식 시내파 보스 두목 만큼 대한민국에 자라온분들이 없을 것이다,
또, 다른 평평한 사람들에 실화도 김병식 헝거리연예기획사 와 헝거리출판사에서 만 되고 김병식보스 대표가 직접 지필을하며 만들고 있다,
대한민국 경기도 오산시 누읍동에다 3층짜리 실화 백호하얀호랑이 김병식 극장을 만들 것이다,
김병식 일대기 2권, 2편영화부터는 김병식보스 극장에서 만들 것이다,
 유럽들 외국에 다 직접 판권을 줄 것이다,

김병식보스대표는 술과 담배도 15년째 먹지않고 마시지도 않는다,
김병식보스는 총각으로 일편단신 여자을 봐라보면서 살아간다, 현재에도 서울과 다니며 헝거리연예기획사 김병식대표로 헝거리출판사 김병식대표로 작가, 감독으로 에이전시을 하고 있다,
김병식대표 보스가 직접 출판한 책으로는 실화인, 김병식 일대기 1권 백호 하얀호랑이 와 김병식 일대기 2권 백호 하얀호랑이, 와 김병식 일대기 3권 백호 하얀호랑이, 와 실화인,나는 김기동 아다, 백용 와 아나운서 앵커여자 실화인, 흑호검은호랑이을 현재에 출판을 하여 김병식보스 대표가 같고 있으며 헝거리연예기획사, 헝거리출판사에서 김병식대표가 출판을 하였다,
여자실화인, 왼손잡이 와 여자실화인, 오른손잡이 와 손,과 왼손 약지손가락과 등으로 계속하여 지필을하고 출판을 하고 있다,
실화인, 김병식 일대기1권과 2권 백호 하얀호랑이도 3권 과 4권, 5권, 등, 등, 등, 계속하여 출판을 지필을하고 있다,
실화인, 돌아가신 친 아버지나는 김기동 이다 백용도 24살까지하여 끝마쳤고 한권을 더 만들가 김병식보스대표가 생각을 하고 있다,
김병식 시내파 보스 두목은 고향인 대한민국 경기도 오산시에서 돌아가신 친 아버지나는 김기동 이다 백용 백호파로 백호회 부라더스에 백호파보스 와 시내파보스 두목으로 살아가고 있다,
대한민국에는 한 개에 전국구 백호회 백호파 가 있으며 돌아가신 친 아버지 김기동 아버지가 1회 맴버 백호회 백호파보스 이다,
친아들인, 김병식보스가 31살 1회 맴버로 백호회 백호파도 ,보스,이다, 아들이 같고서 있다,

김병식 일대기 1권 백호 하얀호랑이 와 김병식 일대기 2권 백호 하얀호랑이 와 등 등 등 영화 2시간짜리을 만들려고 한다,

김 병 식, 일대기 2권

백호 하얀호랑이

김 병 식; 지 음

헝거리출판사

김병식

............

김병식지음
발행처; 헝거리출판사
발행인; 김병식
1판1쇄발행; 2021년2월1일
주소;경기도 오산시 누읍동 이림아파트 103동709호 (발안로 1353-8)
전화; 핸드폰; 010-2660-1237 사무실; 031-376-7812

일러두기;

대한민국 경기도 오산시을 지켜가고 아비송퍼시팩"룸"나이트 을 김병식 시내파 보스 두목 백호 하얀호랑이 대장이 혼자서 싸움을하여 지켜가며 시내파 보스 두목으로 교도소을 2년 8개월을 살아가고 화려한 건달 시내파 한개의 조직 건달로 김병식 보스 일대기 이며 전국 타지역 제주도 서귀포 등 서울 종로 명동 동대문 청량리 장안동 이태원 영등포 등 충청도 대전 천안 청주 평택 보은 안성 옥천 등 호남 여수 벌교 전주 영암 광주 순천 목포 고성 경상도 부산 대구 포항 청송 구미 등 강원도 춘천 진천 등 인천 주안 송도 제물포 간석 등 경기도 신갈 화성 성남 안양 부천 시흥 의정부 등 건달들이 합처서 전국구파로 들어오는 건달들과 싸움을하며 이겨내고 김병식 보스 두목이 오산시을 지켜간다,

 이 소설에 이름들은 실제 실명들에 이름이 아니고 대한민국 경기도 오산시 정통으로가는 시내파 보스 두목 김병식 백호 하얀호랑이 대장 과 식구들 만 실제 실명들 이름 이다,

차례; 10쪽부터~25쪽까지: 김병식 보스 두목 대장 출소
차례:26쪽부터:~57쪽까지: 김병식 보스에 따뜻한마음
차례:58쪽부터:~122쪽까지 :김병식 보스에 오산시주민들
차례:123쪽부터:~176쪽까지:김병식보스에 아비송퍼시팩룸나이트 집수실패
차례:177쪽부터:224쪽까지: 김병식보스에 동생들이 습격당하다
차례:225쪽부터:228쪽까지: 김호아동생에미국행
차례:229쪽부터:238쪽까지:김병식보스아비송퍼시팩룸나이트오픈
차례:239쪽부터:287쪽까지: 2년8개월
차례:288쪽부터:337쪽까지: 호남교도소이감
차례:338쪽부터:342쪽까지: 경상도교도소이감

## 김병식 보스 두목 대장 출소

"찍" "찍" "찍" "찌" "찌" "찌" "찍" "찍" "찌" "찌" "찌" "성" "성" "쉬" "우" "우" "성" "성" "횡" "휘" "휘" "횡" "횡" "휘" "휘" "휘" "획"
"양옹"~"우" "웅" "양옹" "양옹" "찍" "찍" "찌" "찌" "찌"
마루바닥에는 틈새가나서 생쥐 소리와 바람소리와 고양이가 쥐을 잡아먹는 소리가 김병식 보스 두목 하얀호랑이 대장에 귓가에 희미하게 들리고 있었다,
"병식아?" 일어나라?" "병식아?" 대한민국 경기도 오산시 정통으로가는 시내파 보스 두목 김병식 백호 하얀호랑이 대장 일어나라?"
김병식 보스는 휘미하게 귓가에 들려 오는 소리에 김병식 보스가 말을 하며 두눈을 뜨고서 아버지을 불러 보았다,
"아버지!" "아버지!"
김병식 보스에 앞에는 아버지가 보이지 않았으며 겨울바람과 차가운바람이 지나가고 어두운 경기대에 독방에서 한평되는 공간에서 철창 문밖에는 전구 하나가 중간에 켜줘 있었다,
4월 말일 인데도 구치소에 날씨는 바람이 차가웠다,
김병식 백호 하얀호랑이 대장은 철창 문을 밖을 보며 몸을 움츠리며 풀기을 시작을 하였다,
한평 되는 독방 안에는 뒤 창문이 없었고 햇볕이 들어 오지 않았다,
김병식 보스 두목은 한평 되는 공간에서 잠시나마 생각을하고 있었다,

대한민국 경기도 오산시 정통으로가는 시내파을 혼자서 17살 때 초부터 만들었고 중학교때 2학년때 한문 선생님이 때려서 김병식 보스가 "십쌕끼야?" 그만좀 때려라?" 대한민국 학교 좆갖다, 하고 나왔다,
김병식 보스는 학교을 가고 싶을 때 가고 장난구러기 1번이였다,
초등학교때에도 선생님이 때려서 "씨발년아?" 그만좀 때려라?" 하고 나왔다,
고등학교 초에 퇴학을 많았다,
김병식 보스는 17살 때 1월초에 대한민국 경기도 오산시 정통으로가는 시내파 보스 두목 김병식 백호 하얀호랑이 대장으로 혼자서 9군데 셔클들을 나이 많은 놈들과 모두 헤치 웠고 호남놈들과 경상도놈들과 충청도놈들을 죽이고 장외을 시켰던 생각을 하였다,
조모차 동생과 한다보 동생과 조남잔 동생과 이용마 동생은 벤츠차을 2대을 끌고시 김병식 보스 하얀호링이 두목에 형님의 면회을 하는 곳으로 구치소로 향하며 한다보 동생이 운전을하고 조모차 동생이 국회의원 김미한 여자분에 사무실에 오마차 보좌관에게 전화을하고 있었다,
조남잔 동생이 벤츠차을 운전을하며 뒤을 따라 오고 있었다,
조모차 동생에 전화가 오마차 형에게 신호가가고 있었으며 핸드폰에 음악이 흘러 가고 조모차 동생이 말을 하며 오마차 형이 받아서 이야기을 하였다,
"형" 조모차입니다,
"이게, 누구인가?" 대한민국 경기도 오산시 정통으로가는 시내파 보스 두목 김병식 백호 하얀호랑이 대장 동생 아닌가?"
"예!" 형님께서 지금 몇일째 면회가 않되십니다, 형님께서 넘어가신지 10일전 까지는 구치소에서 빼주셔야 됩니다,
"그래야지, 이곳에 사무실도 이제는 바쁜 일도 끝 마쳤고 대한

민국 경기도 오산시 정통으로가는 시내파 보스 두목 김병식 백호 하얀호랑이 대장 의리 있고 카리스마 있는 오상고절 로 기린아 로 태산북두 로 살아가는 오산시 보스 시내파 김병식 두목을 빼줘야지, 검사는 누구인가?"
"예!" 00지방검찰청 501호에 한구미 여자 검사입니다,
"아" 그래, 그럼, 의원님께 말을 해서 10일안까지 보석으로 복귀을 시켜달라고 할게, 경찰서에서는 말을 모두 해 놓았으니 걱정을하지 말고 보석으로는 하루전에 동생에게 전화을 하겠어, 구치소 안에서도 대한민국 경기도 오산시 정통으로가는 시내파 보스 두목 김병식 백호 하얀호랑이 대장을 알리는 것 같아, 전국에 김병식 보스 두목 시내파 대장 이름 섯자 김병식 시내파 보스 두목 백호 하얀호랑이 대장이야?" 사건들 보석으로 해 줄데니 걱정을 하지 말게!"
"예!" "형" 김미한 국회의원님만 믿겠습니다,
오마차 형과 조모차 동생과 전화 통화을하고 나서 한다보 동생과 조남잔 동생과 이용마 동생들이 벤츠차을 2대을 몰고서 구치소에 중간쯤 가고서 있었다,
조모차 동생과 오마차 형과 전화을 끊고서 오마차 보좌관은 김미한 국회의원님께 전화을 하는 것이였다,
신호가가고 있었으며 전화을 김미한 국회의원님이 전화을 받고 이야기을 하였다,
"예!" 오마차 보좌관님, 어떤 일이 있습니까?"
"예!" 의원님, 경찰서에서 김병식 보스 두목에 사건들을 모두 말들을 하였는데 구치소에서 대한민국 경기도 오산시 정통으로가는 시내파 보스 두목 김병식 백호 하얀호랑이 대장님이 사고을 친 것같습니다, 00지방검찰청 501호 한구미 검사 여자에게 의원님께서 전화을 한번 주셔서 10일 안으로 구치소에서 김병식 보스 두목을 빼주셔야 됩니다,
"예!" 지금 전화을 하겠습니다,

오마차 보좌관과 김미한 국회의원님은 전화을 끊었다,
김미한 국회의원님은 한구미 검사에게 전화을 하였다,
신호가가며 김미한 국회의원님에 전화을 한구미 검사가 받았다,
"예!" 00지방검찰청 한구미 검사입니다,
"국회의원 김미한입니다, 00사건으로 대한민국 경기도 오산시 정통으로가는 시내파 보스 두목 김병식 백호 하얀호랑이 대장님이 구치소에 수감이 되 있을것입니다,
"예!" 몇일전에 사건을 제가 맞아서 사건을 끝 마치고 구치소로 이감을 시켜났습니다,
"예!" 어떻게 됬습니까?" 10일 전까지는 구치소에서 보석방으로 석방을 시켰으면 합니다,
"예!" 국회의원님, 내일 모래 4월30일날 저녁 11시까지 제가 보석으로 석방을 시키겠습니다, 김병식 보스 두목님이 구치소로 넘어 간지도 5일이 돼서 내일 모래 구치소로 통보을 보내서 서녁 시산에 석방을 하셨습니나,
"예!" 한구미 검사님만 믿겠습니다,
"예!" 김미한 국회의원님과 한구미 검사와 전화을 끊었다,
김미한 국회의원님은 오마차 보좌관에게 전화을 하였으며 신호가가서 오마차 보좌관이 전화을 받았다,
"예!" 국회의원님!"
"예!" 내일 모래 11시끼지 석방을 시킬것입니다, 김병식 보스 두목 대장 동생분들에게 전화을 해주시고 다른 일은 없습니까?"
"예!" 국회의원님!"
"예!" 그럼, 바뻐서 전화을 끊겠습니다,
"예!" 국회의원님, 고생 하시기바랍니다,
김미한 국회의원님과 오마차 보좌관과 전화을 끊었다,
오마차 보좌관은 조모차 동생에게 전화을 하였다,

신호가가며 조모차 동생이 전화을 받았고 말을하였다,
"예!" 대한민국 경기도 오산시 정통으로가는 시내파 보스 두목 김병식 백호 하얀호랑이 대장 조모차 동생 내가 의원님께 한구미 검사에게 전화을해서 보석 방으로 석방을 시켜달라고 하였다네!"
"예!" 언제 나오신답니까?"
"4월30일날 내일 모래 저녁 11시까지 석방을 시켜준다고 했어!"
"예!" 고맙습니다,
"그럼, 바뻐서 전화을 끊겠어!"
"예!" 오마차 보좌관과 조모차동생은 전화을 끊었다,
조모차 동생은 오마차 보좌관과 전화을 끊고서 구치소 정문까지 벤츠차을 몰고서 들어와서 주차장에 세웠다,
한다보 동생과 조모차 동생과 벤츠차에서 내려서 조남잔 동생과 이용마 동생이 뒤을 따랐다,
걸음을 걸으며 구치소로 정문을 통하여 들어가려고 하였으며 김호미 부장이 주민등록증 검사을 하자고 하였으며 경기대 이병 오이하 가 초소에서 오른쪽 어깨에 총을 매고서 상사들에게 충성 거수 경래을 하고 지키고 있었다,
구치소에 담장 탑 위에서도 경기대 이병들이 상사들에게 거수 경래을 충성 하며 이야기들을 하였다,
김호미 부장이 조모차 동생들에게 말을 하였다,
"면회을 오셨습니까?"
"예!" 조모차 동생은 대답을 하고 한다보 동생과 조남잔 동생과 이용마 동생들은 위조한 주민등록증을 보여 주고 구치소 면회소로 걸어서 들어갑다,
면회장에서는 여자 교도관에 목소리가 들리고 있었다,
"000번 면회을 오신분은 3번 방으로 들어 오십시요!"
조모차 동생들은 면회장으로 들어가서 처음에 면회소로 들어

와서 보았던 교도관과 경기대들이 아니고 바뀌고 하였던 교도
관과 경기대들이 있었다,
조모차 동생이 종이에 써서 이름과 수번과 적어서 앉자서 있
는 김호집 주임 한테 같다가 주었다,
김호집 주임님이 조모차 동생들에게 이야기을 하였으며 조모
차 동생이 대답을 하였다,
"대한민국 경기도 오산시 정통으로가는 시내파 보스 두목 김
병식 백호 하얀호랑이 대장에 동생들 아니십니까?"
"예!" 맞습니다,
"오산시에 김병식 시내파 보스 두목 대장 구치소 안에서도 대
단 합니다, 싸움을 얼마나 잘 하시는지!"
"예!" 주임님, 말씀을 저의에게 놓으십시오, 지금 형님께서 어
디에 계십니까?":
"그럼, 그렇게, 할가, 지금 경기대 독방에 있어, 면회가 몇일
동안 안 될것이야?"
"예!" 형님께서 다 치신데는 없으십니끼?"
"그럼, 그래도 교도관들이 합의을 해서 대한민국 경기도 오산
시 정통으로가는 시내파 보스 두목 김병식 백호 하얀호랑이
대장을 알아 주었어, 다 친데는 없다네!"
"예!"
"김병식 보스 두목 백호 하얀호랑이 대장에 동생들도 예의는
밝은 것 같아?"
"예!" 주임님, 고맙습니다,
"그럼, 다음에 뵙겠습니다,
김호집 주임님과 조모차 동생들과 인사을하고 구치소 면회장
에서 밖으로 나가려고 둘러서 보았다,
면회소 안에는 교도관 부장 김인지 와 부장 김삼우 와 담당
이무지 와 경기대 상병 용기장 과 일병 장지민 과 이병 강김
덕 과 교도관과 경기대들 남자들이 앉자서 있었고 사람들은

많이 있었다,
조모차 동생들은 면회장에서 내려오며 주차장으로 걸어서가고 있었다,
구치소 정문 입구에는 교도관 김호미 부장과 경기대 이병 오이하 가 있었고 조모차 동생들은 교도관 부장에게 인사을하고 주차장으로 가서 벤츠차을 타고 오산시로 운전을하며 출발을 하였다,
김병식보스는 머리에 투구을 쓰여져 있는 것을 보고 뒤로 두팔이 꺽이어 있는 것을 보며 두팔에 수갑과 두 발목에 쇠사슬이 차여져 있는 것과 수갑들을 보았다,
김병식 백호 하얀호랑이 두목은 몸들을 앞자서 벽에 기대며 움직이고 있었다,
김병식보스가 앞자서 몸을 풀고서 있는데 밖에서 열쇠을 따는 소리와 거수경래을 충성하며 철창 문이열리는 소리가 들렸다,
"꽝" "앙" "앙" 교도관들의 구두소리가 여러명들이 들리는 것이 김병식보스에 귓가에 들리고 있었고 교도관들에 구두 발짝국 소리는 3방으로 와서 철창 문을 보면서 김지무주임님이 이야기을하며 김병식보스는 벽에 기대고 철창 문에서 교도관이 부르는 소리에 대답을 하였다,
"대한민국 경기도 오산시 정통으로가는 시내파 보스 두목 김병식 백호 하얀호랑이 대장?"
"왜" 부르는거냐?"
김병식보스는 고개을 돌리고 김지무주임님이 3방문을 열었다,
"꽈~아" "앙"
김병식 백호 하얀호랑이 대장 오산시 시내파 보스 카리스마 와 의리 와 깡 대단한 것을 인정해!"
김병식보스는 3방 문이열리고 철창 문을 보았다,
교도관들이 보안과장 김여준 과 옆에는 보안계장 이행지 와 뒤에는 담당 이보고 와 경기대일병 파토소 와 오너소 가 "서"

"서" 있었다,
경기대들은 병장만 오른쪽에 박달나무을 차고 있지 않았다,
김지무주임님이 말을 하고 옆에서 "서" "서" 있었으며 보안과장 김여준 교도관이 김병식보스에게 이야기을하고 있었다,
"대한민국 경기도 오산시 정통으로가는 시내파 보스 두목 김병식 백호 하얀호랑이 대장 힘이 대단한 것 같아?" 오산시에서 정치선거을 도와주고 싸움도 100대1로 혼자서 싸워서 헤치우고 동생들을 아끼는 것들을 보며는 따뜻한 의리 와 카리스마 와 깡들 대단한 것을 인정해!" 구치소 안에도 벌써부터 김병식 보스 두목 대장의 소문이 퍼져서 오산시 정통으로가는 시내파 김병식 백호 하얀호랑이 보스님!" 카리스마 와 의리 있는 두목 대장님!" 이라며 풀어주라고들 하는 것이 벌써부터 오산시 시내파을 구치소에서 알아주는 것 같아?" 구치소 사동마다 순시을 돌며는 다들 김병식 보스 두목 대장님을 풀어주라고들해!" 몸은 괜찮아?" 어디에 다친데는 없어!"
"없다,
"김병식 백호 하얀호랑이 보스 와 싸웠던 교도관들과 경기대들과 소장님께서는 병원들을 다니고 있고 교도관들과 경기대들도 부러진곳이 있어서 알려주려고 말을 하는 것이야?" 한번 트면 소장님도 부러 질번 했던 것을 알았으면해!" 이번사건은 소장님이 없었던 것으로 했어!"
"교도관이 먼저 공권력으로 하고 김병식 대장보고 먼저 공무집행을 한다면 대한민국 교도관들이 좆같은 것이 아닌지!" " " " " "
"하" "하" "하" "하" 김병식 보스 두목 백호 하얀호랑이 대장 답군?" " " " 가스총을 마취제을 여러 방 몇방 맞고서도 몸이 거든없는 것을 보며는 대한민국 경기도 오산시 정통으로가는 시내파 보스 두목 김병식 백호 하얀호랑이 대장은 대단해!" 검사님이 보석 석방을 내렸어!" 저녁 11시면 문을 따줄거야?" 이

곳에서 출소을하고 김병식 백호 하얀호랑이 대장에 머리에 수고있는 투구 와 두 손목에 차고 있는 수갑 과 두 발목에 차고 있는 쇠살슬 과 수갑들을 풀어주겠어, 남은 시간동안 교도관들과 경기대들을 좀 잘해 주었으면해!" 싸움 과 모든 것들이 대한민국에서 전국에서 1등인것같아, 교도관들과 경기대들도 대한민국 경기도 오산시 정통으로가는 시내파 보스 두목 김병식 백호 하얀호랑이 대장에게는 무섭다고 덤비지을 못하고 있어!" 할말이 있으면 하게!""""""
"대한민국 경기도 오산시 누읍동에서 태워나서 오산시 정통으로가는 시내파을 혼자서 보스 두목 대장으로 만들었고 이름섯자 김병식 백호 하얀호랑이 대장은 오상고절 하고 기린아 처럼 태산북두 로 살아왔다, 백호 하얀호랑이 김병식 보스 두목을 건들지 않으면 싸움을하지 않는다, 보안과장은 오산시 정통으로가는 시내파 김병식 백호 하얀호랑이 대장을 이제 알것이라 믿는다, 출소해서도 백호 하얀호랑이 김병식 대장은 만나러 올 것이다, 대한민국 경기도 오산시에는 김병식 백호하얀호랑이 보스 두목 대장이 혼자서 만든 정통으로가는 시내파 한 개 가있다, 김병식 백호하얀호랑이 보스 두목 대장이 혼자서 이끌어가는 정통으로가는 시내파가 있다, 보안과장 과 교도관들과 경기대들도 듣고서 소장과 교도관들과 경기대들에게도 전해줘라?"
보안과장 김여준은 김병식 백호하얀호랑이 대장에 말들을 듣고서 말을하였다,
"알았어, 다들 구치소에서는 오산시 정통으로가는 시내파 김병식 백호하얀호랑이 보스 두목 대장을 대한민국 건달 1등 이라고들 한다네?",
김병식 백호하얀호랑이 보스 두목 대장과 보안과장 김여준과 이야기을하고 있었다,
보안과장 김여준은 보안계장 이행지 교도관한테 김병식 백호

하얀호랑이 대장에 3방 문을 저녁11시까지 출소을 할 때까지 문을 열어놓으라고 하였다,
구치소에 들어올때에 입고서 들어왔던 옷과 신발을 이곳에서 갈아서 입고 출소을 시키라고 하였다,
보안계장 이행지는 대답을하고서 김병식 백호하얀호랑이대장에 영치품과 물품들을 이보고 담당 교도관한테 시키고 영치주임과 물품 주임한테 말을해서 김병식 백호하얀호랑이 대장의 물품들을 이곳에 같다가 놓고 교도관들이 오지 않고 출소을 시킬것이라고 하였다,
이보고담당도 대답을하고 경기대 파토소 일병한테 가자 하며 이보고담당 과 경기대 파토소일병은 거수경래을 충성 하고 경기대 독방에서 보안과로 향해서 김병식 백호하얀호랑이 보스 두목 대장에 물품들을 가지러같다,
보안과장 김여준은 김병식 백호하얀호랑이 대장의 사진과 신분장을 대면을 하지않고서 저녁11시에 출소을하며는 구치소에 인원을 한명민 빼며는 된다고 하였다,
4월30일 출소는 대한민국 경기도 오산시 정통으로가는 시내파 보스 두목 김병식 백호하얀호랑이 대장 혼자였다,
김병식 백호하얀호랑이 대장은 보안과장 김여준 교도관에게 말을하였다,
"지금 몇 시쯤되었나?"
"지금 저녁6시가 되어가고있어, 저녁은 먹어야지!"
"안먹는다,
보안과장 김여준은 김무지주임한테 머리에 투구와 두손목에 수갑과 두발목에 쇠사슬을 열쇠로 풀어주라고 하였다,
"예!"
"닥" "닥" "닥" "닥" "사" "사" "르" "르" "르" "르" "륵" "차" "차" "를" "륵"
"야, 받아서 보안과로 같다가 놔?"

"예!"
경기대 일병 오너소는 김지무주임에 투구와 수갑과 쇠사슬을 받아가지고 거수경래을 충성 하고 보안과로 가지고같다,
김병식 백호하얀호랑이대장은 보안과장 김여준에게 말을하였다,
"보안과장, 왜, 지금 풀어주는 것이지, 만약에 이름섯자 내가 김병식 백호하얀호랑이 보스 두목 대장이 교도관들과 경기대들을 다시 때려서 부러트리면 어떻하려고 풀어주냐?"
"나는 김병식 백호하얀호랑이 정통으로가는 시내파 보스 두목 대장을 남자답고 카리스마와 의리있는 대장이라 믿어서 풀어주는것이야, 언제, 다시 인연이 되며는 김병식 백호하얀호랑이 대장 정통으로가는 시내파 보스 두목 대장을 보겠지!"
"그래, 대한민국 경기도 오산시 정통으로가는 시내파 보스 두목 김병식 백호하얀호랑이 대장은 경기대 독방 3방에서 보안과장 김여준 교도관과 말들을 했던것들은 지킨다, 출소을하며는 보자고 했던 말들과 찾아와서 식사을하자고 하였던 말들 보안과장에게 지킨다,
"그럼, 할말들을 다했으며는 김지무주임님께서 경기대 일병 파토소 와 오너소와 두명과 담당 이보고 교도관이 저녁11시까지 이곳에 있을것이고 출소을 시킬것이야, 김지무주임, 교도관?"
"예, 보안과장님?"
"저녁11시까지 고생해?"
"예, 보안과장님?"
김병식 백호하얀호랑이 보스와 보안과장 김여준과 보안계장 이행지 교도관은 이야기들을 모두 끝나고 이행지 계장님에게 말을하였다,
"가자?"
"예!"
보안과장과 보안계장이 보안과로 걸어가며 김지무 주임님이

거수경래을 충성 하였으며 경기대 독방에서 보안과로 향했다,
김병식보스는 한평 되는 독방 안에서 일어나서 몸들을 풀고서 있었다,
김주무 주임 교도관은 3방을 철창 문을 열어 놓은 방을 김병식 백호하얀호랑이대장을 몸들을 푸는것들을 보았다,
김주무 주임도 1방 쪽에 의자가 두 개가 있어서 한 개를 갔다 놓고서 2방에 앉자서 있었다,
30분이 지나서 경기대 독방 철창 문 밖에서 문을 두 두리는 소리가 났다,
"똑" "똑" "똑"
김주무주임님은 일어나서 경기대 독방 문을 열어주고 경기대 일병 오너소가 문을 열고 들어와서 김주무 주임한테 충성 하며 문을 닫았다,
시간이 한시간이 흘러가고 저녁8시가 되어 이보고담당과 경기대 파토소 일병이 경기대 독방 밖에서 두 두리는 소리가 들렸다,
김주무주인님이 말을하였다,
"야, 일어나서 문좀 열어줘라?"
"예, 주임님?" 일병 오너소는 의자에서 일어나서 문을 열어 주었다,
이보고담당을 보고 일병 오너소는 거수경래을 충성 하였고 이보고담당과 경기대 일병 파토소가 들어와서 김지무주임한테 거수경래을 충성 하였다,
경기대 일병 파토소는 김병식보스에 물품을 내려놓았다,
김지무주임님이 말을하였다,
"이보고담당 보안과에 교도관들이 많이들 있어!"
"예, 주임님, 바둑들을 두고서 있습니다,
"그럼, 담배라도 피고서 오지 그랬어!"
"예, 주임님, 시간이 있을 때 쉬면 됩니다,

"그래, 김병식보스 출소을 시키고 쉬고 와?"
"예, 주임님, 그렇게 하겠습니다,
"너희들은 제대가 아직 멀었냐?"
"예, 주임님, 조금 남았습니다,
경기대 일병들은 동시에 대답을 하였다,
경기대 독방에서 교도관들과 경기대들은 서로 이야기을하고 시간이 흘러서 김지무주임님이 말을하였다,
"대한민국 경기도 오산시 정통으로가는 시내파 보스 두목 김병식 백호하얀호랑이 대장 10시30분이다, 이제 출소을 할 시간이 됐어, 나와서 입고 왔던 옷을 갈아 입어도 돼?""
"알았다, 김병식보스는 3방에서 걸어서 나오며 하얀양복과 구두을 신고서 영치금에 5.000.000백만원을 확인을 하였다,
김병식보스는 말을하였다,
"김지무주임과 이보고담당과 경기대들 야식 값이나 해라, 그리고 교도관들 치료비나 줘라?"
"이런 것 주면 안 되는 것 알아?"
"받아, 김지무주임 교도관들 치료비고 오산시 주민분들 구치소에 들어오면 잘해 주었으면 해?"""
"그럼, 교도관들 치료비라서 받을게?"
"그래, 이곳에 다 오른쪽 엄지만 도장을 찍으면 돼, 이보고담당 경기대 일병 파토소 와 오너소 와 구치소에서 일들을보고 내가 김병식 보스을 데리고 출소을 시키고 올게?"
"예, 주임님, 가자?"
"예!" 이보고담당과 경기대들은 일어나며 김지무 주임한테 거수경래을 충성 하며 경기대 독방에서 철창 문을열고서 닫고 보안과로 같다,
김지무주임이 말을하였다,
"김병식보스 이제 출소을 하자, 지금 가자고?""""""""
"시간이 빠른 것 아닌가?"

"그래, 일찍 출소을 내보 내는 것이야, 대한민국 경기도 오산시 정통으로가는 시내파 보스 두목 김병식 백호하얀호랑이 대장 이기 때문에 말야?"
"하" "하" "하"
"그래, 김지무 주임?"
김병식보스는 김지무주임과 경기대 독방에서 걸어나오며 김지무 주임이 구치소 입구에서 얼굴을 대면을하고 나가면 된다고 하였다,
구치소 입구에서 이용지 부장이 김지무주임을 보고 거수경래을 충성 하였으며 김병식보스을 얼굴을 대면을하고 철창 문을 열어주었다,
"꽝~"꽈~"앙~"앙~"아~
"뚜벅" "뚜벅" "뚜벅"
"출소을하면 무엇을하지!"
"오산시에 아비숑퍼시팩룸나이트을 하고 있다,
"그럼, 놀러기도 되니, 교도괸들과 회식검으로 대힌민국 경기도 오산시 정통으로가는 시내파 보스 두목 김병식 백호하얀호랑이 대장에 허락을 맞아야지, 아비숑퍼시팩룸나이트에 놀러가서 김병식보스에게 교도관들을 모두 혼을 내주고 때리면 어떻게""""
"김병식보스 싸움과 의리와 깡 대단해 모두 갖혀있는 공간 교도소에서 싸움 대한민국 경기도 오산시 정통으로가는 시내파 보스 두목 김병식 백호하얀호랑이 대장이야?""""
"뚜벅" "뚜벅" "뚜벅"
"동생들은 구치소 정문 앞에 와서 있겠어!"
"그래, 와서 있다,
김병식보스와 김지무주임과 대화을하며 구치소에 정문까지 내려오고 있었다,
구치소 정문에는 구치소 안쪽까지 벤츠차 10대들이 라이트을

빛혀주고 있었다,
"동생들이 와서 있는 것 같아?"
"뚜벅" "뚜벅" "뚜벅"
김병식보스는 김지무주임에 대답이 없이 걸어서 정문 입구까지 내려왔다,
"건강하고, 아비숑퍼시팩룸나이트을 놀러 갈게?" " "
김병식보스에게 이야기을하고 김지무주임은 구치소 안으로 들어갔다,
동생들은 90도로 인사을하고 동시에 이야기을 하였다,
"형님, 편히나오셨습니까, 형님?"
"그래?"
김병식보스는 구치소에 깔아 놓은 계란 한판을 밟고 걸어서 나왔다,
동생들에 앞에까지 나와서 29명 동생들은 김병식보스을 보며 벤츠차에 앞에서 조모차동생이 말을하였다,
"형님, 절 받으십시오, 형님?"
"그래, 오느냐고 고생들했다,
조모차동생은 오른쪽에 서 서 한다보동생은 왼쪽에 서 서 동생들은 원을 둘러 줄을 서 서 큰절을하고 일어났다,
김호아동생이 말을하였다,
"오빠, 두부을 먹어요, 건강했어요, 보고 싶었어요!"
"그래, 호아도 왔구나, 건강하구?"
"예, 오빠?"
김호아동생은 김병식보스을 껴 안았다,
김호아동생을 뒤로 하고 김병식보스가 말을하였다,
"건강들하게 있었냐?"
"예, 형님, 경강하게 있었습니다,형님?"
큰절을하고 일어나서 90도로 동시에 인사을하고 대답들을 하였다,

"그래, 모차야, 동생들하고 밥들을 먹게, 하북오리로스구이 이금신 누님네 집으로 전화을 하여서 오리로스구이 와 오리탕과 오리로스양념과 야외에 다 준비을해 놓으라고 해라?"
"예, 형님, 명심하겠습니다, 형님?" 90도로 인사을하고 조모차동생이 대답을 하였다,
"형님, 전화을 하겠습니다, 형님?" 90도로 인사을 하였다,
"그래?"
김병식보스와 조모차동생은 이야기을하고 조모차동생은 하북오리로스구이 이금신누님 집으로 구치소 정문 입구에서 전화을 하였다,

김병식보스 에 따뜻한마음



김병식보스는 조모차동생과 타고서 왔던 벤츠 차 안에서 김호아동생이 가지고 나온 검정 양복과 구두와 와이셔츠와 넥타이와 지갑에 현찰 1억과 김호아동생이 둘고 가서 김병식보스에게 주었다,
김병식보스가 둘고 구치소 정문 입구 대기실에서 갈아입고서 나왔다,
김병식보스가 말을하였다,
"동생들아, 배들이 고픈 것 같은데, 저녁들을 먹으로 가자?"
"예, 형님, 명심하겠습니다, 형님?" 동시에 90도로 인사을하고 대답들을 하였다,
조모차 오른팔은 벤츠차 을 뒷문을 열어 주는 것에 김병식두목은 오른쪽에 쇼파에 앉잤다,
동생들 29명들은 동시에 90도로 인사을 하였다,
"형님, 편히쉬십시오, 형님?"
"그래?"
왼팔 한다보동생이 뒷 문을 열어주고 김호아형수님이 왼쪽 쇼파에 앉잤다,
"형수님, 쉬세요!"
"예, 삼촌들 고마워요!"
동생들은 동시에 인사을하고 대답을 하였다,
한다보동생은 벤츠차을 한 대를 운전을하고 조모차동생이 옆에 타고같다,
벤츠차 9대는 한승호동생과 김학지동생과 오한지동생과 장보

구동생과 고승국동생과 지하미동생과 장금하동생과 고방식동생과 주고용 동생들이 9대을 운전을하고 동생들이 나누어 타고서 하북오리로스구이 집으로 구치소에서 출발을 하였다,
김병식보스는 벤츠차가 앞으로가며 뒤로 한승호동생이 따르고 뒤로 줄을 서 서 라이트을 켜고 따랐다,
도로변에는 대통령이 온 것처럼 아름다운 벤츠에 거리로 된것처럼 김병식보스와 동생들 인 것 같았다,
김병식보스는 조모차동생에게 말을하였다,
"지금 대장일수는 조용들하고 있냐, 호남 전국구파들과 경상도 전국구파들과 다른 타지역들이 조용들하고 있어!"
"예, 형님, 조용합니다, 형님?" 90도로 앉자서 인사을하며 대답을 하였다,
"김미한 국회의원님과 오마차 보좌관 형도 통화을하고 인사을하며 지냈느냐?"
"예, 형님, 통화을 드려서 형님에 보석 신청을 하였습니다, 형님?" 90도로 인사을하며 대답을 히였디,
"그래, 강원도 팬션은 팔으려고 하였는데 정리는 하였고 했어!"
"예, 형님, 아직 팔지는 안았습니다, 형님?" 90도로 인사을 하였다,
"그래, 사람이 나타나며는 정리을 하여라?"
"예, 형님, 정리을 하겠습니다, 형님?"
90도로 인사을 하였다,
"강원도 팬션은 이번 사건으로 경찰서에서 위치 추적이되서 발견이 되었다, 강원도 팬션을 사는 사람이 나오며는 팬션을 넘기겨라?"
"예, 형님, 명심하겠습니다, 형님?" 90도로 인사을하며 대답을 하였다,
"오피스텔과 벤츠차도 10대을 바꿀가 한다, 영국에 롤스로이

스 검정차 9대 와 하얀색으로 1대을 바꾸어 놓아라?"
"예, 형님, 명심하겠습니다, 형님?"
90도로 인사을 하였다,
그때, 김호아동생이 말을하였다,
"오빠, 형은오피스텔을 팔면은 나는 어디로가요!"
"호아을 더 좋은곳으로 옴겨주면 되지!"
김병식보스는 웃으며 조모차동생과 한다보동생도 화기애애로 소리없이 웃었다,
김병식보스가 조모차동생에게 말을하였다,
"모차야, 핸드폰을 충전을 해 가지고 왔으면 전화기을 저봐라?"
"예, 형님, 여기에 있습니다, 형님?"
90도로 대답을하고 인사을 하였다,
김병식보스는 벤츠 차안에서 집으로 전화을 하였다,
신호가 가고 나서 어머니께서 전화을 받았다,
"병식아?"
"예, 병식입니다, 집에는 별일이 없습니까?"
"그래, 집에는 별일이 없어, 언제 나왔어, 소문을 들어서 알고 있다, 건강하게 지내다가 나왔느냐?"
"예, 어머니 시간이 나면은 집에 한번 들려라?"
"예, 시간이되는 되로 들리겠습니다, 그럼, 전화을 끊겠습니다,
"그래?"
김병식보스는 어머니와 10분을 통화을하고 전화을 끊었다,
김병식보스와 김호아동생과 동생들과 이야기을하고 이금신누님네 집으로 밤 12시가 되어서 도착을 하였다,
조모차동생이 90도로 인사을하며 말을하였다,
"형님, 이금신누님네 집에 도착을 하였습니다, 형님?"
"그래, 내리자?"
"예, 형님, 명심하겠습니다, 형님?"

90도로 한다보동생과 동시에 인사을 하였다,
한다보동생은 가게집 앞 도로에 주차장에 다 세우고 조모차동생이 내려서 김병식보스에 문을 열어드리고 한다보동생도 내려서 김호아형수님을 문을 열어 드렸다,
김병식보스와 김호아동생과 야외로 걸어서 들어가며 조모차동생과 한다보동생도 걸어서 뒤을 따르고 있었다,
동생들도 벤츠 차가 들어와서 한 대씩 줄을 일려로 세워서 주차을하며 내려서 야외로 걸어가고 있었다,
이금신누님이 가게 집 안에서 있다 김병식보스에 벤츠 차의 소리가 나서 밖으로 나왔다,
이금신누님께서 말을 하였다,
"김병식보스 나왔어!"
"예, 누님, 건강히 계셨습니까?"
"난, 건강히 있었고 대한민국 경기도 오산시 정통으로가는 시내파 보스 두목 김병식 백호하얀호랑이 대장은 그곳 구치소에서 힘이 들지 않았어, 그곳은 봄이라 해도 춥다고 한딘데?"""""
"예, 김병식보스는 추운데가 없습니다, 김병식 저는 오상고절로 기린아 로 태산북두로 살아 갑니다,
"대한민국 경기도 오산시에 정통으로가는 시내파 보스 두목 김병식 백호하얀호랑이 대장인데 전국에서 김병식 보스 백호하얀호랑이 대장을 몰라 보며는 죽음이 잖아?"
"하" "하" "하"
"누님도 참,
"그런데, 김병식 보스 두목 여자 김호아공주님도 왔네, 아름다워 경국지색이며 미인이지!"""
"예, 안녕하세요!"
"김병식보스 야외에 차려 놓았어, 들어가서 식사들해?"
"예, 누님?"

김병식보스와 김호아동생과 동생들은 야외로 들어가며 이금신 누님도 가게 안으로 들어갔다,
김병식보스는 걸어가서 맨 끝에 의자가 두 개가 있는 곳에서 오른쪽에 앉았으며 김호아동생은 왼쪽에 앉았다,
김병식보스가 앉자 동생들은 동시에 90도로 인사을 하였다,
"형님, 편히쉬십시오, 형님?"
"형수님, 쉬세요!"
"예, 삼촌들 고마워요!"
김호아 형수님게도 인사을 하였다,
"그래, 다들 앉자서 먹자?"
"예, 형님, 명심하겠습니다, 형님?"
동시에 90도로 인사을하고 앉으며 동시에 90도로 인사을 하였다,
"형님, 편히쉬십시오, 형님?" 하고 동생들은 앉자서 오리로스구이 와 양념 과 오리탕을 구웠다,
김병식보스가 말을 하였다,
"형이 없는 동안 오산시가 많이 시끄럽게 있었을 것이라 믿는다, 그리고 동생들아, 이곳에 김병식보스 나와 함께 있는 한 대한민국 오산시는 내가 김병식 보스 두목 형님이 지킨다,
"예, 형님, 명심하겠습니다, 형님?"
앉자서 동시에 동생들은 90도로 인사을하며 대답을 하였다,
"그래, 동생들아, 구치소에 오느냐고 고생들했다, 다들 먹자?"
"예, 형님, 명심하겠습니다, 형님?"
앉자서 동시에 90도로 인사을하며 29명 동생들은 일어나서 김병식 보스가 젓가락과 수저로 오리로스구이 와 오리탕을 먹을 때 동생들은 동시에 인사을하며 이야기을 하였다,
"형님, 식사많이드십시오, 형님?"
"그래?"
"형수님, 식사많이하십시오!"

동생들은 인사을 하였고 29명 동생들은 앉자서 식사을 할 때 앉으면서 동시에 90도로 인사을 하였다,
"형님, 편히쉬십시오, 형님?"
김병식보스와 김호아동생과 조모차동생과 한다보 동생들은 식사을하며 이야기들을 하였다,
시간이 흘러가서 김병식보스가 말을하였다,
"동생들아, 식사들은 맛있게 먹었느냐, 오늘은 밤이 늦었다, 회식을 잡을 것이다, 그때, 보자구나?"
"예, 형님, 명심하겠습니다, 형님?"
동시에 90도로 앉자서 인사을 하였다,
김병식보스가 젓가락 과 수저을 놓았다,
동생들은 일어나서 동시에 90도로 인사을하며 대답을 하였다,
"형님, 식사 많이 드셨습니까, 형님?"
"그래, 많이들 먹었느냐"
"예, 형님, 많이 먹었습니다, 형님?" 90도로 동시에 대답을하고 인사을 하였다,
"형수님, 식사 많이 하셨습니까?"
"예, 삼촌들 많이드셨어요!"
"예, 형수님?"
동시에 대답을하며 김병식보스는 일어나서 김호아동생과 야외에서 걸어서 나왔다,
동생들은 뒤에서 조모차동생은 오른쪽에서 걸어오며 한다보동생은 왼쪽에서 걸어오며 동생들이 따라나왔다,
김병식보스가 말을하였다,
"동생들은 이곳에서 있어라?"
"예, 형님, 편히 다녀오십시오, 형님?"
"그래,
김병식보스는 이금신누님 가게 집 문을열고서 들어가서 말을 하였다,

"누님, 계산좀 하려고 합니다,
"응", 김병식 보스 벌써 가려고 해?"
"예, 시간이 늦어서 회식을할 때 오겠습니다,
"그래, 김병식 보스인데, 그렇게 해야지, 백만원 만 줘?"
"예, 누님, 여기에 있습니다,
"김병식 보스 두목 이렇게 많이 주면 어덯게 해?"
"누님, 받아 주고 동생들이 오면은 잘 해 주시기바랍니다,
"그래, 김병식 보스 대한민국에서 시내파 보스야?"
"예, 누님, 그럼, 편히 쉬시기바랍니다,
"그래, 김병식보스 편히 들어가?"
김병식보스는 이금신누님과 인사을하고 문을닫고서 걸어서 벤츠차로 왔다,
29명 동생들은 동시에 인사을하며 대답을 하였다,
"형님, 다녀 오셨습니까, 형님?"
"그래, 이제 모차 와 다보하고 강원도 펜션으로 가자, 동생들은 들어가도 된다,
"예, 형님, 명심하겠습니다, 형님?"
동시에 90도로 인사을 하였으며 대답들을 하였다,
김병식보스에 문을 조모차동생이 열어 주었다,
김호아동생의 뒷문을 왼쪽을 한다보동생이 열어 주었다,
김병식보스가 타고 동생들이 동시에 90도로 인사을하고 대답을 하였다,
"형님, 편히쉬십시오, 형님?"
"그래, 다들 고생했다,
"형수님, 편히쉬세요!"
"예, 삼촌들 고생했어요!"
동생들이 김호아 형수님에게 인사을 동시에 하였다,
조모차동생과 한다보동생은 벤츠 차에 타고 한다보동생이 시동을 걸고서 라이트를 켜고 하북 오리로스구이 이금신 누님네

서 출발을 하려고 하였다,
27명 동생들은 동시에 90도로 인사을하며 대답을 하였다,
"형님, 편히 들어가십시오, 형님?"
"형수님, 편히 들어가세요!"
하는 소리가 드리며 벤츠 차는 강원도 펜션으로 출발을 하였다,
김병식보스에 벤츠 차는 오산시로 접어 들어서 터미널을 지나며 강원도 펜션으로 가고 있었다,
김병식보스가 조모차동생에게 말을 하였다,
"모차야, 호남전국구파 조근만 대장놈에 숙소는 알아 봤느냐?"
"예, 형님, 알아 보았습니다, 형님, 형님, 모텔을 하고 있다고 합니다, 형님?"
앞자서 90도로 인사을하며 대답을 하였다,
"그래, 조근만 대장에 꼬마들은 몇 명 쯤 있다고 하느냐?"
"예, 형님, 호남에서 여수 와 벌교 전주 영암 광주 순천 목포 고성 등으로 올라와서 있나고 합니나, 형님?"
90도로 인사을 하였다,
"그래, 고생했다, 경상도전국구파 놈들은 오산시에서 상황이 어떻게 조용한 것 같냐?"
"예, 형님, 조용한 것 같습니다, 형님?"
90도로 인사을하며 대답을 하였다,
"그래, 숙소는 어디에 있다고 하느냐?"
"예, 형님, 오피스텔을 하며 하지문 아래로 부산 과 대구 포황 청송 구미 등으로 경상도에서 올라와서 데리고 있다고 합니다, 형님?"
앞자서 90도로 인사을 하였다,
"그래, 그놈들 대장끼리는 친구들이다, 상황을 지켜보고 대한민국 경기도 오산시에 들어 온것도 그놈들이 합세을하여 들어 온 것이다,

"예, 형님, 명심하겠습니다, 형님?"
90도로 앉자서 인사을하며 대답을 하였다,
김병식보스와 조모차동생과 이야기을 하며 오산시에서 벗어나서 강원도 펜션쪽으로 강원도을 가고 있었다,
한다보동생이 벤츠 차의 뒤 빽 미러로 뒤을 보았다,
BMW 2대 와 봉고차 1대가 김병식보스에 벤츠 차을 뒤을 따라오고 있었다,
한다보동생이 90도로 인사을하고 말을하였다,
"형님, 뒤에서 BMW 와 2대 와 봉고차 1대가 따라오고 있습니다, 형님?"
"그래, 강원도 팬션으로 들어 가다 보며는 산속으로 들어가는 곳이 있으며는 그곳으로 들어가라, 이곳은 도로변에 차들도 많이 다니고 사람들에 눈이 많다,
"예, 형님, 명심하겠습니다, 형님?"
한다보동생은 90도로 인사을하고 말을 하며 강원도 팬션으로 벤츠 차을 운전을하고 가는데 산속으로 들어가는 곳이 보였다, 한다보동생은 산속으로 벤츠 차을 운전을하며 들어가고 뒤로 보았다,
BMW 2대 와 봉고차 1대가 뒤을 따라서 산속으로 들어오는 것이 였다,
김병식보스는 벤츠 차의 빽 밀러을 보았으며 조모차동생과 한다보동생에게 말을하였다,
"너희들은 형수하고 산속으로 들어가다가 벤츠 차안에서 형수하고 있어라, 내가 내려서 혼자서 헤치우겠다,
김병식보스에 말씀에 조모차동생과 한다보동생은 동시에 90도로 인사을하고 말을하였다,
"예, 형님, 명심하겠습니다, 형님?"
김병식보스가 말을하였다,
"다보야, 이곳에서 벤츠 차을 세워라?"

"예, 형님, 명심하겠습니다, 형님?"
90도로 인사을 하였다,
김병식보스가 내리려고 하는 순간 김호아동생이 말을하였다,
"오빠, 괜찮겠어요!"
"그래, 오빠는 괜찮아, 모차야, 다보야, 형수하고 벤츠 차안에서 있어야 한다,
"예, 형님, 명심하겠습니다, 형님?"
동시에 90도로 인사을하고 말을하였다,
김병식 보스 두목 백호하얀호랑이 대장은 벤츠 차가 서 서 있는것에 뒷문을 열고서 내렸다,
김병식보스가 벤츠 차에서 내리고 김호아 형수님하고 산속으로 벤츠 차을 운전을하고 들어가서 안 보이는 곳에다 세워두었다,
김병식보스가 내려서 싸움을 자세을하고 있었다,
BMW 2대 와 봉고차 1대가 김병식보스에 앞에서 서 서 차에 시 다고시 있던 놈들이 흰 두명씩 내리고 있었디,
그놈들은 호남전국구파 들이였다,
조장중 과 오하지 와 조마하 와 마창고 와 나주아와 BMW 차 안에서 내리고 호남전국구파들이 봉고차 와 BMW 차 안에서 쇠파이프 와 사시미칼을 같고 둘고서 내리고 있었다,
산속으로 들어가려며는 대한민국 경기도 오산시 정통으로가는 시내파 보스 두목 김병식 백호하얀호랑이 대장을 넘어서야 들어갈수 있었다,
산속에는 사람들이 하나도 들어오지 않는 길이였다,
김병식보스가 조장중놈에게 말을하였다,
"너희들이 그렇게 혼이나고도 지금까지 오산시에 있는게 장외가되고 죽고 싶어서 대한민국 경기도 오산시에 있는것이냐?"
"하" "하" "하"
"대한민국 경기도 오산시 정통으로가는 시내파 보스 두목 김

병식 백호하얀호랑이 대장, 오늘 출소을 한 것은 이야기을 들었다, 출소을 기념으로 이곳에서 살아 나가기가 힘이 들것이다,
김병식보스는 두눈이 빛이나고 있었다,
호남전국구파 조장중놈과 이야기을 하는데, 뒤에서 쇠파이프와 사시미칼을 둘고서 있는 호남전국구파들이 김병식보스에게 싸움을 하려고 하였다,
조장중이 말을하였다,
"애들아, 처라?"
"예, 형님, 죽여라?"
조장중이 말을하고 오하지 와 조마하 와 마창고 와 나주아놈들이 앞에서 서 서 있는 뒷에서 25명 동생들은 쇠파이프 와 사시미칼을 둘고서 대답을하고 인사을 60도로 하고 앞으로 달려서 나가고 있었다,
김병식보스도 달려가며 앞으로 "붕" 점프을하여 5미터 허공에서 두발로 걸으며 오른쪽 발 다리로 한명에 호남전국구파 놈을 가슴명치을 차 버렸다,
김병식보스는 공중에서 180도로 회전을하며 왼쪽 발 다리로 뒤 돌려차기을하여 한명에 호남놈의 왼쪽 얼굴턱을 차 버렸다,
호남놈 가슴명치을 맞고서 둘고서 있던 쇠파이프는 하늘로 날아가고 뒤로 "쿵" 하고 엉덩방아을 쳤다,
호남전국구파 한명은 "퍽" 하고 "욱" 하며 입과 코에서 허공으로 피가튀기며 부러지는 소리와 둘고서 있던 사시미칼은 허공으로 "빙" "그" "르" '르" "르" 돌며 날아가버리고 뒤로 콰당 하며 날아가버렸다,
김병식보스는 착지을 하였다,
호남전국구파 한명이 앞에 있어서 김병식보스는 앉자서 180도로 회전을하며 오른쪽 발 다리로 뒤 돌려차기을하여 호남 한명의 오른쪽 발목을 차 버렸다,

"퍽" 하는 소리와 둘고서 있던 사시미칼은 산속으로 날아가버리고 오른쪽으로 한바퀴 점프을하고 돌며 덤브링을 하고 쓰러졌다,
김병식보스는 안자서 뒤 돌려차기을 하고 일어나는 순간에 호남전국구파 22명들은 쇠파이프 와 사시미칼을 둘고서 김병식보스을 내리치고 찌르는 것이였다,
김병식 두목은 뒤로 피하고 낙법으로 덤브링을 하여 구르고 쇠파이프 와 사시미칼들을 피하고 싸움을 하였다,
김병식보스의 싸움과 몸은 화려하게 움직이고 있었으며 호남전국구파 놈들에 쇠파이프 와 사시미칼 보다 몇 천배는 빠른 동작이였다,
김병식 두목은 쇠파이프 와 사시미칼을 피하고 있었으며 호남 한명이 사시미칼을 둘고서 내리치는 것이였다,
김병식보스가 빠르게 "붕" 점프을하여 오른쪽 발 다리로 앞차기을하여 호남전국구파 한명 얼굴 면상턱을 차 버렸다,
"썩" 하고 "욱" 하며 뉘도 턱이 썩이넌서 부러시는 소리와 입에서 허공으로 피가튀기며 뒤로 한바퀴 돌고 덤브링을 하며 사시미칼도 허공으로 날아가 버리고 호남놈도 날아가버렸다,
김병식보스는 빠르게 착지을 하였다,
호남전국구파 한명도 쇠파이프을 둘고서 김병식보스에 앞에 있어서 김병식보스는 "붕" 점프을하며 왼쪽으로 360도로 회전을하며 왼쪽 발 다리로 뒤 돌려차기을하여 호남 한명놈을 왼쪽 얼굴턱을 차 버렸다,
"퍽" 하고 "욱" 하며 부러지는 소리을내고 입과 코에서 허공으로 피가튀기며 쇠파이프는 산속으로 날아가 버리고 호남놈은 오른쪽으로 날아가버렸다,
김병식보스는 착지을하고 호남 한명이 쇠파이프을 둘고서 김병식보스에게 내리치는 것을 왼쪽으로 몸을 피하며 김병식보스가 오른쪽 발 다리로 상단차기을하여 호남 한명의 왼쪽턱을

차 버렸다,
"퍽" 하고 "욱" 하며 부러지는 소리을내고 입에서 허공으로 피가튀기며 쇠파이프을 앞으로 떨어트리고 오른쪽으로 한바퀴 넘으며 덤브링을 하고 날아가버렸다,
김병식보스는 빠른 몸으로 호남전국구파 들을 헤치우고 있었다,
호남전국구파 한명이 쇠파이프을 둘고서 들어 오는 것을 김병식보스는 두 눈으로 보며 달려가서 "붕" 점프을하며 두팔로 호남놈을 머리을 잡고서 당기며 오른쪽 무릅팍으로 호남 한명의 얼굴 면상 가운데 턱을 차 버렸다,
"퍽" 하고 "욱" 하며 부러지는 소리을내고 입에서 허공으로 피가튀기며 턱이 뒤로 꺽이면서 한바퀴 돌며 넘으며 덤브링을 하고 날아가버렸다,
둘고서 있던 쇠파이프도 허공으로 날아가버렸다,
김병식보스는 착지을 하였다,
호남 한명이 사시미칼을 둘고서 김병식보스에 뒤에서 내리치는 것을 김병식보스는 뒤로 두 눈으로 보며 몸을 왼쪽으로 피하며 오른쪽 발 다리로 들어서 앞 굽치로 호남놈에 얼굴 면상 코을 처 버렸다,
"퍽" 하고 "욱" 하며 부러지는 소리을내고 입과 코에서 허공으로 피가튀기며 사시미칼은 산속으로 날아가 버리고 호남놈도 뒤로 날아가버렸다,
호남전국구파들이 사시미칼 과 쇠파이프들과 둘고서 계속하여 들어 오는 것에 김병식보스는 피 하며 싸움을 하였다,
호남 한명이 사시미칼을 둘고서 김병식보스에게 찌르는 것을 김병식보스는 앞으로 한바퀴 넘으며 덤브링을 하고 돌며 허공에서 내려오며 김병식보스에 쇠파이프을 둘고서 앞에 있는 호남전국구파 한명을 김병식보스가 오른쪽 주먹 라이트훅으로 호남놈 얼글 면상코을 처 버렸다,

"퍽" 하고 "욱" 하며 부러지는 소리을내고 입과 코에서 허공으로 피가튀기며 쇠파이프는 앞으로 떨어트리고 뒤로 날아가 버렸다,
김병식보스는 착지을하였다,
사시미칼을 둘고서 호남 한명이 있던 놈을 김병식보스는 180도로 회전을하고 오른쪽 발 다리로 뒤 돌려차기을하여 뒤에 있던 호남놈 뒤통수 머리을 차 버렸다,
"빡" 하고 "욱" 하며 뒤로 날아가버렸다,
사시미칼은 허공으로 날아가 김병식보스에게 오른쪽 주먹 라이트훅으로 맞은 놈에게 날아가서 배을 찌르고 말았다,
"욱"
김병식 보스 두목 백호하얀호랑이 대장은 계속하여 쉬지않고 이어가는 싸움을하며 호남전국구파 놈들이 사시미칼 과 쇠파이프들과 휘두르며 찌르는 것을 김병식보스는 옆으로 피하며 앞으로 피하며 앞으로 360도로 "빙" "그" "르" "르" 돌며 덤브링을 하여 두필을 땅에 다 되고 5섯 바퀴 앞으로 돌고 뒤로 돌며 덤브링을 하며 호남전국구파들을 혼을 내주고 있었다,
호남전국구파 두명이 사시미칼을 둘고서 김병식 보스에게 배로 찌르는 것이었다,
김병식 보스는 달려가서 "붕" 점프을하여 두 다리을 벌리며 오른쪽 발 다리로 오른쪽에 있는 호남 한명 얼굴 면상 턱을 차 버렸다,
김병식보스는 왼쪽 발 다리로 왼쪽에 있는 호남 한명을 왼쪽 가운데 얼굴 면상 턱을 차 버렸다,
"퍽" 하고 "욱" 하며 부러지는 소리을내고 사시미칼과 함께 뒤로 한바퀴 돌며 넘으며 덤브링을 하고 날아가버렸다,
김병식보스는 착지을하였다,
호남 한명이 쇠파이프을 둘고서 내리치는 것을 김병식보스가 180도로 회전을하여 왼쪽 발 다리로 뒤 돌려차기을하여 내려

오는 쇠파이프을 차 버렸다,
쇠파이프는 산속으로 "빙" "그" "르" "르" "르" 돌면서 날아가 버렸다,
김병식보스가 호남놈 앞에 있는 쇠파이프을 차 버렸던 놈을 차 버리는 순간 뒤에서 호남 한명이 쇠파이프을 둘고서 내리치는 것이었다,
김병식보스는 몸을 돌려서 피 하고 앞에 있던 호남놈의 머리통을 정확히 맞았다,
"퍽" 하고 "욱" 하며 입과 코에서 허공으로 피가튀기며 앞으로 소리없이 쓰러졌다,
김병식보스는 왼쪽 발 다리로 상단차기을하여 호남놈의 오른쪽 얼굴 면상 턱을 차 버렸다,
"퍽" 하고 "욱" 하며 쇠파이프을 앞으로 떨어트리고 입과 코에서 허공으로 피가튀기며 왼쪽으로 점프을하며 돌고 날아가 버렸다,
김병식보스에 싸움은 화려하고 영화 같은 장면들을 구치소에서 출소을하고 조장중 놈들이 앞에서 또 보고 있었다,
대한민국 경기도 오산시 정통으로가는 시내파 보스 두목 김병식 백호하얀호랑이 대장에게 호남전국구파들은 싸움이 되지 않고 혼들이 나고 있었다,
김병식보스에게 맞은 호남전국구파 놈들은 중상 쯤 되고 강원도 산속에서 땅에 누워서 고통들을 받고서 맞은 곳의 부분들을 잡고서 소리을내고 고통을받고 있었다,
허공으로 사시미칼이 날아가서 맞은 놈은 소리없이 죽은 것 같았다,
김병식보스는 호남전국구파 들과 쉬지 않고 싸움을 계속하였다,
김병식보스에 앞에 있는 호남 한명이 쇠파이프을 내리치고 있었다,

김병식보스는 뒤로 달려가서 옆에 있는 나무을 오른쪽 발 다리와 왼쪽 발 다리와 나무을 밟으며 걸어서 올라갔다,
"다" "다" "다" "다" "다" "닥"
호남전국구파 두명이 뒤에서 있어서 김병식보스는 몸을 180도로 왼쪽으로 회전을하여 김병식보스는 오른쪽 발 다리로 투터치로 빠르게 상단차기을하여 호남 두명을 왼쪽 얼굴턱을 차 버렸다,
"픽" 하고 "욱" 하며 부러지는 소리을내고 입과 코에서 허공으로 피가튀기며 쇠파이프을 땅에 앞으로 떨어트리고 오른쪽으로 날아가버렸다,
김병식보스는 착지을하였다,
호남전국구파 한명이 사시미칼을 둘고서 있었다,
김병식보스는 "붕" 점프을하여 360도로 회전을하여 오른쪽 발 다리로 뒤 돌려차기을하여 호남놈 오른쪽 얼굴 면상턱을 차 버렸다,
"픽" 하고 "욱" 하니 입과 코에서 허공으로 피가튀기며 왼쪽으로 사시미칼을 둘고서 날아가버렸다,
김병식보스는 착지을하였다,
호남 두명이 쇠파이프을 둘고서 앞에서 있는 것을 김병식보스가 왼쪽 발 다리로 상단차기을하여 호남놈 오른쪽 얼굴 면상턱을 차 버렸다,
김병식보스에 180도로 회전을하며 오른쪽 발 다리로 뒤 돌려차기을하여 호남놈 오른쪽 얼굴 면상턱을 차 버렸다,
"픽" 하고 "욱" 하며 부러지는 소리을내고 입과 코에서 허공으로 피가튀기며 쇠파이프을 앞으로 떨어트리고 뒤로 날아가버렸다,
김병식보스에 연속으로 이어가는 발차기와 주먹 싸움이였다,
호남전국구파 한명이 앞에서 사시미칼을 둘고서 김병식보스에게 머리위로 내리치는 것이였다,

호남 한명도 쇠파이프을 둘고서 머리위로 내리치는 것이였다,
김병식보스는 사시미칼 과 쇠파이프을 뒤로 360도로 회전을하
고 덤브링을 하며 한바퀴 돌고 넘으며 피 하고 김병식보스가
"봉" 점프을하여 360도로 회전을하고 오른쪽 발 다리로 뒤 돌
려차기을하여 호남 두명을 투터치로 오른쪽 얼굴 면상턱을 차
버렸다,
"빡" 하고 "욱" 하며 부러지는 소리을내고 입과 코에서 허공
으로 피가튀기며 왼쪽으로 한바퀴 돌고 넘으며 덤브링을 하고
사시미칼과 쇠파이프을 둘고서 날아가버렸다,
조장중 과 오하지 와 조마하 와 마창고 와 나주아 놈들은
BMW 앞에서 다섯명들이 구경들을 하고 있었다,
김병식 두목 보스 앞에서 호남전국구파 3명들이 사시미칼을
한명이 둘고서 쇠파이프을 두명이 둘고서 있었다,
호남전국구파 한명이 쇠파이프을 둘고서 내리치는 것을 보고
김병식보스는 두 눈으로 보며 오른쪽 발 다리로 낭심차기을
하였다,
"퍽" 하고 "욱" 하며 쇠파이프을 앞으로 떨어트리고 앞으로
꼬꾸라졌다,
김병식보스는 왼쪽 발 다리로 180도로 회전을하여 뒤 돌려차
기을하여 호남전국구파 한명을 왼쪽 얼굴 면상턱을 차 버렸다,
"퍽" 하고 "욱" 하며 부러지는 소리을내고 입과 코에서 허공
으로 피가튀기며 쇠파이프을 둘고서 오른쪽으로 한바퀴 돌며
넘으며 덤브링을 하고 날아가버렸다,
김병식보스는 앉자서 180도로 회전을하고 오른쪽 발 다리로
뒤 돌려차기을하여 호남 한명을 오른쪽 발목을 차 버렸다,
"퍽" 하고 "욱" 하며 사시미칼을 둘고서 오른쪽으로 한바퀴
돌며 넘으며 덤브링을 하고 날아가버렸다,
김병식보스에 싸움은 연속으로 이어가는 싸움이였다,
대한민국 경기도 오산시 정통으로가는 시내파 보스 두목 김병

식 백호하얀호랑이 대장에게 호남전국구파 25명들은 산속에서 쓰러져서 부러진곳을 만지며 누워서 고통을 받고서 소리을내고 있었다,
김병식보스는 검정 양복을 오른쪽 팔로 털고 넥타이을 만지고 호남전국구파 조장중 놈들이 있는 곳까지 걸어서 가고 있었다,
"뚜벅" "뚜벅" "뚜벅"
김병식보스가 말을 하였다,
"꼬마들아, 대한민국 경기도 오산시을 떠나라고 하였는데 대한민국 경기도 오산시 정통으로가는 시내파 보스 두목 김병식 백호하얀호랑이 대장에 말을 거역을 하는 것이냐, 죽음을 택하고 장외을 택하면 오산시을 떠날것이야, 내가 그렇게 만들어 주겠다,
조장중이 말을 하였다,
"하" "하" "하"
"구치소에서 출소도 하여도 대한민국 경기도 오산시 정통으로 기는 시내피 보스 두목 김병식 백호허얀호랑이 대장 씨옵은 살아 있어, 그런데 말이 많은 것 같아, 애들아?"
"예, 형님?"
하였을 때 김병식 백호하얀호랑이 보스 두목 대장은 달려가서 "붕" 점프을 5미터로 하고 오른쪽 발 다리로 옆차기로 조장중을 얼굴 면상코을 차 버렸다,
"픽" 하고 "옥" 하며 부러지는 소리을내고 입과 코에서 허공으로 피가튀기며 BMW 차가 있는곳 유리창으로 뒤로 점프을 하며 쾅당 하고 날아가버렸다,
김병식보스는 옆차기로 얼굴 면상코을 차 버리고 공중에서 360도로 한바퀴 덤브링을 하고 돌며 넘으며 봉고차 위로 올라가서 착지을 하였다,
오하지 와 조마하 와 마창고 와 나주아 놈들은 김병식보스에 빠른 순발력과 공중에서 점프하는 것들을 볼수가 없이 깜작

놀라며 김병식보스에 봉고차 있는 방향으로 몸을 틀었다,
김병식 두목은 봉고차 위에서 "붕" 점프을하여 날아서 360도로 회전을하여 오른쪽 발 다리로 뒤 돌려차기을하여 두터치로 나주아 와 마창고의 오른쪽 얼굴 면상턱을 차 버렸다,
"퍽" 하고 "욱" 하며 부러지는 소리을내고 입과 코에서 허공으로 피가튀기며 왼쪽으로 한바퀴 돌고 넘으며 덤브링을 하며 콰당 하고 날아가버렸다,
김병식보스는 착지을하였다,
김병식보스는 오하지 와 조마하가 들어오는 것을 두 눈으로 보았다,
김병식보스는 오른쪽 발 다리로 상단차기을하여 조마하놈을 왼쪽 얼굴 면상턱을 차 버렸다,
"퍽" 하고 "욱" 하며 부러지는 소리을내고 오른쪽으로 한바퀴 돌고 덤브링을 하며 넘으며 날아가버렸다,
김병식보스는 "붕" 점프을하고 180도로 회전을하여 왼쪽 발 다리로 뒤 돌려차기을하여 오하지을 왼쪽 얼굴 면상턱을 차 버렸다,
"퍽" 하고 "욱" 하며 부러지는 소리을내고 입과 코에서 허공으로 피가튀기며 오른쪽으로 한바퀴 점프을하며 돌며 덤브링을 하며 넘으며 날아가버렸다,
김병식 두목 보스 백호하얀호랑이 대장은 연속으로 이어가는 싸움이였고 호남전국구파 30명들을 헤치 우는데는 몇분도 걸리지 않았다,
호남전국구파 30명들은 누워서 있는 놈들과 앉자서 있는 놈들이 맞은 곳을 잡고서 고통을받고 소리들을 내고 있었다,
김병식보스는 호남전국구파 조장중에게 걸어서가고 있었다,
"뚜벅" "뚜벅" "뚜벅"
"너희들 대장에게 전해라, 너희들을 이번에 오산시에서 지옥으로 보내주려고 하였다, 가서 오산시에 더 있으며는 대한민국

경기도 오산시 정통으로가는 시내파 보스 두목 김병식 백호하 얀호랑이 대장이 너희들이 원하는 지옥으로 오산시에서 보내주겠다, 너희들 대장에게 전해라, 명심해라?"
호남전국구파 조장중은 코에서 피가 흐르는 것을 오른쪽과 외쪽 팔로 닦으며 잡고서 BMW 앞에서 기대며 앉자서 있었으며 말을하였다,
"경기도 오산시에는 대한민국 경기도 오산시 정통으로가는 시내파 보스 두목 김병식 백호하얀호랑이 대장이야?"
"오늘은 이곳에서 너희들 대장에게 보내주겠다, 이것을 받아라?"
김병식보스는 양복 상위 주머니에서 지갑을 꺼내서 3천만원 3장을 던져 주었다,
조장중은 코에서 흐르는 피을 닦으며 고통을내고 소리을 내며 말을하였다,
"대한민국에서 김병식 백호하얀호랑이 대장이다,
김병식보스는 돈을 딘저주고 뒤을 들아시 김호아 동생과 조모차 동생과 한다보 동생에 있는 벤츠 차에 곳까지 걸어서가고 있었다,
"뚜벅" "뚜벅" "뚜벅"
김병식보스가 말을하였다,
"산속이 조용하고 산새들도 울고서 있어, 나무와 풀잎도 살아있고 냄새들이 풍기고 있구나?"
김병식보스는 이야기을하고 걸음을 걸었다,
조모차동생과 한다보동생과 김호아동생의 벤츠 차에 있는 곳까지 걸어서 같다,
벤츠차가 보이고 있었다,
조모차동생과 한다보동생과 벤츠 차에서 빽 미러로 보았으며 김병식보스가 걸어서 오는 것을 보았다,
조모차동생이 말을하였다,

"형수님, 형님께서 벤츠차로 여기로 걸어오시고 있습니다,
"그래요!"
"예, 형수님?"
조모차동생과 한다보동생과 내려서 한다보동생은 김호아형수님의 문을 열어드리고 김호아형수님도 내려서 조모차동생과 한다보동생과 김호아형수님과 김병식보스가 걸어서 오는 곳까지 걸어서가고 있었다,
"뚜벅" "뚜벅" "뚜벅"
김호아동생이 말을하였다,
"오빠, 괜찮아요!"
"형님, 괜찮으십니까, 형님?"
하고 90도로 동시에 인사을하고 대답을 하였다,
"그래, 괜찮다,
"오빠, 다친데는 없는 것이지요!"
"대한민국 경기도 오산시 정통으로가는 시내파 보스 두목 김병식 백호하얀호랑이 대장인데 저런 꼬마들하고 되겠어!"
"오빠, 걱정을 했어요!"
"그래, 호아야?"
김호아동생은 김병식보스에 가슴으로 머리을 대고서 껴안으며 눈물을 글썽 했다,
김병식보스는 두팔로 김호아동생을 허리을 안아주었다,
김병식보스가 말을하였다,
"모차야, 지금 시간이 몇시쯤 되었냐?"
"예, 형님, 새벽 4시가 되었습니다, 형님?"
하고 90도로 인사을하며 대답을 하였다,
"그래, 강원도 팬션으로 가자?"
"예, 형님, 명심하겠습니다, 형님?"
하고 동시에 90도로 인사을하고 대답을 하였다,
김병식보스는 김호아동생과 껴안은 것을 풀으며 걸어서 벤츠

차로 같다,
김병식보스에 뒷문 오른쪽을 조모차동생이 열어주고 김병식보스가 앉으며 90도로 동시에 인사을 하였다,
"형님, 편히쉬십시오, 형님?"
"그래?"
한다보동생도 김호아형수님을 뒷문을 열어주고 동시에 인사을 하였다,
"형수님, 편히쉬세요!"
"예, 삼촌?"
조모차동생과 한다보동생과 벤츠차을 타며 한다보동생이 운전을 하였다,
김병식보스가 말을하였다,
"다보야, 길을 따라서 가며는 큰길이 나올 것 같다, 앞으로 계속하여 나가거라?"
"예, 형님, 명심하겠습니다, 형님?"
하고 운전을하며 90도로 인사을하고 대답을 하였다,
새벽4시가 되었는데도 강원도 산속에는 풍경들이 아름다운 새벽이였다,
산속에서 10분쯤 나가고 있는데 큰도로가 보였다,
조모차동생이 말을하였다,
"형님, 강원도 팬션으로 가는 도로가 보입니다, 형님?"
하고 90도로 앉자서 인사을하며 대답을 하였다,
"그래, 강원도 팬션까지 얼마나 걸릴 것 같은지 말을 해봐라?"
한다보동생이 말을하였다,
"예, 형님, 강원도 팬션까지는 30분이면 도착을 할 것 같습니다, 형님?"
하고 운전을하며 90도로 인사을하며 대답을 하였다,
"그래, 천천히들 가자?"
"예, 형님, 명심하겠습니다, 형님?"

동시에 90도로 인사을하며 대답을 하였다,
김병식보스는 오른팔 동생과 왼팔 동생과 이야기을하며 김호아동생에게 말을하였다,
"호아는 아버지 와 어머니에게 말을 하고서 왔어!"
"예, 금요일이라 친구집에서 3일 동안 예술 문제로 있는다고 잠을 잔다고 했어요!"
"그래도, 아버지 어머니께 중간에 전화는 드려야지!"
"오빠, 걱정을하지 않아도 되요, 호아가 알아서 해요, 오빠, 내가 어린애인가?"
"핑"
하고 창문을 보았다,
김병식 보스 두목 과 동생들은 화기애애로 웃었다,
"하" "하" "하" "하"
김병식보스가 말을 하였다,
"그래, 호아 공주가 어린 애가 아니지, 대한민국 경기도 오산시 정통으로가는 시내파 보스 두목 김병식 백호하얀호랑이 대장 공주님이야?"
"정말요!"
"그래, 김병식 보스 내가 김호아 공주만 사랑한다,
"하늘과 땅과 되고 맹세, 오빠, 정말, 맹세해요!"
"그래?"
김호아동생은 김병식보스와 오른쪽 팔 손으로 색끼손가락을 끼고서 약속을하며 찜을 하였다,
김병식보스와 김호아동생과 조모차동생과 한다보동생과 이야기을하며 강원도 팬션으로 들어가고서 있었다,
조모차동생이 말을하였다,
"형님, 강원도 팬션으로 도착을 하였습니다, 형님?"
하고 90도로 인사을하며 대답을 하였다,
"그래, 출소을하고 강원도 팬션으로 들어오는구나?"

한다보동생은 강원도 팬션 앞마당에 벤츠차을 세웠다,
김병식보스에 뒷문을 조모차동생이 열어주고 한다보동생은 김호아형수님에 문을 열어드렸다,
김병식보스는 벤츠차에서 내려서 조모차동생과 한다보동생에게 말을 하였다,
"모차와 다보는 오산시로 들어가서 일들보거라?"
"예, 형님, 명심하겠습니다, 형님?"
하고 동시에 90도로 인사을하며 대답을 하였다,
김병식보스와 김호아동생과 강원도 팬션 현관으로 걸어서가고 있었다,
조모차동생과 한다보동생과 동시에 90도로 인사을하며 대답을 하였다,
"형님, 편히쉬십시오, 형님?"
"그래?"
"형수님, 편히쉬세요!"
"예, 삼촌, 들어가세요!"
"뚜벅" "뚜벅" "뚜벅"
김병식보스와 김호아동생과 팬션 현관 문을 열고서 들어가서 김병식보스가 유리창을 보았다,
조모차동생과 한다보동생과 벤츠차 문을열고서 들어가 오산시로 벤츠차가 출발을 하는 것을 보았다,
김병식보스가 말을 하였다,
"호아는 2층에 올라가서 잠을 자면 돼?"
"오빠 나 피곤 하지 않은데요, 오빠 하고 조금더 있으면 안되요!"
"오빠는 피곤해, 오늘은 자고 내일 일어나서 이야기을하고 놀자?"
"오빠는 출소을하고 나서 이쁜 호아하고 밤을 세워야 되는데 내가 오늘은 봐줄게요!"

"그래, 김호아 공주님?"
"오빠, 잘자고 호아 꿈 꿔요!"
"그래, 호아도 올라가서 쉬고 잘자?"
"예!"
김호아동생은 말을 하고 2층으로 올라가서 잠을 청 하였다,
김병식보스도 양복을 벗고 방으로 들어가서 샤워을하며 침대에서 잠을 청 하였다,
호남전국구파 조근만대장은 모텔에서 전화을 받고서 있었다,
경상도전국구파 하지문대장이 전화을하며 말을하였다,
"어제 김병식 보스 두목 대장이 구치소에서 출소을 하였다고 들었네"
"그래, 친구 어제 우리 애들이 또 다시 김병식 두목 백호하얀 호랑이 대장에게 당하여 수원 요라병원에 입원들을 하였다네!"
"그래서, 말이야, 이번에 김병식 두목을 아비숑퍼시팩나이트로 들어가서 없세 버리는 것이 어떤가?"
"그래, 한번 생각을 하자구?"
"우리와 힘을 합해서 결합을하여 오산시을 처 버리자구, 김병식보스와 동생들을 없새도 될 것 같은데 경상도 지역에서도 내가 많이들 데리고 있다네!"
"수원 조한문대장에 원한도 풀어 줘야 돼서 지문 친구와도 결합을 또해서 없세는 방법으로 하자구, 그리고 서울과 경기도 강원도 충청도 인천 제주도에서도 전화가 왔었네, 김병식 보스을 헤치워 버린다며 말이야?"
"그럼, 잘 될 것 같아,
"그런데 경기도 지역에서 김병식 보스 한테 당한 놈들이 많아서 쉽지 않을 것 같아?"
"그래, 그럼, 전화을 주게?"
"그래, 지문친구?"
호남전국구파 조근만대장과 경상도전국구파 하지문대장과 전

화을 끊었다,
오전11시로 접어들고 있었다,
김병식보스는 일어나서 샤워을하고 방에서 나가서 주방으로 걸어서가서 냉장고 문을 열어 보았다,
냉장고 안에는 우유 와 음료수 와 물 과 과일들이 안에 있었다,
조모차동생과 한다보동생들이 사다가 놓은 것 같았다,
김병식보스는 흰 우유을 한잔 따르며 쇼파에 가서 앉자서 텔레비젼을 켜고 보았다,
김병식보스가 말을하였다,
"오마차형에게 전화을 한번해 볼가?"
신호가 가고 오마차형이 전화을 받았다,
"이게 누구야, 김병식 보스 두목 구치소에서 출소을 축하해, 형, 건강히 있었어!"
"나는 잘 지내고 있었어!"
"김미한 국회의원님도 긴깅히 지내고 있이!"
"김병식보스가 걱정을 해 주는 덕분으로 건강히 지내고 있다네?"
"그래?"
"그런데, 사무실에 들리지, 식사나 하게?"
"그래, 4일 있다가 사무실에 오전에 들릴게?"
"그래, 그럼, 그때, 보고 의원님께도 말씀을 전화 고 식사을 함께 하자구?"
"그래?"
김병식보스와 오마차 보좌관과 전화을하고 끊었다,
김병식보스는 우유을 마시고 있었으며 2층에서 김호아동생이 일어나서 걸어서 내려오며 말을하였다,
"오빠, 언제 일어났어요!"
"그래, 지금 방금 호아는 배가고프지 않아?"

"예, 지금 일어나서 조금있다가 먹어도 되요, 나도 우유을 한 잖 마실려고요!"
"그래, 호아야, 마시고 우리 나가서 식사을 할가?"
김호아동생은 냉장고로 걸어서가며 우유을 한잖마시며 이야기을 하였다,
"어디에서요!"
"강원도 바닷가에서 구경을하고 회나 먹고서 들어오자?"
"그래, 좋아요!"
"그럼, 지금 나 갈가요!"
"그래?"
"김병식보스는 일어나서 전화을 걸어서 강원도 택시을 부르고 10분있다 강원도 택시가 들어와서 김병식보스 와 김호아동생은 여자 택시 기사와 강원도 바닷가로 속초 해수욕장으로 같다,
대장일수에서는 조모차동생과 한다보동생과 한승호동생과 김학지동생과 오한지동생과 장보구동생과 고승국동생과 지하미동생과 장금하동생과 고방식동생과 주고용동생과 한국지동생과 고상국동생과 오방자동생과 한사마동생과 마상회동생과 우통지동생과 황시라동생과 권성수동생과 구한미동생과 김구한동생과 주성진동생과 진상보동생과 김보상동생과 이지용동생과 이용마동생과 김사랑동생과 진보상동생과 조남잔동생들이 쇼파에 앉자서 있었다,
조모차가 말을하였다,
"어제 형님께서 말씀을 하신것에 우리가 형님에 말씀에 오늘부터 행동을 하여야된다,
"그래, 오늘부터 우리가 형님에 말씀되로 따라야돼?"
한다보가 말을하였고 한승호 와 김학지 27명들도 동시에 앉자서 이야기을 하였다,
"그래, 그렇게하자?"

조모차가 말을하였다,
"시장과 일수들과 저녁에 오산시을 지키며 돌아가며 행동을하자?"
"그래?"
28명들은 동시에 이야기을 하였다,
조모차 와 한다보들은 이야기을 하며 점심을 먹기위해 조모차 동생이 시장에 있는 분시점 이나미누님에게 전화을 하였다,
"누님, 대장일수 사무실에 도가니탕 곱베기로 29개만 같다 주시기바랍니다,
"응", 김병식보스 동생들 금방 갈게?"
"예!"
조모차동생과 이나미누님과 전화을 끊고서 한승호들은 바둑과 장기와 텔래비젼을 보면서 도가니탕을 기다리고 있었다,
조모차가 한다보에게 말을하였다,
"우리는 밥을먹고서 강원도와 차들을 알아보러 가야돼?"
"그래, 어세 형님께서 하신 말씀에 알아보러 가사?"
"그래?"
조모차동생과 한다보동생과 이야기을하고 있었다,
대장일수 사무실을 이나미 누님께서 문을열고서 들어왔다,
"안녕하십니까?"
조모차들은 동시에 인사을 하였다,
이나미 누님께서 말을하고 조모차가 이야기을 하였다,
"아니, 김병식 보스 두목은 출소을 하였는데, 어디을 갔어!"
"예, 형님께서는 어디을 가셨습니다,
"그래, 오며는 가게에 오라고 해죠?"
"예, 누님?"
조모차 와 이나미 누님과 이야기을하고 조남잔 과 진보상 과 도가니탕을 이나미 누님과 둘고서와서 탁자에 놓았다,
조모차가 말을하였다,

"누님, 얼마입니까?"
"응, 2십9 구만원만 줘?"
"예, 여기에 있습니다, 도가니탕을 먹고서 사무실 밖으로 내놓겠습니다,
"그래, 많이들 먹어, 분식점이 손님들이 많아서 가야돼?"
"예, 누님, 수고하세요!"
동시에 이야기을 하였다,
이나미 누님은 조모차에 도가니탕을 값을 받고서 대장일수 사무실 문을열고서 닫고 시장 분식점으로 자가용 배달차을 타고서 같다,
조모차가 말을하였다,
"다들먹자?"
"그래, 많이들 먹어!"
동시에 이야기들을 하고 도가니탕을 먹었다,
대장일수 사무실에서 도가니탕을 29명 동생들은 먹고서 조남잔 과 진보상 과 김사랑 과 이용마 와 이지용이 일어나서 사무실 밖으로 내다놓고 한승호 와 김학지 와 오한지 와 장보구 들은 대장일수 사무실에서 있으며 고승국들은 시장으로 일수을 필요한 분들과 일수을 받으러 나같다,
조모차가 일어나서 한다보에게 말을하였다,
"우리도가자?"
"그래?"
대장일수에서 사무실을 나갈때는 수고들해라며 말들을하고 나같다,
조모차가 한다보와 벤츠차을 타고 외제차을 파는 곳을 같다,
외제차을 파는곳에 도착을하여 벤츠차에서 내려서 1층으로 들어같다,
여자 직원 한명이 조모차 와 한다보에게 인사을 하였다,
"어서오세요!"

"그래, 롤스로이스 검정 9대 와 흰색 1대을 구매좀 하려고 하는데 있어!"
"예, 이곳에 있어요, 오늘 주문을 하시며 내일 구매을 할수 있어요!"
"그래, 얼마인가?"
"예, 이곳으로 오세요!"
여자직원이 계산을하고 조모차에게 계산서을 주었다,
"그래, 오늘 결제을할게, 계좌로 송금을 할게?"
"예!"
조모차동생은 60억을 계좌로 송금을 하였다,
"지금 들어 같을 거야?"
"예!"
여자직원은 확인을하고 계산서을 주었다,
조모차동생과 한다보동생은 계산을하고 여자직원에 인사을 받고서 사무실에서 나왔다,
조모차동생은 김병식보스에게 전화을 하였다,
"형님, 편히쉬셨습니까, 형님?"
"그래, 밥들은 먹고서 전화을 하는것인지, 무슨 일이 있는것이야?"
"예, 형님, 오늘 롤스로이스을 10대을 60억에 구매을 하였습니다, 형님?"
90도로 인사을 하였다,
"그래, 고생했다,
"예, 형님, 강원도 팬션도 알아 보겠습니다, 형님?"
90도로 인사을하며 대답을 하였다,
"그래, 하루 빨리 넘기겨라?"
"예, 형님, 명심하겠습니다, 형님?"
90도로 인사을 하였다,
"그래, 그럼, 전화을끊자?"

"예, 형님, 명심하겠습니다, 형님?"
90도로 인사을 하였다,
김병식보스가 전화을 끊을려고 할 때, 조모차동생이 90도로 인사을하며 대답을 하였다,
"형님, 편히쉬십시오, 형님?"
김병식보스는 김호아동생과 속초 바닷가을 모래밭을 구두을 벗고걷고서 있었다,
김병식보스는 양복 검정 상위을 벗고서 김호아 동생에게 덮어주며 팔장을 끼고서 걸었다,
김병식보스가 말을하였다,
"호아야, 저기에 회집에가서 회을 먹자, 배도 곱픈데 말이야?"
"예, 김병식 보스 두목 오빠?"
강원도 속초 해수욕장에는 사람들 연인들끼리 걷는 사람들이 많았다,
김병식보스는 김호아동생과 강원도 속초회집으로 들어갔다,
카운터에서 여자 사장 이한주가 말을 하였다,
"어서오세요!"
"예, 자리을 하나 주시기바랍니다,
"예, 호주야, 자리을 하나드려라?"
"예, 이리로 오세요!"
김병식보스는 김호아동생과 걸어서가며 자리에 앉았다,
김병식보스가 말을하였다,
"이곳에 참돔 한 마리와 음료수을 같다줘?"
"예,
아르바이트는 인사을하고 주방에가서 장공지에게 이야기을 하였다,
김병식보스가 말을하였다,
"호아야, 이곳에 공기가 좋다, 바람도 시원하게 불고서 있어!"
"예, 바닷가가 5월달로 가는대도 바람이 시원하게 불어서 좋아

요, 오빠 ,그런데, 바닷가을 걸으며 소원을 빌었어요!"
"아니, 왜?"
"예, 오빠는 이곳에 오며 소원을 빌고서 해야지요!"
"그럼, 호아공주는 소원을 빌었어!"
"예, 대한민국 경기도 오산시 정통으로가는 시내파 보스 두목 김병식 백호하얀호랑이 대장님 싸움을 하지 않는 것이예요, 그렇게 빌었어요!"
"하" "하" "하" "하"
김병식보스와 김호아동생과 이야기을하고 있을 때 아르바이트 여자가 참돔 과 스끼다시 와 음료수 와 가지고와서 탁자에 놓고 인사을하며 손님들에게 같다,
김병식보스가 말을하였다,
"호아 공주님께서 내가 싸우는 것을 빌었다, 싸움을 하지 않았으면 좋겠다,
"하" ''하" "하"
"그림, 내가 생각좀 해야지!"
"아~이", 참, 오빠가 생각을 하세요, 호아가 그런다고 싸움을 하지 않은 김병식 보스 두목님이 아니닌가요!"
"하" "하" " 하"
"그래, 지금까지 많이 보았으니간 말야, 호아야, 먹자?"
"예!"
김병식보스와 김호아동생은 회집에서 회을 먹고 인사을하고 바닷가을 걸으며 강원도 속초 해수욕장에서 저녁시간에 택시을 타고서 강원도 팬션으로 왔다,
강원도 팬션에는 산속에서 계곡으로 흐르는 물과 산새들의 웃는소리와 동물들에 소리들이 강원도 팬션까지 들리고 있었다,
강원도 팬션 입구에는 가로등 불빛이 빛히고 있었다,
김병식보스와 김호아동생과 저녁에 텔레비젼을 보며 이야기을 하고 하루을 보냈다,

## 김병식 보스에 오산시 주민들

일요일이라는 오전에 수원요라병원 505호부터 510호까지 호남전국구파들이 5명씩 수술을하여 누워서 있었다,
501호에서 조장중 과 오하지 와 조마하 와 마창고 와 나주아 가 입원을하고 있었다,
조장중이 말을하였다,
"몸들은 괜찮아 졌어!"
"예, 형님, 조금은 나아졌습니다,
오하지 동생들이 동시에 이야기을 하였다,
"그래, 다들 누워서들 있어라?"
"예, 형님?"
동시에 60도로 인사을하고 이야기을 하였다,
조장중이 말을 하고 텔fp비젼을 보고 있을 때 조근만 대장이 전화을 하였다,
"예, 형님?"
"몸들은 어때냐?"
"예, 형님, 많이 좋아졌습니다,
"그래도 몸 조리들하고 있어라?"
"예, 형님, 밥들은 생각이 없으며는 동생을 한명 보낼 것이다, 동생한데 일을 시켜라?"
"예, 형님, 고맙습니다,
"그래, 그럼, 퇴원을하고 보자?"
"예, 형님, 쉬십시요!"
조한문대장과 조장중동생과 전화을 끊었다,

수원 요라병원에는 간호사들이 다니고 있었다,
조근만대장은 모텔을 7층짜리을 하고 있었다,
경상도전국구파 하지문대장은 오피스텔을 7층짜리을 하고서 있었다,
조모차동생과 한다보동생과 한승호동생과 김학지동생과 오한지동생과 장보구동생과 고승국동생과 지하미동생과 장금하동생과 고방식동생과 주고용동생과 한국지동생과 고상국동생과 오방자동생과 한사마동생과 마상회동생과 우통지동생과 황시라동생과 권성수동생과 구한미동생과 롤스로우스 차을 구매을 하였던 곳으로가서 롤스로우스을 한명씩 운전을하고 검정 벤츠차을 넘기고 롤스로우스을 타고서 대장일수 사무실로 타고서 왔다,
대장일수 사무실에 도착을하여 조모차동생과 한다보동생이 롤스로우스 차에서 내려서 들어가려고 하였다,
조모차에게 전화가 오는 것이였다,
"예!"
"예, 그곳에서 강원도에 팬션을 구하신다고 전화번호가 전보상대에 있어서 전화을 하였습니다,
"예, 구하고 있습니다,
"예, 그럼, 오늘도 되십니까?"
"예, 강원도 주소을 불러 주십시요!"
"예, 강원도 0000입니다,
"예, 그곳으로 가겠습니다,
조모차와 강원도 주인과 말을하고 전화을 끊었다,
조모차가 말을하였다,
"강원도에서 팬션이 있다고 하는데 빨리 가보자?"
"그래, 사무실에서 일들보고 있어!"
"그래?"
조모차가 말을하고 한승호들이 대답들을 하였다,

김병식보스는 일어나서 쇼파에 기대고 텔레비전을 보고 있었다,
김호아동생이 일어나서 2층에서 내려오고 있었다,
김병식보스는 말을하였다,
"호아공주님, 일어났어!"
"예, 오빠, 지금 재미있는 것을 하나봐요!"
"그래, 지금 재미있는 것을 하고 있어!"
"그래요!"
김호아동생이 내려와서 김병식보스에 옆에 앉자서 TY이를 보았다,
김병식보스가 말을하였다,
"호아하고 강원도 팬션 이곳에서 오늘이 끝 인 것 같아, 오늘이 이곳에서 강원도 팬션을 이사을 갈 것 같아?"
"어떻게 알아요!"
"기분이 그래?"
"예, 오빠는 만능이신데요, 오빠 생각이 맞을거예요!"
"그래, 산속에 계곡이나 갈가?"
"정말요!"
"그래, 일어나자, 계곡을 같다와서 입구에서 장작에다 고기나 구워서 먹자?"
"예, 일어나요, 오빠?"
김병식보스는 김호아동생과 일어나서 계곡으로 걸어서 같다,
김호아동생과 계곡에 도착을하여 계곡 물에 발을 담그고 있었다,
김호아 동생이 말을하였다,
"오빠, 오늘도 가재들이 많이들 기어 다니는데요!"
"그래, 많이들 다닌다, 호아가 한번 잡아봐?"
"예!"
김호아동생은 두팔로 물속으로 다니는 가재들을 잡았다,

"아~이~고" 오빠, 가재들이 오늘도 빨리 기어다녀서 못 잡겠어요!"
"그래?"
김병식보스와 김호아동생과 계곡에서 이야기을하고 가재들을 잡고서 있었다,
시간이 1시간이 되어 김병식보스가 말을하였다,
"호아야, 이제 내려가서 장작에다 고기나 구워서 먹자?"
"예, 오빠?"
김병식보스와 김호아동생과 계곡에서 내려오며 김병식보스에 오른쪽에서 김호아동생이 팔짱을 끼고서 내려왔다,
김병식보스는 장작과 고기을 구워 먹을수있게 금방 준비을 하였다,
김호아동생이 말을하였다,
"오빠, 이렇게 빨리 준비을 하였어요, 몸도 빠르고 싸움도 빠르고 정말 따라갈 사람이 없네요, 호아도 오빠을 못 따라 가잖아요!"
"그럼, 호아가 한번 준비을 해봐?"
"아니, 오빠을 따라갈수가 없었요!"
"그래, 호아는 소고기을 먹을거야?"
"예, 오빠가 먹는 것으로 할게요!"
"그래?"
김병식보스와 김호아동생과 이야기을하고 있을 때 조모차동생에게 전화가 걸려왔다,
조모차동생은 대답을 할때마다 90도로 인사을하고 대답을 하였다,
"형님, 편히쉬셨습니까, 형님?"
"그래, 오산시는 별일이 없느냐?"
"예, 형님, 일이없습니다, 형님?"
"그래?"

"형님, 강원도 팬션을 주인을 만나서 계약을 하였습니다, 형님?"
"그래, 이곳에서 거리가 많이 떨어졌는지 말해 보거라?"
"예, 형님, 그곳에서 거리는 30분 거리입니다, 형님, 형님, 이곳에는 계곡 물과 계곡도 있으며 사람들이 다니지 않고 조용합니다, 형님?"
"그래, 몇층으로 되어 있느냐?"
"예, 형님, 4층으로 되어 있습니다, 형님?"
"그래, 수고했다, 모래 그곳을 정리을하고 이곳도 정리을하여 그곳에 집기리 같은 것들을 준비을 하여라?"
"예, 형님, 명심하겠습니다, 형님?"
"그래, 전화을끊자?"
"예, 형님, 명심하겠습니다, 형님?"
김병식보스가 전화을 끊으려고 할 때 조모차동생이 90도로 인사을하며 대답을 하였다,
"형님, 편히쉬십시오, 형님?"
김호아동생이 말을하였다,
"오빠, 누구예요!"
"모차가 전화을 왔어!"
"예, 좋은 소식이예요!"
"강원도 팬션 계약을 하였다고 전화가 와서 말야?"
"오빠에 말이 맞아요, 만능이시예요!"
"하" "하" "하"
"그런가?"
김병식보스는 강원도 마트에 전화을하여 소고기 4인분과 음료수와 물과 회와 먹을 것을 시키며 남자가 받아 강원도 정원 앞마당까지 승용차을 가지고 들어와서 김병식보스가 계산을하며 강원도 마트 남자는 인사을하고 같다,
강원도 팬션에 시간은 저녁으로 되어가고 있었다,

김병식보스가 장작에서 피어오르는 불빛에 소고기을 구웠다,
김병식보스가 말을하였다,
"호아는 내일부터 학교을 가야지!"
"예, 내일부터 이곳에서 가면되요!"
"학교을 몇시에 가는데 , 오전인 것 같은데 말야?"
"아니요, 내일은 오후1시까지 가면되요!"
"그래, 그럼, 이곳에서 일어나서 가야 되겠어!"
"예,
"그럼, 김병식 보스 두목도 일어나는 것을 못보고 가겠네?"
"예, 오빠, 오늘 마음것 보면 되지요!"
"그래, 호아야, 먹자?"
김병식보스는 김호아동생에게 양복 상위을 덮어주고 하얀추링에 김호아동생도 하얀추링에 김호아동생과 소고기을 먹었다,
강원도 팬션에 저녁 노을은 아름다웠다,
시간이가고 김병식보스가 말을하였다,
"호아야, 이것 치비을 하고 다니, 밥도 사먹고 헤?"
"예, 오빠, 이렇게 또 많이줘요!"
"그래, 그리고 오늘은 밤이 늦었다, 오빠도 내일부터 가게을 나가서 이야기을 하여야 되고 오늘은 일어나서 잠을자자?"
"예, 오빠, 호아 꿈 꾸고 잘자요!"
"그래, 호아도 내일 일어나서 강원도 택시을 불러서 가면돼?"
"예, 오빠?"
김병식보스는 김호아동생이 현관문으로 들어가서 2층가서 잠을 청하는 것을 보았다,
김병식보스는 강원도 팬션입구을 정리을하고 들어가서 잠을 청 하였다,
1991년 5월3일 월요일 낮1시로 되어가고 있었다,
김병식보스는 두 눈을 뜨고서 일어나서 냉장고에 가서 우유을 한잡 따라서 가지고 쇼파로가서 앉았다,

쇼파에는 김호아동생이 편지을 써 서 놓고서 간 것이 있었다,
김병식보스는 편지을 들고서 읽으며 말을 하였다,
"대한민국 경기도 오산시 정통으로가는 시내파 보스 두목 김병식 백호하얀호랑이 대장님, 김호아 공주님에 오빠, 싸움을하지 않았으면 좋겠어요!"
"하" "하" "하" "하"
김병식보스는 편지을 읽어보고 웃었다,
김병식보스는 전화을 조모차동생에게 하였다,
"예, 형님, 편히쉬셨습니까, 형님?"
"그래, 강원도 팬션으로 지금 들어오너라?"
"예, 형님, 명심하겠습니다, 형님?"
조모차동생은 90도로 인사을하고 대답을 하였다,
김병식보스가 전화을 끊을 때 조모차동생이 90도로 인사을하며 대답을 하였다,
"형님, 편히쉬십시오, 형님?"
"그래?"
김병식보스와 조모차동생은 전화을 끊고서 우유을 한잦 마시고 강원도 팬션을 한번 돌아보고 있었다,
김병식보스가 말을하였다,
"강원도 팬션도 정이 많이 들었었는데 이제 다른곳으로 가야 되겠어, 이제 안녕이다, 이곳도 공기도 좋고 산속에서 들려오는 산새들과 친구가 되어 정이 들었는데 내일이면 이곳에서 가야 되겠어, 잘들 있어라, 산새들과 강원도 팬션아?"
김병식보스는 이야기을하고 검정 양복 상의 와 하의을 입고 검정 와이셔츠 와 넥타이을 차고 강원도 팬션 방과 현관 문을 열고서 걸어서 나와 정원들을 보고 있었다,
김병식보스에 원썸머나잇 노래가 귓가에 들려오고 있었다,
김병식보스는 전화을 받았다,
"예!"

"김병식 보스 구치소에서 출소을 축하해?"
"그래, 형은 건강히 형수님과 있었어!"
"김병식 보스 덕에 건강히 지냈어, 오늘은 아비숑퍼시팩룸나이트에 있을건가?"
"그래야지, 형은 서울에 있게?"
"오늘은 서울에 있고 내일저녁에 아비숑퍼시팩룸나이트에 갈가해?"
"그래, 형, 형수님과 쉬고 내일보자?"
"그럼 전화을 끊고 내일보자?"
"그래?"
김병식보스와 하기장형과 전화을 끊고서 조모차동생을 기다리고 있었다,
강원도 팬션에 시간은 낮4시로 되어가고 있었다,
강원도 팬션에 하얀 롤스로이스 차 한 대가 들어와서 조모차동생이 내렸다,
김병식보스가 앞에서 서 서 있는 것을보며 조모차동생이 90도로 인사을하며 대답을 하였다,
"형님, 편히쉬셨습니까, 형님?"
"그래, 강원도 팬션까지 오느냐고 차들은 막히지 않았는지, 모르겠다,
"예, 형님, 차들은 막히지가 않았습니다, 형님?"
90도로 인사을하고 대답을 하였다,
"그래, 롤스로이스가 아름답구나, 오산시로 가자?"
"예, 형님, 명심하겠습니다, 형님?"
90도로 인사을하고 대답을하며 김병식보스에 롤스로우스 차 뒷문을 열어드렸다,
김병식보스가 롤스로우스 차에 탔다,
조모차동생은 90도로 인사을하며 대답을 하였다,
"형님, 편히쉬십시오, 형님?"

조모차동생은 운전석으로 가며 운전을하고 오산시로 출발을
하였다,
김병식보스가 말을하였다,
"모차야, 오산시로 가며 편의점에 들려서 음료수을 사가지고
와라?"
"예, 형님, 명심하겠습니다, 형님?"
앉자서 90도로 인사을하며 대답을 하였다,
김병식보스는 뒤에서 두눈을 감고 롤스로이스에서 기대고 있
었다,
강원도 팬션에서 오산시로 중간쯤에 가다가 보며는 항상 가는
편의점에 도착을 하였다,
조모차동생이 대답을 하였다,
"형님, 편의점에 도착을 하였습니다, 형님?"
"그래, 이것을 받아서 음료수와 모차가 마시고 싶은 것들 사가
지고 와라?"
"예, 형님, 명심하겠습니다, 형님?"
김병식보스에 돈을 받고서 롤스로이스 차에서 내려서 인사을
90도로 하며 대답을 하였다,
"형님, 다녀오겠습니다, 형님?"
"그래?"
조모차동생은 문을닫고서 편의점으로 걸어서 입구 문을열고서
들어갔다,
조모차동생이 음료수을 사고 카운터에 여자에게 말을하였다,
"이곳에 오래 있는 것 같아?"
"예, 또 오셨네요!"
"그래, 계산이 얼마야?"
"예, 만원이예요!"
"그래, 여기있어!"
"이렇게 많이주세요, 시간나며는 밥도 사먹고해?"

"예, 고맙습니다, 안녕히가세요!"
"그래, 수고해라?"
조모차동생은 편의점 여자와 이야기을하고 김병식보스에 있는 곳으로 걸어서 갔다,
조모차동생이 말을하였다,
"형님, 다녀왔습니다, 형님?"
"그래?"
조모차동생은 롤스로이스 차 문을열어서 음료수을 따서 김병식 두목을 드렸다,
김병식보스가 말을하였다,
"모차야, 음료수을 마시고 오산으로 들어가서 아비숑퍼시팩룸나이트로 가자?"
"예, 형님, 명심하겠습니다, 형님?"
조모차동생은 90도로 인사을하며 대답을하고 운전석에 앉자서 오산시 아비숑퍼시팩룸나이트로 출발을 하였다,
저녁 7시기 되어서 오산시로 접이들이 아비숑피시팩룸나이트에 도착을 하였다,
조모차동생이 90도로 인사을하고 대답을 하였다,
"형님, 아비숑퍼시팩룸나이트에 도착을 하였습니다, 형님?"
"그래, 모차야 한만고 형은 황제꼼장어을 하고 있냐?"
"예 형님 지금 가게을 정라을하고 경상도로 내려같다고 합니다, 형님?"
90도로 인사을하고 대답을 하였다
"그래?",
김병식보스는 양복 상의 주머니에서 천만원짜리 한 장을 지갑에서 꺼내서 조모차동생을 주었다,
김병식보스가 말을하였다,
"모차야, 이것을 받아서 부모님들을 드려라?"
"예, 형님, 고맙습니다, 형님?"

하며 90도로 인사을하고 대답을하며 두팔손으로 받았다,
조모차동생은 내려서 김병식보스에 오른쪽 뒷문을 열어드렸다,
김병식두목이 말을 하였다,
"내일, 강원도 팬션을 정리을하고 오늘은 일을보거라?"
"예, 형님, 명심하겠습니다, 형님?"
90도로 인사을 하였다,
김병식보스가 아비숑퍼시팩룸나이트을 걸어서가고 있었다,
조모차동생이 90도로 인사을 하였다,
"형님, 편히들어가십시오, 형님?"
"그래?"
김병식보스는 조모차동생에게 말을하고 아비숑퍼시팩룸나이트로 걸어같다,
이비숑퍼시팩룸나이트 안에서는 음악들이 흘러서 나오고 있었다,
김병식 보스을 보고 웨이터 막내 기복하 와 웨이터들 한다마 와 조기미 와 마하자 와 지하장 과 장마조가 90도로 인사을하며 동시에 대답을 하였다,
"사장님, 편히나오셨습니까, 축하드립니다,
"그래, 아비숑퍼시팩룸나이트에는 별일이 없었는지!"
"예, 사장님, 일이 없었습니다,
동시에 대답들을 하고 90도로 인사을 하였다,
"그래, 고생들해라?"
"예, 사장님?"
동시에 90도로 인사을하며 대답들을 하였다,
김병식보스는 2층으로 계단으로 올라같다,
김병식보스는 아비숑퍼시팩룸나이트 2층으로 올라가며 대형 유리 문이 열려있는 것에 음악의 디스코들이 흘러서 나오며 웨이터장 장나바 와 정하장 과 정자미 와 김장마 와 조강조 와 양희승 과 양우마 와 동시에 90도로 인사을하며 대답들을

하였다,
"사장님, 편히나오셨습니까, 축하드립니다,
"그래, 아비숑퍼시팩룸나이트에는 별 일들이 없었느냐?"
"예, 사장님?"
90도로 동시에 인사을하며 대답들을 하였다,
아비숑퍼시팩룸나이트에는 디제이장 육갑자가 음악을 틀어주며 춤을추고서 있었다,
아비숑퍼시팩룸나이트에는 웨이터 마수장 과 마하조 와 조금하 와 금하수 와 오기자가 손님들과 이야기을 하고서 있었다,
디제이 박스속에는 디제이들 송덕하 와 지금조 와 디제이여자 김미조가 앉자서 있었다,
김병식보스는 아비숑퍼시팩룸나이트 가게 안을 둘러보고 김병식보스에 룸 안으로 문을열고서 들어갔다,
김병식보스가 룸 안으로 들어가서 쇼파에 앉았다,
밖에서 문을 두 두리는 소리가 났다,
김병식보스가 말을하였다,
"그래, 들어와라?"
"예!"
웨이터장 장나바가 문을열고서 들어와서 대답을 하였다,
"사장님, 흰우유을 같다가 드립니까?"
"그래, 한잖 가지고 와라?"
"예, 사장님?"
90도로 인사을하고 유리 문을열고서 카운터로 오상희실장에 있는 곳으로 갔다,
김병식보스는 대형TY이을 켜고 아가씨 룸을 보았다,
웨이터 오마수 와 기장조가 다니는 것을 보았다,
김병식보스가 보고 있는데 밖에서 문을 두 두리는 소리가 났다,
"그래, 들어와라?"

"예!"
마수장 과 마하조 와 조금마 와 금하수 와 오기자가 들어와서 90도로 인사을하며 대답들을 동시에 하였다,
"사장님, 편히나오셨습니까, 축하드립니다,
"그래, 고맙다, 일들 보거라?"
"예, 사장님?"
동시에 90도로 인사을하고 밖으로 나갔다,
김병식보스는 대형TY이을 보고 있었으며 문을 두 두리는 소리에 말을하였다,
"그래, 들어오너라?"
"예!"
웨이터장 장나바가 들어와서 인사을 90도로 하고 흰우유 한잔을 탁자에 놓고 나가려고 할 때 김병식보스가 말을하였다,
"나바야, 아가씨 룸에 가서 이승미실장을 오라고 하여라?"
"예, 사장님?"
90도로 인사을하고 대답을하며 밖으로 나가서 아가씨 룸으로 같다,
김병식보스는 일어나서 대형 유리문으로 밖으로 보고 있었다,
스테지에서 손님들이 남자와 여자들이 초저녁인데 춤을추고 있었다,
아비숑퍼시팩룸나이트 안에는 손님들이 있었다,
김병식 두목이 밖으로 보고 있었으며 문을 두 두리는 소리가 들렸다,
"똑" "똑" "똑"
"그래, 들어와라?"
"예!"
장나바 웨이터장이 문을열고서 이승미실장과 미하자 와 지용미 와 지미화 와 조금제 와 조미해 와 김해자 와 오미소 와 오미세 와 김시원 과 김지오 와 김지미 와 송미오 와 정사라

와 송미오 와 김오지 와 정미제 와 정소언 과 김언지 와 김시오 아가씨들과 들어왔다,
아가씨 웨이터 오마수 와 기장조도 들어와서 동시에 인사을하고 대답들을 하였다,
"사장님, 축하 드립니다,
"그래, 건강들하게 있었느냐?"
"예, 사장님, 건강하게 있었습니다,
"그래, 그럼, 이승미실장과 장나바 웨이터장만 있고서 오늘은 일들 보아라?"
"예, 사장님?"
동시에 인사을하고 대답들을 하며 룸에서 나갇다,
김병식보스가 말을하였다,
이승미실장과 장나바 웨이터장은 들어라, 일주일 있다 저녁5시에 아비숑퍼시팩룸나이트에서 저녁과 회식을 할 것이다, 그럼, 밖으로 나가서 일들보고 그때, 이야기을 하자?"
"예, 사장님?"
이승미실장과 장나바 웨이터장은 90도로 인사을하며 동시에 대답을 하였다,
장나바 웨이터장과 이승미실장과 문을열고서 밖으로 나갇고 카운터 오상희실장과 주방 정라다가 들어와서 인사들을 하고 나갇다,
디제이장 육갑자와 디제이들 송덕하 와 지금조 와 여자 김미조가 들어와서 인사들을 하며 디제이 박스로 갇다,
김병식보스는 아비숑퍼시팩룸나이트을 둘러보고 룸 안에서 대형TY이을 끄고 룸 안에서 나왔다,
김병식 두목이 아비숑퍼시팩룸나이트에서 밖으로 걸어서 나오려고 할 때 장나바 웨이터장 과 정하장 과 정자미 웨이터들이 입구에서 서 서 있었다,
김병식보스가 말을하였다,

"아비숑퍼시팩룸나이트에 일들이 있으며는 전화을 하여라?"
"예, 사장님, 명심하겠습니다,
동시에 90도로 인사을 하였다,
"그래, 고생들해라?"
"예, 사장님, 편히들어가십시오!"
장나바 웨이터장 과 웨이터들은 90도로 인사을하고 대답들을 하였다,
아비숑퍼시팩룸나이트에서 음악을 들으며 1층으로 내려와 터미널 거리로 걸어서 가려고할 때 막내 웨이터 기복하 와 한다마 와 조기미 웨이터들에게 인사을 받고서 터미널 거리을 걷고서 있었다,
김병식보스가 말을하였다,
"가로등 불빛과 간판 조명들이 밝은 것을 보니 터미널 거리들이 아름답구나, 하늘도 푸르고 맑은 하늘이 밝은 세상으로 변화 되는 것을 느끼고 있어!"
김병식보스가 이야기을 하고 걸음을 걷고서 있었으며 옷가게 이오짐 누님과 양복가게 김미국 누님과 간판가게 오상민 누님도 터미널 가게 앞에서 이야기들을 하고 있었다,
김병식보스는 말을하였다,
"누님들 가게 앞에서 무엇들 하십니까?"
"아~니 이게 누구야, 김병식 두목 보스님께서 언제 출소을 했어!"
옷가게 이오짐 누님께서 대답을 하였고 양복가게 김미국 누님게서 이야기을 하였다,
"김병식 보스 두목 백호하얀호랑이 대장님, 축하해?"
"누님들 고맙습니다, 별일들 없으십니까?"
간판가게 오상민 누님께서 대답을 하였다,
"오산시 김병식 두목 대장 축하하고 우리들이 별일이 있겠어 대한민국 경기도 오산시 정통으로가는 시내파 보스 두목 김병

식 백호하얀호랑이 대장님이 있는데 오산시에 어느 놈들이 오 겠어!"
"하" "하" "하" 누님, 고맙습니다, 그럼, 이야기들을 하십시 요!"
"그래, 보스 두목님 들어가?"
누님들은 동시에 대답들을 하였다,
"예!"
김병식보스는 대답을하고 고진오누님과 강보자누님과 이하준누님과 장한자 형에게 걸어서가고 있었다,
호떡장사 장한자 형에게 걸어서 왔으며 손님들이 많이들 서서 먹고서 있었다,
김병식보스가 말을하였다,
"한자 형 손님들이 많이 있습니다,
"김병식 보스 언제 출소을 했어!"
"몇칠 전에 했습니다, 형 수고하십시요!"
"그래, 두목 들어가?"
김병식 보스는 걸어서 가며 닭꼬치 이하준누님과 옥수수 강보자누님에게 걸어서 같다,
손님들이 이곳도 많이 있었다,
이하준누님이 김병식보스을 보며 이야기을 하였다,
"김병식 두목 축하하고 건강히 있었어!"
"예, 누님, 건강하게 있었습니다, 번창하십니까?"
"응, 김병식 보스 덕에 번창하고 있어!"
"예, 누님 고생하시기바랍니다,
"그래, 김병식 두목 들어가?"
강보자누님도 김병식보스을 보며 이야기을 하였다,
"오산시 시내파 보스 두목 김병식 대장 축하해?"
"예, 누님들 고생하십시요!"
"그래?"

손님들이 많이들 있었으며 김병식 두목은 떡복기 와 순대 와 오뎅 과 김밥 과 닭발을 하고 있는 고진오누님에게 걸어서 같다,
이곳도 손님들이 많았다,
김병식 두목은 말을하였다,
"고진오누님 장사가 번창을 하시는 것 같습니다,
"아~니 김병식 보스 두목님이 언제 출소을 하였어 떡복기와 김밥을 먹고서 가, 어디을가고 있어!"
"예 누님 시간이되지 않아, 또, 들리겠습니다,
"그럼, 들어가?"
"예, 누님 수고하십시요!"
"그래, 보스?"
김병식보스는 이야기을하고 뮤직 차집 양미조 누님가게로 걸어서가고 있었다,
터미널 거리에는 사람들이 연인들과 다니는 사람들이 많이들 있었다,
김병식보스가 양미조 누님네에 도착을 하였다,
김병식 보스을 보고 이지용 동생과 이용마 동생과 김사랑 동생과 진보상 동생과 조남잔 동생들이 90도로 인사을하며 대답들을 하였다,
"형님, 편히나오셨습니까, 형님?"
"그래, 저녁들은 먹고서들 있느냐?"
"예, 형님, 지금 저녁들을 먹었습니다, 형님?"
동시에 90도로 인사을하며 대답들을 하였다,
"그래, 그럼, 들어가서 차들을 마셔라?"
"예, 형님, 명심하겠습니다, 형님?"
동시에 90도로 인사을하며 대답을 하였다,
김병식 보스는 뮤직 차집 1층으로 조남잔 동생이 문을 열어주는것에 안으로 들어같다,

이지용 동생들은 뒤을 따르며 안으로 들어갔다,
양미조 누님께서 말을 하였다,
"아~니 오산시 시내파 김병식 보스 두목 대장님이 언제 출소을 하였어!"
"예, 누님, 건강하셨습니까?"
"응 김병식 보스 덕분에 장사도 되고 건강하지, 그런데 보스는 언제 나온거야?"
"예, 몇칠됐습니다,
"그래, 그럼, 오산시가 조용히 되겠어!"
"예, 누님, 누님, 이곳에 동생들 차을 주시기바랍니다,
"왜, 김병식 보스는 어디을 가려고 그래?"
"예, 구치소에서 출소을하여 인사을 하려고 할때가 많이 있습니다,
"그럼, 나중에 봐?"
동생들이 앉자
"예, 누님?"
김병식 보스가 양복 상위 주머니에서 돈을꺼내서 백만원을 계산을 해주었다,
"여기에 있습니다,
"이렇게 많이줘?"
"예, 동생들 이곳에서 먹는것들 모두 주시기바랍니다,
"그래?"
김병식보스가 말을 하였다,
"지용아, 용마야, 사랑아, 보상아, 남잔아, 자리에가서 앉자, 차들 마셔라?"
"예, 형님, 명심하겠습니다, 형님?"
동시에 90도로 인사을하고 자리을 걸어가서 서 서 있었다,
김병식보스는 뮤직차집을 보았고 아르바이트 여자 오송호 와 디제이 남자 이상한이 인사을 하였다,

김병식보스가 양미조 누님에게 말을하였다,
"누님, 수고하십시요!"
"두목님, 들어가게?"
"예!"
"그럼, 들어가?"
김병식 보스가 뮤직차집 1층 문을 나오려고 할 때 동생들은 90도로 동시에 인사을하며 대답들을 하였다,
"형님, 편히들어가십시오, 형님?"
"그래?"
양미조누님네 뮤직차집에는 사람들이 많이 있었다,
오산시에 터미널 거리는 저녁 10시로 접어들고 있었다,
김병식 보스에게 원썸머나잇 노래가 들려오고 있었다,
"그래, 호아구나?"
"예, 오빠는 어디세요!"
"지금 오산시에 있어!"
"예, 오빠 생각이나서 전화을 하였어요!"
"그래, 전화을 집에서하는 것이야?"
"예, 지금 집에서 전화을 하고 있어요!"
"그래, 밤이 늦었는데, 잠을자고 학교에 가야지!"
"예, 오빠, 목소리을 듣고서 잠을 자려고요!"
"그럼, 목소리을 들었으니 잠을자고 내일 학교에가서 부모님 말씀 들어야지!"
"예, 오빠, 그럼, 잘자요!"
"그래?"
김병식 보스와 김호아 동생과 전화을 끊었다,
김병식 보스는 야식집 이보장 누님에게 걸어서가고 있었다,
김병식 보스가 걸어서가며 말을하였다,
"오늘 따라 택시들도 많이들 있어!"
"김병식 보스 축하해?"

"그래, 형들 고마워?"
오산시에 택시 기사들은 대답들을 하였다,
김병식 보스가 걸어서가고 있었다,
조자고 형에 택시가 서 서 이야기을 하였다,
"대한민국 경기도 오산시 정통으로가는 시내파 보스 두목 김병식 백호하얀호랑이 대장 축하해?"
"자고 형, 고생하고 있어!"
"응, 요즘 따라 손님들이 많이들 있는 것 같아?"
"그럼, 좋은 것 아닌가?"
"김병식 보스 때문이야, 오산시을 이렇게 넓혀 주잖아?"
"그래, 형, 수고해?"
"그래,
조자고 형에 택시는 앞으로 시동을 켜서 같다,
김병식 보스가 이다보 누님네 야식집에 도착을 하였다,
김병식 보스가 문을열고서 들어같다,
손님들이 많이들 있있다,
"이다보 누님, 건강하셨습니까?"
"아~니, 김병식 두목 대장님이 언제 나오셨나?"
"예, 몇일 되었습니다,
"그래, 그럼, 앉자서 음료수라도 하고가?"
"예, 누님?"
김병식 보스가 앉자 이다보 누님께서 흰 우유을 직접 한잔 가지고와서 주었다,
주방 조나보 여자와 아르바이트 장희미 여자가 동시에 인사을 하였다,
"오셨어요!"
"그래?"
김병식 보스가 말을하였다,
"누님, 손님들이 많이들 있어요!"

"김병식 보스 두목님, 때문에 손님들이 많아?"
"저번에 이곳에서 꼬마 애들은 또, 옵니까?"
"아~니, 저번에 그렇게 하고 오지 않아?"
"예, 누님, 또, 다시 오며는 저에게 전화을 해 주시기 바랍니다,
"응, 그렇게 할게?"
"누님, 우유 값, 이곳에 놓고 가겠습니다,
"아니야, 김병식 보스 가지고 가?"
"아닙니다,
김병식 보스는 양복 상위 주머니에서 십만원 짜리을 하나 놓고서 야식집에서 인사을하고 밖으로 나와 터미널로 걷고서 있었다,
김병식보스가 말을하고 걷고서 있었다,
"오늘은 형은오피스텔에서 잠을 자고 김미한 국회의원님을 만나야 되는 날이야?"
김병식보스가 이야기을 하고 걷고서 있었으며 김다진 형에 택시가 소리을 내었다,
"빵" "빵" "방"
"김병식 보스 두목 축하해?"
"그래, 다진이 형, 손님들이 많이 있나봐?"
"요즘 많이들 있어, 김병식 보스가 이렇게 오산시을 넓히고 전국 건달들을 혼을 내주고 있잖아, 대한민국 경기도 오산시가 1등이고 외국 또 한 1등으로 만들것이야, 대한민국 경기도 오산시 정통으로가는 시내파 보스 두목 김병식 백호하얀호랑이 대장님을 우리는 믿고 있어?"
"그래, 형, 수고하구, 오늘은 들어가서 쉬고 내일 일이 있어서 나중에 보자?"
"그래, 들어가?"
김병식 보스는 형은오피스텔로 걸어서 같다,

형은오피스텔에 도착을하여 엘리베이터을 타려 문을 열고 방으로 들어가려고 하였다,
문을열고서 김명화 사장형 과 오희민 형수가 내려오고 있었다,
김병식보스가 말을하였다,
"어디을 가시는 것 같습니다,
"저녁에 추출해서 야식을 먹으로 내려왔어, 김병식 보스는 언제 출소을했어?"
"예, 몇일됐습니다,
"그래, 그럼, 야식이나 먹으러 가던가?"
"아닙니다, 내일 일이 있어서 두분에서 다녀 오시기 바랍니다,
"그래, 그럼?"
"예!"
김병식 보스는 이야기을 하며 엘리베이터을 타고 301호실로 방으로 엘리베이터에서 내려서 문을열고서 들어갔다,
301호에 방은 사람에 흔적이 있었다,
김호아 동생이 형은오피스텔에서 짐을 진 것 같았다,
김병식 보스는 샤워을하고 잠을 청 하였다,
경찰서에서 김보한 반장과 형사들 이주오 와 오미다 와 미한진 과 진상만 과 고진자와 야간들을 하고 있었다,
김보한반장이 말을하였다,
"고잔자 형사?"
"예, 반장님?"
"김병식 두목 보스가 보석으로 나올시간이 되지 않았나?"
"예, 반장님, 날짜가 되었습니다, 출소을 하며는 경찰서에 찾아 오겠지요!"
"그래, 경찰서에 찾아오겠지, 밤이 늦었는데 한 사람씩 눈도 붙이고 쉬고들 해?"
"예, 반장님,
이주오 형사들은 동시에 대답들을 하였다,

경찰서에 하루가 끝나는 밤으로 접어들고 있었다,
형은오피스텔에서 김병식보스는 일어나서 샤워을하고 하얀양
복을 상의와 하의을 입고 하얀 와이셔츠와 넥타이을 차고서
김미한 국회의원님 사무실로 가려고 하였다,
형은오피스텔 301호실 현관 문을열고 걸어서 나오며 엘리베이
터을 타고 형은오피스텔에서 걸어서 김미한 국회의원님 사무
실로 걸어서 같다,
오산극장을 걸어서 지나가고 있었다,
오산극장 앞에서 기나만형이 간판을보고 있었다,
김병식보스가 말을하였다,
"나만이 형, 건강히 지냈어?"
기나만 형은 돌아보며 말을하였다,
"대한민국 경기도 오산시 정통으로가는 시내파 보스 두목 김
병식 백호하얀호랑이 대장 구치소에서 출소을 축하해?"
"그래, 형, 간판이 고장이 났나, 간판을 보고 있어?"
"간판이 불빛이 환하게 들어오는지, 확인 좀 하고 있어?"
"그래, 형, 영화는 좋은 프로가 나왔는지!"
"이번주에는 영화가 좋지 않아, 이번주 지나며는 영화가 볼만
한 것들이 나올 것 같아?"
"그래, 형, 그럼, 영화을 보러 올게?"
"그래, 김병식 두목 보스 들어가?"
김병식 보스는 김미한 국회의원님 사무실로 가며 구두방에서
망치로 구두을 두 두리는 소리가 들렸다,
"탕" "탕" "탕"
김병식보스는 말을하였다,
"범구 형, 장사가 잘 되나봐, 구두을 수선을 하는 것이 저기
멀리에서도 들려서 말야?"
"아~니, 시내파 김병식 보스 두목 대장님이 언제 구치소에서
출소을 하였나?"

"그래, 형,
김병식 보스는 앉자서 구두을 벗고 하얀 구두을 오범구 형에게 주었다,
김병식보스가 말을하였다,
"형, 구두을 닦아줘?"
"그래, 보스, 조금만 있어, 금방 닦아 줄게?"
"그런데, 형, 타지놈들이 지금도 형, 한테 오고 있어?"
"김병식 보스 들어가고 많이들 왔어, 어제도 왔고?"""
"그래, 형, 그럼, 몇 명에서 다니고들 있어?"
"여러명들 이고 말도 호남, 경상도, 서울, 강원도, 전국에서 오는것같아?"
"그럼, 오늘부터 나에게 말을 해줘?"
"그래, 보스?"
김병식보스와 오범구형은 구두방에서 이야기을 하였다,
터미널 거리는 연인들과 자동차 소리와 오토바이 소리와 자전서 소리들이 나녀 나니고 있었나,
"빵""빵""빵""띠""띠""띠""따르릉""따르릉""따르릉"
오범구 형이 구두을 두팔손으로 주며 말을하였다,
"김병식 보스 두목 대장, 구두 여기에 있어, 어디을 가려고 하나봐?"
"그래, 형, 사무실에 가려고 해, 얼마야?"
"김병식 보스, 그냥, 들어가면 돼, 저번에도 준 것을 넉넉하게 주었잖아?"
"그래, 형, 그럼, 이것만 받아?"
"이렇게 많이 줘?"
"그래, 형, 받아 두고 타지놈들이 오면 전화을주고 해?"
"알았어, 김병식 보스 두목 대장, 들어가?"
"그래, 형, 수고해?"
김병식 보스는 일어나서 김미한 국회의원님 사무실로 걸어서

가고 있었다,
김병식보스가 걸어서가며 사람들이 인사을 하는것에 김병식 보스가 인사을하며 갇다,
김미한 국회의원님 사무실에 도착을하여 김미한 국회의원님 차을 보고 사무실 안에 있는 것을 보았다,
차안에는 오방한 남자 운전 기사가 앉자서 있었다,
김병식 보스는 문을열고서 사무실 안으로 들어갇다,
김미한 국회의원님이 말을하였다,
"대한민국 경기도 오산시 정통으로가는 시내파 보스 두목 김병식 백호하얀호랑이 대장님, 축하드립니다,
"예, 김미한 국회의원님 덕에 출소을 하였습니다, 고맙습니다,
"아니예요, 제가 고맙습니다,
김미한 국회의원님이 걸어가서 오른쪽 팔 손으로 악수을 하였다,
그때, 오마차 형도 말을하였다,
"김병식 보스 두목 고생을했어?"
"그래, 형,
김병식보스와 악수을하고 인사을 하였다,
사무실에 김오리 경리 여자도 인사을 하였다,
김미한 국회의원님이 말을하였다,
"김병식보스님, 앉으세요!"
"예!"
김병식보스와 김미한 국회의원님과 오마차 보좌관 형과 자리에 앉았다,
김병식보스가 말을하였다,
"김미한 국회의원님께서는 국회에 하시는 것이 어떠하십니까?"
"예, 대한민국 경기도 오산시 정통으로가는 시내파 보스 두목 김병식 백호하얀호랑이 대장님께서 선거을 도와 주셔서 지금

도 순수하게 일을하고 있습니다,
"예, 김병식 보스 제 마음이 따뜻한 것 같습니다,
"하" "하" "하"
김미한 국회의원님 과 오마차 형과 화기애애로 함께 웃었다,
"별 말씀을 하세요, 보좌관님?"
"예, 국회의원님?"
"우리 김병식 보스 두목 대장님께서 출소을 하였는데 누읍동에 깨끗한 회집으로 가서 식사나 하시지요!"
"예, 국회의원님, 김병식 보스 두목 대장에 고향입니다,
"그래요, 김병식 보스 아참, 그곳에 일주일이 있으면은 가게들이 많이 들어설 거예요!"
"예!"
김병식보스가 대답을 하였다,
김미한 국회의원님이 말을하였다,
"그럼, 일어나서 갑시다,
"예!"
김병식 보스와 김미한 국회의원님과 오마차 형과 일어나서 경리에게 인사을 받고서 사무실 밖으로 나왔다,
운전석에서 운전 기사가 내려서 국회의원님에 문을 열어드리고 오마차 형이 김병식 보스에 문을 열어주고 김병식 보스가 뒤쪽 오른쪽에 앉으며 왼쪽에 뒤는 김미한 국회의원님이 앉으며 오마차 형과 앉고서 깨끗한 회집으로 같다,
운전 기사는 누읍동 깨끗한 회집에 도착을하여 김미한 국회의원님에 문을 열어드리고 오마차 형은 김병식보스에 문을 열어주며 이야기을 하고서 벤츠차는 하가정 여자 사장 깨끗한 회집으로 검정 벤츠차는 출발을 하였다,
오산시 누읍동 깨끗한 회집으로 도착을하여 김미한 국회의원님께서 오방한 기사에게 말을하였다,
"오방한 기사님 낮3시까지 이곳에 차을 대기을 시켜주시면 되

요!"
"예, 국회의원님?"
오방한 기사는 내려서 김미한 국회의원님의 문을 열어드리고 김병식보스와 오마차 보좌관 형과 내려서 깨끗한 회집으로 걸어서 들어가고 있었다,
오방한 기사는 인사을하며 검정 벤츠차을 타고서 오산으로 들어같다,
깨끗한 회집은 아담한 가게 이였고 1층으로 되어 있었으며 방과 테이블로 되어 있었다,
김병식보스와 김미한 국회의원님과 오마차 보좌관 형과 문을 열고서 가게 안으로 들어같다,
깨끗한 회집 종업원 소당지 여자와 주방장 남자 방나장이 동시에 말을하였다,
"어서오십시요!"
하가정 사장님도 카운터에서 김미한 국회의원님을 보고 말을하였다,
"김미한 국회의원님께서 오셨네요, 어서오세요, 보좌관님도 오셨네요, 한분은 누구신지 처음봤겠는데요!"
그때, 김미한 국회의원님께서 말을하였다,
"예, 대한민국 경기도 오산시 정통으로가는 시내파 보스 두목 김병식 백호하얀호랑이 대장님 이십니다, 카리스마와 의리로 살아가는 보스님 이십니다,
"예, 안녕하세요, 하가정입니다,
"예, 말씀을 많이들었습니다,
"그리고, 이곳 누읍동에 토백이세요!"
"예, 국회의원님, 보스님 잘 부탁드립니다,
"예, 일수나 가게가 일이 있으며는 말씀을 주시기바랍니다,
"예, 일수도 하세요!"
"예, 제 명함입니다,

김병식보스는 명함을 양복 상의 주머니에서 꺼내서 한 장 주었다,
"아~니 아비송퍼시팩룸나이트도 하시네요!"
"예!"
"그럼, 시간나면 한번 놀러가겠습니다,
"예, 그렇게 하시기바랍니다,
그때, 오마차 보좌관형이 말을하였다,
"하가정 사장님, 국회의원님과 김병식보스와 제가 들어 갈 수 있는 방으로 주시기바랍니다,
"예, 당지야, 국회의원님들을 방으로 안내해 드려라?"
"예, 사장님?"
김미한 국회의원님과 김병식 두목과 오마차형은 걸어서 방으로 들어갔다,
김미한 국회의원님과 김병식보스와 오마차형은 자리에 앉았으며 국회의원님이 말을하였다,
"이곳에는 농어가 괜찮아요!"
"예,
"이곳에 농어 특대을 갈다가주세요!"
"예, 국회의원님?"
소당지 여자는 서 서 대답을하고 문을닫고서 주방으로 갔다,
김미한 국회의원님이 말을하였다,
"김병식 보스님 출소을 진심으로 축하드립니다,
"예, 김미한 국회의원님?"
"오산시에는 동생들이 몇 명이나 있습니까?"
"예, 저 보다는 나이가 한두살은 많지마는 제 동생들입니다, 서로간에 말을 놓고서 지내라고 하였습니다,
"예, 그래요, 그럼, 동생들이 몇 명이나 있어요!"
"29명 있습니다,
"예!"

김병식보스와 이야기을하고 있는데 종업원 소당지 여자가 밖에서 문을 두 두리고 스키다시와 농어 특대을 가지고 들어왔다,
소당지 여자는 농어을 탁자에 두고서 인사을하며 문을 열고서 밖으로 나같다,
김미한 국회의원님이 말을하였다,
"김병식 보스 두목 대장님, 농어을 먹으면서 이야기을 하시지요!"
"예!"
"오마차 보좌관님도 드시면서 이야기을 하시지요!"
"예, 국회의원님?"
김병식보스와 스키다시와 농어을 먹으면서 이야기들을 하였다,
김미한 국회의원님이 말을하였다,
"오산시에 전국건달들이 들어 왔습니까?"
"예, 호남전국구파 와 경상도전국구파 와 서울전국구파 와 충청도전국구파 와 인천전국구파 와 강원도전국구파 와 제주도전국구파 와 경기도전국구파 와 지역에서 합처서 전국구파로 들어와서 저와 싸움을하고 있습니다, 제가 혼자서 혼을 내주고 있습니다,
"예, 김병식 보스 두목 대장님께서 혼자서 있어도 될 것 같습니다, 100대 1을 보고 있어도 김병식 두목님께서 대한민국 경기도 오산시을 지키십시다,
"예, 제가 혼자있어도 됩니다,
"김병식 보스님 큰일이 있으며는 말씀을 해주시기바랍니다,
"예, 김미한 국회의원님 동생들만 부탁드립니다,
"예, 의리가있는 김병식 보스 두목 대장님?"
그때, 오마차 보좌관 형이 말을하였다,
"국회의원님, 오산시 정통으로가는 시내파 보스 두목 김병식 백호하얀호랑이 대장은 싸움 과 머리와 모든 것들을 갖추고

있습니다, 걱정을 하실 것은 없습니다,
"하" "하" "하"
"오마차 형도 참?"
김미한 국회의원님과 이야기을하며 있었으며 소당지 여자가 문을 두 두리고 들어와서 말을하였다,
"사장님에 써비스입니다,
김미한 국회의원님이 말을하였다,
"전복을 써비스을 주었네, 김병식 보스 드세요, 오마차 보좌관님도 드세요!"
"예!"
동시에 대답을하고 소당지 여자는 밖으로 나같다,
김병식 보스와 2시간을 깨끗한 회집에서 이야기을 하고 김미한 국회의원님이 말을하였다,
"김병식 두목 백호하얀호랑이 대장님, 식사을 모두 하였으면은 나중에 또, 식사을 하지요, 제가 3시30분에 약속이 있어서 가뵈야 되겠습니다,
"예, 국회의원님 식사을 다 먹었습니다, 또, 일이 있으면은 이야기을 해 주시기바랍니다,
"예, 보스 두목님, 오마차 보좌관님 일어나시지요!"
"예!"
김미한 국회의원님 과 일어나서 문을열고서 밖으로 나같다,
밖으로 나가서 카운터에 하가정 사장님에게 걸어서가며 김미한 국회의원님이 말을하였다,
"우리가 먹은것들이 얼마예요!"
"예, 국회의원님, 벌써 가시게요!"
"예, 시간이되서 그리고 전복을 잘 먹었습니다,
"아니예요, 국회의원님, 20십만원만 주세요!"
"예, 여기에 있습니다,
"예, 고맙습니다,

"보스님 과 보좌관님도 많이 드셨나요!"
"예!"
동시에 대답을 하였다,
"그럼, 수고하세요!"
국회의원님이 말을 하고 그때, 김병식 보스도 말을하며 보좌관도 이야기을 하였다,
"수고하시기 바랍니다, 수고하십시요!"
"예, 들어가세요!"
김병식 보스와 김미한 국회의원님 과 오마차 보좌관이 깨끗한 회 집에서 걸어서 나와서 운전 기사가 나와서 있는것에 벤츠차에 문을 열어놓고 있었다,
김병식 보스가 말을하였다,
"김미한 국회의원님, 농어을 많이 먹었습니다, 들어가셔서 일을 보시기 바랍니다,
"예, 그럼, 오늘은 시간이 이정도 만 있어서 나중에 또, 식사을 하시지요!"
"예!"
"마차 형도 들어가서 일을봐?"
"김병식 보스 두목 사무실에 자주와서 차나 한잖 하고 시간을 보내자구?"
"그래, 형?"
김미한 국회의원님 과 오마차 형과 벤츠차을 타고서 오산시로 들어같다,
김병식 보스는 택시을 타고서 오산극장 앞에서 내려서 계산을 하였다,
김병식 보스에 지인분 형이 운전을 하였다,
김병식 보스는 택시에 문을열고서 오산극장 1층 문을열고서 들어같다,
손님들이 많이들 들어가고 있었다,

카운터에 이다보 사장누님께서 앉자서 있었다,
김병식 보스가 말을하였다,
"이다보 누님, 건강하셨습니까?"
"김병식 보스 두목 백호하얀호랑이 대장님이 언제 출소을 하였어, 축하해?"
"고맙습니다, 장사좀 번창하십니까?"
"김병식 보스 덕에 손님들이 많이들 있어, 차라도 한잔하고가?"
"예, 시간이 되서 오겠습니다,
"그래, 그럼, 들어가?"
"예!"
김병식 보스는 이다보 누님과 이야기을 하고 2층으로 계단으로 걸어서 장미해 누님 여자 사장님 경양식 가게로 올라갔다,
김병식 보스는 문을열고서 안으로 들어갔다,
카운터에서 김병식 보스을 보고 장미해 누님이 말을하였다,
"내한민국 경기도 오산시 징통으로가는 시내파 보스 두목 김병식 백호하얀호랑이 대장님이 출소을 언제 하였어!"
"예, 건강하셨습니까, 몇칠됐습니다,
"축하해, 식사는 했어!"
"예, 먹었습니다,
그때, 주방장 남자 김하진 과 일을하는 여자 종업원 조부미가 동시에 말을하였다,
"어서오세요!"
"그래?"
김병식 보스가 말을 하였다,
"장미해 누님 가게 안에 손님들이 많이 있습니다, 음악도 조용한 음악이구요!"
"그래, 김병식 보스 앉자서 차라도 하고 가지!"
"예, 누님, 시간이되서 차을 마사로 오겠습니다,

"그럼, 지금 어디을 가나?"
"예, 인사 좀 하러 다닙니다,
"그래, 그럼, 들어가?"
"예, 수고하시기바랍니다,
김병식 보스는 문을열고서 밖으로 나왔다,
3층에 포켓볼 당구장으로 김병식 보스가 걸어서 올라갔다,
문을열고서 안으로 들어 갔으며 강하만 형이 손님들에 당구대을 닥고서 있었다,
포켓볼 당구장 안에도 손님들이 많이들 있었다,
김병식 보스을 보고 구한미동생 과 김구한동생 과 주성진동생 과 진보상동생 과 진상보 동생들이 90도로 동시에 인사을하고 이야기을 하였다,
"형님, 편히나오셨습니까, 형님?"
"그래, 당구들 치고서 있었구나, 당구들 치어라?"
"예, 형님, 명심하겠습니다, 형님?"
90도로 인사을 동시에하며 대답들을 하였다,
구한미 동생들이 당구을 치려고 할 때, 90도로 인사을 동시에 하고 대답들을 하였다,
"형님, 당구을 치겠습니다, 형님?"
"그래?"
그때, 강하만 형이 말을하였다,
"김병식 시내파 보스 두목 대장님이 언제 구치소에서 출소을 하였어, 축하해?"
"그래, 형, 장사가 번창을 하여, 다행이야?"
"보스 때문에 번창을하고 손님들이 많이들 있어!"
"그래, 형?"
"김병식 보스 우유라도 한잔줄가?"
"아니야, 형, 시간이 안되서 그럼, 나중에 또, 올게?"
"그래,

김병식 보스가 문을열고서 나가려고 할 때, 구한미 동생들이 동시에 90도로 인사을하고 이야기을 하였다,
"형님, 편히들어가십시오, 형님?"
"그래?"
김병식 보스는 문을열고서 1층으로 걸어서 내려오고 볼링장으로 걸어서가고 있었다,
터미널에 거리는 연인들과 사람들이 걸어서 다니는 사람들이 많았다,
자동차 와 오토바이와 자전거들이 소리을내고 다니고 있었다,
오산극장 과 가게집에서는 음악 소리들이 들리고 있었다,
김병식 보스는 터미널 거리을 음악을 들으며 낮4시로 접어드는 시간에 볼링장으로 걸어서가고 있었다,
터미널 거리에서 호남전국구파들과 경상도전국구파들이 쇠파이프을 들고서 30명들이 걸어서오고 있었다,
김병식 보스는 호남전국구파들과 경상도전국구파들을 보지 못하고 아비송피시팩롬나이트 쪽으로 걸어서 올리기고 있었디,
경상도전국구파 주수만 과 부지원 과 김호지 와 오사차 와 소라와 와 단고장 과 9명들이 호남전국구파 15명들과 쇠파이프을 둘고서 오산극장으로 문을열고서 당구장으로 올라가고 있었다,
이다보누님 과 기나만 형은 매점 사무실에서 이야기들을 하고 있어서 경상도전국구파들과 호남전국구파들과 당구장에 올라가는 것을 보지 못했다,
주수만이 앞에서 서 서 쇠파이프을 둘지 않고 문을열고서 안으로 들이같다,
경상도전국구파 주수만이 말을하였다,
"다들 옆으로 비켜라, 애들아, 처라?"
"예, 형님?"
동시에 대답들을 하고 쇠파이프을 둘고서 당구 다이와 물건들

을 부셨다,
강하만 형이 말을하였다,
"뭐야, 당구장을 부시고 있어, 색끼들아?" " " "
그때, 구한미 동생과 김구한 동생과 주성진 동생과 진상보 동생과 김보상동생이 동시에 대답을하고 걸어서가며 싸움을 시작을 하였다,
"뭐야, 이곳이 어디라고 부시고 있냐?"
경상도전국구파들 과 호남전국구파들 과 구한미 동생들이 싸움을 하는것에 쇠파이프로 구한미 동생들을 혼내주고 있었다, 구한미 동생들은 싸움이 되지 않고 경상도전국구파들 과 호남전국구파들에게 당하여 포켓볼 당구장에서 쓰러져서 몸을 만지고 있었다,
구한미 동생들은 몸들이 부러진 것들을 느끼고 있었다,
경상도전국구파 주수만이 말을하였다,
"애들아, 이제 돌아가자, 혼들이 많이 났을거라 생각한다, 김병식 보스 두목에게 전해라?"
"구한미 동생이 말을하였다,
"뭐야, 너희들 지역으로 내려가라?"
"하" "하" "하"
"입은 살아있구나?"
"애들아, 내려가자?"
"예, 형님?"
동시에 대답을하고 60도로 인사을 하였다,
주수만들은 포켓볼 당구장에서 동생들과 쇠파이프을 둘고서 아비숑퍼시팩룸나이트 쪽으로 볼링장으로 걸어서 올라가고 있었다,
경상도전국구파들과 호남전국구파들과 사람들에게 말을 하였다,
"비켜라?" "비켜라?"

"뭐야?' "비켜라?"
아비숑퍼시팩룸나이트로 가고 있었으며 한사마 동생과 마상회 동생과 우통지 동생과 황시라 동생과 권성수 동생들이 동시에 말을하고 대답들을 하였다,
"뭐야, 너희들은 가자?"
한사마동생들은 달려와서 경상도전국구파들과 호남전국구파들과 싸움을 하였다,
싸움은되지 않았으며 한사마 동생들이 거리에서 부러진 곳을 소리을내고 있었다,
주수만이 말을하였다,
"김병식 보스가 와서 상대을 하여야 된다, 너희들은 상대가 안된다, 애들아, 가자?"
"예, 형님?"
경상도전국구파들과 호남전국구파들은 올라가고 있었다,
코브라 옷가게 이오짐누님과 잔고 옷가게 모조용누님이 나와서 119을 불러서 한사마 동생들을 한국병원으로 태워서 입원을 시켰다,
포켓볼 당구장에 강하만 형은 구한미 동생들을 한국병원 봉고차을 불러서 태워서 입원을 시켰다,
김병식 보스는 볼링장으로 들어와서 지혜미 누님 사장님과 이야기을 하였다,
김병식 보스가 말을하였다,
"지혜미누님, 손님들이 많이 있습니다,
"김병식 보스 구치소에 출소을 축하해?"
"건강은 좋으십니까?"
"김병식 보스 두목 때문에 건강해?"
"예, 누님?"
김병식 보스와 지혜미 누님과 이야기을 하며 볼링장을 둘러보았다,

손님들은 5섯군데서 볼링들을 치고 있었다,
일을하는 종업원 남자 한 장옥 과 이삼모 와 조모짐 과 여자들 이미종 과 지호마 와 마장온 과 한무기 와 장만수 가 번호에 앉자서 있었다,
김병식 보스가 말을 하려고 하였다,
볼링장 밖에서 문을열고서 경상도전국구파 와 호남전국구파들이 들어오며 주수만이 말을하였다,
"애들아, 부셔라?"
"예, 형님?"
손님들과 지해미누님과 종업원들과 소리을내고 구석으로 숨어서 있었다,
김병식 보스는 말을하며 들어오는 경상도전국구파들과 호남전국구파들을 혼을 내주고 있었다,
"뭐야?" "색끼들아?"
김병식 보스가 "붕" 점프을하여 360도로 회전을하고 오른쪽 발 다리로 뒤돌려차기을 하여 호남전국구파 한명을 오른쪽 얼굴 턱을 차버렸다,
"퍽" 하고 "윽" 하며 부러지는 소리을내고 입과 코에서 허공으로 피가튀기며 뒤로 콰당 하고 쇠파이프와 함께 들고서 날아가버렸다,
김병식보스는 착지을 하였다,
경상도전국파 한명이 앞에 있는 것을 김병식 보스는 앉자서 180도로 회전을하고 왼쪽 발 다리로 뒤돌려차기을 하여 경상도전국구파 놈을 왼쪽 발목을 차 버렸다,
"퍽" 하고 "윽" 하며 부러지는 소리을내고 왼쪽으로 쇠파이프와 함께 한바퀴 돌며 덤브링을 하고 돌며 날아가 버렸다,
김병식 보스는 일어나서 오른쪽 발 다리로 들어올려서 내리찍히로 호남전국구파 한명을 오른쪽 어깨을 내리찍었다,
"퍽" 하고 "윽" 하며 부러지는 소리을내고 쇠파이프을 떨어트

리고 앞으로 고꾸라졌다,
김병식 보스가 경상도전국구파 한명이 쇠파이프을 둘고서 내리치는 것을 보고 오른쪽 발 다리로 앞차기로 경상도전국구파 놈의 가슴배을 차 버렸다,
"퍽" 하고 "욱" 하며 쇠파이프와 둘고서 뒤로 콰당 하고 날아가 버렸다,
김병식 보스가 뒤로 한걸음씩 빠지면서 싸움을하고 있었다,
경상도전국구파들과 호남전국구파들은 볼링장 위로 올라와서 싸움을 하였다,
경상도전국파 한명이 쇠파이프을 내리치는 것을 김병식 보스는 몸을 왼쪽으로 회전을하고 오른쪽 발 다리로 들어올려서 내리찍히로 경상도전국구파 놈의 오른쪽 어깨을 찍어버렸다,
"퍽" 하고 "욱" 하며 부러지는 소리을내고 쇠파이프을 앞으로 떨어트리고 앞으로 꼬꾸라졌다,
김병식 보스가 달려가서 "붕" 점프을하고 호남전국구파 한명을 얼굴 면싱고을 차 버렸다,
"퍽" 하고 "욱" 하며 코가 부러지는 소리을내며 쇠파이프와 함께 뒤로 날아가 버렸다,
김병식 보스는 착지을하고 뒤을 돌아보고 앞으로 "붕" 점프을 하여 오른쪽 팔 주먹으로 수퍼라이트 혹으로 호남전국구파 한명을 얼굴코을 쳐 버렸다,
"퍽" 하고 "욱" 하며 코가 부러지는 소리와 입과 코에서 허공으로 피가튀기며 뒤로 쇠파이프와 함께 날아가 버렸다,
김병식 보스는 착지을 하였다,
김병식 보스 두목에 싸움은 연속으로 이어지는 싸움이였다,
김병식 보스는 "붕" 점프을하여 달려가서 720도로 회전을하고 왼쪽 발 다리로 경상도전국구파 한명을 왼쪽 얼굴 면상코을 쳐 버렸고 오른쪽 발 다리로 뒤돌려차기을 하여 호남전국구파 한명을 오른쪽 얼굴 면상턱을 차 버렸다,

"퍽" 하고 "욱" 하며 부러지는 소리을내고 쇠파이프을 앞으로 떨어트리고 뒤로 날아가 버렸다,
김병식 보스는 착지을 하였다,
호남전국구파 와 경상도전국구파들이 쇠파이프을 둘고서 내리치며 싸움을 들어오고 있었다,
김병식 보스는 볼링장 위에서 낙법으로 오른쪽 과 왼쪽으로 쇠파이프을 넘고 덤브링을 하여 피하며 싸움을 하였다,
김병식 보스는 낙법을하고 몸을 일어 나며 호남전국구파 한명이 쇠파이프을 내리치는 것을 보고 "붕" 점프을하여 오른쪽 발 다리와 왼쪽 발 다리로 호남전국구파 놈의 가슴명치을 차 버렸다,
"퍽" 하고 "욱" 하며 쇠파이프을 앞으로 떨어트리고 뒤로 날아가 버렸다,
김병식 보스는 뒤로 착지을하여 땅을 등으로 짖고서 두팔을 머리 뒤로 하며 땡기며 덤브링을 하여 일어났다,
김병식 보스는 "붕" 점프을하여 360도로 회전을하고 오른쪽 뒤돌려차기로 하여 경상도전국구파 한명을 오른쪽 얼굴 면상 턱을 차 버렸다,
"퍽" 하고 "욱" 하며 부러지는 소리을내고 입과 코에서 허공으로 피가튀기며 쇠파이프와 함께 뒤로 날아가 버렸다,
김병식 보스는 착지을 하였다,
호남전국구파 두명이 쇠파이프을 동시에 내리치고 있었다,
김병식 보스는 두눈으로 보고 왼쪽 발 다리로 상단차기을 하여 앞에서 왼쪽에서 내려오는 쇠파이프을 차 버리고 김병식 보스가 몸을 180도로 회전을하고 오른쪽 발 다리로 뒤돌려차기로 하여 오른쪽에서 내려오는 쇠파이프을 차 버렸다,
쇠파이프는 "빙" "그" "르" "르" "르" 돌면서 뒤로 날아가 버렸다,
김병식 보스는 "붕" 점프을하여 두 다리로 왼쪽에 있는 호남

전국구파 와 오른쪽에 있는 호남전국구파 와 두발을 벌리고 가운데 얼굴턱 밑을 차 버렸다,
"퍽" 하고 "욱" 하며 부러지는 소리을내고 뒤로 한바퀴 넘으며 돌고 덤브링을 하고 날아가 버렸다,
김병식 보스는 착지을 하였다,
경상도전국구파 한명이 쇠파이프을 둘고서 내리치는 순간 김병식 보스가 "붕" 점프을하여 360도로 회전을하여 왼쪽 발 다리로 뒤돌려차기을 하여 경상도전국구파 놈의 왼쪽 얼굴 면상 턱을 차 버렸다,
"퍽" 하고 "욱" 하며 부러지는 소리을내고 쇠파이프와 함께 뒤로 날아가 버렸다,
김병식 보스는 착지을 하였다,
볼링장누님 과 종업원들 과 손님들이 환호성을 내고 박수들을 치고서 있었다,
"짝" "짝" "짝" "짝"
"영화 같은 장면입니다,
"아" "아" "아" "아"
김병식 보스가 앞으로 달려가서 "붕" 점프을하고 두 바퀴 돌면서 덤브링을 하여 호남전국구파 놈들과 경상도전국구파 놈들을 머리위을 넘고서 착지을 하였다,
김병식 보스에 앞에서 경상도전국구파 주수만 과 부지원이 있었다,
김병식 보스는 "붕" 점프을하여 360도로 회전을하고 오른쪽 발 다리로 뒤돌려차기을 하여 투터치로 두명을 오른쪽 얼굴 면상 턱을 차 버렸다,
"퍽" 하고 "욱" 하며 부러지는 소리을내고 입과 코에서 허공으로 피가튀기며 부지원은 앞으로 쇠파이프을 떨어트리고 뒤로 날아가 버렸다,
김병식 보스는 앞으로 몸을 회전을 하였다,

호남전국구파 두명이 쇠파이프을 내리치고 있었다,
김병식 보스는 앉자서 오른쪽으로 180도로 회전을하고 오른쪽 발 다리로 뒤돌려차기을 하여 오른쪽 발목을 차 버렸다,
"퍽" 하고 "욱" 하며 쇠파이프을 앞으로 떨어트리고 오른쪽으로 한바퀴 돌며 넘으며 덤브링을 하고 날아가 버렸다,
김병식 보스는 몸을 왼쪽으로 180도로 회전을하고 왼쪽 발 다리로 뒤돌려차기을 하여 호남전국구파 놈의 왼쪽 발목을 차 버렸다,
"퍽" 하고 "욱" 하며 왼쪽으로 한바퀴 돌며 넘으며 덤브링을 하고 쇠파이프와 함께 날아가 버렸다,
김병식 보스는 몸을 일으키며 경상도전국구파 한명이 앞에 있는것에 왼쪽 발 다리로 상단차기을 하여 경상도전국구파 놈의 오른쪽 얼굴 면상 턱을 차 버렸다,
"퍽" 하고 "욱" 하며 부러지는 소리을내고 입과 코에서 허공으로 피가튀기며 뒤로 쇠파이프와 함께 날아가 버렸다,
김병식 보스는 경상도전국구파 두명이 쇠파이프을 내리치는 것을 보았다,
김병식 보스는 앞으로 달려가서 "붕" 점프을하여 360도로 회전을하고 왼쪽 발 다리로 뒤돌려차기을 하여 경상도전국구파 두명을 왼쪽 얼굴 면상 턱을 차 버렸다,
"퍽" 하고 "욱" 하며 부러지는 소리을내고 입과 코에서 피가튀기며 쇠파이프을 앞으로 떨어트리고 뒤로 날아가 버렸다,
김병식 보스는 착지을 하였다,
경상도전국구파 김호지 와 오사차 와 소라와 와 단고장이 뒤에 있었다,
호남전국구파들은 앞에서 있었다,
김병식 보스는 오른쪽 발 다리로 앞차기로 호남전국구파 한명을 가슴명치을 차 버렸다,
"퍽" 하고 "욱" 하고 쇠파이프을 앞으로 떨어트리고 앞으로 꼬

꾸라 졌다,

김병식 보스는 왼쪽 발 다리로 180도로 회전을하고 호남전국구파 놈의 왼쪽 얼굴 면상 턱을 차 버렸다,

"퍽" 하고 "욱" 하며 부러지는 소리을내고 쇠파이프와 함께 뒤로 날아가 버렸다,

김병식 보스는 달려가서 오른쪽 발 다리로 김호지놈의 가운데 밑 얼굴 면상 턱을 차 버리고 왼쪽 발 다리로 오사차놈의 가운데 밑 얼굴 면상 턱을 차 버렸다,

"퍽" 하고 "욱" 하며 부러지는 소리을내고 입에서 허공으로 피가튀기며 뒤로 한바퀴 돌고 넘으며 덤브링을 하고 쇠파이프을 앞으로 떨어트리고 뒤로 날아가 버렸다,

김병식 보스가 착지을 하였다,

호남전국구파들은 김병식 보스에게 쇠파이프을 내리치고 있었다,

김병식 보스는 오른쪽 발 다리로 앞에 있는 호남전국구파 한명을 오른쪽 무릅 곽을 치 비렸디,

"퍽" 하고 "욱" 하며 부러지는 소리을내고 앞으로 쇠파이프와 함께 꼬꾸라졌다,

김병식 보스가 "붕" 점프을하여 360도로 회전을하고 오른쪽 발 다리로 뒤돌려차기을 하여 호남전국구파 놈의 오른쪽 얼굴 면상 턱을 차 버렸다,

"퍽" 하고 "욱" 하며 부러지는 소리을내고 쇠파이프와 함께 뒤로 날아가 버렸다,

김병식 보스가 두눈으로 호남전국구파 와 경상도전국구파을 보고 있었다,

김병식 보스는 호남전국구파 와 경상도전국구파들이 쇠파이프가 내려 오기전에 달려가서 "붕" 점프을하고 왼쪽 발 다리로 앞차기을 하여 호남전국구파 놈의 가슴명치을 차 버렸다,

김병식 보스는 몸을 180도로 회전을하여 오른쪽 발 다리로

경상도전국구파 소라와 놈의 오른쪽 얼굴 면상 턱을 차 버렸다,
김병식 보스는 허공에서 내려오며 오른쪽 주먹으로 라이트훅으로 경상도전국구파 단고장 놈의 얼굴 면상 코을 처 버렸다, "퍽" 하고 "윽" 하며 부러지는 소리을내고 입과 코에서 허공으로 피가튀기며 앞으로 쇠파이프을 떨어트리고 뒤로 날아가 버렸다,
김병식 보스는 착지을하고 말을하였다,
경상도전국구파 와 호남전국구파들은 앉자서 고통을 받고서 소리을내고 있었다,
"너희들이 이곳까지 와서 행패을 부리려고 하는 구나, 너희들 지역으로 내려가라고 하였는데, 죽고 싶어서 오산시에 있는 것이냐, 너희들 대장에게 전화라, 오늘은 이것으로 해 주겠다, 정말로 죽고 싶으면은 너희들 말고 너희들 대장이 와서 김병식 보스 두목 나에게 상대을 해라고 하여라, 너희들은 나에게 상대가 안 된다, 너희들 대장도 나에게 상대가 되지 않는데, 왜, 이렇게, 오산시에서 있는 것이냐?"
김병식 보스가 말을 하였고 주수만이 대답을 하였다,
"대한민국에는 김병식 보스 두목 백호하얀호랑이 대장이다, 카리스마와 의리로 인정한다, 그렇지만, 김병식 보스가 죽어야, 우리는 이곳 오산시을 떠난다,
"하" "하" "하"
"너희들이 입이라고 죽고 싶어서 환장들을 하는 것 같구나, 오늘은 이곳에서 나가고 이곳 오산시에서 너희 지역으로 가거라, 그렇지, 않으면은 내가 너희들을 고통을 받게 계속 해 줄 것이다, 자, 일어나서 너희 대장에게 가서 전해라, 대한민국 경기도 오산시 정통으로가는 시내파 보스 두목 김병식 백호하얀호랑이 대장이 너희 지역으로 떠나라고 하였다고 말을 해라?"
주수만은 일어나며 말을하였다,

"그래, 내가 전화고 나중에 볼수 있으면 보자?"
"하" "하" "하"
"가거라?"
주수만이 호남전국구파들과 경상도전국구파들에게 말을 하였다,
"가자?"
"예, 형님?"
호남전국구파들과 경상도전국구파들은 일어나서 몸을 붙잡고 볼링장을 빠져나가고 있었다,
김병식 보스가 지혜미 누님에게 말을하였다,
"지혜미 누님, 괜찮습니까?"
"김병식 보스 두목 싸움을 영화 같이 하는 것 같아, 영화을 보는 것 같았어?"
"예, 누님?"
김병식 보스와 지혜미 누님과 이야기을하고 있을 때 일을 하는 종업원 한 장옥 과 이삼모 와 조모짐 과 이미공 과 지호마 와 마장온 과 한무기 와 장만수가 손님들과 박수을치고 환호성을 치고 있었다,
"와"~"아"~"아"~"아" "짝" "짝" "짝"
"잘 싸우신다,
종업원들은 볼링장을 치우고 있었다,
김병식 보스는 양복을 털면서 주머니에서 지갑을 꺼내서 천만 원짜리을 한 장 주었다,
"아니, 이게, 모야?"
"예, 누님, 가게 청소나 하시고 손님들 돈을 주시기바랍니다,
"김병식 두목 이것은 내가 줘도 되는데 이렇게 나에게 많이 줘?"
"예, 누님, 그럼 저도 내려 가야 되겠습니다, 고생하시기바랍니다,

"그럼, 들어가, 김병식 보스 두목 백호하얀호랑이 대장, 고마워?""""
김병식 보스는 볼링장 문을열고서 터미널로 내려가고 있었다,
호남전국구파 와 경상도전국구파들과 싸움은 몇분도 되지 않아서 끝났다,
저녁으로 되어가고 있었다,
김병식 보스는 형은오피스텔에서 검정양복을 갈아입고서 아비송퍼시팩룸나이트로 걸어서 올라가고 있었다,
저녁6시로 되어가고 있었다,
김병식 보스가 아비송퍼시팩룸나이트에 입구로 도착을 하였다,
아비송퍼시팩룸나이트 안에서는 음악들이 흘러서 나오고 있었으며 볼링장은 문을닫고서 내부수리을 붙여 놓았다,
김병식 보스을 보고 막내 기복하 와 오기자 와 금하수 와 조금마 와 마하조 와 마수장이 90도로 인사을하고 동시에 말을 하였다,
"사장님, 편히나셨습니까?"
"그래, 수고들한다,
김병식 보스는 2층으로 계단으로 걸어서 올라가고 있었다,
2층에 대형 유리문은 열려져 있었다,
김병식 보스는 대형 유리문을 열어져 있는 곳으로 들어갔다,
웨이터장 장나바 와 조강처 와 양희승 과 양우마가 서 서 90도로 인사을 동시에하고 말을 하였다,
"사장님, 편히나오셨습니까?"
"그래, 밥들은 먹었느냐?"
"예, 사장님?"
90도로 인사을하며 동시에 대답을 하였다,
김병식 보스는 스테지와 디제이 박스와 디제이 여자 김미조가 음악을 틀어놓고 춤을 추는 것을 보며 김병식 룸으로 들어가려고 하였다,

웨이터들은 손님들에게 맥주와 과일과 오징어 마른 안주들을 놓고서 이야기을하고 있는 것을 보았다,
아비숑퍼시팩룸나이트 안에는 손님들이 있었다,
김병식 보스에 말을 듣고서 하기장 형과 가수 형수 조미보가 룸 안에서 나왔다,
하기장 형이 말을하였다,
"대한민국 경기도 오산시 정통으로가는 시내파 보스 두목 김병식 백호하얀호랑이 대장 구치소에서 출감을 축하해?"
"그래, 형?"
김병식 보스와 악수을하고 조미보 형수가 말을하였다,
"김병식 보스님, 축하해요!"
"예, 형수님, 형과 형수님은 식사을 했어?"
"아니, 김병식 보스 오며는 먹으로 가려고 아직 안 했어?"
"그래, 형, 형수님, 나가시지요!"
"예, 김병식 보스님?"
김병식 보스는 웨이디장에게 말을히였디,
"일이 있으며는 전화을하여라?"
"예, 사장님, 편히다녀오십시요!"
"그래?"
김병식 보스와 하기장 형과 조미보 형수와 1층으로 내려와서 막내 웨이터와 웨이터들에게 인사을 받고서 야식집 이보장 누님네로 걸어서가고 있었다,
김병식 보스가 말을하였다,
"형수는 가수 생활에 만족한것같습니다,
"예, 그렇게 보여요!"
"예, 제가 보는 것은 형수님 노래와 목소리입니다,
"예, 고마워요, 김병식 보스님?"
그때, 하기장 형이 대답을 하였다,
"김병식 보스 어디을 가려고 해, 차을 타고 가지!"

"아니, 형, 이곳에서 가까운 거리야?"
"그래, 터미널 거리가 사람들이 많이다니고 김병식 보스 두목님을 알아 보는 것 같아?"
"하" "하" "하" "하"
"형도 참, 형수님, 기장 형이 웃는 말들을하고 있습니다, 형수님에게도 그런 말을 하십니까?"
"아니요, 그런 말을 하지 않아요, 김병식 보스 두목님이 좋으신가봐요!"
"하" "하" "하" "하"
동시에 득이만만으로 웃었다,
김병식 보스와 터미널 거리을 걷고서 있었으며 장한자 형과 이하준 누님과 강보자 누님과 고진오 누님에게 인사을하고 이보장 누님 야식집으로 도착을 하였다,
김병식 보스는 문을열고서 안으로 들어갔다,
이다보 누님께서 김병식 보스을 보고 말을하였다,
"시내파 김병식 보스 두목이 왔어?"
"예, 누님, 이분들은 누구신지!"
"예, 저렁 함께 있는분들입니다,
"그래, 안녕하십니까?"
"예, 안녕하세요!"
"예!"
그때, 종업원 주방 여자 조나보 와 아르바이트 여자 장희미가 인사을 하였다,
"어서오세요!"
"그래?"
김병식 보스는 말을하였다,
"누님, 자리을 하나 주시기바랍니다,
"김병식 두목 이곳으로 앉자?"
"예!"

김병식 보스는 하기장 형과 조미보 형수와 걸어가서 자리에 앉았다,
김병식 보스가 말을하였다,
"형수님은 저녁을 어떤 것으로 하겠습니까?"
"예, 저는 장어구이을 먹을가 해요!"
"형도 그것으로 할래?"
"그래, 보스 두목?"
"그래, 누님, 이곳에 장어구이로 주시기바랍니다,
"응", 희미야, 김병식 보스 두목님, 장어구이 6인분 드려라?"
"예, 사장님?"
김병식 보스가 말을하였다,
"기장 형은 서울에서 하고 있는것들이 잘되고 있어?"
"사실은 저번에 이야기을 하였던, 나이트을 종로에서 차리기로 했어?"
"그래, 형, 잘됐어,
"그래서 오산시에는 김병식 보스가 혼사서 맞아서 오픈을하여 운영을 하였으면 좋겠어?"
"그래도 형, 돈은 가지고 가야지!"
"김병식 두목 괜찮아?"
그때, 아르바이트 여자가 장어구이 철판과 구이와 음식들을 가지고와서 놓고서 같다,
조나보 형수가 말을하였다,
"김병식 보스님 가게인데요, 이제 김병식 보스 두목님께서 하시면 되요!"
"예, 형수님, 그럼, 말야, 하기장 형, 종로에서 장사을 시작을 하기전에 내가 가봐야 되는 것이 아니야?"
"김병식 보스 두목 오픈을 할때에 오면 돼?"
"그래, 형, 김병식 보스와 하기장 형과 조나보 형수와 이야기을 하고 장어구이을 먹고서 있었다,

야식집 이다보 누님네에서 2시간을 먹고서 이야기을하고 자리에서 일어나서 아비숑퍼시팩룸나이트로 걸어서 왔다,
아비숑퍼시팩룸나이트 입구에 도착을하여 막내 기복하 와 오기자에게 인사을 받았다,
김병식 보스는 하기장 형에 벤츠차 앞까지 걸어가서 하기장 형과 조나보 형수와 이야기을 하였다,
"기장, 형, 아비숑퍼시팩룸나이트에 올라가서 차라도 한잖 하고 서울로가지!"
"아냐, 오늘부터 서울에 일이 있고 가게도 하루빨리 오픈을하여야 돼서 가봐야 되?"
"그래, 형, 들어가, 형수님도 들어가시기바랍니다,
"예, 시내파 보스 두목님?"
"예!"
하기장 형과 조나보 형수는 벤츠차을 타고서 서울로 출발을 하였다,
김병식 보스는 걸어서가며 아비숑퍼시팩룸나이트 가게로 올라 같다,
대형 유리문이 열려져 있는 가운데 웨이터장 장나바 와 한다마가 90도로 인사을 하였다,
"사장님, 편히다녀오셨습니까?"
"그래, 손님들이 많이 있구나?"
"예, 사장님?"
90도로 동시에 인사을하고 대답을 하였다,
김병식 보스가 말을 하고 룸 안으로 들어같다,
"나바야, 차는 가지고 오지 않아도 된다,
"예, 사장님?"
90도로 인사을하고 대답을 하였다,
김병식 보스는 룸 안으로 들어가서 쇼파에 앉잤다,
김병식 보스에 원써머나잇 노래가 들려 오고 있었다,

"형님, 편히쉬셨습니까, 형님?"
"그래, 무슨 일이 있는것이냐?"
"예 형님,구한미 동생과 김구한 동생과 주성진 동생과 진보상 동생과 김보상 동생과 한사마 동생과 마상회 동생과 우통지 동생과 황시라 동생과 권성수 동생들이 한국병원 501호 와 502호에 입원을 하였습니다, 형님?"
90도로 인사을하고 대답을 하였다,
"그래, 내일 낮1시에 대장일수에서 동생들이랑 보자?"
"예, 형님, 명심하겠습니다, 형님?"
90도로 인사을하고 대답을 하였다,
김병식 보스가 전화을 끊으려할 때 조모차 동생은 90도로 대답을하고 전화을 끊었다,
"형님, 편히쉬십시오, 형님?"
김병식 보스와 조모차 동생과 전화을 끊고서 대형 TY이을 켜고 아가씨 룸을 보았다,
웨이터들괴 이기씨들이 룸 안으로 들이기는 보습들을 보았다,
김병식 보스는 동생들이 호남전국구파들과 경상도전국구파들에게 당 한 것을 알고 있었다,
아비숑퍼시팩룸나이트 스테지와 아가씨 룸 안에는 손님들이 많이 있었다,
스테지에서는 남자와 여자들이 춤을추고서 있었으며 디제이 여자 김미조가 춤을추고서 있었다,
김병식 보스는 잠시 룸 안에서 쇼파에 기대고 눈을 감고 생각을하고 있었다,
시간이가고 김병식 보스는 눈을 떠서 시계을 보았다,
시계는 저녁11시로 접어 들고 있었다,
김병식 보스는 아가씨 룸 보는 대형TY이을 끄고서 형은오피스텔로 가기 위해 룸 안에서 나왔다,
웨이터장 장나바가 있었다,

김병식 보스는 말을하였다,
"아비숑퍼시팩룸나이트을 정리을하고 들어가라?"
"예, 사장님, 편히들어가십시요!"
"그래, 고생들해라?"
"예, 사장님, 명심하겠습니다,
김병식 보스는 1층으로 내려와서 막내 기복하가 있어서 기복하 웨이터에게 인사을 받고서 터미널 거리로 걸으며 형은오피스텔로 들어가서 잠을 청 하였다,
김병식 보스가 눈을 뜨고 시계을 보았다,
오전10시로 되여 가고 있었다,
김병식 보스는 전화을 들고서 이한증 누님에게 하였다,
"김병식 보스 두목 구치소에서 출감을 축하해?"
"예, 고맙습니다, 누님, 갈곳동에 계십니까?"
"아니, 김병식 두목님, 고향, 누읍동으로 이사을 하였어!"
"예, 그곳은 파셨습니까?"
"응, 김병식 보스 두목 대장 경찰서에 가고 나서 팔고서 이곳에 건물을 사고 이곳으로 오게 됐어!"
"예, 그곳은 어디십니까, 주소을 불러 주시기바랍니다,
"그래, 누읍동 ㅁㅁㅁ번지야?"
"예, 누님, 저희집에서 가까운 거리입니다,
"응, 이곳에도 가게들이 몇군데에 있어서 변화되는 곳인가봐?"
"예, 누님, 그곳에 가게들이 몇 개가 있습니다, 한참 변화되는 곳이라고는 들었는데 이제야, 변화가 되는 것 같습니다, 몇층입니까?"
"응, 5층으로 되어 있어, 양옥집으로 되어 있고 한번 놀러와?"
"예, 누님, 시간이되서 한번 찾아뵀겠습니다,
"응, 그럼, 김병식 보스 건강해?"
"예, 누님?"
김병식 보스와 이한증 누님은 전화을 끊었다,

이한증 누님네에는 일을 하는 남자 이모지 와 주방 여자 김고수 여자가 함께 있을거라 알고 있었다,
김병식 보스 두목은 형은오피스텔에서 점심을 시켜서 먹고 샤워을하고 형은오피스텔에서 낮1시에 나와서 대장일수로 갔다,
대장일수 사무실에 도착을하여 조모차 동생들과 한다보 동생들에 이야기을 하는 소리들이 밖으로 들렸다,
대장일수 사무실 밖에는 순대국 밥들을 시켜 먹은 19개 그릇들이 있었다,
김병식 보스는 사무실 문을열고서 안으로 들어갔다,
오른팔 조모차 동생과 왼팔 한다보 동생과 한승호 동생과 김학지 동생과 오한지 동생과 장보구 동생과 고승국 동생과 지하미 동생과 장금하 동생과 고방식 동생과 주고용 동생과 한국지 동생과 고상국 동생과 오방자 동생과 이지용 동생과 이용마 동생과 김사랑 동생과 진보상 동생과 조남잔 동생들이 90도로 동시에 일어나서 인사을하며 대답들을 하였다,
"형님, 편히나오셨습니까, 형님?"
"그래, 점심들은 먹었느냐?"
"예, 형님, 먹었습니다, 형님?"
동시에 90도로 인사을하며 대답들을 하였다,
김병식 보스는 걸어서 들어가며 김병식 보스에 쇼파에 앉았다,
19명 동생들은 90도로 동시에 인사을하며 대답들을 하였다,
"형님, 편히쉬십시오, 형님?"
"그래, 다들 자리에 앉자라?"
"예, 형님, 명심하겠습니다, 형님?"
동시에 90도로 인사을하고 대답을 하였다,
조모차 동생들은 쇼파에 자리에 앉을 때 김병식 보스에게 90도로 동시에 인사을하고 대답들을 하며 앉았다,
"형님, 편히쉬십시오, 형님?"
"그래?"

김병식 보스는 동생들이 쇼파에 앉으며 말을 하였다,
"내가 구치소에서 출감을하고 호남전국구파들과 경상도전국구 파들이 오산시에서 많이들 보이고 있다, 오산시 주민분들과 김병식 보스 나에게 도전을하고 있다, 동생들은 들어라?"
"예, 형님, 명심하겠습니다, 형님?"
동시에 90도로 인사을하고 대답들을 하였다,
"대한민국 경기도 오산시에서 동생들은 타지역들에게 당해서는 안 된다, 나에게 도전을 하는 것은 내가 모두 헤치워버린다, 형이 동생들에게 말을 하는 것은 동생들이 타지역들을 헤치워서 동생들에 싸움 실력들을 보여 주라는 것이다,
"예, 형님, 명심하겠습니다, 형님?"
동시에 앉자서 90도로 인사을하고 대답들을 하였다,
"타지역들이 전국에서 오산시을 들어 올 것이다, 대한민국 경기도 오산시 정통으로가는 시내파 보스 두목 김병식 백호하얀 호랑이 대장 형을 접수을 해로 말이다,
"예, 형님, 명심하겠습니다, 형님?"
동시에 90도로 인사을하고 대답들을 하였다,
"나에게는 도전을 하는 것들은 형이 죽여서 타지역으로 보낸다, 하지만 동생들에게는 타지역들에 습격들이 하루 하루가 많이들 있어서 동생들이 더 힘을 합쳤으면 한다,
"예, 형님, 명심하겠습니다, 형님?"
동시에 앉자서 90도로 인사을하고 대답들을 하였다,
김병식 보스 두목 대장은 이야기을하고 있었으며 30분 동안 이야기을하고 조모차 동생들에게 시장 안에 주민분들에게 인사을 하로 가자고 말을하였다,
"모차야, 다보야, 동생들과 사무실 문을닫고서 오늘은 시장 사람들에게 인사을하러 가자구나?"
"예, 형님, 명심하겠습니다, 형님?"
동시에 90도로 인사을하고 대답들하며 김병식 보스와 일어나

서 대장일수 사무실의 문을 조남잔 동생이 열어져서 김병식 보스가 대장일수 사무실에서 나왔다,
조남잔 동생이 문을잠그고 김병식 보스가 대장일수 사무실에서 나와서 오른쪽에 조모차 동생과 왼쪽에 한다보 동생과 동생들이 뒷짐을 짖고서 시장안으로 걸어서가고 있었다,
김병식 보스가 말을하였다,
"모차야, 구치소에서 나와서 시장 주민분들에게 동생들과 인사을 하는 것이 아름답게 보이는 것 같다,
"예, 형님, 아름답게 보입니다, 형님?"
뒷짐을 짖는 팔을 앞으로 무릎에 다 두팔을 짖고서 90도로 인사을하고 대답을 하였다,
인사을하고 두팔은 뒷짐을 짖고서 걷고서 있었다,
김병식 보스가 걸음을 걷고서 있을 때 김병식 보스을 보고 주민분들이 이야기을 하였다,
"저기 오는 것이 김병식 보스 두목 대장님, 아니야?'
"이디 봐,
"저기 저기
"그래, 많아, 구치소에서 언제 나왔어!"
김병식 보스가 시장 안을 도착을하여 할머니 와 할아버지들이 이야기을 하는것에 말을하였다,
"김병식 보스 두목 대장 구치소에서 언제 나왔어!"
"예, 할머니 수고하십니다, 몇칠 전에 구치소에서 출감을 하였습니다,
할아버지도 말을하였다,
"김병식 보스 두목 고생했어!"
"예!"
김병식 보스는 앉자서 할머니들과 할아버지들과 양파 와 파 와 마늘과 장사을 하시는 분들에게 이야기을하고 있었다,
김병식 보스가 앉자서 이야기을 할 때 동생들은 뒷에서 동시

에 90도로 인사을하고 대답들을 하였다,
"형님, 편히쉬십시요, 형님?"
김병식 보스는 일어나서 시장안으로 걸어서 들어갑다,
야채 가게 이보영누님과 옷가게 한오짐누님과 생선 가게 장고미누님과 편의점 이정호누님과 통닭 가게 정하미누님과 과일 가게 이금지누님들이 나와서 김병식 보스을 보고서 동시에 말들을 하였다,
"오산시 시내파 보스 두목 김병식 백호하얀호랑이 대장 축하해?"
"예, 누님들 고맙습니다,
이보영누님께서 말을하였다,
"동생들과 오래 간만에 시장안을 돌고 있는 것 같아?"
그때, 옷가게 한오짐누님께서 말을하였다,
"김병식 보스 동생들과 다니는 모습들이 좋아 보여?"""
"예, 누님들 장사가 어떠십니까?"
생선 가게 장고미누님께서 말을하였다,
"김병식 두목 대장 덕분에 오산시 시장안이 사람들이 많이들 다니는 것 같아?"
편의점 이정호누님게서 말을하였다,
"대한민국 경기도 오산시 정통으로가는 시내파 보스 두목 김병식 백호하얀호랑이 대장 덕에 시장 안이 전국에 알려줬어!"
"예, 누님, 고맙습니다, 장사가 잘 되시니 제 마음이 놓입니다,
김병식 보스가 누님들에게 걸어와서 멈추었다,
조모차 동생들은 뒷에서 뒷짐을 짖고서 있었다,
김병식 보스가 통닭 가게 정하미누님에게 말을하였다,
"정하미 누님도 건강하셨습니까?"
"응, 김병식 보스 덕에 건강하고 장사도 번창해?"
"예, 누님?"
그때, 과일 가게 이금지누님께서 말을하였다,

"김병식 두목 구치소에서 힘이 들지는 않았어!"
"예, 누님, 편하게 있다 출소을 하였습니다, 그럼, 누님들 들어가서 장사들 하시기바랍니다,
"그래, 김병식 보스 들어가?"
동시에 누님들은 이야기을 하였다,
김병식 보스는 동생들과 시장 안을 돌고서 한국병원으로 걸어서가고 있었다,
김병식 보스가 말을하였다,
"모차야, 오늘은 한국병원으로 걸어서 가자?"
"예, 형님, 명심하겠습니다, 형님?"
90도로 인사을 하였다,
김병식 보스가 걸어서가고 있었으며 할머니가 파 와 마늘 과 양파들을 팔고 있는데 초등학교 5학년 짜리가 할머니에게 돈을 달라고 하는 것이보였다,
김병식 보스는 걸어가서 말을하였다,
"아, 꼬마아, 힐머니에게 그러면 되나?"
"예, 누구예요!"
"그래, 돈이 얼마있어야 되냐?"
김병식 보스가 양복주머니에서 백만원짜리 한 장을 주었다,
"여기에있다,
조만인 꼬마는 돈을받고서 김병식 보스에게 90도로 땅에 머리가 닿도록 인사을 하였다,
김병식 보스가 할머니에게 말을하였다,
"할머니 이제 안심하고 장사을 하시기바랍니다,
"응, 김병식 보스 두목 고마워?"
김병식 보스가 동생들과 걸어서가고 있는데 조만인 국민학생5학년 짜리가 뛰어오며 말을하였다,
"형님, 키워주십시요, 형님?"
90도로 인사을하며 대답을 하였다,

"그래, 몇 살이야,
"예, 초등학교 5학년입니다, 학교는 퇴학을 받았습니다,
"그래, 그럼, 내가 만인이을 데리고 있겠다, 모차야,
"예, 형님, 명령만 해주십시요, 형님?"
90도로 인사을하고 대답을 하였다,
"싸움을 하지는 못할 것 같고 이런 건달 길은 들어서면은 안될것같다, 만인이을 대장일수 사무실에서 이야기을하여 장사라도 해라고 짜장면 가게라도 차려서 먹고 살으라고 하여라?",
"예, 형님, 명심하겠습니다, 형님?"
김병식 보스와 조모차 동생과 이야기을 하고 조모차 동생이 대장일수 사무실 명함을 꺼내서 말을하였다,
"만인아, 내일 여기로 낮3시에 찾아 와라?"
"예, 형님, 고맙습니다, 형님?"
90도로 인사을 하였다,
김병식 보스는 동생들과 한국병원으로 걸어서가며 사람들에게 인사을 받고서 한국병원에 도착을 하였다,
1층에는 사람들과 병원에 환자들이 많이들 다니고 있었다,
1층에 원무과에 남자 3명과 여자 5명들이 앉자서 있었다,
김병식 보스가 앞으로 걸어서가며 엘리베이터을 조모차 동생이 누르고 김병식 보스와 조모차 동생과 한다보 동생과 한승호 동생들과 9명들이 타고서 5층에서 내렸다,
김병식 보스가 내리고 김사랑 동생들은 10명들은 엘리베이터을 타고서 올라왔다,
김병식 보스가 걸어가며 말을하였다,
수간호사 미호자 와 간호사 김자미 와 오중순 과 순자중이 병동을 돌고서 있었다,
"간호사들 건강들 했어!"
"예, 보스님 오셨어요!"
"그래, 고생들해?"

"예!"
김병식 보스는 걸어가며 조모차 동생이 501호실 문을 열어주는것에 들어같다,
501호실에 병동 문을 열어 두었다,
김병식 보스을 보고서 구한미동생과 김구한동생과 주성진동생과 진상보동생과 김보상동생이 일어나며 동시에 90도로 인사을하며 대답들을 하였다,
"형님, 편히나오셨습니까, 형님?"
"그래, 다들 누워있어라?"
"예, 형님, 명심하겠습니다, 형님?"
90도로 동시에 인사을하며 대답들을 하였다,
"한미 와 구한 이 성진 이 상보 와 보상 이 몸들은 괜찮냐?"
"예, 형님, 괜찮습니다, 형님?"
90도로 동시에 인사을 하였다,
"그래, 이 돈으로 식사들하여라?"
"예, 형님, 고맙습니디, 형님?"
90도로 동시에 인사을하고 김병식 보스가 양복 상의 주머니에서 지갑을 꺼내서 주는 것을 구한미동생이 두팔로 천만원을 받았다,
김병식 보스는 조모차동생에게 말을하였다,
"모차야, 502호로 가자?"
"예, 형님, 명심하겠습니다, 형님?''
90도로 인사을 하였다,
동생들은 밖에서 서 서 병동을 보았고 김병식 보스가 501호실에서 나가려고 할 때 구한미 동생들이 동시에 90도로 인사을 하였다,
"형님, 편히들어가십시오, 형님?"
"그래, 몸조리들 하여라?"
"예, 형님, 명심하겟습니다, 형님?"

구한미 동생들이 동시에 90도로 인사을하고 대답들을 하였다,
동생들이 뒤에서 서 서 있었으며 502호실에 병동을 김사랑동생이 열어주고 502호실에 병동도 문을 열어 놓았다,
김병식 보스가 502호실을 들어가며 한사마 동생과 마상회 동생과 우통지 동생과 황시라 동생과 권성수 동생이 일어나며 동시에 90도로 인사을하며 대답을 하였다,
"형님, 편히나오셨습니까, 형님?"
"그래, 다들 누워있어라?"
"예, 형님, 명심하겠습니다, 형님?"
"몸들은 괜찮으냐?"
"예, 형님, 괜찮습니다, 형님?"
동시에 90도로 인사을하며 대답을 하였다,
"그래, 이 돈으로 식사나해라?"
"예, 형님, 명심하겠습니다,형님?"
90도로 동시에 인사을하고 한사마동생이 천만원을 받았다,
김병식 보스가 말을하였다,
"오늘은 동생들 얼굴을보고 퇴원들 해서 보자?"
"예, 형님, 명심하겠습니다, 형님?"
90도로 동시에 인사을 하였다,
"모차야,
"예, 형님, 명령 만 내려주십시요, 형님?"
90도로 인사을하고 대답을 하였다,
"501호와 502호와 동생들을 번갈아 가며 일좀 봐줘라?"
"예, 형님, 명심하겠습니다, 형님?"
90도로 인사을 하였다,
조모차동생이 말을하였다,
"사랑이와 보상이는 501호에 오늘부터 고생좀해 주고 502호는 남잔이와 용마가 고생좀 해줘?"
"그래?"

동시에 대답을 하였다,
김병식 보스가 말을하였다,
"그럼, 오늘은 내려가자?"
"예, 형님, 명심하겠습니다, 형님?"
조모차 동생들은 동시에 90도로 인사을하며 대답을 하였다,
김병식 보스가 502호실에서 나가려고 할 때 한사마동생과 김사랑동생들은 동시에 90도로 인사을 하였다,
"형님, 편히들어가십시요, 형님?"
"그래?"
김병식 보스가 한국병원 5층에서 간호사의 카운터에서 김자모와 이상지가 앉자서 있는 것을 보고 조모차동생이 엘리베이터을 누르고 타고서 1층으로 내려왔다,
5층에 병동에서 지하요 간호사와 하장미 와 해바자 와 바상모 와 간호사들이 10명들이 근무들을 하고 있었다,
오전에는 소독을 해주는 남자 김화중 과 식당밥을 주는 주한주 여자와 청소을하는 남자 김함중이 있있다,
정형외과 과장 여자 미소요 와 수술 간호사 이미영 여자와 남자 화용준이 있었다,
한구병원은 7층 건물이였고 지하1층은 앤브런스 운전수 남자1명과 간호사 여자1명과 남자1명과 응급실남자1명이 있었다,
장래식장도 있었다,
김병식 보스가 말을하였다,
"모차야, 너희들은 이제 일들보아라?"
"예, 형님, 명심하겠습니다, 형님?"
동시에 90도로 인사을 하였다,
"그래?"
조모차동생들은 동시에 90도로 인사을하고 대답을 하였다,
"형님, 들어가보겠습니다, 형님?"
"그래?"

김병식 보스는 동생들이 들어가는 것을보고 한국병원 한조맘 원장 형에게 같다,
한조맘 원장 형 사무실은 1층이였다,
김병식 보스가 문을 두 두렸다,
"똑" "똑" "똑"
"예, 들어오세요!"
김병식 보스는 문을열고서 들어같다,
"아니, 김병식 보스 두목 대장 아녀 구츠소에서 언제 나왔어!"
"예, 몇칠 됬어, 형,
"그래, 식사는했어!"
"먹었어, 형, 내동생들이 자주오는 것 같지 않아?"
"그래, 어떻게됬어, 타지들 건달들과 싸움을 계속한다면서 말야, 그놈들이 누구야?"
"하" "하" "하"
"형, 내가 혼자서 있어도 괜찮아?"
"그러게, 대한민국 경기도 오산시 정통으로가는 시내파 보스 두목 김병식 백호하얀호랑이 대장인데 말야?"
"형, 동생들을 잘좀해줘?"
"김병식 보스 두목님 말인데 그렇게 해야지, 그런데 오늘도 동생들이 이곳에 왔어!"
"그래, 501와 502호에 있어!"
"그래, 그럼, 내가 잘 해주지!"
'형, 고맙다,
김병식 보스와 원장 형과 말을 하고 사무실에서 나왔다,
김병식 보스는 형은오피스텔로 걸어서가며 변호사 김용화 여자에게 전화을 하였다,
"예, 전화을 받았습니다,
"예, 대한민국 경기도 오산시 정통으로가는 시내파 보스 두목 김병식 백호하얀호랑이 대장입니다,

"예, 구치소에서 출소을 축하합니다,
"예, 김용화 변호사님 덕분에 건강히 출소을 했습니다,
"예, 사무실 한번 들리시기바래요!"
"예, 시간이되서 한번 찾아 뵙겠습니다,
"예!"
김병식 보스와 변호사님과 이야기을하고 전화을 끊었다,
오산시에 터미널 거리와 사람들과 자동차와 오토바이와 자전거들이 소리을내고 많이들 다녔다,
김병식 보스는 오늘은 형은오피스텔에서 김호아동생과 전화을 통화을하고 쉬었다,
일주일이 지나서 저녁5시로 되어가고 있었다,
김병식 보스는 하얀 양복 상 하 이을 입고서 하얀 와이셔츠와 넥타이을 차고 하얀 구두을 신고서 형은오피스텔에서 나와 아비송퍼시팩룸나이트로 올라같다,
아비송퍼시팩룸나이트에 도착을하여 막내 기복하 가 내려와서 있있다,
김병식 보스을 보고 90도로 인사을 하였다,
"사장님, 편히나오셨습니까?"
"그래, 다들 안에서 기다리고 있겠구나?"
"예, 사장님?"
90도로 인사을 하였다,
"그래, 들어가자?"
"예, 사장님?"
90도로 인사을 하였다,
김병식 보스 두목 대장이 2층으로 들어가고 있었으며 막내 기복하 웨이터가 뒤을 따르고 있었다,
아비송퍼시팩룸나이트 안으로 들어가며 음악이 잠시 안 나오고 있었다,
김병식 보스가 말을하였다,

"아비숑퍼시팩룸나이트 안이 조용하다, 음악을 소리을 틀어 놓아라?"
"예, 사장님?"
디제이장 육갑자 가 90도로 인사을하고 대답을 하였다,
그때, 아비숑퍼시팩룸나이트 주방 실장 정라다 와 카운터실장 오상희 와 디제이 김미조 와 아가씨실장 이승미 와 아가씨들 미하자 와 지용미 와 지미화 와 조금제 와 조미해 와 김해자 와 오미소 와 오미세 와 김시원 과 김지오 와 김지미 와 송미오 와 정사라 와 송오미 와 김오지 와 정미제 와 정소언 과 김언지 와 김시오 23명 여자들은 50도로 인사을 하였다,
 남자들 웨이터장 장나바 와 막내웨이터 기복하 와 웨이터들 한다마 와 조기미 와 마하자 와 지하장 과 장마조 와 정하장 과 정자미 와 김장마 와 조강처 와 양희승 과 양우마 와 마수장 과 마하조 와 조금마 와 금하수 와 오기자 와 오마수 와 기장조 와 디제이장 육갑자 와 송덕하 와 지금조 와 23명과 동시에 90도로 인사을하고 대답들을 하였다,
"예, 사장님, 편히나오셨습니까?"
동시에 인사들을 일어나서 하였다,
"그래, 다들 앉자서 있어라?"
"예, 사장님, 명심하겠습니다,
90도로 인사을하고 앉았다,
김병식 보스가 앞 쇼파에 자리에 앉으며 말을하였다,
"지금 나바는 탕수육 특대 30개 와 팔보채 30개 와 전가복 46개 저녁을 시켜라?"
"예, 사장님, 명심하겠습니다,
90도로 인사을 하였다,
"저녁들은 통일로 시키고 간단하게 말을 하겠다,
"예, 사장님?":
앉자서 동시에 인사을 하였다,

"대한민국 경기도 오산시에 전국 타지역들이 들어 와서 김병식 보스와 싸우고 있다, 이곳 내가 운영을하는 아비숑퍼시팩룸나이트에 들어올지도 모른다, 그래서 내가 지금부터 이야기을 하는것에 명심을 하였으면 한다,
앉자서 동시에 인사을 하였다,
"예, 사장님?"
"아비숑퍼시팩룸나이트에 타지역 건달 놈들이 오며는 나에게 직접 전화을 하여서 말을 해 주었으면 한다, 그리고 너희들도 그놈들과 싸움을 하여서도 된다,
앉자서 동시에 인사을 하였다,
"예, 사장님?"
그때, 이승미 실장이 말을 하였다,
"사장님 그놈들이 이곳에 오며는 제가 가만히 두지 않을게요, 우리들도 한 싸움을 보여줘서 그놈들을 지역으로 보내겠어요!"
아가씨들이 동시에 대답을 하였다,
"맞아요, 저희도 가만히 두지 않을게요!"
"그래, 그렇게 십시일반으로 힘을 합치며는 아비숑퍼시팩룸나이트을 지킬 것이다, 그리고 오늘부터 내가 혼자서 아비숑퍼시팩룸나이트을 하게 되었다,
동시에 46명들은 앉자서 인사을하고 대답들을 하였다,
"사장님, 축하드립니다,
"그래, 고맙다, 아비숑퍼시팩룸나이트에서 힘이 들고 어려운 일이 있으며는 나에게 말들을 하여라?"
"예, 사장님, 명심하겠습니다,
남자들은 인사을하고 동시에 말들을 하였다,
여자들은 동시에 인사을하고 대답들을 하였다,
"예, 사장님?"'
김병식 보스가 말을하고 있었으며 20분이 있어서 기사 남자 5명이 아비숑퍼시팩룸나이트에 올라와서 저녁을 시킨것들을 놓

고서 김병식 보스가 천만원을 주고서 갇다,
"아비숑퍼시팩룸나이트 식구들아, 앉자서들 식사을 하자?"
여자들은 대답들을 하며 인사을하고 식사을 하였다,
"예, 사장님, 많이드세요!"
남자들도 인사을하고 대답들을 하고 식사들을 하였다,
"예, 사장님, 식사많이드십시요!"
"그래, 식사들 많이들 먹어라?"
김병식보스는 이야기을 하며 저녁들을 먹고서 회식들을 맞치고 음악을 키며 장사을 준비들을 시작을 하였다,
막내 기복하가 1층으로 내려가고 나서 손님들은 들어오기 시작을 하였다,
시간이가고 아비숑퍼시팩룸나이트에 시간은 새벽5시로 접어들고서 있었다,

### 김병식보스에 아비숑퍼시팩룸나이트 접수실패

호남전국구파들과 경상도전국구파들은 모텔과 오피스텔에서 이야기들을 하고서 있었다,
경상도전국구파 하지문 대장은 동생들을 집합을 시켜서 말을 하였다,
하지문 대장은 앞에서 앉자서 있었고 동생들은 오른쪽과 왼쪽에서 앉자서 있었다,
"오늘부터 오산시에서 김병식 보스 두목 백호하얀호랑이 대장에게 접수을 하는 것은 시간을 둘 것이다,
"예, 형님?"
동시에 60도로 앉자서 인사을 하였다,
"오산시을 다녀도 김병식 보스에 동생들을 보며는 싸움을 하여도 된다, 그렇지만 김병식 보스 두목 대장을 접수는 타지역들이 들어와서 오늘 새벽에 접수을 할 것이다, 알겠느냐?"
"예, 형님?"
동시에 60도로 인사을 하였다,
"또한, 주수만 동생들이 요라병원에서 퇴원들을 하며는 이야기들을 하겠다,
"예, 형님?"
60도로 인사을 하였다,
경상도전국구파 하지문 대장은 동생들에게 이야기을 하였다,
호남전국구파 조근만 대장도 앞에서 앉자서 있고 오른쪽과 왼쪽에 앉자서 있는 동생들에게 모텔에서 동생들을 모아 두고

말을 하였다,
"오늘 새벽에 타지역에서 들어와서 김병식 보스 두목 대장을 접수을 할 것이다,
"예, 형님?"
60도로 인사을 앉자서 하였다,
"요라병원들을 시간이 나는 데로 가서 일을 보고 오산시을 우리가 접수을하지 않아도 될 것같다,
"예, 형님?"
60도로 인사을 하였다,
"그렇지만, 타지역에서도 김병식 보스 두목 대장을 접수을 못하며는 우리가 해야 될 것이다, 알았느냐?"
"예, 형님?"
60도로 인사을 하였다,
"그럼, 너희들은 요라병원에서 이한장 과 조장중이 퇘원들을 하며는 이야기들을 하겠다,
"예, 형님?"
60도로 인사을 하였다,
"그럼, 오늘은 새벽이 늦었다, 다들 밖에서 일들을 보고 쉬어라?"
"예, 형님?"
60도로 인사을하고 동생들은 일어났다,
동생들이 일어나서 나가려고 할 때, 조근만 대장에게 60도로 인사을하고 나갔다,
"형님, 쉬십시요!"
"그래?"
호남전국구파 동생들은 모텔에서 나같으며 조근만 대장은 강원도 전국구파 장고이 대장 형님한테 전화을 하였다,
"형님, 쉬셨습니까?"
"그래, 조근만대장?"

"예, 형님, 오늘 새벽에 오산시을 접수을 할 것을 준비가 되었습니까?"
"그래, 우리는 준비가 되어 있다, 수원에 조한문 대장에 원한도 풀어줘야 될것같아?"
"예, 형님, 형님만 믿겠습니다,
"그래, 전국에서 50명씩 들어가기로 했다,
"예, 형님, 저희는 김병식 보스에게 접수을 못하고 당하기만 합니다,
"그래?"
"형님만, 믿겠습니다,
"그래, 지금 전화가 들어와서 김병식 보스 두목 대장을 접수을 하고 이야기을 하자?"
"예, 형님, 쉬십시오!"
60도로 인사을 하였다,
호남전국구파 조근만 대장 보다 10살은 많았다,
강원도선국구파 장고이 대장과 전화을 끊고서 세주도전국구파 조장인 대장 동생이 전화가 오는것이였다,
"형님, 쉬셨습니까?"
60도로 인사을 하였다,
"그래, 형님과 인천 김한모 친구와 20분 있다가 오산시을 들어가야 됩니다,
"그래,
"이제 형님 출발을 하시여야 됩니다,
"그래, 경기도와 서울과 충청도 동생들은 20분전에 오산시로 들어가서 싸움을 시작을 한다고 하였다,
"예, 형님, 동생들은 그렇게 한다고 하였습니까?"
"그래. 그럼, 우리도 출발을 하겠다,
"예, 형님 쉬십시오!,
"그래?"

강원도전국구파 장고이 대장은 쇠파이프을 둘지 않고서 전화을 끊고서 오산시로 관광차을 타고서 50명들은 쇠파이프들을 둘고서 같다,
제주도전국구파 조장인 대장도 김한모 대장과 전화을 통화을 하고 쇠파이프을 둘지 않고 동생들만 쇠파이프을 둘고서 관광차 1대을 타고서 오산시로 같다,
인천전국구파 김한모 대장은 장고이 대장보다 1살들 아래였다, 제주도전국구파 조장인 대장과 친구이였다,
인천전국구파 김한모 대장과 아래인 동생 장미임 과 장고종 과 지영미 와 동생들이 50명들이 같다,
제주도전국구파 조장인 대장과 아래인 동생들 조장교 와 김인집 과 장머저 와 50명들이 오산시로 같다.
강원도전국구파 장고이 대장과 아래인 동생들 김하조 와 이상몬 과 장한몽 동생들이 50명들이 오산시로 같다,
경기도전국구파 짐오징 대장과 서울전국구파 지엄자 대장과 관광차을 타고서 내려오며 전화을 하였다,
경기도전국구파 짐오징 대장이 말을하였다,
"엄자, 친구, 수원여우파 조한문 대장에 동생에 영혼도 이제 풀어 줘야지 않겠나?"
"그래야지,
"오산 극장 쪽으로 지금 도착을 하였는가?"
"그래, 오징 친구 도착을 하여서 준비들을 하고 있다네?"
"우리도 50명에서 내려 왔어!"
"그래, 친구, 우리도 50명에서 도착을 하였다네?"
"그럼, 전화을 끊겠네?"
"그래, 친구?"
서울전국구파 지엄자 대장은 경기도전국구파 짐오징 대장과 전화을 끊었다,
경기도전국구파 짐오징 대장은 충청도전국구파 한징모 친구에

게 전화을 하였다,
"징모 친구 지금 도착을 하였나?"
"그래, 오징 친구 도착을 하였다네?"
"그럼, 수원여우파 조한문 대장에 영혼도 풀어 줘야되지 않겠나?"
"그래야지,
"그럼, 자네들과 함께 김병식 보스 두목을 헤치워 버려야지!"
"그렇게 하자구, 우리도 50명에서 올라서 왔다네?"
"그래, 징모 친구?"
"그럼, 오산극장에서 보자구?"
"그래, 친구, 전화을 끊겠네?"
"그래, 친구?"
경기도전국구파 짐오징 대장과 충청도전국구파 한징모 대장과 전화을 끊었다,
강원도전국구파들은 춘천 과 진천 과 등으로 강원도 지역에서 합치서 전국구파 로 들이오고 있었디,
인천전국구파들도 주안 과 송도 와 제물포 와 간석동 등으로 인천에서 합쳐서 전국구파들로 들어오고 있었다,
충청도전국구파들은 대전 과 천안 과 청주 와 평택 과 안성과 옥천과 보은 등으로 지역에서 전국구파로 합쳐서 들어오고 있었다,
경기도전국구파들은 신갈 과 화성 과 성남 과 안양 과 부천 과 시흥 과 의정부 등으로 합쳐서 전국구파로 들어오고 있었다,
제주도전국구파들 은서귀포들이 합치서 들어오고 있었다,
서울전국구파들은 청량리 와 장안동 과 이태원 과 영등포 와 종로 와 명동 과 동대문 등으로 들어오고 있었다,
경기도전국구파 짐오징 대장은 오피스텔 7층 짜리을하고 있었다,

서울전국구파 지엄자 대장은 가요 룸 싸롱을 100평짜리을 하고서 있었다,
충청도전국구파 한징모 대장은 모텔을 10층짜리을 하고서 있었다,
인천전국구파 김한모 대장은 나이트을 하고 있었다,
제주도전국구파 조장인 대장은 룸싸롱을 하고 있었다,
강원도전국구파 장고이 대장은 해수욕장을 하고 있었다,
새벽5시로 접어 들고 있었으며 김병식 보스는 아비숑퍼시팩룸나이트 룸에서 잠시 두눈을 감고 잠을 자고서 있었다,
김병식 보스에 원서머나잇 노래가 귀가에 들리고 있었다,
김병식 보스는 전화을 받았다,
"김병식 보스 두목 타지역 건달들이 쇠파이프와 사시미칼과 리본드칼을 둘고서 150명쯤 아비숑퍼시팩룸나이트로 올라서가고 있어!""""""
"그래, 전화을끊어, 형?"
김병식 보스와 김다진 형과 전화을 끊고서 룸에서 나와서 웨이터장 장나바에게 인사을 받고서 1층으로 내려왔다,
막내 기복하 웨이터에게 인사을 받고서 터미널 오산극장 쪽으로 걸어서갔다,
새벽에는 사람들이 많이 없었으며 조용한거리였다,
김병식 보스는 빠른 걸음으로 걸어서 같으며 경기도전국구파 짐오징 대장은 앞에서 가운데에서 권총을 한 개를 차고 걸어서오며 서울전국구파 지엄자 대장은 맨 주먹으로 오른쪽에서 걸어서오며 충청도전국구파 한징모 대장은 왼쪽에서 맨 주먹으로 걸어서오며 뒤에서는 경기도전국구파들 오장효놈들이 쇠파이프을 둘고서 가운데 쪽에서 걸어서오고 있었다,
오른쪽에서는 서울전국구파 옹망고 놈들이 사시미칼을 둘고서 걸어서오고 있었다,
왼쪽에서는 충청도전국구파 모한자 놈들이 리본드 칼을 둘고

서 걸어서오고 있었다,
그뒤에서는 경기도전국구파들과 서울전국구파들과 충청도전국구파들이 쇠파이프와 사시미 칼과 리본드 칼을 둘고서 걸어서오고 있었다,
경기도전국구파 자오모 와 징요죠 와 오짐명 과 전고전 과 상지옹 과 조한점 과 점수앙 과 잠쇼욘 과 오짐맘 과 지한머 와 명지함 과 장함국 과 국장만 과 모지모 와 김오성 과 성만조 와 조옹조 와 옹고짐 과 49명들은 쇠파이프을 둘고서 오고 있었다,
서울전국구파 상도용 놈과 도상지 와 용지독 과 독지독 과 국만정 과 정국집 과 장오몀 과 김산지 와 지롱한 과 한오좁 과 조상먼 과 장국잔 과 이맘교 와 이교맘 과 한먼징 과 징용면 과 김한먼 과 한미종 과 49명들은 사시미 칼들을 둘고서 걸어서오고 있었다,
충청도전국구파 기나몽 과 몽나긴 과 나수몬 과 수몬수 와 오잠소 와 소기터 와 터기소 와 소장곡 과 곡함소 와 49명들이 리본드 칼을 둘고서 걸어서오고 있었다,
"다들 비켜라,
"휙~이~이" "휙~이~이"
"비켜라, 다들 비켜라?"
"휙~이~이"
"휙~이~이"
사람들 몇 명들은 터미널 거리을 비켜주고서 골목으로 비켜줬다,
김병식 보스 두목 백호하얀호랑이 대장은 하얀 양복과 넥타이와 구두을 신고서 달려가서 "붕" 점프을하여 회전을하고 오른쪽 발 다리로 뒤돌려차기을하여 공중에서 회전을 하였다,
경기도전국구파 짐오징 대장이 상의 주머니에서 권총을 꺼내서 김병식 보스에게 동시에 발사을 5섯방을 하였다,

"빵-" "빵-" "빵-" "빵-" "빵-"
짐오징 대장 놈이 명령을 내렸다,
"애들아, 쳐라?"
"예, 형님?"
"야~야~야~야~아~아~아~아"
동시에 60도로 인사을하고 대답들을 하였다,
"야~아~아~아~아~아~아"
경기도전국구파 대장 짐오징 과 서울전국구파 지엄자 대장과 충청도전국구파 한징모 대장과 달려 오지 않고 157명들은 달려서 오고 있었다,
김병식 보스는 360도로 회전을하는 것에 두눈으로 보고 경기도전국구파 짐오징 대장이 권총을 허공으로 5섯발을 쏜 것을 피하며 허공으로 다섯발이 총알이 날아가며 공중 회전을하고 몸을 돌려서 착지을하고 달려오는 경기도전국구파들과 서울전국구파들과 충청도전국구파들을 상대을 해주고 있었다,
김병식 보스는 오른쪽 발 다리로 들어 올려서 내리찍히로 달려오는 경기도전국구파 웅고집 놈을 오른쪽 어깨을 내리찍었다,
"퍽" 하고 "욱" 하며 부러지는 소리와 부지지찍하며 쇠파이프는 앞으로 떨어트리고 앞으로 꼬구라졌다,
김병식 보스는 서울전국구파 한미종 놈이 오른쪽 팔로 사시미칼을 둘고서 찌르는 것을 김병식 보스가 두눈으로 보며 몸을 더 빠르게 180도로 회전을하고 오른쪽 발 다리로 뒤돌려차기을하여 한미종 놈의 오른쪽 얼굴면상 턱을 차 버렸다,
"퍽" 하고 "욱" 하며 부러지는 소리와 입과코에서 허공으로 피가튀기며 사시미 칼을 둘고서 왼쪽으로 날아가 버렸다,
김병식 보스 두목 대장에 빠르게 회전을하는 연속 싸움이였다, 오산시 거리에는 몇 명에 사람들이 있었으며 앞으로 오지는 못하고 조용한 거리였다,

터미널 거리에는 경기도전국구파 와 서울전국구파들과 충청도 전국구파 놈들이었다,
김병식 보스 뒤편에는 몇 명에 사람들이 구경들을 하고 있었다,
김병식 보스는 싸움자세을 계속하고 있었다,
김병식 보스는 충청도전국파 한명이 리본드 칼을 둘고서 머리위로 내리치는 것을 보고 내려오는 리본드 칼을 김병식 보스는 몸을 오른쪽으로 회전을하고 피하며 김병식 보스는 왼쪽 발 다리로 상단차기로 충청도전국구파 놈을 오른쪽 턱을 차 버렸다,
"퍽" 하고 "욱" 하며 부러지는 소리와 입과코에서 허공으로 피가튀기며 리본드 칼을 앞으로 떨어트리고 왼쪽으로 날아가 버렸다,
김병식 보스는 앞에서 충청도전국구파 한명이 리본드 칼을 내리치기 전에 김병식 보스가 "붕" 점프을하고 360도로 회전을 하며 오른쪽 발 다리로 뒤돌려치기을하여 충청도전국구파 놈을 오른쪽 얼굴면상 턱을 차 버렸다,
"퍽" 하고 "욱" 하며 부러지는 소리을내고 입과코에서 허공으로 피가튀기며 리본드 칼을 앞으로 떨어트리고 왼쪽으로 날아가 버렸다,
김병식 보스는 착지을하였다,
경기도전국구파들과 서울전국구파들과 충청도전국구파들이 앞에서 리본드 칼과 사시미 칼과 쇠파이프들을 둘고서 뭉쳐서 앞으로 계속하여 둘어오고 공격을 하는것에 김병식 보스는 발과 주먹과 빠르게 몸들을 회전을하고 해치우고 있었다,
충청도전국구파 놈이 리본드 칼을 앞에서 둘고서 있었으며 김병식 보스는 두눈으로 보고 앞으로 "붕" 점프을하고 오른쪽 팔 주먹으로 공중에서 라이트훅으로 충청도전국구파 놈을 얼굴면상 코을 처 버렸다,

"퍽" 하고 "욱" 하며 부러지는 소리을내고 입과코에서 허공으로 피가튀기며 리본드 칼을 앞으로 떨어트리고 서울전국구파들과 경기도전국구파들과 충청도전국구파들이 뭉쳐서있는 곳으로 뒤로 날아가 버렸다,
김병식 보스는 왼쪽 앞에있는 서울전국구파 김한면 놈이 사시미 칼이 먼저 찌르기전에 김병식 보스가 왼쪽 발 다리로 상단차기을하여 서울전국구파 김한면 놈을 얼굴면상 오른쪽 턱을 차 버렸다,
"퍽" 하고 "욱" 하며 부러지는 소리을내고 입과코에서 허공으로 피가튀기며 사시미 칼을 앞으로 떨어트리고 왼쪽으로 날아가 버렸다,
김병식 보스는 앞에 오른쪽에 있는 경기도전국구파 조옹조 놈을 쇠파이프가 내려 오기전에 김병식 보스가 오른쪽 발 다리로 상단차기을하여 조옹조 놈의 얼굴면상 왼쪽 턱을 차 버렸다,
"퍽" 하고 "욱" 하며 부러지는 소리을내고 입과코에서 허공으로 피가튀기며 쇠파이프와 함께 오른쪽으로 날아가 버렸다,
서울전국파들과 경기도전국구파들과 충청도전국구파들과 김병식 보스는 연속으로 147명들과 연속으로 싸움을 발차기와 주먹과 허공에서 날으며 쉬지 않고 보여주고 있었다,
터미널 거리에서 몇 명에 사람들이 보고는 있었다,
김병식 보스는 앞에 있는 충청도전국구파 한명이 리본드 칼을 내리치는 것을 김병식 보스가 두눈으로 보고서 왼쪽 발 다리로 낭심차기을 하여 충청도전국구파 놈을 가운데 낭심을 차 버렸다,
"퍽" 하고 "욱" 하며 리본드 칼과 앞으로 꼬꾸라졌다,
김병식 보스는 오른쪽 발 다리로 낭심차기을 하여 사시미 칼을 둘고서 앞에 있는 서울전국구파 징용면 놈을 가운데 낭심을 차 버렸다,

김병식 보스가 경기도전국구파 성만조 놈이 쇠파이프을 둘고 서 내리치는 것을 김병식 보스는 두눈으로 보며 "붕" 점프을 하여 360도로 회전을하고 오른쪽 발 다리로 뒤돌려차기을 하여 성만조 놈을 얼굴면상 오른쪽 턱을 차 버렸다,
"퍽" 하고 "욱" 하며 부러지는 소리을내고 입과코에서 허공으로 피가튀기며 뒤로 한바퀴 넘으며 돌고 쇠파이프는 앞으로 떨어트리고 뭉처 있는 곳으로 날아가 버렸다,
김병식 보스는 착지을 하였다,
김병식 보스는 앉자서 180도로 회전을하고 오른쪽 발 달리로 뒤돌려차기을하여 앞에 있는 충청도전국구파 한명을 오른쪽 발목을 차 버렸다,
"퍽" 하고 "욱" 하며 부러지는 소리와 리본드 칼과 함께 왼쪽으로 한바퀴 돌고 넘으며 날아가 버렸다,
김병식 보스는 일어나며 사시미 칼을 둘고서 앞에있는 서울전국구파 한면징 놈이 사시미 칼로 오른쪽 팔로 김병식 보스에세 배로 씨르는 것을 보고 왼쪽으로 회선을하니 몸을 비틀면서 김병식 보스가 오른쪽 발 다리로 들어 올려서 내리찍히로 한먼짐 놈을 왼쪽 어깨을 찍어 버렸다,
"퍽" 하고 "욱" 하며 부러지는 소리와 사시미 칼과 함께 앞으로 꼬꾸라졌다,
김병식 보스는 앞에서 오른쪽과 왼쪽에서 뭉처서 들어오는 서울전국구파들과 경기도전국구파들과 충청도전국구파들을 계속하여 싸움을하고 있었으며 오른쪽에 리본드 칼을 둘고서 있는 충청도전국구파 한명을 김병식 보스가 달려가서 "붕" 점프을 하여 오른쪽 발 다리로 무릅팍으로 충청도전국구파 놈을 얼굴면상 가운데 밑에 턱을 처 버렸다,
"퍽" 하고 "욱" 하며 부러지는 소리와 입과코에서 허공으로 피가튀기며 리본드 칼을 앞으로 떨어트리고 뒤로 고개을 하며 한바퀴 돌고 넘으며 뒤로 뭉처 있는 곳으로 날아가 버렸다,

김병식 보스는 착지을 하였다,
경기도전국구파 김오성 놈이 쇠파이프을 둘고서 있는 것을 보고 김병식 보스가 왼쪽 발 다리로 들어올려서 내리찍히로 김오성 놈을 오른쪽 어깨을 찍어버렸다,
"퍽" 하고 "욱" 하며 부러지는 소리을내며 쇠파이프을 앞으로 떨어트리고 앞으로 꼬꾸라졌다,
김병식 보스에게 충청도전국구파 한명이 리본드 칼을 내리치는 것을 보고 김병식 보스는 몸을 오른쪽으로 회전을하고 왼쪽 발 다리로 들어올려서 내리찍히로 충청도전국구파 놈이 리본드 칼이 내려 와서 등짝이보여 왼쪽 등짝을 찍어버렸다,
"퍽" 하고 "욱" 하며 입과 코에서 피가튀기며 리본드 칼과 함께 앞으로 꼬꾸라졌다,
죽은 것 같았다,
서울전국구파 이교맘 놈이 사시미 칼을 둘고서 있는 것을 보고 김병식 보스는 오른쪽 발 다리로 이교맘 놈을 가슴 명치을 밀어버렸다,
"퍽" 하고 "욱" 하며 입에서 허공으로 피가튀기며 숨도 쉬지 않고 뒤로 뭉쳐서있는 곳으로 사시미 칼을 둘고서 날아가 버렸다,
죽은 것 같았다,
김병식 보스는 앞에서 경기도전국구파 모지모 놈이 쇠파이프을 둘고서 있는 것을 보고 달려가서 "붕" 점프을하여 오른쪽 발 다리와 왼쪽 발 다리로 두다리로 경기도전국구파 모지모 놈의 얼굴면상 코을 차 버렸다,
"퍽" 하고 "욱" 하며 부러지는 소리와 입과코에서 허공으로 피가튀기며 쇠파이프와 함께 뒤로 뭉쳐서있는 곳으로 날아가 버렸다,
숨이 쉬지 않는 것 같아 죽은 것 같았다,
김병식 보스는 착지을 하였다,

김병식 보스는 앉자서 180도로 회전을하고 오른쪽 발 다리로 뒤돌려차기을하여 충청도전국구파 한명을 오른쪽 발목을 차 버렸다,
"퍽" 하고 "욱" 하며 부러지는 소리을내고 리본드 칼과 함께 오른쪽으로 한바퀴 돌고 넘으며 날아가 버렸다,
김병식 보스는 오른쪽에 있는 경기도전국구파 국장만이 쇠파이프을 둘고서 있는 것을 보고 앉자서 180도로 회전을하고 왼쪽 발 다리로 뒤돌려차기을하여 국장만 놈의 왼쪽 발목을 차 버렸다,
"퍽" 하고 "욱" 하며 부러지는 소리을내며 왼쪽으로 쇠파이프와 함께 한바퀴 돌며 날아가 버렸다,
김병식 보스는 뒤로 덤브링으로 한바퀴 넘으며 돌고 일어나서 앞을 보고 싸움을 계속 하였다,
서울전국구파 놈들과 경기도전국구파 놈들과 충청도전국구파 놈들이 아비송퍼시팩룸나이트로 오는 것들을 김병식 보스가 빠르게 싸움들을 보여 주고 서울전국구파들과 경기도전국구파들과 충청도전국구파들이 걸어서오며 "웅성" "웅성" "웅성" 이야기들을 하고 쇠파이프들과 사시미 칼들과 리본드 칼을 둘고서 계속하여 싸움을 걸어오고 있었다,
뒤에서 지켜보고 있던 서울전국구파 지엄자 대장과 충청도전국구파 한징모 대장과 경기도전국구파 짐오징 대장이 말들을 하였다,
경기도전국구파 짐오징 대장이 말을하였다,
"대한민국 경기도 정통으로가는 시내파 보스 두목 김병식 백호하얀호랑이 대장이야?"
그때, 서울전국구파 지엄자 대장이 말을하였다,
"싸움이 소문대로 듣던대로 빠르고 전국에 싸움꾼이야?"
충청도전국구파 한징모 대장도 말을하였다,
"대한민국에서 김병식 보스 두목 보다 싸움을하는 놈들을 보

지는 못한 것 같아, 소문대로 오산시에 있었던 것 같아?"
경기도전국구파 대장과 서울전국구파 대장과 동시에 대답들을 하였다,
"그래, 친구?"
김병식 보스에 귀가에 소리들이 들리고 있었다,
김병식 보스는 앞을 보고 있었으며 경기도전국구파 장함국 놈이 오른쪽 팔과 왼쪽 팔로 쇠파이프을 둘고서 김병식 보스에게 머리위로 내리치는 것을 김병식 보스는 두눈으로 보고 180도로 회전을하며 오른쪽 발 다리로 뒤돌려차기을하여 쇠파이프가 내려오는 것을 차 버렸다,
쇠파이프는 오른쪽으로 하늘 위로 "빙" "그" "르" "르" "르' 돌면서 날아가 버리고 코브라 옷가게 이오진 누님에 벽에 맞고서 떨어졌다,
이오진 누님에 옷가게 문은 불이켜주며 김병식 보스에 싸움들을 지켜보고서 있었다,
김병식 보스는 180도로 회전을하여 오른쪽 발 다리로 뒤 돌려차기을하여 쇠파이프을 차 버리고 앞으로 달려서가고 "붕" 점프을 하며 오른쪽 팔 주먹수퍼라이트 훅으로 경기도전국구파 장함국 놈의 얼굴면상 코을 쳐 버렸다,
"퍽" 하고 "욱" 하며 부러지는 소리을내고 허공으로 피가튀기며 뒤로 뭉쳐 있는 곳으로 날아가버렸다,
김병식 보스는 오른쪽에 있는 서울전국구파 이교맘 놈이 사시미 칼을 둘고서 있는 것을 보고 김병식 보스는 달려가서 "붕" 점프을 하고 오른쪽 발 다리와 왼쪽 발 다리로 두 다리로 날아서 이교맘 놈의 얼굴면상 코을 쳐 버렸다,
"퍽" 하고 "욱" 하며 부러지는 소리을내고 입과 코에서 허공으로 피가튀기며 사시미 칼과 함께 뭉쳐 있는 곳으로 날아가 버렸다,
김병식 보스는 착지을 하였다,

김병식 보스는 앉자서 180도로 회전을하여 오른쪽 발 다리로 뒤 돌려차기을하여 충청도전국구파 곡함소 놈의 오른쪽 발목을 차 버렸다,
"퍽" 하고 "욱" 하며 부러지는 소리을내고 리본드 칼과 함께 오른쪽으로 한바퀴 돌고 날아가버렸다,
충청도전국구파 두명이 리본드 칼을 둘고서 있었다,
김병식 보스는 왼쪽 발 다리로 상단차기을하여 왼쪽에 있는 충청도전국구파 놈을 오른쪽 얼굴면상 턱을 차 버렸다,
"퍽" 하고 "욱" 하며 부러지는 소리을내고 입과 코에서 허공으로 피가튀기며 왼쪽으로 리본드 칼과 함께 한바퀴 돌며 날아가버렸다,
김병식 보스는 오른쪽 발 다리로 180도로 회전을하여 뒤 돌려차기을하여 오른쪽에 있는 충청도전국구파 놈을 얼글면상 코을 차 버렸다,
"퍽" 하고 "욱" 하며 부러지는 소리을내고 리본드 칼을 앞으로 띨어트리고 뒤로 한바퀴 돌고 날아가버렸다,
김병식 보스에 싸움은 연속으로 가는 싸움 동작이였다,
김병식 보스는 두 눈으로 보며 서울전국구파 장국잔 놈이 사시미 칼로 오른쪽 팔로 둘고서 김병식 보스에 배로 찌르는것이였다,
김병식 보스는 왼쪽으로 몸을 비틀면서 회전을하고 오른쪽 발 다리로 들어 올려서 내리찍히로 장국잔 놈의 오른쪽 어깨을 찍어버렸다,
"퍽" 하고 "욱" 하며 부러지는 소리을내고 사시미 칼을 앞으로 떨어트리고 앞으로 꼬꾸라졌다,
오른쪽에 경기도전국구파 지한머 놈과 왼쪽에 경기도전국구파 멍지함 놈이 쇠파이프을 둘고서 붙어서 있었다,
김병식 보스는 양복 상의을 벗고서 앞으로 던지고 달려가서 "붕" 점프을하여 오른쪽 발 다리와 왼쪽 발 다리로 벌려서 오

른쪽 발 다리로 지한머 놈을 얼굴면상 턱을 차 버리고 왼쪽
발 다리로 멍지함 놈의 얼굴면상 턱을 차 버렸다,
"퍽" 하고 "욱" 하며 부러지는 소리을내고 입과 코에서 허공
으로 피가튀기며 쇠파이프을 앞으로 떨어트리고 뒤로 한바퀴
돌고 날아가버렸다,
김병식 보스는 착지을 하였다,
김병식 보스는 서울전국구파들과 경기도전국구파들과 충청도
전국구파들이 아비송퍼시팩룸나이트을 올라 오지 못하게 싸움
을 해주고 있었다,
서울전국구파 한오좁 놈이 오른쪽에 사시미 칼을 둘고서 있었
고 왼쪽에는 조상면 놈이 사시미 칼을 둘고서 있었다,
김병식 보스는 "붕" 점프을하며 360도로 회전을하며 왼쪽 발
다리로 뒤 돌려차기을하여 투 터치로 공중에서 앞에서 왼쪽에
있는 조상면 놈을 왼쪽 얼굴면상 턱을 차 버렸으며 오른쪽에
있는 한오좁 놈을 왼쪽 얼굴면상 턱을 차 버렸다,
"퍽" 하고 "욱" 하며 부러지는 소리을내고 입과 코에서 허공
으로 피가튀기며 사시미 칼을 앞으로 떨어트리고 오른쪽으로
날아가버렸다,
김병식 보스는 착지을 하였다,
김병식 보스에 앞에는 오른쪽에 충청도전국구파 터기소 놈이
리본드 칼을 둘고서 두팔로 리본드 칼을 들어 올려서 하늘위
에서 내려치는 것을 김병식 보스는 오른쪽 발 다리로 뒷 굽치
로 터기소 놈을 왼쪽 무릎팍을 차 버렸다,
"퍽" 하고 "욱" 하며 부러지는 소리을내고 앞으로 리본드 칼
과 함께 꼬꾸라졌다,
왼쪽에는 충청도전국구파 소장곡 놈이 리본드 칼을 둘고서 있
는 것을 보고 김병식 보스는 180도로 회전을하여 오른쪽 발
다리로 뒤 돌려차기을하여 소장곡 놈을 오른쪽 얼굴면상 턱을
차 버렸다,

"퍽" 하고 "윽" 하며 부러지는 소리을내고 리본드 칼을 앞으로 떨어트리고 뒤로 날아가버렸다,
김병식 보스에게 맞은 놈들은 땅 바닥에서 부러진 곳들을 잡고서 고통을 받고 소리을내고 있었으며 기절과 죽은 놈들과 있었다,
김병식 보스는 연속으로 싸움을 하였다,
경기도전국구파 오잠맘 놈이 쇠파이프을 둘고서 오른쪽에 있었다,
왼쪽에는 경기도전국구파 잠소윤 놈이 쇠파이프을 둘고서 있었다,
김병식 보스가 왼쪽 발 다리로 낭심차기을하여 오잠맘 놈을 낭심을 차 버렸다,
"퍽" 하고 "윽" 하며 쇠파이프을 앞으로 떨어트리고 꼬꾸라졌다,
김병식 보스는 "붕" 점프을하며 180도로 회전을하여 오른쪽 발 다리로 뒤 돌려치기을하여 짐소윤 놈을 오른쪽 얼굴면상 코을 차 버렸다,
"퍽" 하고 "윽" 하며 부러지는 소리와 입과 코에서 허공으로 피가튀기며 쇠파이프와 함께 뒤로 날아가버렸다,
김병식 보스는 착지을 하였다,
서울전국구파 지롱한 놈이 사시미 칼을 둘고서 있는 것을 보고 김병식 보스는 달려가서 "붕" 점프을하여 왼쪽 발 다리로 지롱한 놈을 왼쪽 발 무릎을 밟고서 "붕" 점프을하여 오른쪽 발 다리로 상단차기을하여 지롱한 놈을 왼쪽 얼굴면상 턱을 차 버렸다,
"퍽" 하고 "윽" 하며 부러지는 소리을내고 입과 코에서 허공으로 피가튀기며 오른쪽으로 사시미 칼과 함께 날아가버렸다,
김병식 보스는 착지을하고 오른쪽 발 다리로 들어올려서 내리찍히로 왼쪽에 있는 서울전국구파 김산지 놈을 왼쪽 어깨을

찍어버렸다,
"퍽" 하고 "욱" 하며 부러지는 소리을내고 사시미 칼과 함께 앞으로 꼬꾸라졌다,
김병식 보스는 서울전국구파들과 경기도전국구파들과 충청도전국구파들과 상대을 해주며 싸움을 하였고 몇분도 되지 않는 싸움으로 상대을 해주었다,
서울전국구파들과 경기도전국구파들과 충청도전국구파들이 몇명이 남지 않았으며 한걸음씩 뒤로 물러나고 있었다,
김병식 보스는 앞에서 경기도전국구파 점수양 놈이 쇠파이프을 둘고서 있는 것을 보고 "붕" 점프을하여 180도로 회전을하여 오른쪽 발 다리로 뒤 돌려차기을하여 점수양 놈을 오른쪽 얼굴면상 턱을 차 버렸다,
"퍽" 하고 "욱" 하며 부러지는 소리을내고 입과 코에서 피가 튀기며 쇠파이프와 함께 뒤로 뭉처 있는 곳으로 날아가버렸다,
김병식 보스는 착지을 하였다,
김병식 보스는 달려가서 "붕" 점프을하여 두 다리로 경기도전국구파 조한점 놈을 얼굴면상 코을 차 버렸다,
"퍽" 하고 "욱" 하며 부러지는 소리을내고 입과 코에서 허공으로 피가튀기며 쇠파이프와 함께 뭉처서 있는 곳으로 날아가버렸다,
김병식 보스는 착지을 하였다,
앞에서 서울전국구파 장오몀 놈이 사시미 칼을 둘고서 있는 것을 보고 김병식 보스는 "붕" 점프을하여 180도로 회전을하여 왼쪽 발 다리로 뒤 돌려차기을하여 오른쪽 팔 손에 둘고서 있는 사시미 칼을 차 버렸다,
사시미 칼은 오른쪽으로 "빙" "그" "르" "르" "르" 돌면서 날아가버렸다,
김병식 보스는 착지을하고 왼쪽 팔 주먹 찝으로 장오몀 놈의 가슴명치 배을 처 버리고 고개을 숙이고 있는 것을 김병식 보

스는 오른쪽 주먹 어퍼컷으로 장오몀 놈을 얼굴면상 코을 쳐 버렸다,
"퍽" 하고 "욱" 하며 부러지는 소리을내고 입과 코에서 허공으로 피가튀기며 뒤로 뭉쳐 있는 곳으로 한바퀴 돌고서 넘으며 날아가버렸다,
죽은 것 같았다,
김병식 보스는 왼쪽에 있는 충청도전국구파 소기터 놈이 리본드 칼을 둘고서 내리치는 것을 김병식 보스는 두 눈으로 보며 오른쪽 발 다리로 낭심차기을 하여 소기터 놈을 낭심을 차 버렸다,
"퍽" 하고 "욱" 하며 리본드 칼과 함께 앞으로 꼬꾸라졌다,
오른쪽에 충청도전국구파 오잠소 놈이 리본드 칼을 둘고서 내리치는 것을 김병식 보스는 앉자서 180도로 회전을하고 왼쪽 발 다리로 뒤 돌려차기을하여 오잠소 놈을 왼쪽 발목을 차 버렸다,
"퍽" 하고 "욱" 하미 부러지는 소리을내고 왼폭으로 리본드 칼과 함께 날아가버렸다,
김병식 보스는 일어나서 오른쪽에 리본드 칼을 둘고서 있는 충청도전국구파 수몬수 놈과 왼쪽에 경기도전국구파 상지옹 놈이 쇠파이프을 둘고서 있었으며 가운데 앞에는 서울전국구파 정국집 놈이 사시미 칼을 둘고서 있었다,
김병식 보스에게 세명들이 들어오고서 있었다,
김병식 보스는 두 눈으로 보며 달려가서 "붕" 점프을하여 360도로 회전을하고 오른쪽 발 다리로 뒤 돌려차기을하여 충청도전국구파 수몬수 놈의 오른쪽 턱을 차 버렸다,
"퍽" 하고 "욱" 하며 부러지는 소리을내고 입과 코에서 허공으로 피가튀기며 리본드 칼을 앞으로 떨어트리고 왼쪽으로 날아가버렸다,
김병식 보스 두목은 착지을 하였다,

김병식 보스는 180도로 회전을하고 오른쪽 발 다리로 뒤 돌려 차기을하여 서울전국구파 정국집 놈을 오른쪽 무릅팍을 차 버렸다,
"퍽" 하고 "욱" 하며 부러지는 소리을내고 주져 앉으며 고통을 받고서 사시미 칼과 함께 앞으로 꼬꾸라졌다,
김병식 보스는 달려가서 "붕" 점프을하여 두팔로 상지옹 놈에 머리을 잡고 당기며 김병식 보스에 오른쪽 발 다리 무릅으로 공중에서 경기도전국구파 상지옹 놈을 가운데 밑에 턱을 차 버렸다,
"퍽" 하고 "욱" 하며 부러지는 소리을내며 입과 코에서 허공으로 피가튀기며 고개을 뒤로 하고 쇠파이프을 앞으로 떨어트리고 뒤로 한바퀴 넘으며 뭉처서 있는 곳으로 날아가버렸다,
김병식 보스는 착지을 하였다,
오른쪽에서 서울전국구파 국만정 놈이 사시미 칼을 둘고서 들어오고 있었다,
왼쪽에서는 경기도전국구파 전고전 놈이 쇠파이프을 둘고서 내리치고서 있었다,
김병식 보스는 뒤로 한걸음 피하며 달려가서 "붕" 점프을하고 오른쪽 발 다리로 경기도전국구파 전고전 놈의 가운데 턱 밑을 차 버렸으며 왼쪽 발 다리로 서울전국구파 국만정 놈의 가운데 턱을 밑에을 차 버렸다,
"퍽" 하고 "욱" 하며 부러지는 소리을내고 입과 코에서 허공으로 피가튀기며 사시미 칼과 쇠파이프을 앞으로 떨어트리고 뒤로 고개을하며 한바퀴 넘으며 돌고 날아가버렸다,
김병식 보스는 착지을 하였다,
서울전국구파 놈들과 경기도전국구파 놈들과 충청도전국구파 놈들이 계속하여 대한민국 경기도 오산시 정통으로가는 시내파 보스 두목 김병식 백호하얀호랑이 대장에게 싸움을하고 앞으로 들어오고서 있었다,

김병식 보스는 쉬지 않는 싸움을 연속으로 보여주고 있었다,
충청도전국구파 나수몬 놈이 리본드 칼을 둘고서 왼쪽에 있었으며 충청도전국구파 몽나긴 놈이 리본드 칼을 둘고서 오른쪽에 있었다,
리본드 칼을 둘고서 내리치는 것을 보고 김병식 보스는 "붕" 점프을하여 오른쪽 발 다리로 나수몬 놈의 가슴명치을 차 버리고 오른쪽 발 다리로 몽나긴 놈의 가슴명치을 차 버렸다,
"퍽" 하고 "욱" 하며 입에서 허공으로 피가튀기며 리본드 칼을 앞으로 떨어트리고 뒤로 뭉처서 있는 곳으로 날아가버렸다,
충청도전국구파 몽나긴 놈과 나수몬 놈이 숨이 쉬지 않는 것을 보며 죽은 것 같았다,
김병식 보스는 땅에 등과 두팔로 머리뒤로 두 팔손으로 땅에 짖고서 두다리을 뒤로 넘기며 허리을 뒹기고 두팔손을 밀면서 앞으로 덤브링을 하고 일어나서 착지을 하였다,
경기도전국구파 오짐명 놈이 앞에서 쇠파이프을 둘고서 있었고 뒤에는 경기도전국구파 징용죠 놈이 쇠파이프을 둘고서 있었다,
김병식 보스는 달려가서 "붕" 점프을하여 360도로 회전을하고 오른쪽 발 다리로 뒤 돌려차기을하여 오짐명 놈의 오른쪽 얼굴면상 턱을 차 버렸다,
"퍽" 하고 "욱" 하며 부러지는 소리을내고 입과 코에서 허공으로 피가튀기며 쇠파이프을 앞으로 떨어트리고 왼쪽으로 한 바퀴 돌고 넘으며 날아가버렸다,
김병식 두목은 착지을 하였다,
김병식 보스는 360도로 회전을하고 오른쪽 발 다리로 뒤 돌려차기을하여 경기도전국구파 오짐명 놈의 오른쪽 얼굴면상 턱을 차 버렸다,
"퍽" 하고 "욱" 하며 부러지는 소리을내고 입과 코에서 허공으로 피가튀기며 쇠파이프을 앞으로 떨어트리고 왼쪽으로 한

바퀴 돌고 넘으며 날아가버렸다,
김병식 보스는 착지을 하였다,
오른쪽에서 사시미 칼을 둘고서 서울전국구파 독지독 놈이 김병식 보스에 배로 찌르는 것이였다,
김병식 보스는 왼쪽 발 다리로 앞차기로 사시미 칼을 차 버리고 사시미 칼은 허공으로 날아가버렸다,
김병식 보스는 "붕" 점프을하여 앞차기로 서울전국구파 독지독 놈을 가운데 밑에 턱을 차 버렸다,
"퍽" 하고 "욱" 하며 부러지는 소리을내고 입과 코에서 허공으로 피가튀기며 뒤로 고개을 젖히며 한 바퀴 돌고 넘으며 날아가버렸다,
김병식 보스는 착지을 하였다,
서울전국구파 용지독 놈이 사시미 칼을 둘고서 왼쪽에 있었고 서울전국구파 도상지 놈이 사시미 칼을 둘고서 오른쪽에 있었다,
김병식 보스는 오른쪽으로 달려가서 이오진 누님 옷가게 벽을 집고서 오른쪽 발 다리와 왼쪽 발 다리로 걸어서 올라가서 180도로 회전을하고 몸을 왼쪽으로 비틀면서 오른쪽 발 다리로 용지독 놈의 왼쪽 얼굴면상 턱을 차 버렸다,
"퍽" 하고 "욱" 하며 부러지는 소리을내고 입과 코에서 허공으로 피가튀기며 사시미 칼과 함께 오른쪽으로 날아가버렸다,
김병식 보스는 공중에서 서울전국구파 도상지 놈의 왼쪽 얼굴면상 턱을 차 버렸다,
"퍽" 하고 "욱" 하며 부러지는 소리을내며 입과 코에서 허공으로 피가튀기며 사시미 칼을 앞으로 떨어트리고 오른쪽으로 날아가버렸다,
김병식 보스는 공중에서 투 터치로 상단차기을 하고 착지을 하였다,
서울전국구파들과 경기도전국구파들과 충청도전국구파들이 김

병식 보스에게 맞은곳들이 부러져서 고통을 받고서 소리을내고 앉자서 있었다,
"우" "우" "우" "우" "으" "으" "으"
김병식 보스는 앞에서 있는 서울전국구파 상도용 놈이 오른팔 손으로 사시미 칼을 둘고서 있었다,
김병식 보스는 왼쪽 발 다리로 앞차기로 사시미 칼을 차 버리고 사시미 칼은 허공으로 "빙" "그" "르" "르" "르" 돌면서 날아가버렸다,
김병식 보스는 180도로 회전을하고 오른쪽 발 다리로 뒤 돌려차기을하여 상도용 놈의 얼굴면상 코을 차 버렸다,
"퍽" 하고 "욱" 하며 부러지는 소리와 입과 코에서 허공으로 피가튀기며 뒤로 한바퀴 돌고서 뭉쳐서 있는곳으로 날아가버렸다,
오른쪽 앞에서 경기도전국구파 자오모 놈이 쇠파이프을 둘고서 있었다,
김병식 보스는 "붕" 짐프을하며 720도로 회진을하고 오른쪽 발 다리로 뒤 돌려차기을하여 자오모 놈을 오른쪽 얼굴면상 턱을 차 버렸다,
"퍽" 하고 "욱" 하며 부러지는 소리와 입과 코에서 허공으로 피가튀기며 쇠파이프와 함께 뒤로 뭉쳐서 있는곳으로 날아가 버렸다,
김병식 보스는 착지을 하였다,
왼쪽에서는 리본드 칼을 둘고서 충청도전국구파 기나몽 놈이 있었다,
김병식 보스는 기나몽 놈이 두 팔손으로 둘고서 머리 위에서 두 번을 내리치는 것을 김병식 보스는 왼쪽과 오른쪽을 몸을 회전을하며 비틀면서 피하고 리본드 칼이 바닥에 내려오는 것을보며 김병식 보스가 "붕" 점프을하여 오른쪽 발 다리로 무릅 팍으로 충청도전국구파 기나몽 놈의 얼굴면상 코을 쳐 버

렸다,
"퍽"하고"욱"하며 부러지는 소리을내며 입과 코에서 허공으로 피가튀기며 리본드 칼을 앞으로 떨어트리고 뒤로 한바퀴 돌고서 넘으며 날아가버렸다,
김병식 보스는 착지을하고 오른쪽에 서울전국구파 옹망고 놈이 사시미 칼을 둘고서 있는 것을 보며 왼쪽에는 충청도전국구파 모한자 놈이 리본드 칼을 둘고서 있는 것을 보며 가운데 앞에는 경기도전국구파 오장요 놈이 쇠파이프을 둘고서 있는 것을 보며 뒤에는 경기도전국구파 짐오징 대장 놈이 서 서 있었으며 서울전국구파 옹망고 대장 놈이 서 서 있었다,
서울전국구파 지엄자 대장 놈이 서 서 있었으며 충청도전국구파 한징모 대장 놈이 서 서 있었다,
김병식 보스는 경기도전국구파 오징요 놈이 쇠파이프을 둘고서 있는 것을 김병식 보스는 달려가서 "붕" 점프을하고 공중에서 360도로 덤브링을 하며 오징요 놈의 머리 위을 돌고서 한바퀴 넘으며 오른쪽 발 다리로 경기도전국구파 짐오징 대장 놈의 머리통을 차 버렸다,
"퍽"하고"욱"하며 입과 코에서 허공으로 피가튀기며 앞으로 꼬꾸라졌다,
김병식 보스는 착지을 하였다,
김병식 보스는 회전을하여 앞으로 보며 서울전국구파 지엄자 대장 놈과 충청도전국구파 한징모 대장 놈들이 김병식 보스을 보는 순간에 김병식 보스는 "붕" 점프을하고 180도로 회전을하고 오른쪽 발 다리로 뒤 돌려차기을하여 충청도전국구파 한징모 대장 놈의 오른쪽 얼굴면상 턱을 차 버렸다,
"퍽"하고"욱"하며 부러지는 소리을내고 입과 코에서 허공으로 피가튀기며 왼쪽으로 날아가버렸다,
죽은 것 같았다,
숨을 쉬지 않았다,

김병식 보스는 착지을 하였다,
경기도전국구파 오장요 놈이 쇠파이프을 둘고서 내리치는 것을 김병식 보스는 "붕" 점프을하여 180도로 회전을하여 왼쪽 발 다리로 뒤 돌려차기을하여 쇠파이프을 차 버렸다,
"빙" "그" "르" "르" "르" 돌면서 오른쪽으로 쇠파이프는 날아가버렸다,
김병식 보스는 착지을하고 "붕" 점프을하고 두 다리로 허공에서 오장요 놈의 얼굴면상 코을 차 버렸다,
"픽" 하고 "욱" 하며 부러지는 소리와 입과 코에서 허공으로 피가튀기며 뒤로 날아가버렸다,
김병식 보스는 등을 땅과 두 팔손으로 짚고서 다리와 등을 뒤로 하며 땡기며 두 팔손으로 밀면서 덤브링으로 일어났다,
사시미 칼을 둘고서 왼쪽에 서울전국구파 옹망고 놈이 있었다, 김병식 보스는 두 다리로 가위 자세을하며 앉으며 옹망고 놈의 두 발목 다리을 걸었다,
김병식 보스는 왼쪽으로 회전을히며 360도로 돌고서 비틀면서 넘어트리고 사시미 칼은 앞으로 떨어트리며 김병식 보스가 몸을 일어나며 옹망고 놈의 얼굴면상 코을 쳐 버렸다,
"픽" 하고 "욱" 하며 부러지는 소리을내고 입과 코에서 허공으로 피가튀기며 기절을 하였다,
김병식 보스는 일어나서 충청도전국구파 모한자 놈이 리본드 칼을 둘고서 내리치는 것을 리본드 칼이 땅에 내려오는 것을 보며 김병식 보스는 "붕" 점프을하며 두 다리로 모한자 놈의 목을 걸고서 조이면서 오른쪽으로 비틀면서 넘어트렸다,
김병식 보스는 오른쪽으로 구르면서 리본드 칼은 앞으로 떨어트리고 모한자 놈은 기절을 하였다,
김병식 보스는 등을 뒤로 하고 두 팔손을 머리뒤로 하며 땡기면서 덤브링으로 일어났다,
김병식 보스에 앞에는 경기도전국구파 짐오징 대장이 일어나

서 있었다,
서울전국구파 지엄자 대장 놈과 있었다,
김병식 보스는 148명들을 혼을 내주고 한걸음씩 앞으로 걸어서가며 짐오징 대장 놈과 지엄자 대장 2놈에게 가서 걸음을 멈추었다,
경기도전국구파 짐오징 대장 놈이 말을 하였다,
"경기도에서 내가 대장 인 것을 알았다, 그런데, 경기도에서 시내파 보스 두목 김병식 대장이 있었다니 싸움을 이정도까지는 할줄은 몰랐다,
"하" "하" "하" "하"
"너희들은 어디에서 왔느냐, 대한민국 경기도 오산시 정통으로 가는 시내파 보스 두목 김병식 백호하얀호랑이 대장이 있다는 것은 이야기을 들었을거라 안다, 너희지역에서 있어라, 대한민국 경기도 오산시는 내가 있는 곳이다, 나에게 대응을 다시 한다며는 그때는 죽음으로 보내줄 것이다,
경기도 전국구파 짐오징 대장 놈과 서울전국구파 지엄자 대장 놈과 동시에 웃었다,
"하" "하" "하" "하" "하"
짐오징 대장 놈이 지엄자 대장 놈에게 말을 하였다,
"엄자 친구, 오산시에 김병식 보스 두목 대장을 만난 소감이 어떤가?"
"오징 친구, 오산시에 김병식 보스 두목 대장 싸움 과 의리 와 카리스마 와 대단한 보스 대장인것 같아, 소문이 진짜 인 것을 알았어, 대단해?"
그때, 짐오징 대장 놈이 말을 하였다,
"대한민국 경기도 오산시 정통으로가는 시내파 보스 두목 김병식 백호하얀호랑이 대장이다, 내가 오산시에서 의리 와 카리스마 있는 보스 두목을 보았다, 소문대로 대한민국 싸움꾼이다, 그렇지마는 이곳에서 오산시을 내놓아야 되겠어, 내가 경

기도 오산시을 들어온 이상말이야?"
하는 순간 김병식 보스는 달려가서 "붕" 점프을하고 왼쪽 발 다리로 지엄자 대장 놈에 왼쪽 무릎 팍을 밟고서 공중에서 상단차기을하여 오른쪽 발 다리로 지엄자 대장 놈에 얼굴면상 왼쪽 턱 차 버렸다,
"퍽" 하고 "욱" 하며 부러지는 소리을내고 입과 코에서 허공으로 피가튀기며 오른쪽으로 날아가버렸다,
김병식 보스는 공중에서 회전을하고 오른쪽 주먹으로 수퍼라이트 훅으로 경기도전국구파 짐오징 대장 놈에 얼굴면상 코을 쳐 버렸다,
"퍽" 하고 "욱" 하며 부러지는 소리을내고 입과 코에서 허공으로 피가튀기며 뒤로 날아가려고 할때에 김병식 보스는 착지을하고 짐오징 대장 놈에 목을 두 팔손으로 휘어잡고서 목을 조여버리고 잡고서 말을 하려고 하였다,
김병식 보스는 착지을 하였다,
오산시에 터미닐 거리는 경기도선국구파들과 서울전국구파들과 충청도전국구파들이 고통을 받고서 소리을내고 있었다,
사람들도 구경들을 하며 소리들을 내고 있었다,
"으" "으" "으" "으" "웅성" "웅성" "웅성"
옷가게 이오진 누님도 문을열고서 나왔으며 양복가게 김미국 누님도 문을열고서 나왔으며 간판가게 오상민 누님도 문을열고서 나왔다,
편의점 오수민 누님도 불들을 켜며 문을열고서 나왔다,
김다진 형도 택시을 세워놓고서 내려서 보고서 있었다,
세타소 양모수 형과 이수한 누님도 가게 문을열고서 나와서 있었다,
떡집가게 이용미 누님도 가게 문을열고서 나와서 있었다,
누님들은 가게 집이 1층으로 되어있었다,
서울전국구파들과 경기도전국구파들과 충청도전국구파들과 앞

자서 고통들을 받고서 있는것에 가서 머리통 들을 때리며 누님들은 동시에 말들을 하였다,
"너희들 지역에가서 까불어라?"
한명씩 머리통을 박아 주었다,
누님들은 동시에 김병식 보스에게 대답을 하였다,
"대한민국 경기도 오산시 정통으로가는 시내파 보스 두목 김병식 백호하얀호랑이 대장 괜찮아?"
"예, 누님들 괜찮습니다,
"오산시에 시내파 보스 두목 김병식 백호하얀호랑이 대장이야?"
김병식 보스는 두 팔손으로 경기도전국구파 짐오징 놈에 목을 잡고서 뒤에서 말을 하였다,
"너희 지역에 가서 이곳에 경기도 오산시에는 오지 않으면 너 목을 놓아주겠다, 어떻게 할것이냐?"
짐오징 놈의 입과 코에서 피가흐르며 김병식 보스에게 대답을 하였다,
"가사롭고 차라리 이곳에서 죽여줘라?"
김병식 보스는 말을하였다,
"하" "하" "하" "하"
"그래, 대한민국 경기도 오산시 정통으로가는 시내파 보스 두목 김병식 백호하얀호랑이 대장이다, 이제 알아 보았겠지, 그럼, 할말을 모두 다 했으며는 이곳에서 죽여주겠다,
김병식 보스는 오른팔과 왼팔을 조여 버렸다,
경기도 전국구파 짐오징 대장 놈을 앞으로 밀어 버리며 꼬꾸라지고 죽은 것을 확인을 하였다,
김병식 보스는 앞으로 걸어서가며 양복 상의을 잡으려고 할때에 서울전국구파들과 경기도전국구파들과 충청도전국구파들이 버스가 있는 곳으로 서로 엉겨 안으며 걸어서가고 있었다,
오산극장 과 터미널쪽에서 인천전국구파 와 제주도전국구파들

과 강원도전국구파들이 걸어서 달려오고 있었다,
김병식 보스는 말을하였다,
"누님들 가게에 들어가서 문들을 잠그고 계시기 바랍니다,
"그래, 김병식 보스 오산시을 지켜야 돼?"
동시에 누님들은 대답들을 하고 가게집으로 들어가서 문들을 잠같다,
김병식 보스는 달려가서 "붕" 점프을하고 360도로 회전을하며 오른쪽 발 다리로 뒤 돌려차기을하여 제주도전국구파 한명을 오른쪽 얼굴면상 턱을 차 버렸다,
"퍽" 하고 "욱" 하며 부러지는 소리을내고 입과 코에서 허공으로 피가튀기며 왼쪽으로 날아가버렸다,
김병식 보스는 착지을 하였다,
강원도전국구파 한명이 앞에서 있는 것을보고 김병식 보스가 앞차기로 가슴명치을 밀어버렸다,
"퍽" 하고 "욱" 하며 입에서 피가튀기며 뒤로 뭉처서 있는 곳으로 날아가비렸다,
김병식 보스는 왼쪽 발 다리로 상단차기을하여 인천전국구파 한명을 오른쪽 얼굴면상 턱을 차 버렸다,
"퍽" 하고 "욱" 하며 부러지는 소리을내고 입과 코에서 허공으로 피가튀기며 왼쪽으로 날아가버렸다,
김병식 보스에 쉬지 않는 싸움을 보여 주었다,
시간이 몇분이 흘러서 인천전국구파 김한모 대장과 장미임 놈과 장고종 놈과 지영미 놈과 제주도전국구파 조장인 대장과 조장교 놈과 김인짐 놈과 장머조 놈과 강원도전국구파 장고이 대장놈과 김하조 놈과 이상몬 놈과 장한몽 놈이 싸움을 자세을하고 있었다,
김병식 보스는 달려가서 "붕" 점프을하며 360도로 회전을하며 오른쪽 발 다리로 뒤 돌려차기을하여 오른쪽에 있는 강원도전국구파 장한몽 과 왼쪽에 이상몬 놈을 투터치로 오른쪽 얼굴

면상 턱을 차 버렸다,
"퍽"하고 "욱"하며 부러지는 소리을내고 입과 코에서 허공으로 피가튀기며 왼쪽으로 한바퀴 돌고서 넘으며 날아가버렸다,
김병식 보스는 착지을 하였다,
김병식 보스에 오른쪽에 제주도전국구파 김인짐 놈이 있었고 왼쪽에는 장머조 놈이 있었다,
김병식 보스는 달려가서 "붕" 점프을하며 두 다리을 벌려서 오른쪽 발 다리로 김인짐 놈의 가운데 턱을 차 버리고 왼쪽 발 다리로 장머조에 가운데 턱을 차 버렸다,
"퍽"하고 "욱"하며 입에서 허공으로 피가튀기며 고개을 뒤로 젖히고 뒤로 한바퀴 넘으며 돌고서 날아가버렸다,
김병식 보스는 착지을 하였다,
강원도전국구파 김하조 놈이 앞에서 있는 것을 보고 김병식 보스는 720도로 회전을하고 오른쪽 발 다리로 뒤 돌려차기을하여 김하조 놈의 얼굴면상 오른쪽 턱을 차 버렸다,
"퍽"하고 "욱"하며 부러지는 소리을내고 입과 코에서 허공으로 피가튀기며 왼쪽으로 한바퀴 돌고서 넘으며 날아가버렸다,
김병식 보스는 착지을 하였다,
김병식 보스에 앞에는 제주도전국구파 조장교 놈이 있었다,
김병식 보스는 오른쪽 발 다리로 들어올려서 내리찍히로 조장교 놈의 오른쪽 어깨을 찍어버렸다,
"퍽"하고 "욱"하고 부러지는 소리을내고 앞으로 꼬꾸라졌다,
김병식 보스에 싸움은 몇분도 되지않아서 상대을 혼들을 내주고 있었다,
김병식 보스에 앞에는 인천전국구파 지영미 놈이 있었다,
김병식 보스는 앉자서 180도로 회전을하고 오른쪽 발 다리로 뒤 돌려차기을하여 지영미 놈의 오른쪽 발목을 차 버렸다,

"퍽" 하고 "욱" 하며 오른쪽으로 한바퀴 돌고서 넘으며 날아가버렸다,
김병식 보스는 일어나며 "붕" 점프을하고 두 다리로 인천전국구파 장고종 놈의 얼굴면상 코을 차 버렸다,
"퍽" 하고 "욱" 하며 부러지는 소리을내고 입과 코에서 허공으로 피가튀기며 뒤로 날아가버렸다,
김병식 보스는 착지을 등으로 땅을 짚고서 두팔로 머리 뒤에다 짚고서 두 다리을 뗭기며 덤브링으로 일어났다,
앞에서 인천전국구파 장미임 놈이 있었다,
김병식 보스는 360도로 회전을하고 오른쪽 발 다리로 뒤 돌려차기을하여 장미임 놈의 오른쪽 얼굴면상 턱을 차 버렸다,
"퍽" 하고 "욱" 하며 부러지는 소리을내고 입과 코에서 허공으로 피가튀기며 두 다리로 날아가버렸다,
김병식 보스는 착지을 하였다,
강원도전국구파 장고이 대장이 말을하였다,
"김병식 보스 두목 내장인가, 성말 싸움을 잘 한나,
"그래, 대한민국 경기도 오산시 정통으로가는 시내파 보스 두목 김병식 백호하얀호랑이 대장 이다, 너희가 어디에서 왔는지 모르겠다, 이곳은 내가 지키고 있는 오산시다,
"그래, 소문이 대단하구나?"
그때, 제주도전국구파 조장인 대장이 대답을 하였다,
"김병식 보스 두목 대장 말이 꺼칠하구나?"
"그래, 너희들이 이곳에 들어온 이상 말을 너희들한데 이렇게 해주는 것 뺏기 없다, 죽고 싶으며는 이곳에서 죽여주겠다,
인천전국구파 김한모 대장이 이야기을 하었나,
"하" "하" "하"
"정말, 나이에 안 맞게 싸움과 말을 함부로 하는거 같아?"
하는 순간 김병식 보스에 몸이 달려가서 "붕" 점프을하고 360도로 회전을하고 오른쪽 발 다리로 뒤 돌려차기을하여 김한모

대장에 오른쪽 얼굴면상 턱을 차 버렸다,
"퍽"하고 "욱"하며 부러지는 소리을내고 입과 코에서 허공으로 피가튀기며 뒤로 날아가버렸다,
김병식 보스는 착지을 하였다,
제주도전국구파 조장인 대장이 오른쪽 발 다리로 상단차기을 하는 순간에 김병식 보스가 두 눈으로 보며 오른쪽 발 다리로 조장인 대장에 왼쪽 허벅지을 차 버렸다,
"퍽"하고 "욱"하며 부러지는 소리을내고 뒤로 날아가버렸다,김병식 보스는 몸을 회전을하고"붕" 점프을하고 720도로 오른쪽 발 다리로 뒤 돌려차기을하여 강원도전국구파 장고이 놈에 오른쪽 얼굴면상 턱을 차 버렸다,
"퍽"하고 "욱"하며 부러지는 소리을내고 입과 코에서 허공으로 피가튀기며 왼쪽으로 한바퀴 돌고 넘으며 날아가버렸다,
김병식 보스는 착지을 하였다,
누님들 과 형들이 나와서 동시에 말들을하고 박수들을 치었다,
"짝" "짝" "짝" "짝"
"대한민국 경기도 오산시 김병식 보스 두목 대장,
"만세" "만세" "만세"
누님들이 이야기을 하고 있을 때 김병식 보스에 동생들이 롤스로이스 10대을 타고서 대장일수 사무실 근처에 세우고 달려서오고 있었다,
조모차 동생과 한다보 동생들이 19명들이 달려와서 90도로 인사을하고 대답을 동시에 하였다,
"형님, 편히쉬셨습니까, 형님?"
"그래?"
"형님, 괜찮으십니까, 형님?"
동시에 90도로 인사을 하였다,
"그래, 괜찮다, 다들 잠을 자는 시간에 이렇게 오다니 이곳에 이놈들이 모두 걸어서 지역으로 가면 강원도 팬션으로 가자구

나?'
"예, 형님, 명심하겠습니다, 형님?'
동시에 90도로 인사을 하였다,
김병식 보스에 양복 상의을 조남잔 동생이 바닥에 떨어진 것을 주어서 들고서 말을하며 90도로 인사을하고 김병식 보스 두목에게 대답을하며 입혀서 드렸다,
"형님, 양복 상의 여기에 있습니다, 형님?"
"그래?'
김병식 보스는 두팔을 조남잔 동생이 입혀서 주는것에 양복을 입었다,
경기도전국구파 와 서울전국구파 와 충청도전국구파 와 제주도전국구파 와 인천전국구파 와 강원도전국구파들이 300명들이 오산시을 들어와서 김병식 보스에게 죽어서 혼들이 나고 지역으로 관광차들을 타고서 같다,
김병식 보스는 타지역 놈들이 가는것들을 보고서 조모차 동생에게 말을히였디,
"모차야, 차들을 가지고와서 강원도 팬션으로 가서 회식을 하자?"
"예, 형님, 명심하겠습니다, 형님?"
90도로 인사을 하였다,
김병식 보스에 양복은 타지놈들에 피가 묻혀 있었다,
김병식 보스에 말씀에 대장일수 사무실로 걸어서가고 조모차 동생과 한다보 동생과 한승호 동생과 김학지 동생과 오한지 동생과 장보구 동생과 고승국 동생과 지하미 동생과 장금하 동생과 고방식 동생과 주고용 동생과 한국지 동생과 고상국 동생과 오방자 동생과  이지용 동생과 이용마 동생과 김사랑 동생과 조남잔 동생과 진보상 동생과 뒤에서 뒤짐을 짖고서 롤스로이스 차로 걸어서가고 있었다,
뒤에서는 누님들 과 형들이 대답들을 하였다,

"김병식 보스 "만세" "만세" "만세" "만세" "만세"
"예, 누님들 고맙습니다,
김병식 보스는 대답을하고 대장일수 차을 세워 둔 곳으로 같다,
대장일수에 도착을하여 조모차동생이 앞으로 걸어서 나와 롤스로이스 흰색 차의 뒷문의 오른쪽을 열어주고 김병식 보스는 뒷자리에 쇼파에 앉았다,
조모차동생과 한다보동생과 한승호동생과 29명들은 동시에 90도로 인사을하며 대답을 하였다,
"형님, 편히쉬십시오, 형님?"
"그래, 강원도 팬션으로 가자?"
"예, 형님, 명심하겠습니다, 형님?"
동생들은 90도로 인사을하고 롤스로이스 차로 가서 타려고 할 때에 김병식 보스에게 동시에 90도로 인사을 하였다,
"형님, 편히쉬십시오, 형님?"
"그래?"
김병식보스에 차에는 한다보동생이 운전을하고 앞 오른쪽에는 조모차동생이 탔다,
롤스로이스 한 대를 오한지동생이 운전을하고 한 대를 김학지동생이 운전을하며 롤스로이스 한 대를 지하미동생이 운전을하고 한 대를 고승국동생이 운전을하고 롤스로이스 한대를 주고용동생이 운전을하고 한대을 장금하동생이 운전을하며 롤스로이스 한 대를 고방식동생이 운전을하고 한 대를 장보구 동생이 운전을하며 롤스로이스 한 대를 한승호동생이 운전을하고 탔다,
롤스로이스 한 대를 동생이 운전을하고 동생과 동생이 탔으며 롤스로이스 한 대를 이용마동생이 탔으며 이지용동생과 김보상동생이 탔으며 조남잔동생이 탔으며 진보상동생과 김사랑동생이 탔다,

김병식보스가 말을하였다,
"다보야, 오산극장으로 강원도 팬션으로 가자구나?"
"예, 형님, 명심하겠습니다, 형님?"
90도로 앉자서 인사을 하였다,
한다보동생은 깜박이을 켜고 롤스로이스 차을 오산극장 쪽으로 출발을 하였다,
뒤을 따라서 깜박이을 켜고 오한지동생이 출발을 하였다,
뒤을 따라서 깜박이을 켜고 지하미동생이 출발을 하였다,
뒤을 따라서 깜박이을 켜고 주고용동생이 따랐다,
뒤을 따라서 깜박이을 켜고 오방자동생이 출발을 하였다,
뒤을 따라서 깜박이을 켜고 우통지동생이 출발을 하였다,
뒤을 따라서 깜박이을 켜고 구한미동생이 출발을 하였다,
뒤을 따라서 깜박이을 켜고 진상보동생이 출발을 하였다,
뒤을 따라서 깜박이을 켜고 이용마동생이 출발을 하였다,
뒤을 따라서 깜박이을 켜고 조남잔동생이 출발을 하였다,
김병식보스에 롤스로이스 사는 오산극장으로 출발을하고 있었다,
김병식보스가 말을하였다,
"다보야, 이곳에서 잠간 타지놈들을 가는것들을 보고 가자?"
"예, 형님, 명심하겠습니다, 형님?"
앉자서 90도로 인사을 하였다,
타지역 전국구들은 몸을 부둥켜서 관광차로 가는것들을 보았다,
경기도전국구파들과 서울전국구파들과 충청도전국구파들과 제주도전국구파들과 강원도전국구파들과 인천전국구파들은 관광차에 모두 타고 출발을 하는것들을 보았다,
김병식보스는 말을하였다,
"다보야, 강원도 팬션으로 가자?"
"예, 형님, 명심하겠습니다, 형님?"

90도로 인사을 하였다,
한다보동생은 강원도 팬션으로 출발을하고 있었다,
김병식보스는 조모차동생에게 말을하였다,
"모차야, 강원도 팬션으로 가면서 먹고들 싶은것들이 있으며는 말을 하여라?"
"예, 형님, 명심하겠습니다, 형님?"
90도로 인사을 하였다,
"그래,
김병식보스는 뒤에서 잠시 두눈을 감고 있었다,
강원도 팬션으로 중간쯤 가고 있을 때 김병식보스 양복주머니에서 전화벨이 울리고 원써머나잇 원써머나잇 노래가 들리고 있었으며 전화을 받았다,
"예,
"병식이냐?"
"어머니 아침 일찍 전화을 주셨습니까, 집에 일이 있습니까?"
"아니다, 어제 꿈에 병식이가 일이 있나 해서 안좋은 꿈이였다, 별일없지!"
"예!"
"집에 들리고 해라?"
"예, 어머니 걱정을 하지마시고 조금더 주무시기 바랍니다,
"그래, 전화을 끊는다,
"예!"
김병식보스는 어머니와 전화을 끊었다,
김병식보스는 조모차동생에게 말을하였다,
"모차야?"
"예, 형님, 명령만 내려주십시오, 형님?"
90도로 인사을 하였다,
"그래, 지금 몇시쯤 되었냐?"
"예, 형님, 아침 7시가 되었습니다, 형님?"

90도로 인사을 하였다,
"그래, 아침7시며는 동생들이 배가 고플텐데, 아침을 먹고서 갈가?"
"예, 형님, 괜찮습니다, 형님?"
90도로 인사을 하였다,
"그래, 그럼, 먹을것들을 편의점이 있으며는 사가지고 오러라?"
"예, 형님, 명심하겠습니다, 형님?"
90도로 인사을 하였다,
"그래, 여기에있다,
"예, 형님, 명심하겠습니다, 형님?"
90도로 인사을하며 김병식보스가 양복 상의에서 지갑을 꺼내서 20만원을 주었고 조모차동생은 두팔로 손으로 받았다,
김병식보스는 뒤 빼밀러을 보며 롤스로이스 차을 보았다,
동생들이 깜박이을 켜며 뒤을 따라 오는 것을 보았다,
한다보동생이 몇분을 지니가디 김병식보스에게 대답을 히였디,
"형님, 편의점에 도착을 하였습니다, 형님9?"
0도로 인사을 하였다,
"그래, 모차야, 편의점에 갈다 오너라?"
"예, 형님, 명심하겠습니다, 형님?"
90도로 인사을하고 롤스로이스 차에서 내리며 인사을 90도로 하고 대답을 하였다,
"형님, 다녀오겠습니다, 형님?"
서 서 90도로 인사을하고 문을 닫고서 편의점으로 갈다,
김병식보스는 동생들 뒤에 서 서 있는 롤스로이스 검정 차 9대을 보았다,
아름답고 전국에서 보지 못한 광경이였다,
강원도 쪽으로 가고서 있는 차들은 김병식보스에 차들을 보고 서 강원도 쪽으로 가고 있었다,

조모차동생이 편의점으로 걸어서가며 문을열고서 안으로 들어 갔다,
아르바이트 여자가 말을하였다,
"어서오세요!"
"그래?"
조모차는 대답을하고 냉장고로 걸어서가며 음료수을 19개와 흰우유 1개을 사며 아르바이트 여자게 인사을하고 김병식보스 에게 걸어서가며 인사을 90도로 하며 대답을 하였다,
"형님, 다녀왔습니다, 형님?"
"그래?"
조모차동생은 문을열고서 검정 봉투에 음료수을 놓고서 흰우 유을 두손으로 찌여서 김병식보스에 있는 곳으로 드렸다
"형님, 여기에 있습니다, 형님?"
90도로 인사을 하였다,
"그래, 동생들 롤스로이스 차에 가서 음료수을 나누어줘라?"
"예, 형님, 명심하겠습니다, 형님?"
90도로 인사을 하였다,
조모차동생은 한다보에게 음료수을 주고 김병식보스에게 90도 로 인사을 하였다,
"형님, 다녀오겠습니다, 형님?"
"그래?"
조모차동생은 문을닫고서 동생들에게 음료수을 나누어주며 김 병식보스에게 90도로 인사을하며 대답을 하였다,
"형님, 다녀왔습니다, 형님?"
"그래?"
조모차동생은 문을열고서 90도로 인사을하고 대답을 하였다,
"형님, 편히쉬십시오, 형님?"
"그래, 음료수는 마셨느냐?"
"예, 형님, 마셨습니다, 형님?"

90도로 인사을하고 롤스로이스 차에 탔다,
"그래, 다보야, 강원도 팬션으로 가자?"
"예, 형님, 명심하겠습니다, 형님?"
90도로 인사을 하였다,
한다보동생은 강원도 팬션으로 출발을 하였으며 김병식보스는 뒤을 보았다,
동생들에 롤스로이스 차들은 따라서오고 있었다,
강원도 팬션으로 롤스로이스 차들이 들어가고 있었으며 1991년도 5월초로 계절이 돌아오고 산속에서는 꽃들이피고 아름다운 산속으로 되 있었다,
산속에서는 지지배배 하며 산새들이 노래소리와 시냇물 소리 계곡 물들이 흐르고 있었다,
김병식보스는 창문을 내리며 강원도 팬션의 계곡물과 산들을 구경들을 하였다,'
강원도 팬션은 이사을 하기전에 팬션과 같은 것 같았다,
조모차동생과 한다보동생과 김닝식보스에게 동시에 90도로 인사을하고 대답을 하였다,
"형님, 강원도 팬션에 도착을 하였습니다, 형님?"
"그래, 롤스로이스 차는 강원도 팬션에 정원에 서 서 한다보동생과 조모차동생이 내려서 김병식보스에 문을 열어주었다,
김병식보스는 롤스로이스 차에서 내려서 강원도 입구 현관문으로 걸어서가고 있었다,
조모차동생과 한다보동생은 뒤로 뒷짐을 짖고서 뒤을 따르고 있었다,
김병식보스가 말을하였다,
"다보야, 강원도 정원에서 회식을 할 것이다, 롤스로이스 차을 밖에다 세워두어라?"
"예, 형님, 명심하겠습니다, 형님?"
90도로 인사을하고 대답을 하였다,

김병식보스와 조모차동생과 걸어서가며 한다보동생이 90도로 인사을 하였다,
"형님, 다녀오겠습니다, 형님?"
"그래,
동생들은 롤스로이스을 정원 밖에다 빠구로 세워두고 있었다,
강원도 팬션으로 들어 오는 입구에 다 롤스로이스 차들을 한 대씩 줄을 맞처서 세워두고 한다보 동생들은 내려서 정원으로 걸어서 들어오고 있었다,
김병식 보스는 조모차 동생 오른팔이 현관 문을 열어 주는 것에 강원도 팬션으로 들어같다,
김병식 보스가 구두을 벗고서 안으로 들어가서 창문에 유리 밖을 보았다,
김병식 보스에 동생들이 정원에서 서로간에 이야기들을 하고 있었다,
김병식보스가 말을하였다,
"모차야?"
"예, 형님, 명령만 내려주십시오, 형님?"
90도로 인사을하고 대답을 하였다,
"한다보들에게 말을 하여라, 밖에 정원에서 고기 와 회 와 회식을 할수 있게 준비들을 하라고 해라?"
"예, 형님, 명심하겠습니다, 형님?"
90도로 인사을하고 대답을 하였다,
조모차 동생은 김병식보스가 유리창을 보고서 있는데 90도로 인사을하고 대답을 하였다,
"형님, 편히쉬십시오, 형님?"
"그래?"
조모차 동생은 밖으로 정원으로 나같으며 장작을 필수 있게 동생들은 준비들을 하는 것을 보았다,
김병식보스가 말을하였다,

- 162 -

"강원도 팬션이 좋은 것을 느끼고 있어, 산속에서도 산새들 노래 소리들과 계곡물들이 흐르는 것이 이곳까지 들리고 있어, 마음들이 날아가는 것 같다, 강원도 팬션은 조용하고 산새들과 친구로 이야기도 하고 계곡물과도 마음들을 훌 훌 떨쳐 버릴 수 있어서 좋은것같아?"
김병식보스가 말을하고 있었다,
김병식보스에 원써머나잇 노래가 들려오고 있었다,
"원써머나잇" "원써머나잇"
김병식보스는 전화을 받았다,
"오빠 지금 어디세요!"
"그래, 공주님께서 아침부터 전화을 하였느냐, 지금 강원도 팬션에 이사을 한곳에 있어!"
"예, 오빠, 그곳 강원도 팬션으로 가며는 안 될가요, 오빠가 보고싶어요!"
"그래, 오빠의 동생들하고 있다,
"예, 그럼, 오삐의 삼촌들히고 보며는 되겠네요!"
"오늘 서울방송연예계학교에 가는 날이 아닌가?"
"예, 오빠, 오늘 학교가 쉬는날 이예요!"
"그래, 그럼, 이곳으로 와, 주소가 강원도 11111번지야?"
"예, 오빠 있는 곳으로 금방 갈게요!":
"그래, 차비는 있어!"
"예, 오빠가 주신것들 있어요!"
"그래, 그럼, 강원도 팬션에서 보자?"
"예, 오빠?"
김병식 보스와 김호아 동생과 전화을 끊었다,
김병식 보스는 유리창을 보다 걸어와서 쇼파에 앉았다,
김병식 보스가 쇼파에서 20분을 눈을감고서 생각을하고 있었다,
강원도 팬션 현관 밖에서 초인종이 울렸다,

"그래, 들어와라?"
조모차 동생이 들어와서 90도로 인사을 하였다,
"형님, 편히쉬셨습니까, 형님?"
"그래, 회식 준비는 모두 끝났는지!"
"예, 형님, 회식준비을 모두 끝냈습니다, 형님?"
90도로 인사을하고 대답을 하였다,
"그래, 그럼, 여기에 돈이 있다, 강원도 마트에서 소고기 와 회 와 먹을것들을 시켜라?"
"예, 형님, 명심하겠습니다, 형님?"
90도로 인사을하며 대답을 하였다,
김병식보스에 양복 상의 주머니에서 천만원을 꺼내서 조모차 동생에게 주며 조모차 동생이 두 팔손으로 받으며 대답을 하였다,
조모차 동생은 강원도 팬션으로 전화로 찾아서 김병식 보스에게 90도로 인사을하며 뒤을 돌아서 전화을 하였다,
"형님 전화을 하겠습니다, 형님?"
"그래?"
조모차 동생이 전화을하며 강원도 마트 남자가 대답을 하였다,
"예, 강원도 마트입니다,
"강원도팬션 11111번지 이곳으로 소고기 60근과 오리로스구 이 60근과 오리로스 양념구이 60근과 농어회 60마리와 소세 지 와 야채 와 음료수 와 물 과 흰우유 와 과일 같은 것들을 가지고 와라?"
"예, 저희 마트에서 여자직원이 가지고 갈것입니다,
"그래?"
조모차 동생과 강원도 마트 남자는 전화을 끊었다,
조모차 동생은 전화을 끊고서 김병식 보스에게 90도로 인사을 하고 대답을 하였다,
"형님, 전화을 끝 마쳤습니다, 형님?"

"그래, 동생들 먹을 것들은 모두 시키고 했냐?"
"예, 형님, 모두시켰습니다, 형님"
90도로 인사을하며 대답을 하였다,
"이곳에 양복도 같다가 놓았겠지!"
"예, 형님, 방으로 들어가시면 양복이 있습니다, 형님?"
90도로 인사을하며 대답을 하였다,
"그래, 그럼, 양복을 갈아입고서 나가겠다, 나가서 있어라?"
"예, 형님, 명심하겠습니다, 형님?"
90도로 인사을하며 대답을 하였다,
조모차 동생은 나가려고 할때에 김병식 보스에게 90도로 인사을하며 대답을하고 나같다,
"형님, 편히쉬십시오, 형님?"
조모차 동생이 현관 문안에서 밖으로 나같다,
김병식 보스는 30분 있다 쇼파에서 일어나서 1층 김병식 보스에 방으로 문을열고서 들어같다,
김병식 보스에 검정 양복파 하얀 양복파 등으로 많이들 걸어져 있었다,
김병식 보스는 검정 양복을 입고서 검정 와이셔츠 와 검정 넥타이을 차고서 방에서 나가 현관 문에 검정 구두을신고 정원으로 걸어서 나같다,
정원에서는 19명 동생들이 오른쪽 과 왼쪽에서 한줄로 서 서 고기을 구워서 먹을 준비을 하였다,
장작에 여러개의 불이 활 활 타오르고 있었다,
김병식 보스가 걸어서가며 동생들 19명들은 동시에 90도로 인사을하고 대답을 하였다,
"형님, 편히나오셨습니까, 형님?'
"그래, 모두 준비가 끝났구나, 고생들했다,
19명 동생들은 동시에 인사을하고 대답을 하였다,
"형님, 고맙습니다, 형님?''

"그래?"
김병식 보스가 서 서 있었으며 강원도 팬션 입구 정원으로 자가용이 한 대 들어오고 있었다,
강원도 마트라는 현수막을 옆에 붙이고 들어 왔다,
자가용에서 여자 한명이 내려서 말을 하고 김병식 보스가 말을 하였다,
"강원도 마트에서 왔습니다,
"그래, 모차야, 계산을하고 다보 와 승호가 가서 물건들을 가지고 와라?"
'예, 형님, 명심하겠습니다, 형님?"
동시에 90도로 인사을하고 대답을 하였으며 자가용으로 갈때에 김병식 보스에게 동시에 90도로 인사을하고 대답을 하였다,
"형님, 다녀오겠습니다, 형님?"
"그래?"
조모차 동생과 한다보 동생과 한승호 동생과 회식을 할 것을 가지고와서 조모차 동생이 계산을하고 강원도 마트 여자는 자가용을 뒤로 빠꾸로하여 강원도 마트로 출발을 하였다,
조모차 동생과 한다보 동생과 한승호 동생이 와서 김병식 보스에게 동시에 90도로 인사을하고 대답을 하였다,
"형님, 다녀왔습니다, 형님?"
"그래, 고생들했다,
"예, 형님, 고맙습니다, 형님?"
동시에 90도로 인사을하고 대답을 하였다,
조모차 동생은 김병식 보스에게 90도로 인사을하고 대답을 하였다,
"형님, 잔돈이 남아 여기에있습니다, 형님?"
"그래, 잔돈은 됐다,
"예, 형님, 고맙습니다, 형님?"

90도로 인사을하고 대답을 하였다,
김병식 보스에 앞에는 오른쪽에 조모차동생이 서 서 있었으며 왼쪽에는 한다보동생이 서 서 있었다,
조모차 동생에 옆으로는 한승호 동생과 김학지 동생과 오한지 동생과 장보구 동생과 고승국 동생과 지하미 동생과 이지용 동생과 이용마 동생들이 서 서 있었고 한다보 동생에 옆으로는 장금하 동생과 고방식 동생과 주고용 동생과 한국지 동생과 고상국 동생과 오방자 동생과 김사랑동생과 진보상동생과 조남잔동생이 서 서 있었다,
장작 불은 활 활 타오르고 있었다,
김병식 보스는 고기을 구워서 먹기전에 동생들 29명들에게 명령을 내렸다,
김병식보스는 말을하였다,
"경기도 오산시에 전국 타지놈들이 내려오고 있다, 김병식 보스 두목 형이 있는 한 대한민국 경기도 오산시을 지켜야된다,
"예, 형님, 명심히겠습니디, 형님?"
동생들은 동시에 90도로 인사을하고 대답을 하였다,
"경기도 오산시에서 다른 지역으로 가서는 안된다, 오산시에서 뭉쳐서 있어야 된다,
"예, 형님, 명심하겠습니다, 형님?"
하며 동시에 90도로 인사을하고 대답을 하였다,
오산시 지역분들과 함께 있어야된다, 오산시 주민분들이 타지역 놈들에게 다쳐서는 안되고 아비송퍼시팩룸나이트도 들어와서는 안된다, 알았느냐?"
"예, 형님, 명심하겠습니다, 형님?"
동시에 90도로 인사을하며 대답을 하였다,
"대한민국 경기도 오산시 정통으로가는 시내파 보스 두목 김병식 백호하얀호랑이 대장이 혼자서 만든 이곳에 있는 동생들 조모차동생과 한다보동생과 한승호동생과 김학지동생과 오한

지동생과 장보구동생과 고승국동생과 지하미동생과 장금하동생과 고방식동생과 주고용동생과 한국지동생과 고상국동생과 오방자동생과 병원들에 있는 한사마동생과 마상회동생과 우통지동생과 황시라동생과 권성수동생과 구한미동생과 김구한동생과 주성진동생과 진상보동생과 김보상동생들이 있고서 이지용동생과 이용마동생과 김사랑동생과 진보상동생과 조남잔동생들이 시내파 동생들이다,
"예, 형님, 명심하겠습니다, 형님?"
90도로 동시에 인사을하며 대답을 하였다,
"부모님들에게는 말씀들 잘듣고서 해라?"
'예, 형님, 명심하겠습니다, 형님?"
동시에 90도로 인사을하고 대답을 하였다,
장작에 불들이 활 활 타오르고 있었다,
"철판들을 올려놓고서 고기들을 올려 놓고 굽고 식사들을 하자?"
"예, 형님, 명심하겠습니다, 형님?"
동시에 90도로 인사을하며 대답을 하였다,
김병식 보스는 20분 동안 이야기을하며 조모차 동생들은 소고기 와 오리로스구이 와 오리양념 로스구이 와 소세지도 불판에 올려놓고서 농어회 와 물 과 음료수도 탁자에 놓았다,
조모차동생은 김병식보스에 대답을 하였다,
"형님, 물과 흰우유 한잔과 따라서 젓가락과 탁자에 놓았다, 형님?"
90도로 인사을하고 대답을 하였다,
"그래, 모차야, 다보야, 이곳으로 형수님도 온다,
"예, 형님, 명심하겠습니다, 형님?"
90도로 인사을하고 대답을 하였다,
강원도 팬션에 점심으로 들어가는 시간이였다,
불판에는 고기들과 오리로스구이들과 소세지들이 익어가는 소

리들이 들렸다,
"지글" "지글" "지글"
김병식 보스 자리에 앉으며 말을하였다,
"고기들이 모두 익은 것 같다, 다들 먹자구나?"
"예, 형님, 명심하겠습니다, 형님?"
하고 90도로 인사을하고 대답을 하였으며 김병식 보스가 자리에 안자 동시에 90도로 인사을 하였다,
"형님, 편히쉬십시오, 형님?"
"그래?"
김병식 보스가 젓가락을 들고 불판에 있는 고기들을 먹으려고 할 때 동생들 19명 들은 동시에 인사을하고 대답을 하였다,
"형님, 식사많이드십시오, 형님?"
"그래, 많이들먹자?"
"예, 형님, 명심하겠습니다, 형님?"
동시에 90도로 인사을하고 대답들을 하였다,
김병식 보스는 앉자서 고기들을 믹고서 있있다,
동생들은 19명들이 오른쪽과 왼쪽에 서 서 고기들을 먹고서 있었다,
김병식 보스는 동생들과 고기들을 먹고있는데 강원도 팬션으로 택시가 한 대 들어와서 입구에 멈추었다,
택시에 여자 기사에게 김호아동생이 계산을하고 택시에서 내렸다,
김호아동생이 걸어서오며 동생들 29명들은 동시에 인사을 하였다,
"형수님, 오셨습니까?"
"예, 삼촌들 식사들을 하고 있어요!"
"예, 형수님 식사을 하십시요!"
동시에 동생들은 대답들을 하였다,
"예, 삼촌들 많이드세요!"

"예, 형수님?"
동시에 대답들을 하고 19명 동생들은 식사을하며 이야기들을 하고 고기들을 먹었다,
김병식 보스가 말을하였다,
"호아, 공주님, 왔어!"
'예, 오빠?"
''그래, 이곳에 앉자서 식사을 해!"
"예, 오빠?"
김호아동생은 김병식보스에 왼쪽으로 앉자서 고기들을 먹었다,
김호아 동생은 하얀원피스을 입고서 강원도 팬션으로 왔다,
김병식 보스가 말을하였다,
"호아야, 서울에서 강원도 팬션으로 오느냐고 차들은 많이들 막히지 않았어!"
"예, 강원도 팬션에는 차들이 많이들 막히지가 않아요, 제가 올때만 그런 것 같아요, 그런데, 오빠, 오늘이 회식이예요!"
''그래, 호아 공주님도 오셔서 회식을 하는것이야?"
"예, 제가 시간에 맞처서 먹을 복이 있어요!"
''그래, 호아는 아름답고 대한민국에서 미인이야?"
"히" "히" "히"
"오빠도 참?"
김호아 동생과 이야기을 하고 고기들을 먹었다,
김병식 보스가 말을하였다,
",호아 공주님 식사을 했으며는 일어나자, 강원도 팬션 안으로 들어가자?"
"예, 오빠?"
"모차야, 다보야, 회식을 모두 하고 정원들을 정리을하고 오산으로 가서 일들보아라?"
"예, 형님, 명심하겠습니다, 형님?"
동시에 90도로 인사을하고 대답들을 하였다,

김병식 보스가 젓가락을 놓고서 일어나려고 할때에 동생들 19명들은 인사을하고 대답을 하였다,
"형님, 식사많이드셨습니까, 형님?"
"그래, 많이들 먹고서 이야기들을 하여라?"
"예, 형님, 명심하겠습니다, 형님?"
동시에 90도로 인사을하고 대답들을 하였다,
"형수님, 식사많이하셨습니까?"
"예, 삼촌들 식사많이들하세요!"
"예, 형수님?"
동시에 90도로 인사을하고 대답을 하였다,
김병식 보스가 강원도 팬션 입구 현관 문으로 걸어서가고 있을 때 동생들 19명들은 동시에 인사을하고 대답을 하였다,
"형님, 편히쉬십시오, 형님?"
"그래,
"형수님, 편히쉬십시오!"
"예, 삼촌들?"
김병식 보스가 김호아 동생 하고 걸어서가며 현관 문을열고서 들어가서 쇼파에 앉잤다,
김병식보스가 말을하였다,
"호아는 아버지 어머니가 걱정을 하시지 않을가, 오빠을 자주 만나는 것은 들키지 안 았지만, 언젠가는 말씀을 드려야 될것 같아서 말야?"
"예, 오빠, 조금 더 있다 이야기을 하려고 할가해요, 그리고 오빠 제가 미국으로 학교 때문에 들어갈 것 같아요!"
"그래, 그럼, 언제 갈 것 같아?"
"예, 내년에 들어갈 것 같아요, 1월달에요!"
"그럼, 잘 된것 같아?"
"왜요, 오빠을 만나지 못하는 것이 잘된 건가요, 삐질것이에요!"

"참?"
"하" "하" "하"
"그게 아니고 호아가 더 큰 연예인님이 되실지 알어!"
''저는 오빠을 항상 봐야되요, 그래서 어떻게, 할가 생각중이예요, 짐 사가지고 오빠에게 오고 싶은 생각도 하고는 해요!"
"호아 공주님, 아버지 어머니 생각으로 따르기을 바래?"
'예, 오빠?"
"그리고, 호아한테 오빠가 이제 이야기을 하지마는 오빠의 아버지가 돌아가셔서 동생들이 고생을 한것과 회식을 하는것이야?"
"예, 오빠의 아버지께서 돌아가셨어요, 그럼, 왜, 연락을 하지 않았어요!"
"호아에게 말을 할시간이 없었어!"
"그래도 오빠는 참?"
김병식 보스는 탤래비젼을 리모컨으로 켜고서 김호아 동생과 보았다,
몇분을보다 강원도 팬션 입구 현관 문밖에서 노크소리가 들렸다,
"그래, 들어오너라?"
조모차 동생과 한다보 동생이 들어와서 90도로 동시에 인사을 하고 대답을 하였다,
"형님, 편히쉬셨습니까, 형님?"
"그래, 회식은 벌써 끝났느냐?"
"예, 형님, 회식을 모두 끝냈습니다, 형님?"
동시에 90도로 인사을하고 대답을 하였다,
"그래, 내일 모차 와 다보는 이곳으로 낮1시까지 들어와서 형이 오산시로 가야된다, 그럼, 오산시로 들어가서 일들을 보아라?"
"예, 형님, 명심하겠습니다, 형님?"

90도로 동시에 인사을하고 대답을 하였다,
조모차 동생과 한다보 동생이 현관에서 나가려고 할때에 김병식 보스와 김호아 형수님께 90도로 인사을하고 대답을하며 현관 문안에서 문을열고서 닥고서 나같다,
"형님, 편히쉬십시오, 형님?"
"형수님, 편히쉬십시요!"
"예, 삼촌들 들어가세요!"
김병식 보스는 정원들을 보았으며 동생들 19명들은 정원들을 모두 정리을하고 걸어서 롤스로이스 차 앞으로가서 차들을 타고서 오산시로 출발을 하였다,
김병식 보스는 롤스로이스 차들이 시동을 걸고서 출발을 하는 것을 유리창으로 보았다,
"부"~"우"~"붕"~"붕"~"붕"
김병식 보스는 동생들이 가고서 김호아 동생에게 말을하였다,
"호아야, 강원도 팬션의 구경들을 하자?"
"예, 오빠?"
"방으로 들어가서 옷을 오빠것으로 갈아서 입고 나와?"
"예, 오빠?"
김호아 동생은 걸어서가며 방으로 들어가서 하얀추리링으로 입고서나와 김병식 보스와 현관 문을열고서 밖으로 나같다,
김병식 보스는 오른쪽에서 김호아 동생은 왼쪽에서 김병식 보스에게 두팔로 팔장을 껴고서 어개을 기대고 정원을 지나서 강원도 산속에서 들려오는 산새들 소리 노래을 들으며 계곡 물 소리들과 보면서 산으로 올라같다,
김호아동생이 말을하였다,
"오빠, 이곳에 보세요, 계곡에서 흐르는 물들이 깨끗한 것이 물고기들 과 가재들이 기어서 다니고 있어요, 이곳에 위에서도 물속이 모두보이고 있어요!"
"그래, 호아 공주님, 이곳도 이사을 하기전에 강원도 팬션하고

비슷한것같아?"
"예, 오빠, 저곳에 계곡도있어요, 오빠, 한번 발을 물에 담그고 구경을해요!"
"호아가, 그렇게 하며는 호아의 뜻에 따라야지!"
김병식 보스와 김호아 동생과 강원도 팬션에 산속을 구경들을 하고 시간이되여 강원도 팬션으로 내려왔다,
강원도 팬션 입구로 걸어서가며 현관 문을열고서 쇼파에 자리에 앉았다,
김병식보스가 말을하였다,
"호아야, 저녁이 다가오는데, 저녁을 먹어야지!"
"예, 오빠가 먹는 것으로 먹을가해요!"
"그럼, 우리 짜장면 곱베기로 할가?"
"예, 좋아요!"
"그래?"
김병식 보스는 강원도 중화요리 가게로 전화을하여 짜장면 곱베기 2개 와 깐쇼새우 2개을 시켰다,
김병식 보스와 중화요리 남자가 전화을 끊고서 강원도 팬션으로 오토바이 한 대가 들어와서 철가방을 둘고서 현관 문 초인종을 눌렀다,
김병식보스는 말을 하고 중화요리 남자가 안으로 들어와서 돈을 받고서 강원도 팬션에서 중화요리 가게로 출발을 하였다,
김병식 보스는 김호아 동생과 중화요리을 먹고서 강원도 팬션에서 시간이되여 김병식보스가 말을하였다,
"호아 공주님, 피곤하지 않어!"
"아니요,오빠는요!"
"오빠는 피곤한데?""""
"참"
"오빠, 삐질것이예요, 오빠을 보고 싶어서 서울에서 이곳 강원도 팬션까지 왔는데요!"

하고 삐짐 보습을 보였다,
"호아 공주님, 자주 삐진다,
"하" "하" "하" "하"
"호아가 삐지는 모습도 아름답다, 호아야, 내일 오빠는 오산에서 일을 봐야돼, 피곤하며는 2층에 가서 잠을자고 내일 아침에 일어나서 오빠하고 식사을하자?"
김호아 동생은 삐짐 모습이 돌아왔다,
"정말요, 예, 그럼, 올라가서 잘께요!"
"그래, 호아야 좋은꿈꿔?"
"오빠도 호아꿈꾸세요!"
"그래, 호아 공주님?"
"아참, 오빠?"
"왜, 그러는데, 호아공주님?"
"오빠한데 말을 해줄게 있어요!"
"말을해봐?"
"오빠의 동생들힌데 말을 하는 깃처럼 호아에게 하며는 인돼요, 호아는 여자예요, 대한민국 경기도 오산시 정통으로가는 시내파 보스 두목 김병식 백호하얀호랑이 대장 여자예요, 알았지요!"
"하" "하" "하" "하"
"오빠가 아직도 호아에게 말투가 그렇게 하고서 있어!"
"아니예요, 지금은 많이 좋아졌어요, 처음 보다,
"그래, 김병식 보스가 호아의 말을 들어야지, 대한민국 경기도 오산시 정통으로가는 시내파 보스 두목 김병식 백호하얀호랑이 대장은 김호아 공주님 의 애인이신데 말야?"
"하" "하" "하" "하"
"히" "히" "히" "히"
김병식 보스와 김호아 동생은 득의만만으로 함께 웃었다,
김호아동생은 2층으로 올라가서 잠을 청 하였다,

김병식보스도 1층에 방으로 들어가서 씻고서 잠을 청 하였다,

## 김병식 보스에 동생들이 습격 당하다


강원도 팬션에서 동생들과 회식을하고 대한민국 경기도 오산시에 들어와서 일주일이 지나서 형은오피스텔 301호실에서 김병식 보스가 전화을 받았다,
조모차 동생은 90도로 인사을하고 대답을 하였다,
"형님, 편히쉬셨습니까, 형님?"
"그래, 모차야, 일이있느냐?"
"예, 형님, 한사마 동생들이 퇴원들을 하여 대장일수에 모여 있습니다, 형님?"
90도로 인사을하며 대답을 하였다,
"그래, 전화을 바꾸어 주어라?"
"예, 형님, 명심하겠습니다, 형님?"
조모차 동생은 90도로 인사을하고 대답을하며 한사마 동생을 바꾸어 주었다,
한사마 동생은 90도로 인사을하며 대답을 하였다,
"형님, 편히쉬셨습니까, 형님?"
"그래, 몸들은 건강히 낳고서 퇴원들을 하였느냐?"
"예, 형님, 건강합니다, 형님?"
90도로 인사을하고 대답들을 하였다,
"그래, 대장일수에서 점심들을 먹고서 일들을 보아라?"
"예, 형님, 명심하겠습니다, 형님?"
90도로 인사을하며 대답을 하였다,
김병식 보스가 전화을 끊으려고 할 때 한사마 동생이 90도로 인사을하며 대답을 하였다,

"형님, 편히쉬십시오, 형님?"
"그래?"
김병식 보스는 전화을 끊고서 일어나서 샤워을 하였다,
호남전국구파 조근만 대장은 경상도전국구파 하지문 대장에게 전화을 하였다,
"그래, 근만친구, 식사는 했고 하였는가?"
"그래, 하문친구, 모텔에서 동생들과 김병식 보스에 동생들을 헤치울가, 하네, 오산시 터미널로 들어가서 저녁 11시에 김병식 보스에 동생들이 있으며는 헤치울것이야?"
"그래, 근만친구, 오산시에 김병식 보스을 혼도 못내주고 접수을 못하고 하니 반대로 김병식 보스에 동생들을 치는것도 좋을가, 하네?"
"그러게, 하문친구, 강원도전국구파 장고이 형님과 인천전국구파 김한모형님 과 제주도전국구파 조장인 형님들도 김병식 보스에게 혼이나서 인천 과 경기도 와 충청도는 모두 헤체가 되었다네, 경기도전국구파 대장 과 충청도전국구파 대장은 그 자리에서 죽어서 장래을 치렀다고 하는것같아?"
"그래, 근민친구, 우리도 도끼들을 가지고 11시까지 가겠어, 20명이면 되겠지!"
"그래, 하문친구 오산시 터미널에서 동생들만 보네자구?"
"그렇게하자, 근만친구?"
"그럼, 전화을 끊겠어, 하문친구?"
"그래, 근만친구?"
호남전국구파 조근만 대장에 모텔 방안에는 오른쪽에 이한장 과 오하지 와 조마하와 등으로 50명들이 앉자서 있었다,
왼쪽에는 조장중 과 마창고 와 나장수 와 나주와 등으로 50명들이 앉자서 있었다,
호남전국구파 조근만 대장이 말을하였다,
"오늘 저녁11시에 오산시 터미널로 들어가서 김병식 보스에

동생들을 혼을내주고 우리편으로 들어오게 하여야된다,
"예, 형님?"
동시에 100명들이 양반다리을 하고 60도로 인사을하며 대답을 하였다,
이한장 과 조장중이 20명을 데리고서 저녁11시에 터미널로 들어가야된다,
"예, 형님?"
동시에 60도로 인사을하며 대답을 하였다,
"전국에서 오산시로 들어와서 김병식 보스와 상대을하여 모두 당 하고 지역으로 들어갔다, 우리도 김병식 보스을 보며는 그 자리에서 김병식 보스을 죽여야된다,
"예, 형님?"
60도로 인사을하며 대답을 하였다,
20명들은 사시미 칼을 들고서가서 상대을 해주어라?"
"예, 형님?"
60도로 인사을하고 대답을 하였다,
"그럼 지금은 나가서 일들을보고 저녁11시에 늦지 않게 행동들을 하여라?"
"예, 형님?"
60도로 인사을 동시에하고 대답을 하였다,
이한장 과 조장중과 100명 동생들은 일어나서 밖으로 나가려고 할 때 동시에 60도로 인사들을 하며 대답을 하였다,
"형님, 쉬십시요!"
이한장 과 조장중들은 밖으로 문을열고서 나갔다,
경상도전국구파 하지문 대장에 오피스텔 방안에는 오른쪽에 주수만 과 김호지 와 오사차와 50명들이 앉자서 있었다,
왼쪽에는 부지원 과 소라와 단고장이 50명들이 앉자서 있었다,
경상도전국구파 하지문 대장이 말을하였다,

"오늘 저녁11시에 오산시 터미널로 들어가서 김병식 보스에 동생들을 칠 것이다,
"예, 형님?"
60도로 앉자서 동시에 인사을하고 대답을 하였다,
"주수만은 20명만 데리고 도끼들을 같고서 저녁11시까지 들어가라?"
"예, 형님?"
60도로 인사을하고 대답을 하였다,
"그곳에 가며는 호남전국구파들도 있을 것이다,
"예, 형님?"
동시에 60도로 인사을하고 대답을 하였다,
"그럼 나가서 일들보아라?"
"예, 형님?"
동시에 60도로 인사을하고 대답을 하였다,
주수만들은 100명들이 일어나서 나가려고 할 때 60도로 인사을하고 대답을 하였다,
"형님, 쉬십시요!"
주수만 동생들은 오피스텔에서 밖으로 문을열고서 나같다,
터미널거리는 사람들이 많았다,
고진오 누님은 떡복기 와 오뎅 과 순대 와 닭발 과 김밥을 가지고 나와서 장사을하고 있었다,
강보자 누님은 옥수수을 가지고 나와서 장사을하고 있었다,
이하준 누님은 닭꼬치을 가지고 나와서 장사을하고 있었다,
장한자 형은 호떡을 가지고 나와서 장사을하고 있었다,
한승호 동생과 김학지 동생과 오한지 동생과 장보구 동생과 고승국 동생들은 김밥 과 닭발 과 오뎅 과 순대들을 먹고서 있었다,
지하미 동생과 장금하 동생과 고방식 동생과 주고용 동생과 한국지 동생들은 닭꼬치들을 먹고서 있었다,

고진오 누님이 한승호 동생에게 말을하였다,
"김병식 보스에 동생들이 많이들 터미널에서 나와 있는 것을 보니 오산시에 타지놈들이 다시 나타난것같아?"
"예, 누님, 오산시에 타지놈들이 아직도 놈들에 고향으로 가지 않았습니다,
"그럼, 동생들이 힘을 합쳐서 혼을내주어 고향으로 보내야지!"
"예 누님?"
동시에 대답을 하였다,
"이것들 더 먹어?"
"예, 누님?"
고진오 누님은 김병식 보스에 동생들과 이야기을 하고서 있었다,
이하준 누님도 지하미 동생에게 말을하였다,
"시내파, 김병식 보스에 동생들이 터미널에서 모여서 있는 모습들이 좋아 보이는데, 오늘 회식들을 한것이야?"
"에, 누님, 오늘은 터미널에서 누님들에게 인사을 하려고 합니다,
"그래?"
지하미 동생이 대답을하고 오산시 터미널 이하준 누님네 닭꼬치 집에서 먹고서 있었다,
사람들은 많이들 터미널 거리을 걷고서 있었다,
터미널 거리 택시에 타는 곳에서 호남전국구파 이한장 과 조장중 과 오하지 와 조하마 와 마창고 와 나장수 와 나주아 동생들이 20명들 이이야기을 하며 사시미 칼을 둘고서 걸어서 오고 있었다,
"비켜라, "비켜" "훠이"~"훠이"
경상도전국구파 주수만 과 부지원 과 김호지 와 오사차 와 소라와 와 단고장들도 20명 동생들과 손도끼을 들고서 이야기을 하고 걸어서오고 있었다,

"비켜라" "비켜라" "비켜" "훠이"~"훠이"
사람들은 옆으로 비켜주고 있었다,
고진오 누님께서 말을하였다,
"저기에 저놈들이 또 오고 있어?"
"예!"
한승호 동생들이 동시에 대답들을 하고 호남전국구파들과 경상도전국구파들에 소리을내고 보며 달려가고 있었다,
지하미 동생도 한승호들이 달려가는 것들을 보고 소리을내며 달려가고 있었다,
호남전국구파 이한장 과 조장중 이 동시에 말을하였다,
"애들아, 처라?"
"예, 형님?"
동시에 60도로 인사을하고 이야기을 하며 달려 갔다,
"야~""아~""아~""아~
경상도전국구파 주수만 도 말을하였다,
"애들아, 처라?"
"예, 형님?"
동시에 60도로 인사을하고 대답을하고 달려갔다,
"야~"아~"아~"아~"아~
한승호 와 김학지 와 오한지 와 장보구 와 고승국 과 지하미 와 장금하 와 고방식 과 주고용 과 한국지들도 달려가서 싸움을 하였으며 사시미 칼들과 손도끼들을 피하며 싸움을 하였다, 몇분이 가지 않아서 한승호 동생들은 싸움을 지고 몸들에 사시미 칼과 손도끼들의 상처가나서 터미널 거리에 쓰러지고 말았다,
고상국 동생과 오방자 동생과 한사마 동생과 마상회 동생과 우통지 동생과 황시라 동생과 권성수 동생과 구한미 동생과 김구한 동생과 주성진 동생과 대장일수에서 걸어서 터미널로 나오고 있었다,

한승호 동생들이 싸우는것에 달려오고 있었다,
고상국 동생들이 싸움을하고 있을 때, 고진오 누님 과 이하진 누님 과 강보자 누님 과 장한자 형에 리어컷이 부겨주고 있었으며 고진오 누님들이 소리을내고 이하준 누님 과 강보자 누님 과 장한자 형이 옆으로 피하며 고진오 누님이 김병식 보스에게 전화을 하였다,
"예!"
"김병식 보스 이곳에 그놈들이 또 와서 김병식 보스에 동생들을 혼을내주고 있어?"
"예, 누님, 금방 가겠습니다,
김병식 보스는 형은오피스텔 301호실에서 검정 양복을 입고서 검정 와이셔츠에 넥타이을 차고 검정구두을 신고서 터미널 거리로 달려서 같다,
고상국 동생들도 몸들에 상처을 나고 쓰러졌다,
이한장 과 조장중 과 주수만 이 동시에 말을하였다,
"김병식 보스는 어디로 갔어?"
그때, 고진오 누님께서 말을하였다,
"야, 놈들아, 사람들을 잡냐?"
하고 냄비들을 이하준 누님들과 이한장 과 조장중 과 주수만에게 던졌다,
호남전국구파들과 경상도전국구파들은 동시에 대답들을 하였다,
"뭐야, 년들아?"
그때, 김병식 보스가 달려와서 말을하였다,
"야, 너희들 오산시에서 떠나라고 하였다,
김병식 보스는 달려가서 "붕" 점프을하고 720도로 두바퀴 공중에서 덤브링을 하고 돌고서 오른쪽 발 다리와 왼쪽 발 다리로 호남전국구파 두명을 오른쪽 발 다리와 왼쪽 발 다리로 머리통을 내리찍었다,

"퍽"하고 "욱"하며 입과 코에서 허공으로 피가튀기며 사시미 칼과 함께 앞으로 꼬꾸라졌다,
김병식 보스는 착지을 하였다,
김병식 보스가 싸움을하자, 고진오 누님들은 동시에 소리을 내었다,
"김병식 보스 두목 힘내?""""
김병식 보스는 경상도전국구파 한명이 손도끼을 둘고서 내리찍는 것을 보고 김병식 보스가 "붕"점프을하고 360도로 회전을하며 오른쪽 발 다리로 뒤 돌려차기을 하여 경상도전국구파 놈을 오른쪽 얼굴면상 턱을 차 버렸다,
"퍽"하고 "욱"하며 부러지는 소리을내고 입과 코에서 허공으로 피가튀기며 왼쪽으로 손도끼와 함께 한바퀴 돌고서 넘어같다,
김병식 보스는 착지을 하였다,
경상도전국구파 오른쪽에서 한명이 손도끼을 내리치고 있었다,
왼쪽에서도 경상도전국구파 한명이 손도끼을 내리치고 있었다,
김병식 보스는 두눈으로 보고 "붕"점프을하고 오른쪽 발 다리로 뒤 돌려차기을 하여 투터치로 경상도전국구파 놈들을 오른쪽 얼굴면상 턱을 차 버렸다,
"퍽"하고 "욱"하며 부러지는 소리을내고 입과 코에서 허공으로 피가튀기며 손도끼을 앞으로 떨어트리고 왼쪽으로 한바퀴 돌며 넘으며 날아가 버렸다,
김병식 보스는 착지을 하였다,
한승호 동생들은 일어나서 뒤로 걸어서가고 뒤에서 지켜보고 서 있었다,
호남전국구파 한명은 오른쪽에서 사시미 칼을 둘고서 있었다,
왼쪽에도 호남전국구파 한명이 사시미 칼을 둘고서 있었다,
김병식 보스는 두눈으로 보며 달려가서 "붕"점프을하여 오른쪽 발 다리로 오른쪽에 있는 놈을 얼굴면상 가운데 턱을 차

버렸다,
왼쪽 발 다리로 왼쪽에 있는 호남 놈의 얼굴면상 가운데 턱을 차 버렸다,
"퍽" 하고 "옥" 하며 부러지는 소리을내고 입과 코에서 허공으로 피가튀기며 뒤로 한바퀴 돌고 넘으며 사시미 칼과 함께 날아가 버렸다,
김병식 보스는 착지을 하였다,
경상도전국구파 한명이 손도끼을 둘고서 내리 치는 것을 보며 김병식 보스는 오른쪽 발 다리로 들어올려서 내리찍히로 경상도전국구파 놈의 오른쪽 어깨을 찍어버렸다,
"퍽" 하고 "옥" 하며 부러지는 소리을내고 손도끼와 함께 앞으로 꼬구라졌다,
김병식 보스 두목은 호남전국구파들과 경상도전국구파들이 계속하여 사시미 칼과 손도끼와 둘고서 소리을내고 싸움을 걸어 오고 있었다,
김병식 보스는 오른쪽 발 나리토 상단차기을 하여 경상도전국구파 한명의 왼쪽 얼굴면상 턱을 차 버렸다,
"퍽" 하고 "옥" 하며 부러지는 소리을내고 입과 코에서 허공으로 피가튀기며 오른쪽으로 손도끼을 앞으로 떨어트리고 날아가 버렸다,
김병식 보스는 경상도전국구파 한명이 손도끼을 둘고서 내리 치는 것을 보며 왼쪽 발 다리로 상단차기을 하여 경상도전국구파 놈의 오른쪽 얼굴면상 턱을 차 버렸다,
"퍽" 하고 "옥" 하며 부러지는 소리을내고 입과 코에서 허공으로 피가튀기며 왼쪽으로 손도끼와 함께 날아가 버렸다,
김병식 보스가 계속하여 쉬지 않고 연속으로 싸움을 연결을 하며 경상도전국구파 와 호남전국구파들이 들어오고 있었다,
사람들은 구경들을 하고 동시에 웅성 웅성 하였다,
"영화을 보는 것 같아, 저분이 이곳 오산시에 보스 두목인가

봐?"
"와~"아~"아~"아~"아~
"잘 싸우신다, 영화에서 장면 보다 잘 싸우시는 것을 오산시에서 봤어?"
사람들은 이야기들을 하고 있었다,
고진오 누님들도 이하준 누님 과 강보자 누님 과 장한자 형도 이야기들을 하는 것이 들렸다,
김병식 보스는 달려가서 "붕" 점프을하며 오른쪽 발 다리로 앞차기로 밀며 왼쪽에 있는 호남전국구파 한명의 가슴 명치을 차 버리고 띵기며 왼쪽으로 180도로 회전을하고 오른쪽 발 다리로 오른쪽에 있는 호남전국구파 한명의 왼쪽 얼굴면상 턱을 차 버렸다,
"퍽" 하고 "욱" 하며 호남전국구파 놈들은 뒤로 사시미 칼과 함께 날아가 버렸고 "퍽" 하고 "욱" 하며 부러지는 소리을내고 입과 코에서 허공으로 피가튀기며 오른쪽으로 사시미 칼과 함께 날아가 버렸다,
김병식 보스는 착지을 하였다,
김병식 보스가 오른쪽 발 다리 뒷 굽치로 호남전국구파 한명을 오른쪽 무릅팍을 차 버렸다,
"퍽" 하고 "욱" 하며 부러지는 소리을내고 앞으로 사시미 칼과 함께 꼬꾸라졌다,
김병식 보스는 오른쪽 주먹라이트 훅으로 호남전국구파 한명의 얼굴면상 코을 쳐 버렸다,
"퍽" 하고 "욱" 하며 부러지는 소리을내고 입과 코에서 허공으로 피가튀기며 사시미 칼을 앞으로 떨어트리고 뒤로 날아가 버렸다,
경상도전국구파 한명이 손도끼을 둘고서 김병식 보스에 머리로 내리 치는 것을 180도로 회전을하며 오른쪽 발 다리로 뒤돌려치기을 하여 손도끼을 차 버렸다,

손도끼는 뒤로 빙 그 르 르 르 돌면서 날아가 호남전국구파 오른쪽 어깨에 찍혀버렸다,
호남전국구파 한명은 소리을내고 피가 허공으로 튀기며 앞으로 사시미 칼과 함께 꼬꾸라졌다,
김병식 보스는 180도로 회전을하며 오른쪽 발 다리로 뒤 돌려차기을 하여 경상도전국구파 놈의 왼쪽 얼굴면상 턱을 차 버렸다,
"퍽" 하고 "욱" 하며 부러지는 소리을내고 입과 코에서 허공으로 피가튀기며 오른쪽으로 날아가 버렸다,
김병식 보스는 검정 양복 상의을 벗고서 앞으로 던졌다,
호남전국구파 두명이 오른쪽 과 왼쪽에 있었으며 김병식 보스에 양복 상의가 얼굴에 덮어져 김병식 보스는 달려가서 "붕" 점프을하고 360도로 회전을하여 왼쪽 발 다리로 뒤 돌려차기을 하여 호남전국구파 놈들을 얼굴면상 코을 차 버렸다,
"퍽" 하고 "욱" 하며 부러지는 소리을내고 사시미 칼을 앞으로 떨어트리고 뒤로 날아가 비렸다,
김병식 보스는 착지을 하였다,
경상도전국구파 한명이 손도끼을 들고서 내리 치는 것을 김병식 보스는 왼쪽 발 다리 뒷 굽치로 경상도전국구파 놈의 오른쪽 무릎팍을 차 버렸다,
"퍽" 하고 "욱" 하며 부러지는 소리을내고 손도끼을 앞으로 떨어트리고 꼬꾸라졌다,
김병식 보스는 앞을 보며 조장중놈과 이한장놈과 주수만놈을 보았다,
김병식 보스는 경상도전국구파 한명을 오른쪽 발 다리로 앞차기로 경상도전국구파 놈의 가슴 명치을 차 버렸다,
"퍽" 하고 "욱" 하며 손도끼을 앞으로 떨어트리고 꼬꾸라졌다,
김병식 보스는 앞으로 달려가서 "붕" 점프을하고 공중에서 한 바퀴 돌고 넘으며 오른쪽 발 다리로 이한장놈의 머리통을 차

버렸다,
"퍽" 하고 "욱" 하며 입과 코에서 피가튀기며 사시미 칼을 앞으로 떨어트리고 꼬꾸라졌다,
김병식 보스는 착지을 하였다,
호남전국구파 조장중놈이 김병식 보스을 보고 이야기을 할 때, 김병식 보스는 "붕" 점프을하고 360도로 회전을하며 오른쪽 발 다리로 뒤 돌려차기을 하여 조장중놈의 오른쪽 얼굴면상 턱을 차 버렸다,
"퍽" 하고 "욱" 하며 부러지는 소리을내고 입과 코에서 허공으로 피가튀기며 왼쪽으로 한바퀴 돌고 넘으며 사시미 칼과 함께 날아가 버렸다,
김병식 보스는 착지을 하였다,
경상도전국구파 주수만놈은 뒤로 물러나고 있었다,
김병식 보스가 오른쪽에 경상도전국구파 한명이 손도끼을 둘고서 있었다,
왼쪽에도 경상도전국구파 한명이 손도끼을 둘고서 있었다,
김병식 보스는 오른쪽 발 다리로 낭심차기로 앞차기을 하며 왼쪽에 있는 경상도전국구파 놈의 낭심을 차 버렸다,
"퍽" 하고 "욱" 하며 손도끼을 앞으로 떨어트리고 꼬꾸라졌다,
오른쪽에 있는 경상도전국구파 한명을 김병식 보스는 오른쪽 발 다리로 180도로 회전을하며 뒤 돌려차기을 하여 가운데 경상도전국구파 놈의 오른쪽 얼굴면상 턱을 차 버렸다,
"퍽" 하고 "욱" 하며 부러지는 소리을내며 입과 코에서 허공으로 피가튀기며 손도끼을 앞으로 떨어트리고 왼쪽으로 날아가 버렸다,
김병식 보스가 앉자서 180도로 회전을하고 왼쪽 발 다리로 뒤 돌려차기을 하여 왼쪽에 있는 경상도전국구파 한명을 왼쪽 발목을 차 버렸다,
"퍽" 하고 "욱" 하며 부러지는 소리을내고 손도끼와 함께 왼

쪽으로 한바퀴 돌고 넘으며 날아가 버렸다,
김병식 보스가 180도로 회전을하고 오른쪽 발 다리로 뒤 돌려 차기을 하여 오른쪽에 있는 경상도전국구파 눔의 오른쪽 발목을 차 버렸다,
"퍽" 하고 "욱" 하며 부러지는 소리을내며 손도끼와 함께 한 바퀴 돌고 넘으며 날아가 버렸다,
김병식 보스는 "붕" 점프을하며 720도로 회전을하고 오른쪽 발 다리로 뒤 돌려차기을 하여 호남전국구파 두명이 오른쪽 과 왼쪽에 있는 것을 보며 오른쪽 얼굴면상 턱을 차 버렸다,
"퍽" 하고 "욱" 하며 부러지는 소리을내고 입과 코에서 허공으로 피가튀기며 사시미 칼과 함께 왼쪽으로 한바퀴 돌고 넘으며 날아가 버렸다,
김병식 보스는 착지을 하였다,
호남전국구파 오하지 가 사시미 칼을 둘고서 내리 치는 것을 김병식 보스는 뒤로 피하며 오른쪽 발 다리로 들어올려서 내리찍히로 오하지 놈의 오른쪽 어깨을 찍어버렸다,
"퍽" 하고 "욱" 하며 부러지는 소리을내고 사시미 칼을 앞으로 떨어트리고 꼬꾸라졌다,
김병식 보스는 180도로 회전을하고 왼쪽 발 다리로 뒤 돌려차기을 하여 경상도전국구파 한명을 왼쪽 얼굴면상 턱을 차 버렸다,
"퍽" 하고 "욱" 하며 부러지는 소리을내고 손도끼을 앞으로 떨어트리고 오른쪽으로 날아가 버렸다,
김병식 보스는 달려가서 "붕" 점프을하고 공중에서 두다리로 경상도전국구파 한명 놈의 얼굴면상 코을 차 버렸다,
"퍽" 하고 "욱" 하며 부러지는 소리을내고 입과 코에서 허공으로 피가튀기며 손도끼와 함께 뒤로 날아가 버렸다,
김병식 보스는 착지을 등과 두팔로 머리의 뒤로 하며 땅을 짚고서 두다리을 가슴 머리까지 올리며 땡기면서 덤브링으로 일

어났다,
경상도전국구파 한명이 손도끼을 내리 치는 것을 보며 김병식 보스가 오른쪽 발 다리로 상단차기을 하여 경상도전국구파 놈의 왼쪽 얼굴면상 턱을 차 버렸다,
"퍽"하고 "욱"하며 부러지는 소리을내고 입과 코에서 허공으로 피가튀기며 손도끼와 함께 오른쪽으로 날아가 버렸다,
김병식 보스는 왼쪽 주먹 쨉으로 경상도전국구파 한명을 얼굴면상 코을 처 버렸다,
"퍽"하고 "욱"하며 부러지는 소리을내며 손도끼을 앞으로 떨어트리고 뒤로 날아가 버렸다,
김병식 보스는 달려가서 전보 상대을 두다리로 짖고서 걸을며 올라가서 왼쪽으로 180도로 회전을하고 오른쪽 발 다리로 상단차기을 하여 뒤에 있는 호남전국구파 조하마 놈의 왼쪽 얼굴면상 턱을 차 버렸다,
"퍽"하고 "욱"하며 부러지는 소리을내고 입과 코에서 허공으로 피가튀기며 사시미 칼과 함께 오른쪽으로 날아가 버렸다,
김병식 보스는 착지을 하였다,
김병식 보스는 오른쪽 발 다리로 180도로 회전을하며 뒤 돌려 차기을 하여 호남전국구파 마창고 놈의 오른쪽 발목을 차 버렸다,
"퍽"하고 "욱"하며 부러지는 소리을내고 사시미 칼과 함께 한바퀴 돌고 넘으며 오른쪽으로 날아가 버렸다,
김병식 보스는 일어나서 달려가서 "붕" 점프을하며 공중에서 오른쪽 발 다리와 왼쪽 발 다리와 두다리로 호남전국구파 나장수 놈이 사시미 칼을 둘고서 오른쪽에 있어서 얼굴면상 가운데 턱을 차 버렸다,
김병식 보스에 왼쪽 발 다리로 호남전국구파 나주아 놈의 얼굴면상 가운데 턱을 차 버렸다,
"퍽"하고 "욱"하며 부러지는 소리을내고 입에서 허공으로

피가튀기며 뒤로 사시미 칼과 함께 한바퀴 돌고 넘으며 날아가 버렸다,
김병식 보스는 착지을 하였다,
김병식 보스는 "붕" 점프을하고 360도로 회전을하며 왼쪽 발 다리로 뒤 돌려차기을 하여 경상도전국구파 단고장 놈의 왼쪽 얼굴면상 턱을 차 버렸다,
"퍽" 하고 "욱" 하며 부러지는 소리을내고 입과 코에서 허공으로 피가튀기며 손도끼와 함께 오른쪽으로 날아가 버렸다,
김병식 보스는 착지을 하였다,
김병식 보스가 달려가서 "붕" 점프을하고 두팔로 소라와 놈의 머리을 당기며 오른쪽 발 다리로 무릅팍으로 경상도전국구파 소라와 놈의 얼굴면상 코을 쳐 버렸다,
"퍽" 하고 "욱" 하며 부러지는 소리을내며 입과 코에서 허공으로 피가튀기고 손도끼을 앞으로 떨어트리고 뒤로 고개을 들고서 한바퀴 돌고 넘으며 날아가 버렸다,
김병식 보스는 착지을 하였다,
경상도전국구파 주수만 놈과 부지원 놈과 김호지 놈과 오사차 놈이 손도끼을 내리 치며 싸움을 걸어오고 있었다,
김병식 보스는 뒤로 오른쪽으로 왼쪽으로 피하며 두눈으로 보며 싸움을 상대을 해주고 있었다,
김병식 보스는 오른쪽 발 다리로 들어올려서 내리찍히로 경상도전국구파 오사차 놈의 왼쪽 어깨을 찍어버렸다,
"퍽" 하고 "욱" 하며 부러지는 소리을내고 손도끼을 앞으로 떨어트리고 꼬꾸라졌다,
김병식 보스는 오른쪽 발 다리로 앞차기로 밀며 경상도전국구파 김호지 놈의 가슴 명치을 차 버렸다,
"퍽" 하고 "욱" 하며 입에서 피가튀기며 손도끼와 함께 뒤로 날아가 버렸다,
김병식 보스에 앞에는 경상도전국구파 부지원 놈이 손도끼을

둘고서 있었다,
뒤에는 주수만 놈이 손도끼을 둘고서 있었다,
김병식 보스는 "붕" 점프을하며 360도로 회전을하고 오른쪽 발 다리로 뒤 돌려차기을 하여 경상도전국구파 부지원 놈의 오른쪽 얼굴면상 턱을 차 버렸다,
"퍽" 하고 "욱" 하며 부러지는 소리을내고 입과 코에서 허공으로 피가튀기며 손도끼을 앞으로 떨어트리고 왼쪽으로 한바퀴 돌고 넘으며 날아가 버렸다,
김병식 보스는 착지을 하였다,
김병식 보스는 "붕" 점프을하고 두다리로 허공에서 경상도전국구파 주수만 놈의 얼굴면상 코을 차 버렸다,
"퍽" 하고 "욱" 하며 부러지는 소리을내며 입과 코에서 허공으로 피가튀기며 손도끼와 함께 뒤로 날아가 버렸다,
김병식 보스는 등을 땅에 짖고서 두팔을 땅에 짖고서 머리뒤로 두팔을 하며 두다리을 가슴 머리까지 땡기며 덤브링을 하고 일어났다,
김병식 보스가 말을하였다,
"너희들이 대한민국 경기도 오산시에서 계속하여 나에게 도전을 하며는 이렇게 더 한 것을 정말 보여 줄것이야, 너희들 대장들에게 전하고 대한민국 경기도 오산시에는 시내파 보스 두목 김병식 백호하얀호랑이 대장이 있다는 것을 오늘 다시 이야기을 해주겠다,
그때 호남전국구파 이한장 이 이야기을 하였다,
"이곳에서 김병식 보스에 싸움을 또다시 보게 돼서 우리는 정말 김병식 보스에게 싸움이 되지 않는 것을 알았고 우리에 대장에게 김병식 보스가 말을 하는 것을 전해주겠다,
"그래, 그럼, 이곳 터미널에서 일어나서 가거라?"
호남전국구파 이한장 들 20명들 과 경상도전국구파 주수만 20명들은 부러진 곳을 잡고서 신음을 내고서 부둥켜 안으며 모

텔 과 오피스텔로 같다,
김병식 보스가 뒤을 돌아서 동생들을 보았다,
한승호 동생들은 상처을 난 곳과 부러진 곳을 잡고서 신음을 내고 있었다,
김병식 보스가 말을하려고 할 때, 고진오 누님 과 강보자 누님 과 이하준 누님 과 장한자 형이 동시에 말들을 하였다,
"야, 쌕끼들아, 김병식 보스 두목님 한테는 싸움이 계속해도 이길수가 없지 놈들아, 김병식 보스 두목님?"
"만~세" "만~세" "만~세"
터미널에서 구경을하는 남자 여자들도 고진오 누님들에 만세 소리에 동시에 말을하고 만세을 하였다,
"만~세" "만~세" "만~세"
김병식 보스 두목은 한승호 동생들에게 말을 하는 것에 김병식 보스는 걸어가서 검정 양복을 주어서 상의 주머니에서 전화기을 꺼내서 조모차 동생 오른팔에게 전화을 하였다,
조모차 동생은 전화을 받있다,
조모차 동생은 90도로 인사을하고 대답을 하였다,
"예, 형님, 편히쉬셨습니까, 형님?"
"그래, 모차야, 이곳으로 고진오 누님, 떡복기 장사 터미널로 롤스로이스 차 4대을 보내거라?"
"예, 형님, 명심하겠습니다, 형님?"
하고 90도로 인사을하며 대답을 하였다,
김병식 보스가 전화을 끊으려고 할 때, 조모차 동생은 90도로 인사을하며 대답을 하였다,
"형님, 편히쉬십시오, 형님?"
"그래?"
김병식 보스는 전화을 끊고서 상의 양복을 입고 걸어가서 한승호 동생들에게 말을하였다,
"승호야, 학지야, 한지야, 보구야, 승국아, 하미야, 금하야, 방

식아, 고용아, 국지야, 상국아, 방자야, 사마야, 상회야, 통지야, 시라야, 성수야, 한미야, 구한아, 성진아,
"예, 형님, 명령만내려주십시오, 형님?"
하고 90도로 동시에 인사을하고 대답을 하였다,
"그래, 많이들 다친 것 같구나, 조금만 참고 있어라?"
"예, 형님, 명심하겠습니다, 형님?"
90도로 동시에 인사을하고 대답을 하였다,
김병식 보스는 고진오 누님 과 강보자 누님 과 이하준 누님 과 장한자 형이 리어컷 마차들을 새우고 있었다,
고진오 누님이 말을하였다,
"이놈들이 리어컷을 또 부겨 났어, 정말, 이놈들은 혼들이 더 나야돼?"
이하준 누님도 말을하였다,
"맞아, 정말, 혼들을 더 내서 그놈들 지역으로 빨리 같으면 좋겠어?"
김병식 보스가 말을하였다,
"누님들 리어컷 값은 제가 드리겠습니다,
그때 강보자 누님께서 이야기을 하였다,
"아니야, 김병식 보스가 저번에도 리어컷 값을 주었는데 또 받으며는 안되지!"
장한자 형도 말을하였다,
"김병식 보스가 저놈들을 혼을 내주는것도 우리는 고맙고 대한민국 경기도 오산시에는 김병식 백호하얀호랑이 대장이야, 대한민국에서도 김병식 보스 두목 일것이야?"
김병식 보스가 말을하였다,
"아닙니다, 누님들과 형은 별말을 하고 있습니까?"
하고 김병식 보스는 상의 주머니에서 지갑을 꺼내서 천만원짜리을 4장을 누님들과 형에게 주었다,
고진오 누님들과 동시에 대답들을 하였다,

"아니, 이렇게 많이 주면 우리는 받아야 되나?"
"예, 받아서 장사을 하실 준비들을 하셔야지 되지 않겠습니까?"
고진오 누님들은 동시에 대답들을 하였다,
"김병식 보스 두목 고마워?"""
김병식 보스가 이야기을하고 있을 때, 조모차 동생 과 한다보 동생이 운전을하고 진상보 동생 과 김보상 동생 과 이지용 동생이 운전을하고 롤스로이스 차을 타고서 도착을하여 문을열고서 내렸다,
조모차 동생들은 달려와서 김병식 보스 두목에게 90도로 인사을하고 대답들을 하였다,
"형님, 편히쉬셨습니까, 형님?"
"그래?"
"형님, 괜찮으십니까, 형님?"
하고 90도로 동시에 대답을 하였다,
"그래, 모치야, 이돈으로 동생들을 한국병원으로 입원들을 시키고 일들 보아라?"
"예, 형님, 명심하겠습니다, 형님?"
90도로 인사을하고 대답을 하였다,
김병식 보스는 조모차 동생들이 한승호 동생들에게 이야기을 하는 것을 보고 조모차 동생들이 김병식 보스에게 동시에 90도로 인사을하며 대답들을 하였다,
"형님, 들어가보겠습니다, 형님?"
"그래?"
조모차 동생들은 롤스로이스 차을 타고서 한국병원으로 출발을 하는 것을 보았다,
김병식 보스가 말을하였다,
"누님들 고생하시기바랍니다,
"김병식 보스 두목 들어가?"

"한자, 형, 수고하시기바랍니다,
"김병식 보스 들어가?"
김병식 보스 두목 백호하얀호랑이 대장은 아비숑퍼시팩룸나이트로 걸어서 같다,
경찰서에서는 새벽 늦게까지 김보한 반장이 이주오 형사 와 오미다 형사 와 미한진 형사 와 진상만 형사 와 고진자 형사 와 이산수 형사 와 이상온 형사 와 김장미 형사 와 여자 형사 오장순 형사가 근무을 1교대을 하고서 있었다,
그 다음날은 2교대로 조병면 형사 와 조상저 형사 와 이금면 형사 와 지용장 형사 와 김하모 형사 와 지오만 형사 와 김미잠 형사 와 장보화 형사 와 장화장 형사 와 여자 형사 김자김 형사가 근무을 하였다,
그 다음날은 3교대로 한다옹 형사 와 한 장모 형사 와 김모장 형사 와 이장임 형사 와 강지묘 형사 와 강모용 형사 와 강희지 형사 와 여자 형사 김병효 형사 와 김항장 형사 와 이한이 형사가 근무을 하였다,
오늘은 경찰서에서 1교대가 근무을 하는 날이였다,
경찰서에서 큰 사건들이 나며는 김보한 반장님이 다 집합을 하여 회의을 하고는 한다,
김보한 반장이 사무실 의자에 앉자서 고진자 형사에게 말을하였다,
"고진자 형사, 대한민국 경기도 정통으로가는 시내파 보스 두목 김병식 백호하얀호랑이 대장이 구치소에서 출소을하여 연락이 없어!"
"예, 반장님, 김병식 보스가 마음도 새겨 놓고서 연락을 하지 않을가요!"
"그렇게 하겠지, 아버지 장래식도 잘 치루고 하였겠지!"
"예, 반장님, 아니면은 아비숑퍼시팩룸나이트에 가보시던가 하시겠습니까?"

"그러던가 해야 되겠다, 김병식 보스 두목 대장이 조용한 것을 보니 구치소에서 출소을하여 무슨 일이난 것 같아서 김병식 보스 두목 시내파 백호하얀호랑이 대장의 의리 와 카리스마 있는 오산시 보스 두목 대장에 성격에 말야, 이주오 형사들도 강원도 팬션에 일들은 모두 잊어 버리고해?"
"예, 반장님?"
동시에 대답을 하였다,
김보한 형사가 말을하였다,
"새벽이라 추출한 것 같아, 야식이나 먹으러가자?"
"예, 반장님?"
고진자 형사들 9명들은 동시에 대답들을 하고 경찰서에 사건들이 없어서 앉자 있는 것에 일어나서 경찰서에 문을 열고서 닫고 이보장 누님네에 야식집으로 출발을 하였다,
이주오 형사가 봉고차을 운전을하고 김보한 반장은 운전석 옆에 타며 이보장 야식집 가게로 같으며 몇분이 지나서 이보장 사장에 야식집에 도착을 하였다,
김보한 반장은 내려서 고진자 형사들과 이보장 사장에 야식집 가게 문을열고서 안으로 들어갔다,
손님들은 많이 있었다,
이보장 사장은 김보한 반장을 보며 말을하였다,
"어서오세요, 아~니, 이게, 누구십니까, 김보한 반장님께서 형사님들 하고 야식을 먹으로 왔어요!"
"그래?"
고진자 형사들도 동시에 대답들을 하였다,
"안녕하십니까?"
"예!"
야식집 아르바이트 여자 장희미 와 주방 여자 조나보 가 동시에 말을하였다,
어서오십시요!"

"예!"
형사들은 동시에 대답을 하였으며 김보한 반장이 말을하였다,
"우리 닭토리탕 특대5개 와 밥 과 소주 와 맥주을 같다 주고 자리을 하나줘?"
"예, 이곳으로 앉으세요!"
김보한 반장은 이보장 사장이 카운터에서 나와 자리을주며 아르바이트 장희미 여자에게 말을하였다,
"희미야, 김보한 반장님들 닭토리탕 특대5개 와 밥 과 소주 와 맥주좀 같다드려라?"
"예, 사장님?"
이보장 사장이 대답을하고 카운터로 가서 손님들 계산을 하였다,
야식집 가게에서 닭토리탕 특대 와 밥 과 소주 와 맥주들을 같다 주며 김보한 반장들은 식사을하며 술들을 마셨다,
이보장 누님에 가게에서 시간이 가고 조모차 동생 과 한다보 동생 과 진상보 동생 과 김보상 동생 과 이지용 동생 과 이용마 동생 과 진보상 동생 과 김사랑 동생 과 조남잔 동생이 문을열고서 안으로 들어왔다,
이보장 누님은 동생들을 보며 말을하였다,
"김병식 보스 동생들 어서들 와?"
"예, 누님?"
조모차 동생들은 동시에 대답들을 하였다,
아르바이트 장희미 여자와 주방 조나보 여자가 동시에 대답들을 하였다,
"어서오십시요!"
"예!"
동시에 대답을 하였다,
조모차 동생들이 걸어가서 자리을 앉으려고 할 때, 김보한 반장이 술을 먹으며 조모차 동생에게 말을하였다,

"야식들을 먹으러 왔냐?"
"예, 안녕하십니까?"
조모차 동생들은 동시에 대답들을 하며 자리에 앉았다,
조모차 동생이 말을 하였다,
"야식들 드시러오셨습니까?"
"그래, 김병식 보스 아버지 장지는 잘치렀고 구치소에서는 출감을 하여 건강히있냐?"
"예, 형님께서는 건강히계십니다,
"그래, 그럼, 야식들 먹고서 와?"
"반장님, 벌써가십니까?"
"그래, 우리는 야식집에 와서 먹은지가 2시간은 됐어!"
"예, 반장님, 들어가세요!"
"그래, 김병식 보스에게 안부나 전해줘라?"
"예!"
김보한 반장 과 조모차 동생과 이야기을 하였다,
김보한 반장들이 계산을 하려고 힐때에 조모차 동생들은 동시에 말을하였다,
"들어가십시요!"
"그래, 많이들해?"
김보한 반장은 이보장 사장에게 계산을하고 이보장 사장과 아르바이트와 주방 여자들이 인사을하고 야식집에서 경찰서로 갔다,
호남전국구파 조근만 대장이 경상도전국구파 하지문 대장에게 전화을 하였다,
"지문 친구?"
"그래, 근만, 친구, 동생들은 수원에 요라병원으로 입원을 시키고 했는가?"
"그래, 친구, 입원을 시키고 지금 오피스텔에서 있다네,
"김병식 보스에게 당해 낼수가 없어, 우리도 힘을 다해서 호남

에서 지역들이 올라와서 싸움을 하여도 이길수가 없다네?"
"근만 친구, 그래도 생각을하고 쉽지 않을 것을 생각은 하였지만 언젠가는 우리가 이길수 있을 것 같다네?",
"그렇게 믿고 김병식 보스을 상대을 해주어야 될것같아, 이번에는 호남에서 김병식 보스을 헤치 울 수 있는 놈들로 뽑아서 데리고 와야 되겠어!"
"그래, 근만, 친구, 경상도에서도 내가 그렇게 해서 데리고 올라 올게, 근만 친구, 경찰서에 전화을하여 우리 동생들과 자네 동생들과 김병식 보스와 싸움을 하였던 것을 이야기을 하여 구치소에 다시 보내는게 어떤가?"
"지문 친구, 생각을 해 봐서 우리 와 친구 하고 다치지 않는 부분으로 가야 되지 않겠어?"
"그래, 근만, 친구 생각을 해 보자구, 그럼, 근만 친구 전화을 끊겠네?"
"그래, 친구?"
호남전국구파 조근만 대장 과 경상도전국구파 하지문 대장에 전화을 끊었다,
터미널 거리는 조용한 거리로 가로등 불빛과 간판들에 불빛들이 내리 비치고 있었다,
일주일이 지나가고 이주일이 되어 한승호 동생들은 돼원들을 하여 대장일수 사무실에서 있었다,
5월달 끝으로 되가는 5월29밤이였다,
김병식 보스는 형은오피스텔에서 잠을 청하려고 하였다,
김병식 보스에 원써머나잇 노래가 귓가에 들려오고 있었다,
"원써머나잇" ~"원써머나잇"~
김병식 보스는 전화을 받았다,
"오빠, 지금 자요!"
"아니, 공주님에 전화을 받고서 있어!"
"예, 오빠, 새벽1시네요, 생일 축하해요!"

"그래, 김호아 공주님?"
"오빠에 있는 형은오피스텔로 가고 싶네요, 몇시간 있으면 호아와 만날것인데 조금만 참아?"
"아~이, 정말, 아쉽네요!"
"그럼, 호아 공주님, 조금 더 자?"
"예, 오빠, 이따가봐요!"
"그래?"
김병식 보스와 김호아 동생과 전화을 끊었다,
형은오피스텔에 시간은 오전10로 되어 가고 있었다,
김병식 보스에 초인종이 울리고 있었다,
김병식 보스는 일어나서 문으로 걸어가서 열어 주었다,
김호아 동생이 보이며 말을 하였다,
"오빠, 생일 축하 하고 선물이예요!"
"그래, 고맙다,
김병식 보스는 쇼파에 가서 선물을 보았으며 선물은 하얀 양복 상의 와 하의 와 구두 와 와이셔츠 와 넥타이를 니켓이었다,
김병식 보스가 말을 하였다,
"이것을 어디에서 구했어!"
"예, 오빠 내가 서울에서 백화점에 같다 와서 구했어요!"
"그래, 고마워, 김호아 공주님?"
"오빠, 점심 먹으로가요!"
"그래, 그럼, 오빠, 싯고 나올게?"
"예, 오빠?"
김병식 보스가 샤워실로 들어가려고 할 때 조모차 동생이 선화가 오는 것이 였다,
조모차 동생은 90도로 인사을하고 대답을 하였다,
"형님, 편히쉬셨습니까, 형님?"
"그래?"

"형님, 생신을 축하드립니다, 형님?"
하고 90도로 인사을하며 대답을 하였다,
"그래, 모차야, 동생들은 전화을 하지 말라고 해라?"
"예, 형님, 명심하겠습니다, 형님?"
90도로 인사을하며 대답을 하였다,
"그래, 오늘은 동생들과 식사는 먹지 않고 저녁에 아비숑퍼시 팩룸나이트에 가서 술 한잔씩들 해라?"
"예, 형님, 명심하겠습니다, 형님?"
90도로 인사을하며 대답을 하였다,
"그럼, 전화을 끊자?"
"예, 형님, 명심하겠습니다, 형님?"
90도로 인사을하며 대답을 하였다,
김병식 보스가 전화을 끊으려고 할 때, 조모차 동생은 90도로 인사을하며 대답을 하였다,
"형님, 편히쉬십시오, 형님?"
김병식 보스는 샤워을하고 형은오피스텔에서 김호아 동생과 나와서 터미널을 지나 누읍동 깨끗한 회 집 가게로 같다,
김호아 동생은 하얀 원피스을 입고서 왔으며 아름다웠다,
김병식 보스가 말을하였다,
"호아, 공주님, 오빠의 고향 누읍동에 가서 회나 먹자?"
"예, 좋아요, 오빠의 고향도 한번 가보고 싶었어요!"
"그래, 터미널에 가서 택시을 타고서 가자?"
"예, 오빠,
김병식 보스 와 김호아 동생이 왼쪽에서 팔짱을 끼고서 머리을 기대고 깨끗한 회 집으로 같다,
터미널 거리에는 사람들이 많이 걸고서 있었다,
김병식 보스가 택시을 잡으로 고 하였다,
조자고 형이 택시을 앞에서 멈추어 창문을 열고 김병식 보스에게 말을하였다,

"김병식 보스 어디을 가려고 해?"
그때, 김호아 동생이 대답을 하였다,
"안녕하세요!"
"예, 안녕하십니까?"
김병식 보스가 말을하였다,
"자고, 형, 내 고향 누읍동 깨끗한 회 집으로 가자?"
"응, 김병식 보스 두목 백호하얀호랑이 대장?",
김병식 보스는 김호아 동생의 뒷 문을 열어 주고 김병식 보스와 뒤 쇼파에 앉았다,
김병식 보스와 조자고 형과 이야기을 하며 깨끗한 회 집으로 도착을 하였다,
김병식 보스는 상의 양복 주머니에서 지갑을 꺼내서 계산을 하고 조자고 형은 택시을 타고 터미널로 출발을 하였다,
김병식 보스가 깨끗한 회 집 1층 문을열고서 안으로 들어갔다,
깨끗한 회 집 카운터에서 사장 하가정 여자가 말을하였다,
"대한민국 경기도 오산시 정통으로기는 시내피 보스 두목 김병식 백호하얀호랑이 대장님께서 오셨어요!"
"예, 사장님, 장사좀되십니까?"
"예, 김병식 보스님, 때문에 장사가 됩니다,
"예, 그럼, 오늘부터 제가 누님이라고 하겠습니다,
"예!"
"하" "하" "하"
"그럼, 저는 좋아요!"
"예, 누님,
"그런데, 옆에서 있는 분은 누구입니까?"
"예, 이곳은 대한민국 경기도 오산시 정통으로가는 시내파 보스 두목 김병식 백호하얀호랑이 대장에 여자입니다, 호아 공주님 인사해?"
"예, 오빠, 안녕하세요!"

"예, 진짜 미인 이시네요!"
"고맙습니다, 말씀을 내려도 됩니다,
"예!"
"하가정 누님, 싱싱한 회을 갖다가 주시기바랍니다,
"예., 김병식 보스님 1번 방을 들어가세요!"
"예, 누님?"
김병식 보스와 김호아 동생은 1번 방으로 문을 열고서 들어갔다,
하가정 누님께서 종업원 여자 소당지 을 부르는 소리가 1번 방 안에서 들렸다,
"당지야, 1번 방에 김병식 보스 두목님, 농어 회 특대을 갖다 드려라?"
"예, 사장님?"
하가정 사장은 이야기을 하고 주방으로 가서 소당지 가 농어 회 특대을 주방 남자 방나장에게 이야기을 하고 1번 방으로 갖고서 들어갔다,
김병식 보스는 소당지 가 농어 회 특대 와 스키다시을 놓고서 1번 방 안에서 놓고 밖으로 나갔다,
김병식 보스가 말을하였다,
"호아야, 먹자?"
"예, 오빠?"
"와~아~아~아"~
"입에서 농어회가 녹는 것 같아요!"
"그럼, 오빠의 마음이 놓이는데, 호아 공주님 맛있게 먹고 차 집가서 차나 한잖 하자?"
"예, 그런데, 오빠, 고향에도 변화가 가 있어요, 아파트도 많고 아파트도 많이 지을 것 같은 느낌이예요!"
"그래, 호아 공주님, 오빠의 고향 누읍동에도 변화가로 들어와서 오산시 터미널 거리보다 더 좋아질거야?"

"예, 오빠, 그럼, 좋겠네요!"
"그래, 자, 먹자?"
"예, 오빠?"
김병식 보스 와 김호아 동생과 농어 특대을 먹고 이야기을 하며 1번 방에서 나와서 하가정 누님에게 백만원을 계산을하고 잔돈은 됐다고 하였으며 나왔다,
깨끗한 회 집 가게 옆에 백장미 차집이 있었다,
김병식 보스는 1층으로 된 차집으로 들어갔다,
김병식 보스을 보고 카운터에서 여자 사장 장미호 가 인사을 하였다,
"어서오세요!"
"예, 안녕하십니까?"
"예!"
"이곳에 장사을 하신지가 조금 된것같습니다,
"예, 1달 됐어요!"
"에!"
김병식 보스는 양복 상의 주머니에서 명함을 주었다,
"일수가 필요하시면 전화을 주시기바랍니다, 누님?"
"예, 아비숑퍼시팩룸나이트 사장님 이신가봐요!"
"예, 동생들도 일수을하고 있습니다,
"예!"
"대한민국 경기도 오산시 정통으로가는 시내파 보스 두목 김병식 백호하얀호랑이 대장입니다,
"예, 그럼, 잘 됐네요, 내일부터 일수을 같다 주세요!"
"에, 누님, 동생들이 같다 줄것입니다,
"예, 누님, 성함이 어떻게 되십니까?"
"예, 장미호입니다,
"예, 누님, 김병식 보스라고 하시면 됩니다,
"예, 김병식 보스님?"

"예, 누님, 흰 우유 2잖을 같다 주시기바랍니다,
"예!"
김병식 보스는 김호아 동생하고 걸어가서 쇼파에 앉았다,
디제이가 있는 차집 이였으며 디제이 남자도 김병식 보스에게 인사을 하였다,
"안녕하세요!"
"그래?"
디제이 남자 이호잠 은 디제이 박스 안에서 음악을 틀어주었다,
장미호 사장이 흰 우유을 두잔 같고와서 놓고 카운터로 같다, 김병식 보스와 김호아 동생과 이야기을 하며 노래을 적고 디제이에게 주며 듣고서 백장미 차집에서 시간이 돼서 인사을 하고 나왔다,
누읍동에 거리는 시간이 낮2시로 되어가고 있었다,
김병식 보스가 말을하였다,
"호아, 공주님, 우리 볼링이나 치고 가자, 저기에 볼링장 있다,
"예, 오빠, 좋아요, 이번에는 제가 봐주지을 않겠어요!"
"하" "하" "하"
"그래, 한번 보게?"
김병식 보스와 김호아 동생은 지하로 된 누읍동 볼링장으로 들어같다,
카운터 안에서 하미정 여자 사장이 말을하였다,
"어서오세요!"
"예, 누님, 안녕하십니까?"
"예!"
김병식 보스는 양복 상의 주머니에서 명함을 꺼내서 하미정 누님에게 주었다,
"아비숑퍼시팩룸나이트 사장님 되세요!"
"예, 일수도 합니다, 누님 일수가 필요 하시면은 전화을 주시

기바랍니다,
"예,
"누님, 김병식 보스 두목님이라고 하시면됩니다.
"예, 김병식 보스님,
"그럼, 자리을 하나 주시기바랍니다,
"예, 김병식 보스님?"
누읍동 볼링장에는 아르바이트 여자 장미진 과 자하정 과 김호하 와 장미징 과 남자 조남지 와 하남호 가 일을하고 있었다,
김병식 보스을 보고 인사을 하였다,
김병식 보스는 인사을 받고서 장미진 여자에 1번에서 볼링을 쳤다,
김병식 보스가 말을하였다,
"호아, 공주님부터 칠거야?"
"예, 오빠 제가 먼저 칠게요!"
긴호아 동생은 볼링을 치었다,
스트라이크을 쳤다,
"와~아~아~아"~
"짝" "짝" "짝"
김병식 보스가 환호성과 박수을 쳤고 김호아 동생이 볼링을 계속치며 김병식 보스도 볼링을 쳤다,
한시간을 볼링을치고 인사을하며 밖으로 나와서 오산극장으로 영화을 보러같다,
저녁 7시가 되여 아비숑퍼시팩룸나이트 가게에서 음악이 밖으로 들리고 있었으며 손님들이 많았다,
김병식 보스는 김호아 동생과 영화을 보고 저녁을 경양식 가게 집에서 돈까스을 먹고 나와서 아비숑퍼시팩룸나이트로 올라가고 있었다,
김병식 보스을 보고 웨이터 막내 기복하 와 오기자 와 금하수

와 조금마 가 동시에 90도로 인사을하고 대답을 하였다,
"사장님, 편히나오셨습니까, 생신을 축하드립니다,
"그래, 고맙고, 고생들한다,
"예, 사장님?"
동시에 인사을 90도로 하고 대답을 하였다,
김병식 보스는 김호아 동생과 아비숑퍼시팩룸나이트을 계단으로 올라가며 2층에 대형 유리 문이 열려줘 있는 것을 보고 웨이터장 장나바 와 웨이터 한다마 와 조기미 와 마하자 와 지하장 과 장마조 와 정하장 이 동시에 90도로 인사을하고 대답들을 하였다,
"사장님, 편히나오셨습니까, 생신을 축하드립니다,
"그래, 고맙다, 밥들은 먹고서 일을 하는것이냐?"
"예, 사장님?"
동시에 90도로 인사을하고 대답들을 하였다,
김병식 보스는 김호아 동생과 걸어서가며 장나바에게 말을하였다,
"나바야?"
"예, 사장님?"
90도로 인사을하고 대답을 하였다,
"오늘은 동생들과 생일을 할 것이다,
"예, 사장님?"
90도로 인사을하고 대답을하며 김병식 보스와 김호아 동생을 자리을 쇼파을 드렸다,
아비숑퍼시팩룸나이트 안에는 손님들이 많았다,
스테지에서는 남자와 여자들이 음악에 맞처서 춤을 추고 있었다,
웨이터 정자미 와 김장마 와 조강처 와 양희승 과 양우마 와 마수장 과 마하조 와 김병식 보스에게 와서 생신을 축하드린다고 하며 인사을 90도로 하고 손님들에게 같다,

아비숑퍼시팩룸나이트 이승미 실장과 아가씨들도 와서 인사을 하고 같으며 아가씨 웨이터들과 카운터 실장과 디제이들도 와서 인사을하고 같다,
김병식 보스는 디제이 여자 김미조 가 음악을 틀어 주는 것에 듣고서 있었다,
장나바 는 케익과 초을 같다 놓고 술과 안주와 양주들을 탁자 위에 놓고서 웨이터들과 입구로 같다,
김병식 보스는 김호아 동생에게 말을하였다,
"공주님, 나가서 춤을 출가?"
"예, 오빠, 정말요!"
"그래, 동생들이 오기전에 춤을 한번 추자?"
"예, 오빠?"
김병식 보스는 스테지에 나가서 김호아 동생과 춤을 추었다,
김호아 동생도 춤을 잘 추었고 아름다웠다,
김병식 보스도 무게 춤과 말춤과 등으로 춤을 보여줬다,
김병식 보스와 김호아 동생과 춤을 추는 것을 아비숑퍼시팩룸나이트 식구들이 지켜 보고 있었다,
아비숑퍼시팩룸나이트에서 디스코 음악이 끝나고 브르스 음악이 흘러서 나와 김병식 보스가 김호아 동생을 오른쪽 팔손을 잡고서 스테지로 나가서 브르스을 추었다,
김호아 동생은 김병식 보스을 보는 것을 눈물을 흘을 것 같은 얼굴이였다,
김병식 보스가 한참을 춤을 추고 쇼파로 들어와서 김호아 동생과 흰 우유을 마셨다,
아비숑퍼시팩룸나이트 안으로 동생들이 들어 오는 것을 보았다,
조모차 동생들이 김병식 보스에게 걸어와서 90도로 동시에 인사을 하였다,
"형님, 편히쉬셨습니까, 형님?"

"그래?"
"형님, 생신을 축하드립니다, 형님?"
동시에 90도로 인사을하고 대답들을 하였다,
김호아 동생에게도 조모차 동생들이 인사을 하였다,
"형수님, 안녕하십니까?"
"예, 삼촌들?"""
"그래, 밥들은 먹었느냐?"
"예, 형님, 먹었습니다, 형님?"
90도로 동시에 인사을하며 대답을 하였다,
"그래, 와서들 앉자라?"
"예,형님, 명심하겠습니다, 형님?"
동시에 90도로 인사을하며 대답을 하였다,
김병식 보스에게 조모차 동생들은 앉으며 동시에 90도로 인사을하고 대답을 하였다,
"형님, 편히쉬십시오, 형님?"
"그래?"
김호아 동생은 초을 18개을 케익에 꽂았으며 테이불에 있는 불을 붙였다
김병식 보스에 오른쪽에는 조모차 동생 과 한승호 동생 과 김학지 동생 과 오한지 동생 과 장보구 동생 과 고승국 동생 과 지하미 동생 과 장금하 동생 과 고방식 동생 과 주고용 동생 과 한국지 동생 과 고상국 동생 과 오방자 동생 과 한사마 동생 과 마상회 동생이 앉자서 있었다,
왼쪽에는 한다보 동생 과 우통지 동생 과 황시라 동생 과 권성수 동생 과 구한미 동생 과 김구한 동생 과 주성진 동생 과 진상보 동생 과 김보상 동생 과 이지용 동생 과 이용마 동생 과 김사랑 동생 과 진보상 동생 과 조남잔 동생이 앉자서 있었다,
김병식 보스가 말을하였다,

"오늘은 이곳에서 술 한잔씩 하여라?"
"예, 형님, 명심하겠습니다, 형님?"
동시에 90도로 인사을하고 대답을 하였다,
김호아 동생이 말을하였다,
"오빠, 케익을 끄세요!"
"그래, 호아, 공주님?"
"술을 모두 따랐으며는 한잔씩 하자?"
"예, 형님, 명심하겠습니다, 형님?"
동시에 90도로 인사을하며 대답을 하였다,
"동생들아, 잔을 들고 대한민국 경기도 오산시을 지켜내자?"
"예, 형님, 명심하겠습니다, 형님?"
동시에 90도로 인사을하고 대답을 하였다,
"형님, 생신을 축하드립니다, 형님?"
90도로 인사을하고 대답을하며 술잔을 들었다.
김병식 보스는 초불을 끄고서 흰 우유을 김호아 동생하고 조모치 동생들히고 둘고서 미셨디,
조모차 동생들은 고개을 뒤로하고 술을 마셨다,
김병식 보스는 동생들과 이야기을 하고 김호아 동생이 케익을 김병식 보스에게 잘라서 주고 조모차 동생 과 한다보 동생들에게 주었다,
김병식 보스는 케익을 김호아 동생 과 조모차 동생들과 먹으며 이야기을 하고 조모차 동생들은 스테지에 나가서 둥그런 원을 그려서 한명씩 나가서 원 안에서 춤들을 추는 것을 보았다,
시간이 흘러 가서 김병식 보스는 김호아 동생에게 이야기을 하며 집으로 가자고 하였다,
김병식 보스는 조모차 동생들에게 인사을 받고서 웨이터장 장나바에게 가게을 정리을하고 퇴근들 하라고 하며 인사을 받고서 아비숑퍼시팩룸나이트 가게에서 나와서 터미널 거리로 같

다,
저녁 11시로 되어가고 있었다,
터미널 거리도 사람들이 많았다,
김병식 보스와 김호아 동생과 장한자 형에게 인사을받고 강보자 누님에게 인사을받고 이하준 누님네에서 닭꼬치을 먹고서 고진자 누님네에서 닭발을 먹고 택시을 타는 곳으로 같다,
김병식 보스는 김호아 동생을 택시에 뒷 문을 열어주고 김호아 동생이 오른팔 손을 흔들며 이야기을 하고 택시는 출발을 하였다,
김병식 보스는 형은오피스텔에서 하루을 보내고 있었다,
대한민국 경기도 오산시는 조용한 거리로 가을이 찾아오고 있었다,
하기장 형에 전화가 오고 있었다,
"김병식 보스 오늘 저녁에 오는것이야?"
"그래, 형, 내가 가야지, 되지 않겠어?"
"김병식 보스 종로 나이트로 오면 돼?"
"그래, 형, 저번에 한번 가서 알고 있어, 지금 가게에 있는 것이야?"
"그래, 김병식 보스 가게을 지금 오픈 준비을하고 있어?"
"그럼, 지금 갈게?"
"김병식 보스 두목 종로로 와서 룸 안에 있어, 김병식 보스에 룸 방은 1번 방에 떡과 과일 과 흰 우유들을 준비들을 해 놓았어?"
"그래?"
김병식 보스 와 하기장 형과 전화을 끊고서 김병식 보스는 오전 9시에 쇼파에 앉자서 신문을보고 있다가 오범구 형네로 가서 하얀구두을 닦았다,
김병식 보스가 말을하였다,
"범구, 형, 오산시가 조용한 것 같지 않아?"

"김병식 보스가 전국 타지놈들을 모두 혼을 내주어 조용한 것 같아?"
"이곳에 그런놈들이 또, 오고는해?"
"김병식 보스가 그래고나서 그놈들은 오지도 않아?"
"그래, 형, 그럼, 오늘도 고생해?"
"응, 김병식 보스 구두 여기에있어?"
김병식 보스는 오범구형에게 계산을하고 일어나서 인사을하며 조모차 동생에게 전화을 걸었다,
조모차 동생은 90도로 인사을하고 대답을 하였다,
"예, 형님, 편히쉬셨습니까, 형님?"
"그래, 지금 형은오피스텔로 한다보 동생과 와라?"
"예, 형님, 명심하겠습니다, 형님?"
90도로 인사을하고 대답을 하였다,
김병식 보스와 조모차 동생과 한다보 동생과 형은오피스텔에서 종로로 롤스로이스 차을 타고서 하기장 형에 종로나이트로 같다,
오전11시가 돼서 종로나이트로 도착을 하였다,
종로나이트 입구에는 화분들이 많았다,
김병식 보스도 조모차 동생에게 화분을 시켜서 입구에 놓으라고 하였다,
조모차 동생은 김병식보스에게 인사을하고 전화을하며 화분을 시켰다
김병식 보스는 조모차 동생에 문을 열어 주는 것에 종로나이트 입구로 가서 나이트 안으로 들어가려고 하였다,
나이트는 1층으로 되어 있었다,
웨이터들이 김병식 보스에게 90도로 인사을 하였다,
"어서오십시요!"
"그래, 고생들한다, 이름들이 무엇이냐?"
웨이터들은 90도로 인사을하고 대답들을 하였다,

"예, 막내, 자보소입니다,
"그래?"
"예, 웨이터 고사본입니다,
"그래, 고생한다,
웨이터 호오진입니다,
"그래, 고생한다,
웨이터 조버저입니다,
"그래, 고생들한다, 하기장 형을 많이들 도와줘라?"
"예!"
동시에 90인사을하고 대답들을 하였다,
김병식 보스에 오른쪽에서 조모차 동생이 두팔을 뒷짐을 짚고서 왼쪽에는 한다보 동생이 뒤짐을 짚고서 서 서 있었다,
김병식 보스는 1층에 대형 유리 문이 열어져 있는것에 안으로 들어갑다,
안으로 들어가며 웨이터 김호영 과 차수미 와 오지엉 과 인사을 90도로 동시에 인사을하고 대답을 하였다,
"어서오십시요!"
"그래, 고생들한다,
김병식 보스는 이야기을하고 걸어서 안으로 들어갑다,
안에는 대형 유리문이 한 개가 또 있어서 문이 열어져 있었다,
종로나이트는 500평이 되었다,
디제이 박스에는 디제이장 장수먼 과 디제이 김호영 과 여자 디제이 자진순 이 있었다,
여자 디제이 자진순 이 음악을 조용하게 틀어놓고서 있었다,
종로나이트 안에는 하기장 형에 손님들과 조미보 가수 형수들에 손님들이 많이들 있었다,
아가씨 실장 장기호 와 아기씨들 미수용 과 장호잔 과 장징오 와 최호오 와 장고치 와 김장공 과 차공민 과 진홍진 과 김고지 가 음식을 날으고 오픈씩을 하고 있었다,

하기장 형과 조미보 형수는 손님들과 이야기을 하는 것이 보였다,
카운터에는 실장 김순잔 여자와 주방 여자 호잔숨 이 있었다,
김병식 보스가 말을 하였다,
"모차야, 다보야, 1번 방으로 들어가자?"
"예, 형님, 명심하겠습니다, 형님?"
두손을 앞으로 무릅에다 되고서 90도로 동시에 인사을하고 대답을 하였다,
김병식 보스와 조모차 동생과 한다보 동생이 문을 열어 주는 것에 1번 방으로 들어가서 김병식 보스는 쇼파에 앉았다,
조모차 동생과 한다보 동생이 90도로 동시에 인사을하고 대답을 하였다,
"형님, 편히쉬십시오, 형님?"
"그래, 앉자라?"
"예, 형님, 명심하겠습니다, 형님?"
동시에 90도로 인사을히고 대답을 히였다,
조모차 동생과 한다보 동생이 자리에 앉으려고 할 때 90도로 동시에 인사을하고 대답을 하였다,
"형님, 편히쉬십시오, 형님?"
"그래, 김병식 보스는 조모차 동생과 한다보 동생에게 말을 하였다,
"모차야, 다보야, 먹자?"
"예, 형님, 명심하겠습니다, 형님?"
동시에 90도로 인사을하고 대답을 하였다,
조모차 동생과 한다보 동생과 일어나서 흰 우유을 한잔 조모차 동생이 김병식 보스에게 따라 주고 한다보 동생은 젓가락과 물을 따라 주며 90도로 동시에 인사을하고 대답을 하였다,
"형님, 많이드십시오, 형님?"
"그래, 많이들먹자?"

"예, 형님, 명심하겠습니다, 형님?"
동시에 90도로 인사을하고 대답을 하였다,
조모차 동생과 한다보 동생은 자리에 앉으려고 할 때 김병식 보스에게 90도로 동시에 인사을하고 대답을 하였다,
"형님, 편히쉬십시오, 형님?"
"그래?"
김병식 보스와 조모차 동생과 한다보 동생과 떡과 음식을 먹고서 있었다,
밖에서 노크 소리가 들렸다,
"똑" "똑" "똑"
"그래, 들어와라?"
1번 방에 문을열고서 하기장 형과 조미보 형수가 들어왔다,
조모차 동생과 한다보 동생이 인사을하고 하기장 형과 조미보 형수도 인사을하며 김병식 보스가 말을하였다,
"형" "형수" 축하해?"
"김병식, 보스 두목 고마워?""
"김병식 보스님 고마워요?"""
"예, 형수님, 가수들과 연예인들도 많이들 왔습니다,
"예, 보스님,
"기장 형 손님들도 많이들 왔는 것 봤어,
"오늘 많이들 올줄 몰랐는데 이렇게 많이들 왔어?""
"그래, 형, 오늘은 바쁠데니 나가봐서 형수하고 인사들해?"
"그래 김병식 보스 그럼 더 필요한 것이 있으며는 아가씨 실장 장기호에게 인터폰으로 이야기을해?"
"그래?"
하기장 형과 조미보 형수와 1번 방에서 이야기을하고 1번 방에서 나이트로 나같다,
김병식 보스가 연예인들도 알고 있는 사람도 있었다,
김병식 보스는 조모차 동생과 한다보 동생과 하기장 형과 조

미보 형수와 점심과 저녁들을 종로나이트에서 먹고서 하기장 형과 조미보 형수와 저녁 오픈씩 장사을 하였다,
스테지에는 사람들과 손님들이 춤을추고서 있었다,
1번 방에는 텔래비젼이 있었다,
김병식 보스는 지켜보고 있었다,
밖에서 노크 소리가 들렸다,
"똑" "똑" "똑"
"그래, 들어와라?"
하기장 형과 웨이터 막내 자보소 가 들어왔다,
하기장 형이 말을하였다,
"김병식 보스?"
"그래, 형?"
"밖에 나가서 이야기을 해줘?"
"왜, 누가 찾아왔어?"
"그것이 서울에서 서울전국구파라는 사람들이 와서 이곳에 들이오려고해?"
"그래, 형, 나가자?"
조모차 동생과 한다보 동생은 동시에 90도로 인사을하며 대답을 하였다,
"예, 형님, 명심하겠습니다, 형님?"
김병식 보스는 막내 자보소 가 문을 열어주는 것에 밖으로 나같으며 조모차 동생과 한다보 동생과 뒷에서 뒷짐을 짖고서 따라나왔다,
김병식 보스가 밖으로 나같으며 안으로 들어오는 서울전국구파 상도용 놈을 360도로 회전을하고 오른쪽 발 다리로 뒤돌려차기을하여 서울전국구파 놈을 오른쪽 얼굴면상 턱을 차 버렸다,
"퍽" 하고 "옥" 하며 입과코에서 허공으로 피가튀기며 종로나이트 밖으로 들고서 있는 도끼와 함께 뒤로 뭉처서 있는곳으

로 날아가버렸다,
김병식 보스가 말을하였다,
"모차야, 다보야?"
"예, 형님, 명령만내려주십시오, 형님?"
90도로 동시에 인사을하며 대답을 하였다,
"종로나이트 문 입구을 닫아버려라?"
"예, 형님, 명심하겠습니다, 형님?"
동시에 90도로 인사을하며 대답을 하였다,
"너희들은 뒤에서 입구에 있어라?"
"예, 형님, 명심하겟습니다, 형님?"
동시에 90도로 인사을하며 대답을 하였다,
조모차 동생이 말을하였다,
"막내, 보소야, 들어가서 문을 닫아라?"
"예!"
하기장 형과 종로나이트 안으로 들어가서 대형 유리문으로 보았다,
김병식 보스가 말을하였다,
"색끼들아, 오산에서 그렇게 혼이 나고도 이렇게 여기까지 와서 양아치들을 하는, 놈들이냐, 몇 명이냐, 도끼들을 나이트에까지 같고 와서 협박을 하는것이야?"
"하" "하" "하" "하"
"대한민국 경기도 오산시 정통으로가는 시내파 보스 두목 김병식 백호하얀호랑이 대장이 이곳까지 어떻게 왔냐?"
서울전국구파 지엄자 대장이 대답을 하였다,
서울전국구파 지엄자 대장과 상도용 과 도상지 와 용지독 과 독지독 과 국만정 과 정국집 과 장오몀 과 김산지 와 지롱한 과 한오좁 과 조상면 과 장국잔 과 이맘교 와 이교맘 과 한면징 과 징용면 과 김한면 과 한미종 동생들이 100명이 있었다
"김병식 보스 오산에서 이곳에 왔는지는 모르지마는 우리는

서울전국구파이다, 이곳에서는 지엄자 대장 내가 오산시에서 당한 것을 용서하지 않겠다,
"그래, 나는 대한민국 경기도 오산시 정통으로가는 시내파 보스 두목 김병식 백호하얀호랑이 대장이다, 서울전국구파지엄자 놈에죽어가는것을한번보여줄 것이다,
"하" "하" "하"
"김병식 보스 답구나, 내이름은 지엄자 대장이다, 서울전국구파을 내가 만들어서 같고 있다,
"그래, 지엄자 놈아 이렇게 행동을 하며는 혼들이 나는것만 남았다. 서울전국구파 촌놈들아, 덤벼라?"
"그래, 그럼, 한번 싸움을보자, 서울 종로에서 또 한번 보자구나, 동생들아, 처라?"
"예, 형님?"
김병식 보스는 양복 상의을 앞으로 넘지고 서울전국구파 두명을 오른쪽에 도상지 놈과 왼쪽에 용지독 놈이 있는 놈들에게 김병식 보스기 달려기서 "병" 검프을히고 오른쪽 발 디리로 오른쪽에 있는 서울전국구파 도상지 놈을 얼굴면상 가운데 턱을 차 버렸고 왼쪽 발 다리로 왼쪽에 있는 서울전국구파 용지독 놈을 왼쪽 얼굴면상 가운데 턱을 차 버렸다,
"퍽" 하고 "욱" 하며 입에서 허공으로 피가튀기고 뒤로 고개을 젖히고 뒤로 한바퀴 넘으며 덤브링을 하고 도끼와 함께 날아가버렸다,
김병식 보스는 착지을하고 서울전국구파 독지독 놈이 앞에 있어서 360도로 회전을하고 오른쪽 발 다리로 뒤돌려차기을하여 서울전국구파 놈을 오른쪽 얼굴면상 턱을 차 버렸다,
"퍽" 하고 "욱" 하며 입과코에서 허공으로 피가튀기며 뒤로 도끼와 함께 날아가버렸다,
김병식 보스는 착지을 하였다,
김병식 보스에 오른쪽에는 국만정 놈이 있었다,

왼쪽에는 정국집 놈이 있었다,
김병식 보스가 달려가서 "붕" 점프을하고 720도로 회전을하며 투터치로 오른쪽 발 다리로 뒤돌려차기을하여 국만정 놈에 얼굴면상 오른쪽 턱을 차 버렸고 왼쪽에 있는 정국집 놈에 오른쪽 얼굴면상 턱을 차 버렸다,
"퍽" 하고 "윽" 하며 입과코에서 허공으로 피가튀기며 도끼와 함께 왼쪽으로 한바퀴 돌고 넘으며 덤브링을 하고 날아가버렸다,
김병식 보스는 착지을 하였다,
장오몀 놈이 도끼을 둘고서 휘 두르는 것을 김병식 보스는 뒤로 피하며 오른쪽 발 다리로 들어올려서 내리찍히로 장오몀 놈의 오른쪽 어깨을 찍어버렸다,
"퍽" 하고 "윽" 하며 부러지는 소리을내고 앞으로 도끼와 함께 꼬구라졌다,
서울전국구파 김산지 놈이 오른쪽에서 있었고 왼쪽에는 지롱한 놈이 있었다,
도끼을 둘고서 김병식 보스에게 내리찍고서 있었다,
김병식 보스는 오른쪽 과 왼쪽으로 피하고 두눈으로 보며 김병식 보스가 오른쪽 발 다리로 앞차기로 김산지 놈의 가슴명치을 차 버리고 밀어 버렸다,
"퍽" 하고 "윽" 하며 입에서 허공으로 피가튀기며 뒤로 도끼와 함께 날아가버렸다,
김병식 보스는 180도로 회전을하고 왼쪽 발 다리로 뒤돌려차기을하여 왼쪽에 있는 지롱한 놈의 왼쪽 얼굴면상 턱을 차 버렸다,
"퍽" 하고 "윽" 하며 부러지는 소리와 입과 코에서 허공으로 피가튀기며 도끼와 함께 오른쪽으로 날아가버렸다,
김병식 보스는 착지을 하였다,
김병식 보스는 달려가서 "붕" 점프을하고 허공에서 두 바퀴을

공중에서 돌고서 착지을하며 오른쪽 발 다리로 한오줍 놈의 머리통을 내리찍었다,
"퍽"하고 "욱"하며 입과코에서 허공으로 피가튀기며 도끼을 앞으로 떨어트리고 앞으로 꼬꾸라졌다,
김병식 보스는 착지을 하였다,
김병식 보스에 앞에서 서울전국구파 조상면 놈이 있었다,
김병식 보스는 "붕" 점프을하고 360도로 회전을하고 왼쪽 발 다리로 뒤돌려차기을하여 조상면 놈의 왼쪽 얼굴면상 턱을 차 버렸다,
"퍽"하고 "욱"하며 부러지는 소리와 입과코에서 허공으로 피가튀기며 오른쪽으로 도끼와 함께 날아가버렸다,
김병식 보스는 착지을 하였다,
서울전국구파 장국잔 놈이 도끼을 둘고서 휘 두르는 것을 김병식 보스는 오른쪽 발 다리로 앞차기로 차면호 에 오른쪽 팔목을 차 버렸다,
도끼는 허공으로 빙 그 르 르 르 들면서 닐아같다,
김병식 보스는 "붕" 점프을하고 오른쪽 발 다리로 뒤돌려차기 을하여 장국잔 놈의 오른쪽 얼굴면상 턱을 차 버렸다,
"퍽"하고 "욱"하며 부러지는 소리을내고 입과 코에서 허공으로 피가튀기며 도끼와 함께 뒤로 날아가버렸다,
김병식 보스는 착지을 하였다,
서울전국구파 99명들은 부러진곳을 잡고서 누워 고통을받고 소리을 내고서 있었다,
서울전국구파들은 도끼들을 둘고서 있었다,
김병식 보스는 서울전국구파 지엄자 대장에게 말을하였다,
"서울전국구파라고 하였냐, 너희들 이제부터 서울에서 헤체을 시켜라?"
"하" "하" "하" "하"
"대한민국 경기도 오산시 정통으로가는 시내파 보스 두목 김

병식 백호하얀호랑이 대장 싸움 실력이 대한민국에서 1등이다, 내가 김병식 보스 두목처럼 싸움 실력을 한자는 보지을 못했어, 또, 다시 이곳 서울에서 김병식 보스 두목 건달을 보았어, 그렇지마는 나와는 상대가 다를것이야?"
"그래, 덤벼라?"
김병식 보스는 지엄자 대장 놈과 싸움을 하였다,
김병식 보스는 360도로 회전을하며 오른쪽 발 다리로 뒤돌려 차기을하여 지엄자 놈의 오른쪽 얼굴면상 턱을 차 버려다,
"퍽" 하고 "욱" 하며 부러지는 소리을내고 입과코에서 허공으로 피가튀기며 왼쪽으로 날아가버렸다,
죽은 것 같았다,
김병식 보스는 착지을하고 하기장 형과 조모차 동생과 한다보 동생과 걸어와서 동시에 90도로 인사을하고 대답을 하였다,
"형님, 괜찬습니까, 형님?"
"그래, 괜찮다,
하기장 형도 말을하였다,
"김병식 보스 괜찮어?"
"그래, 형?"
김병식 보스는 상도용 놈에게 걸어가서 왼쪽 팔 손으로 도끼을 잡고서 오른쪽 발 다리로 툭 툭 치며 기절한 놈을 깨웠다,
장고지 놈은 일어나서 김병식 보스을 보았다,
김병식 보스가 말을하였다,
"이곳에서 도끼을 어떻게 쓰는지 알으켜주겠다,
김병식 보스는 왼쪽 팔로 오른쪽 어깨을 내리찍었다,
"퍽, 하고 오른쪽 어깨에서 허공으로 피가튀겼다,
그때, 조모차 동생과 한다보 동생과 동시에 90도로 인사을하고 대답을 하였다,
"형님, 괜찬습니까, 형님?''
"그래, 지엄자 대장은 죽었다, 너희들도 이제 서울전국구파을

헤체을 시켜라?"
상도용 놈이 말을 하였다,
"찐짜, 우리가졌다, 김병식 보스 대단한 싸움군이다, 깡, 의리, 카리스마, 인정한다, 우리는 이곳에서 서울전국구파을 헤체을 시키겠다,
"그래, 사나이답게 패배을 인정을 하는구나, 그럼 일어나서 너희들에 갈것들을 정하여 가거라?"
김병식 보스에 말에 서울전국구파들은 고통을 받고서 같다,
김병식 보스는 서울전국구파 놈들이 가는 것을 보고 조모차 동생 과 한다보 동생에게 말을하였다,
"모차야, 다보야, 오늘은 강원도 팬션으로가자?"
"예, 형님, 명심하겠습니다, 형님?"
90도로 동시에 인사을하고 대답을 하였다,
한다보 동생은 롤스로이스 차을 가지로 같으며 조모차 동생은 김병식 보스에 양복 상의을 주어서 같고서 있었다,
긴병시 보스에 어깨에서는 도끼을 뽑고서 허기장 청에 수건을 가지고 나온것에 어깨을 막았다,
김병식 보스는 하기장 형과 오늘은 강원도 팬션으로 간다고 하며 조모차 동생과 한다보 동생과 김병식 보스와 인사을하고 롤스로이스 차 뒤에 쇼파에 앉자서 출발을 하였다,
김병식 보스에 어깨에서는 피가 계속흐르고 있었다,
김병식 보스는 강원도 팬션으로 가고 있었으며 한국병원 정형외과 과장 미소요에게 택시을 타고서 주소을 불러져서 강원도 팬션으로 수술을 할수 있게 해서 들어오라고 하였다,
조모차 동생은 인사을하고 대답을하며 전화을 걸었다,
시간이가서 강원도 팬션으로 들어와서 미소요 과장에 수술을 받고서 약을 받고 조모차 동생에게 몇일 이곳에서 쉰다고 하고 한다보 동생과 한국병원 정형외과 과장과 이미영 여자 간호사와 한국병원까지 태워서 오산시로 들어가라고 하였다,

김병식 보스에 말을 듣고 조모차 동생들은 인사을하고 같다,
강원도 팬션에서 김병식 보스는 11월 달을 맞이하고 있었다,
겨울이라는 시기가 찾아오고 있었다,
오늘은 하늘에서 첯 눈이 내릴것같았다,
김호아 동생이 전화가 오는것이였다,
김병식 보스는 전화을 받았다,
"오빠, 오늘 눈이 온다고해요!"
"그래, 오늘 하늘이 눈이올것만 같아?"
"예, 아직도 강원도 팬션에 있어요!"
"이곳에있어?"
"예, 그럼 그곳으로갈게요!"
"그래?"
김병식 보스와 김호아 동생과 전화을 끊고서 강원도팬션에서 하루을 눈을맞고서 정원에서 모닥 불을 피고 고기와 음식을 먹고서 파티을 하였다,
김병식 보스는 상의 양복을 김호아 동생에게 덮어주며 겨울을 보냈다,
김호아 동생에 미국을 가는 날에는 김호아 동생과 함께 있지 않고 부모님과 있으며 미국으로 출발을 한다고 하였다,

## 김호아 동생에 미국행

1992년 1월 달로 접어들고 있었다,
김병식 보스는 대장일수에서 조모차 동생 과 한다보 동생 과 오전11시에 있었다,
김병식 보스에 원써머나잇 노래가 들려오고 있었다,
"원써머나잇" "원써머나잇"
김병식 보스는 전화을 조모차 동생 과 한다보 동생에 동시에 90도로 인사을하고 대답에 전화을 받았다,
"형님, 전화가 옵니다, 형님?"
"그래?"
김호아 동생이 밀을하였다,
"오빠, 지금 인천공항에서 미국으로 가려고해요, 이곳에서 아버지와 어머니 몰래 화장실 앞에서 전화을 하는 것이예요!"
"그래, 호아 공주님, 건강히 미국에서 있어야돼?"
"예, 제가 그곳에서 전화을 드릴게요!"
"그래, 도착을 하며는 전화을줘?"
"예, 오빠, 그리고 호아 없다고 싸움을 많이 하며는 안되요, 호아 소원이예요!"
"그래, 호아야,
"예, 그럼,
"그래?"
김병식 보스는 호아 동생과 전화을 끊고서 조모차 동생들과 이야기을 하였다,
점심을 먹기위해 이나미 누님에게 꼬리곰탕 특대3개을 시키라

하였다,
인천공항에서 방송이 흘러나오고 있었다,
May l have your attention please lncheonAir flight bound for Asiana / scheduled to leave at 11시00분 / will be leaving at 11시00분All passengers /please proceed to the check-in counter Thank you
인천항공에서 / 안내 말씀드리겠습니다, 11시00분에 출발 예정인 인천항공 아시아나 항공편 항공기는 / 잠시후 11시00분에 출발 하겠사오니 / 손님 여러분께서는 / 탑승 수속을 받아주시기바랍니다, 감사합니다, 방송이들렸다,
인천공항에서는 남자와 여자들이 많았다,
경호원 남자 한오장 이 오른쪽 옆에 권총을 차고 있었으며 여자들이 두명 있었다,
김호아 동생은 아버지와 어머니께 인사을하고 도착을 하며는 전화을 준다며 오른팔 손을 흔들면서 오지영 과 김용못 과 남자 지여점 이 있는곳으로 가서 출국비자을 받고서 자동 출입국 심사등록으로 들어같다,
인천공항에는 미국으로가는 남자와 여자들이 많았다,
김호아 동생이 가방을 밀고 비행기로 걸어가며 말을하였다,
"미국LA이로 가는 사람들도 많이 있어, 오늘은 하늘에서 눈이 내리고 미국으로 가며 하늘풍경도 아름다울 것 같아, 지금 들어가며는 한10시간 넘게 아시아나 항공비행기에 있어야 되고 해서 영화를 보며 가야 되겠어?"
김호아 동생이 이야기을하고 가며 아시아나 항공기 앞에서 승무원 여자 김오용 과 운전수 남자 이삼목 이 서 서 인사을 하였다,
김호아 동생은 인사을 받고서 비행기 안으로 들어같다,
아시아나 항공기 안에는 승무원 여자 지오잠 과 용기모 가 있었다,

승무원 여자들은 두명이 서 서 인사을 하였다,
김호아 동생은 가방을 선반위에 올려놓고 창문에 있는 곳으로 가서 앉았다,
아시아나 항공기에 사람들이 타고 승무원 여자 김오용 이 올라와서 비행기에 문을 닫았다,
미국LA이로 출발을 한다는 방송이 흘러나왔다,
인천공항에서 아시아나 항공기는 이륙을 하였고 비행기 안에서 전면 후면 앞면에서 영화을 틀어주고 있었다,
김호아 동생은 10시간 넘게 아시아나 항공기에서 영화을보고 잠을 자며 승무원 여자 김오용 이 비행기 안에서 음료수와 빵을 갖고 다니는것에 먹으며 미국LA이 공항에 도착을 하였다는 방송이 흘러나왔다,
Ladies and gentlemen / we will now end the entertainment / and Prepare for landing The cabin crew will collect your headphones Thank you for your cooperation
손님 여러분 착륙 준비을위해 / 기내 영상물과 음악 프로그램을 중단고 / 헤드폰을 회수하겠습니다, 협조해주시기을바랍니다, 감사합니다,
아시아나 항공기에 방송이 끝나고 비행기가 착륙을 하였다,
김호아 동생은 비행기 안에서 승무원 여자 한명에게 받고 내려와서 승무원 여자 김오용 과 지오잠 들에게 인사를 받고서 미국LA공항으로 들어갔다,
미국 공항에는 미국 남자와 여자들이 많았다,
자동문이 열리고 스필호 경호원 남자와 스티브 여자가 권총을 차고 있었다,
LA에이 공항안에서 입국을 영어로 나오고 있었다,
입국심사에 여자 엠마 와 올리비아 가 있었고 남자 원티오 가 있었다,

김호아 동생은 입국심사가 끝나고 미국 땅을 밟았다,
김호아 동생이 말을 하였다,
"아, 이제 호텔방에 있다가 오피스텔을 얻어야 되겠어, 저기에 한인택시가 있다, 택시을 잡고서 가자?"
김호아 동생은 한인택시을 타고서 번화가로 출발을 하였다,
1992년도에 시간은 가고 호남전국구파들과 경상도전국구파들은 오산시에서 보이지가 않았다,
서울전국구파들과 충청도전국구파들과 경기도전국구파들과 인천전국구파들은 모두 해체가 되었다는 소식을 들었다,
봄 여름 가을 겨울이 지나가고 비와 눈도 많이들 내리고 하였다,

## 김병식 보스 아비송퍼시팩룸나이트 오픈

1993년 1월28일 오전이였다,
김병식 보스는 형은오피스텔에서 하얀 양복 상의 와 하의을 입고 하얀와이셔츠 와 하얀 구두을 신고서 아비송퍼시팩룸나이트로 올라가기 위해 301호실에서 문을열고 나왔다,
김병식 보스가 말을하였다,
"하늘에서 눈이 오는구나, 김병식 보스 나을 축복을 해주고 있어, 사람들도 오산시에 많이들 다니고 있구나?"
김병식 보스는 이야기을하고 아비송퍼시팩룸나이트로 같다,
아비송퍼시팩룸나이드에 도착을하여 화분들이 많이 들온 것을 보았다,
김병식 보스을 보고 막내 웨이터 기복하 와 오기자 와 금하수 와 조금마 와 마하조 와 동시에 90도로 인사을하며 대답을 하였다,
"사장님, 편히나오셨습니까?"
"그래, 오픈씩 준비을 하느냐고, 고생들많구나?"
"아닙니다, 사장님?"
동시에 90도로 인사을하고 대답을 하였다,
"그래, 오늘은 오전부터 고생들해라?"
"예, 사장님?"
동시에 90도로 인사을하고 대답을 하였다,
아비송퍼시팩룸나이트에 시간은 오전10시로 접어들고 있었다,
김병식 보스는 2층으로 계단으로 걸어서 올라같다,

대형 유리 문을 열어놓고 웨이터장 장나바 와 웨이터들 한다 마 와 조기미 와 마하자 와 지하장 과 장마조 와 정하장 과 정자미 와 김장마 와 조강처 와 양희승 과 양우마 와 마수장 와 동시에 90도로 인사을하고 대답을 하였다,
"사장님, 편히나오셨습니까?"
"그래, 오늘은 오픈씩이니 고생들해라?"
"예, 사장님?"
90도로 동시에 인사을하고 대답을 하였다,
김병식 보스는 아피숑퍼시팩룸나이트 안을 걸어가서 보고 있었으며 아가씨들과 실장과 룸안에 있는 탁자에 떡과 음식들을 놓고서 있었다,
김병식 보스을보고 실장 이승미 와 아가씨들 미하자 와 지용미 와 지미화 와 조금제 와 조미해 와 김해자 와 오미소 와 오미세 와 김시원 과 김지오 와 김지미 와 송미오 와 정사라 와 송오미 와 김오지 와 정미제 와 정소언 과 김언지 와 김시오 와 아가씨들이 인사을 하였다,
김병식 보스는 인사을 받고서 이야기들을 하고 디제이장 육갑자 와 디제이 송덕하 와 지금조 와 디제이 여자 김미조 가 인사을 하였다,
김병식 보스는 카운터로 가서 오상희 여자 실장과 주방 여자 실장 정라다 와 인사을 받고서 오픈씩 준비을하고 룸 안으로 들어같다,
김병식 보스을보고 조모차 동생들은 동시에 일어나서 90도로 인사을하고 대답들을 하였다,
"형님, 편히나오셨습니까, 형님?"
"그래, 언제들와서 있었냐?"
"예, 형님, 조금전에 왔습니다, 형님?"
동시에 90도로 인사을하며 대답을 하였다,
"그래, 오늘은 아피숑퍼시팩룸나이트에 오픈씩이다,

"예, 형님, 축하드립니다, 형님?"
동시에 90도로 인사을하고 대답을 하였다,
"그래, 모차 와 다보 는 룸안에 있고 승호 와 학지 와 한지 와 보구 와 승국 과 하미 와 금하 와 방식 과 고용 과 국지 와 상국 과 방자 와 사마 와 상회 와 통지 와 시라 와 성수 와 한미 와 구한 과 성진 과 상보 와 보상 과 지용 과 용마 와 사랑 과 보상 과 남잔이와 밖에서 누님들과 형들을 안내을 해드리고 인사들을 하여라?"
"예, 형님, 명심하겠습니다, 형님?"
동시에 90도로 인사을하고 대답들을 하였다,
한승호동생들이 밖으로 나가려고 할 때 동시에 90도로 인사을하고 대답을하며 룸안에서 나같다,
"형님, 편히쉬십시오, 형님?"
한승호 동생들은 아피숑퍼시팩룸나이트 안에서 누님들과 형들이 오는것에 인사을 하였다,
아비숑퍼시팩룸니이트 안에서는 조용힌 음악을 디제이강 옥갑자 가 틀어주고 있었다,
아비숑퍼시팩룸나이트 안에는 오범구 형과 오산극장 이보다 누님과 기나만 형과 경양식 장미해 누님 조부미 여자 와 김하진 남자와 포켓볼당구장 강하만 형과 형은오피스텔 사장 김명화 형과 오희민 누님과 볼링장 지해미 누님과 한 장옥 과 이삼모 와 조모짐 남자와 여자들 이미종 과 지호마 와 마장온 과 한무기 와 장만수 와 하북오리로스구이 이금신 누님과 정신미 와 정진화 여자와 야식집 이보장 누님과 조나보 와 장희미 여자와 택시 조자고 형과 김다진 형과 뮤직차집 양미조 누님과 오송호 여자와 디제이 남자 이상한 과 분식점 이나미 누님과 이미지 여자와 세탁소 양모수 형과 이수한 누님과 터미널 마차 고진오 누님과 강보자 누님과 이하준 누님과 장한자 형과 한국병원 원장 한조맘 형과 정형외과 과장 미소요 여자

와 이미영 간호사와 화용준 남자와 간호사들 수간호사 미호자 와 간호사들 김자미 와 오중순 과 순자중 과 김자모 와 이상지 와 지하요 와 하장미 와 해바자 와 바상모 와 간호사들과 경찰서 반장 김보한 과 형사들 이주오 와 오미다 와 미한진 과 진상만 과 고진자 와 이산수 와 이상온 과 김장미 와 조병먼 과 조상저 와 이금먼 과 지용장 과 김하모 와 지오만 과 김미잠 과 장보화 와 장화장 과 한다옹 과 한 장모 와 김모장 과 이장임 과 강지묘 와 강모용 과 강희지 와 여자 형사들 김병효 와 김항장 과 이한이 와 김자김 과 오장순 과 시장 장사을하시는 옷가게 한오진 누님과 생선가게 장고미 누님과 편의점 이정호 누님과 통닭가게 정하미 누님과 과일가게 이금지 누님과 시장통에 할머니들과 할아버지들과 누읍동 양옥집 이한증 누님과 김고수 여자와 이모지 남자와 터미널 코브라옷가게 이오진 누님과 장고옷가게 모조용 누님과 경찰서 유치장 형사 한다몬 과 장몬지 와 김우장 형사들과 누읍동에 깨끗한 회집 하가정 누님과 소당지 여자와 남자 방나장 과 볼링장 하미정 누님과 여자들 장미진 과 지하정 과 김호하 와 장미징 과 남자 조남지 와 하남호 와 백장미차집 장미호 누님과 디제이 남자 이호잠 과 아비숑퍼시팩룸나이트 안에서 떡과 음식들을 먹고서 있었다,
아가씨 룸에는 국회의원 김미한 여자와 보좌관 오마차 형과 오방한 기사와 변호사 김용화 여자와 검사 한구미 여자와 하기장 형과 조미부 형수가 있었다,
김병식 보스에 아버지 장래식을 치었던 지인분들이 모두 와서 오픈씩을 하였다,
김병식 보스는 아비숑퍼시팩룸나이트을 돌아가면서 인사들을 하였다,
점심이 지나서 저녁이 되었는데도 아비숑퍼시팩룸나이트에서 춤을 추고 술한잔씩 하였다,

아비송퍼시팩룸나이트 밖에서는 손님들이 들어오고 있었다,
김병식 보스는 손님들을 보며 어디에서 보았던 손님들이 오고 있었다,
구치소에 김호짐 주임이 와서 말을하였다,
"김병식 보스 가게가 화분들이 많아, 오늘 오픈씩을 하는 것 같아?"

''김호짐 주임님, 오셨습니까, 제가 시간이 나서 구치소에 찾아 뵐 라고 하였습니다,
"괜찮아, 건강은 좋지!"
"예, 김호짐 주임님, 소장님과 과장님들도 건강은 어떠하십니까?"
"김병식 보스 덕에 건강들하셔서 소장님과 과장님들과 구치소에 계장님들도 김병식 보스에게 안부을 전하라고 하였어?"
"예, 김호짐 주임님 앉으셔서 떡과 음식들 드시고 놀다 가시기 바랍니다,
"그래, 오픈씩 축하해?"
김호짐 주임과 한진바 주임과 조금하 주임과 이상효 부장과 조한자 부장과 장이온 담당과 아비송퍼시팩룸나이트에 와서 김병식 보스와 인사을하고 김병식 보스는 오픈씩을 하였으며 경찰서 김보한 반장이 김병식 보스을 찾아서 김병식 보스는 쇼파로같다,
김병식 보스가 자리에 앉자서 있었다,
김보한 반장이 말을하였다,
"대한민국 경기도 오산시 정통으로가는 시내파 보스 두목 김병식 백호하얀호랑이 대장 호남전국구파 와 경상도전국구파와 싸웠던 것들이 또 우리에게 신고가 들어왔어, 112에 신고을하여 이번에도 내가 사건을 봐줄수가 없어, 오늘이 오픈씩인데 어떻게하지!"

"예, 그럼 오픈씩 끝나고 경찰서로 들어가겠습니다,
"그래, 김병식 보스?"
"예, 그럼, 많이 드시기바랍니다,
"그래, 김병식 보스 두목?"
김병식 보스는 일어나서 룸안으로 걸어서 들어같다,
김호아 동생의 전화을 받고서 축하한다는 말을 듣고서 끊었다,
김병식 보스는 오픈씩을 끝나고 형은오피스텔로 갈으며 경찰서에 들어갈 준비을 하였다,
김병식 보스는 이번에 경찰서에 들어가며는 검사와 이야기 하였던 것을 생각을하여 들어가기로 하였다,
오산시에 거리는 눈이내려서 하얀 눈사람으로 거리가 되어 있었다,
김병식 보스는 조모차 동생에게 전화을하여 말을하였다,
조모차 동생은 90도로 인사을하고 대답을 하였고 김병식 보스에 아비송퍼시팩룸나이트와 대장일수에 대한것들을 이야기을 하고 김호아 형수에게도 말을하라고 하였다,
김병식 보스는 조모차 동생을 형은오피스텔로 차을가지고 오라하여 경찰서로 들어같다,
하얀 양복 상의 와 하의 와 와이셔츠 와 넥타이 와 구두을 신고서 들어같다,
조모차 동생이 인사을 90도로 하고 김병식 보스는 혼자서 들어 간다고 하며 영치금을 천만원 현찰을 가지고 걸어가서 문을 열고 들어같다,
김병식 보스을 김보한 반장이 보며 말을하였다,
"김병식 보스 두목 답다, 어제가 오프씩이 끝났는데 이렇게 빨리 경찰서로 들어오다니 이곳에 앉자서 우유 한잖을 하지?"
"예!"
김병식 보스는 자리에 앉자서 우유을 마시며 김보한 반장에 이야기을 들었다,

"호남전국구파 20명과 경상도전국구파 20명도 구치소에 들어가있어?"
"예!"
"그래서 김병식 보스 이번에 2년을 조금 넘을거야, 식사라도 할가?"
"아닙니다, 빨리 조서을하여 구치소로 들어가겠습니다,
"그래, 그럼, 장화장 형사, 김병식 보스 두목에 사건을 조사을 해?"
"예, 반장님?"
경찰서에는 조병면 형사와 조상저 형사와 이금면 형사와 지용장 형사와 김하모 형사와 지오만 형사와 김미잠 형사와 장화장 형사와 여자 형사 김자김 형사와 김보한 반장이 2교대을 하고 있었다,
김병식 보스는 변호사을 통하지 않고 조사을하며 유치장으로 들어갈다,
김병식 보스는 김보힌 반강괴 장회강 형시에 유치장으로 들어가서 장몬지 형사에게 인사을하고 1번 방으로 들어갈다,
김병식 보스는 신체검사을 하지않고서 1번 방으로 들어가서 이병 사호지 의경에 면회을하고 조모차 동생과 한다보 동생들에 29명들을 면회을하며 오산시 주민분들에 면회을 하였다,
김병식 보스는 병장 한미옹 의경과 상병 고소장 의경과 일병 장하진 의경에 인사을 받고서 저녁준비을 하였다,
장몬지 형사가 말을하였다,
"김병식 보스 어제 오픈씩을하고 오늘은 여기에 어떻게 들어왔어?"
"호남전국구파들과 경상도전국구파들과 싸워서 들어왔습니다,
"그럼, 이곳에서 있었던 놈들 하고 싸워서 들어온거야?"
"예, 그렇게 됐습니다,
"그럼, 얼마나 받을것같아?"

"예, 2년을 넘어간다고 합니다,
"그래, 그럼, 나와서 김병식 보스을 봐야 되겠어?"
"예, 장몬지 형사님?"
"그럼, 저녁이라도 많이 먹어?"
"예, 식사하시기바랍니다,
"그래?"
유치장 의경들은 거수경래을 하며 인사들을 하고 밥을 먹었다,
김병식 보스는 유치장에서 김보한 반장이 문을따주고 9일 동안 경찰서에서 밥을 먹는시간이 많았다,
김병식 보스는 한다보 형사와 김우장 형사와 장몬지 형사와 인사을하고 유치장 의경들은 김병식 보스에게 인사을하고 10일되는 오전에 김보한 반장과 장화장 형사와 검사실 비둘기장으로 같다,
김병식 보스가 경찰서에서 나와 동생들 조모차 동생들은 90도로 29명 동생들은 동시에 인사을 절을 하며 대답들을 하였으며 김병식 보스는 건강들 해라 하고 차에 탔다,
김보한 반장은 뒤에 김병식 보스와 이야기을 하고 검사실 비둘기장으로 같다,
비둘기장에서 김보한 반장이 말을하였다,
"김병식 보스 두목 건강해, 면회을 갈게?"
"예!"
장화장 형사도 김병식 보스에게 이야기을 하였으며 김병식 보스도 대답을 하였다,
다른 경찰서에서 사람들을 많이들 데리고 와서 수갑들을 풀어주고 교도관에게 넘겨주고 있었다,
교도관들은 거수경래을 하고 인사들을 하였다,
김병식 보스는 김보한 반장이 가는 것을 보고 교도관 계장 최목잔 이 말을하였다,
"김병식 보스 이리로 와봐?"

"예, 오픈씩을 11일전에 하였는데 이곳에 또 어떻게 왔어?"
"예, 계장님, 싸워서 들어왔습니다,
"그래, 그럼, 우라가 있는 동안 김병식 보스을 보살펴 줘야지!"
"하" "하" "하"
"최목잔 계장님도 농담을 잘하십니다,
"그런가, 김병식 보스가 모든지 만능이지, 싸움도 대한민국에서 1등이고 말야?"
김지무 주임과 이진요 주임과 조호집 주임과 이장민 부장과 김인지 부장과 김만효 담당과 김호미 담당과 경기대 병장 파토소 의경과 상병 김주몬 의경과 일병 조요조 의경과 장지오 의경과 이병 지효모 의경과 장지효 의경들이 비둘기 장에 있었다,
교도관들은 김병식 보스에게 인사을하고 김호짐 교도관들에 아비숑퍼시팩룸나이트에 이야기을 들었다,
김병식 보스는 1번 방으로 들어 같으며 혼자서 있었다,
김병식 보스는 한구미 검사가 진화을 할때까지 기다리고 있있다,
김지무 주임님이 1번 방을 부르는 소리가나서 김병식 보스는 문으로 걸어같다,
김지무 주임이 문을열고서 김병식 보스을 노란색 포승줄을 묶고서 수갑을 채우고 최목잔 계장에게 거수경래을 하며 501호실 한구미 검사실로 간다고 하며 같다,
최목잔 계장은 칠판에 적고 김병식 보스에게 이야기을하고 김병식 보스가 가는 것을 보았다,
김병식 보스는 도착을하여 김지무 주임에 문을 노크을하고 안에서 경리 여자 라난미 가 이야기을하고 안으로 들어같다,
김지무 주임은 검사에게 거수경래을 하고 한구미 검사가 내려가 있으라고 하여 김지무 주임은 비둘기장으로 내려같다,
501호실 사무실에는 사무장 조우고 남자는 보이지 않았다,

한구미 검사가 말을하였다,
"대한민국 경기도 오산시 정통으로가는 시내파 보스 두목 김병식 백호하얀호랑이 대장님께서 이곳에서도 뵙네요, 11일 전에도 아비송퍼시팩룸나이트에서 뵙는데요!"
"예, 한구미 검사님?"
"김병식 보스님은 남자와 의리있는 분이십니다, 이번에도 호남전국구파 와 경상도전국구파들을 혼들을 내주고 이렇게 들어와서 대한민국 1등이십니다,
"예!"
"김병식 보스님 변호사을 불러드릴가요!"
"아닙니다, 제가 살고서 나오면 됩니다,
"예, 김병식 보스님, 그럼, 이곳으로 앉으셔서 조서을 해보겠습니다, 김병식 보스님 마실것이라도 드릴가요!"
"괜찮습니다,
"예, 그럼,
김병식 보스와 한구미 검사와 조사을 받고서 2년8개월을 준다는 것을 듣고서 김지무 주임님과 비둘기장으로 내려왔다,
최목잔 계장에게 김병식 보스을 지금 구치소로 데리고 들어가라 하여 1번 방에 잠시 있었다,

## 2년8개월


교도관 김지무 주임님과 교도관 이장민 부장님과 경기대 이병 장지효 의경과 교도관 계장 최목잔에게 거수경래을 하고 김지무 주임님께서 최목잔 계장님께 말을 하였다,
" 대한민국 경기도 오산시 시내파 보스 두목 김병식 백호하얀호랑이 대장 대리고 들어갑니다,
"그래!" "김병식 보스 두목 백호하얀호랑이 대장 구치소에서 보자?"
최목잔 계장님들이 말을 하였다,
최목잔 계장님이 칠판에 다 적으며 말을 하였다,
"김병식 시내파 보스 두목 백호하얀호랑이 대장 비둘기장에서 있느냐고 고생했어!" ''구치소에서 보자?"
"예!"
김병식보스는 대답을 하였다,
김병식보스는 비둘기장에서 수갑을 앞으로 차고 노란 포승줄을 매고서 김지무 주임님과 이장민 부장님과 경기대 이병 장지효 의경과 지하로 내려와 재소자들이 재판을 받는 곳으로 1층으로 올라와서 법무부 봉고차을 타고서 이장민 부장은 기사 옆에 앞에 타고 김지무 주임님은 김병식보스에 옆에 타고 경기대 이병 장지효 의경도 봉고차을 타고서 구치소로 들어가고 있었다,
김병식보스가 김지무 주임님에게 말을 하고 있었다,
"김지무 주임님은 결혼을 하셨습니까?"
"김병식 보스 하얀호랑이 대장?" "그럼?" "했지!" "왜" "안한 것 같이 보여!"
"예!" "주임님?" 젊어 보입니다,

"응" "고마워!"
"주임님은 김호짐 주임님하고 나이가 누가 더 많습니까?"
"응" "김호짐 주임님께서 나이가 한 살 많아?"
"예!"
"김병식 보스 두목 구치소에서 들어와서 이야기을 둘었어!"
" 예!"
"대한민국 경기도 오산시 정통으로가는 시내파 김병식 보스 두목 하얀호랑이 대장 의리 있고 카리스마 하고 깡 대단하다고 들 구치소에 소문이 났어!"
" 예!"
"이번에는 재판이 조직보스로 살아야 된다면서 김병식 보스 두목 시간이 금방 갈거야?"
"예!" "주임님?"
 구치소로 법무부 봉고차가 입구로 들어가고 구치소 입구에서 경기대 이병 용하모 의경이 오른쪽에 어깨에 다 옆총을 매고서 김지무 주임님과 이장민 부장님과 경기대 이병 장지효 의경에게 겨수경래을 하였다,
"총성" 법무부 봉고차안에서 경기대 이병 장지효 의경도 교도관 장이온 담당에게 거수경래을 하였다,
"총성" 교도관 담당 장이온 교도관도 교도관들 상사에게 거수경래을 하였고 봉고차 안을 보았다,
장이온 담당이 말을하였다,
"김병식 보스 두목 이곳에서 보네, 건강하고 구치소안에서 보자?"
"예, 장이온, 담당님?"
"총성" 법무부 봉고차 안에서 김지무 주임님께서 한명 이라고 하고 교도관 장이온 담당은 "예!" 하며 거수경래을 "총성" 하고 경기대 이병 용하모 의경도 "총성" 하고 봉고차안에서 이병 장지효 의경도 교도관 장이온 담당에게 거수경래을 "총성"

하고 법무부 봉고차는 기사 분이 구치소 안 입구로 들어가고 있었다,
구치소 면회장에서는 교도관 여자가 마이크로 방송을 하고 있었다,
"666번 면회을 오신분은 면회실 3방으로 가서 기다리시기 바랍니다,
김병식보스와 교도관 김지무 주임님과 부장님 이장민 와 경기대 이병 덕수망 의경과 법무부 봉고차을 타고 구치소 철창 입구에서 섰다,
구치소 담장 탑 4군대에서는 경기대 이병들이 오른쪽 옆에 옆총을 매고서 경기대 상사들과 교도관들에게 총성하고 거수경래을 하고 시간에 맞쳐서 교대을 하고서 있었다,
구치소철창에서는 조그만 철창문으로 김호미담당이 보고 문을 열어 주었다,
 법무부 봉고차는 구치소안으로 들어 가며 김호미담당 앞에서 멈추고 김호미 남낭은 서수경래을 충성하니 경기내 이병 장지효 의경도 김호미 담당에게 거수경래을 충성하고 김지무 주임님께서 말을하였다,
"한명 들어 왔어!"
"예!" 하고 김호미당담은 거수경래을 충성 하였으며 경기대 이병 장지효 의경도 거수경래을 김호미 담당에게 충성하고 봉고차는 구치소로 가서 섰다,
김지무 주임님께서 김병식보스에게 말을 하였다,
"대한민국 경기도 오산시 시내파 보스 두목 백호하얀호랑이 대상?" " 내리자구?"
"예!" "김지무 주임님?"
이장민 부장님은 앞에서 내리고 김지무 주임님과 경기대 이병 장지효 의경도 내렸다,
이장민 부장이 구치소 안 철문을 두드렸으며 경기대 이병 한

명이 조그만 문을 보고 거수경래을 충성하고 문을 열어 주었다,
경기대 이병은 주임님과 상사에게 거수경래을 하였다,
김병식보스와 김지무 주임님과 이장민 부장과 경기대 이병과 신체검사실로 들어갔다,
김지무 주임님께서 이장민 부장과 경기대 이병 장지효 의경에게 말을 하였다,
"이장민 부장과 장지효 이병은 김병식보스의 포승줄과 수갑들을 풀어 주고 같고 보안과로 같다 주고 가서 일들봐?" "내가 있을께?"
"예!" "주임님?" 이장민 부장과 경기대 이병 장지효 의경은 거수경래을 충성하고 "주임님?" 수고하셨습니다, 하고 동시에 말을하고 구치소 안으로 들어같다,
김병식보스는 김지무 주임님께서 말을 하는 것을 들었다,
"김병식 보스 두목 앉자서 기다리지!"
"예!" "주임님?"
김병식보스와 김지무 주임님과 앉자서 기다리고 있었다,
 신체검사 이생한 과장과 여자 이상지 간호사와 의무과 최중의 주임님과 부장 김함중 과 담당 이용맘 교도관과 경기대 상병 이용모 의경과 의무과 재소자 지하조 가 의무과에서 와서 김지무 주임님께 인사을 거수경래을 충성하였다,
 부장과 담당과 경기대 상병 의경이 말을 하였다,
"수고하셨습니다, "주임님?" 동시에 말을 하고 의무과 재소자 지하조 는 김지무 주임님께 인사을 하였다,
"안녕하십니까?"
"응" 수고한다,
김지무 주임님은 일어나서 김병식보스에게 말을 하고 의무과들에게 말을 하였다,
"김병식 보스 두목 구치소안에서 재판이 끝날때까지 또 보

- 242 -

자?"
"예!" "주임님?" 고생 하셨습니다,
"응" 의무과 교도관님들 수고 하십시요!"
"예!" "주임님?" "수고 하십시요!" 하고 교도관 상사들에게 거수경래을 충성 하고 재소자 지하조 는 김지무 주임님께 인사을 하였다,
"고생 하십시요!"
"응" "그래!"
김지무 주임님께서 구치소 안으로 들어가고 의무과 이생한 과장과 여자 간호사 이상지 와 교도관 주임 최중의 와 부장 김함중 과 담당 이용맘 과 경기대 상병 이용모 의경 과 재소자 김하조 가 왔다,
 의무과 교도관 담당 이용맘 이 김병식 보스을 불러서 이생한 과장 앞에 앉자서 신체 검사을 하였다,
"이리로 와서 앉 으십시요!"
"예!"
김병식보슨는 이생한 과장과 말을 하였다,
"오산시 시내파 보스님께서 또 오셨습니다,
"예!"
"몸무게 와 키 시력을 제고 피도 뽑고 오십시요!"
"예!"
교도관들은 앉자서 있었으며 경기대와 재소자은 김병식보스가 몸무게와 시력과 키와 피을 뽑는데에서 "서" "서" 지켜 보았다,
김병식보스는 이생한과장에 말에 신체검사을 모두 하고 와서 자리에 앉았다,
이생한과장이 김병식보스에게 이야기을 하였다,
"주소을 불러주세요!"
"예!" "대한민국 경기도 오산시 누읍동 0000입니다,

" 예!" "종교을 불러주세요!"
"예!" "불교입니다,
"예!" "키을 불러주세요!"
"예!" "177입니다,
"예!" "몸무게을 불러주세요!"
"예!" "0000입니다,
"예!" "혈액형을 불러주세요!"
"예!" "AB형입니다,
"예!" "시력을 불러주세요!"
"예!" "2,0입니다,
"예!" 고생 하셨습니다, 의무과에서는 모두 끝났습니다, 편찮으신곳이 있으며는 의무과로 오시면 됩니다,
"예!" 고생 하셨습니다,
김병식보스는 의무과 신체검사을 끝나고 영치 주임님께서 오셔서 의무과 교도관 상사분들이 오상모 주임님에게 거수경래을 충성 하고 인사을하고 "수고하십니다, 하고 "수고하십시요!" 하며 거수경래을 하고 의무과들은 의무과로 같다,
의무과 재소자 김하조 도 영치 오상모 주임님께 "수고하십시요!" 하고 인사을하고 "응" "그래!" 하며 의무과로 같다,
영치재소자 김오진 는 "수고하십시요!" 하고 경기대 상병 강김덕 은 의무과 교도관들에게 거수경래을 충성하고 갈때도 인사을 하였다,
영치주임님 오상모 주임님은 김병식보스에게 이야기을 하였다,
"대한민국 경기도 오산시 정통으로가는 시내파 김병식 보스 두목 하얀호랑이 대장 왔어?"
"예!" "오상모주임님?" "오래 계십니다,
"그래!" "김병식보스?" "건강은 좋아?"
"예!" "주임님?"
"커피 한잔 할래?"

"예!" "주임님?" "경기대 강김덕 상병"
"예!"
"이곳에 커피 한잔만 타서 같다줘?"
"예!"
김병식보스와 오상모주임님과 말을하고 있었다,
"김병식 보스 김호짐 주임님한테 말을 들었어?" "아피숑퍼시 팩룸나이트에 찾아가서 김병식보스에게 신세을 많이 줬다고 하던데""""
"예!" "주임님?" "김호짐 주임님은 어디에 계십니까?"
"응" 지금 사동에 있을거야?" "내가 말을 해줄게?"
"예!" "주임님?"
김병식보스와 오상모주임님과 대화을하고 있을 때 경기대 상병 강김덕 의경이 커피을 가지고와서 김병식보스에 앞에 놓았다,
영치주임 오상모 주임님께서 말을 하였다,
"김병식 두목 보스 자 마서?"
"예!"
"이번에는 보스로 살아야 된 다면서?"
"예!" "오상모 주임님?"
"그래!" "시간이 금방 갈거야?"
"예!"
"구치소에 있는 동안에 어려운 일 있으며는 김호짐주임과 나한테 말을해?"
"예!"
"그래!"
김병식보스와 오상모주임님과 대화을하고 영치금을 올려놓고 봉투에담고 김병식보스에 지장을 찍었다,
오상모주임님께서 김병식보스에게 이야기을 하였다,
"김병식 보스 영치금은 천만원 이고 확인을 하였어?"

"예!" "주임님?"
김병식보스와 오상모주임님과 대화을하고 있을 때 보안과 교도관 이행지 계장과 부장님 이상효 교도관들이 신체검사실에 왔다,
신체검사실 안으로 올때에 구치소 철창문을 열어주며 이병 의경들이 교도관 상사들과 경기대 상사들에게 거수경래을 충성하고 문을 열어주고 있었다,
영치 오상모주임과 경기대 상병 강김덕 의경은 보안과 교도관 계장에게 거수경래을 충성 하였고 이상효 부장도 오상모 주임님에게 거수경래을 충성 하였다,
재소자 김오진 도 "안녕하십니까?"
"그래!" 하고 보안과 이행지 계장이 김병식보스을 보고 인사을 하였다,
"대한민국 경기도 오산시 정통으로가는 시내파 김병식 보스 두목 하얀호랑이 대장 구치소에 들어온 것을 환영해?"
"예!" "이행지 계장님?"
"오상모주임님?" "수고했어?"
"예!" "계장님?" 하고 일어나고 김병식보스에게 말을 하였다,
"김병식 보스 구치소 안에서 봐?"
"예!" "오상모주임님?" "고생 하시기 바랍니다,
"그래!"
김병식보스와 오상모주임님과 말을 하고 이행지 계장에게 거수경래을 충성하고 경기대 상병도 거수경래을 충성하고 재소자 김오진 도 인사을하고 이상효 부장은 오상모주임께 거수경래을 하고 "고생하셨습니다, 인사을하며 오상모주임님과 경기대 상병과 재소자는 영치사무실로 같다,
김병식보스는 이행지 계장님과 앉자서 이야기을 하였다,
"김병식 보스 건강하게 있었어?" 아비숑퍼시팩룸나이트 가게는 번창하고 있어?"

"예!" "계장님?" "한번 오시지 그랬습니까?"
 "응" "그래!" "김호짐 주임님께서 이야기을 많이 하던데 말야?"
 "예!"
 "그래!" "주소 이름 가족 종교 한번 봐 봐?" "다 맞지!"
 "예!"
 "그럼?" "들어 갈 때 이상효부장하고 사진만 찍고 샤워을하고 들어가?" "방은 어디로 해 줄가?"
 "예!" "대방으로 주시기 바랍니다, "제가 혼자서 있을때는 말씀을 드리겠습니다,
 "그래!" "김병식 보스 두목 내가 대방으로 주고 혼자서 있을때는 사동담당에게 말을해?"
 "예!" "계장님?"
김병식보스와 보안과 이행지 계장과 대화을하고 이행지계장이 이상효부장에게 말을하였다,
 "이상효부장?" "김병식 보스 옷과 고무신을 세컷으로 주고 사진을 찍고 샤워을 해서 김호짐주임님 사동으로 들여 보내줘?"
 "예!" "계장님?"
김병식보스와 이행지계장님과 이야기을하고 보안과로 들어가려고 일어났다,
김병식보스가 말을하였다,
 "계장님?" 동생들이 면회을 오며는 아피숑퍼시팩룸나이트에 한번 가시기 바랍니다,
 "응" "그래!" 하고 이상효부장이 거수경래을 충성하고 보안과로 걸어서 같다,
김병식보스는 이상효 부장과 신체검사을 모두 끝내고 간복을 입고 하얀고무신을 신고서 노란수번 7777번 과 티 와 속옷 과 수건 양말들을 들고서 구치소에 16사동으로 하층 중층 상층 3층으로 있었고 새로 만든 30명까지 들어가는 17동을 한 개 더

만들어나서 김호짐주임님 사동으로 들어가고 있었다,
이상효부장이 철창문에 들어 갈때마다 경기대 의경 이병들이 거수경래을 충성하고 들어가고 있었다,
구치소에는 하늘과 땅을 밟으면서 운동을 할수 있었고 문을 따주는곳에는 구치소에서는 위에 비을 맞지 않게 사동과 보안과 의무과 면회장 등으로 지붕이 있었다,
김병식 보스와 이상효 부장님과 17동 사동에 도착을 하였으며 17동은 하층으로 만 있었다,
이상효 부장이 17동 사동에서 김호짐 주임님을 불렀다,
"김호짐 주임님?" "한명 신입 왔습니다,
"그래?"
김호짐주임님은 주임실 사무실에서 나와서 김병식보스을 보고 말을 하였다,
"대한민국 경기도 오산시 정통으로가는 시내파 보스 두목 김병식 하얀호랑이 대장이 어떻게 들어 왔어?"
"예!" "주임님?"
김병식보스가 대답을 할때에 이상효부장님이 김호짐주임님께 거수경래을 충성 하였다,
"응" "이상효부장?" "수고했어?" "들어가 봐?"
"예!" "주임님?" 충성하고 거수경래을 하며 "수고하십시요!" 하고 보안과로 걸어서 같다,
김병식보스는 김호짐 주임님에 철창 문을 따주는것에 안으로 들어가고 있으며 재소자 사소 김오나 와 고소너 가 동시에 90도로 인사을 하였다,
"형님 안녕하십니까?" "형님?"
"그래?"
김병식보스는 김호짐주임님에 말을 하는것에 대답을 하였다,
김호짐 주임님과 김병식보스는 옷 가지을 들고서 대화을하고 주임님 사무실로 걸어가고 있었다,

사동에서는 재소자들이 바둑과 장기을 두고서 있었으며 운동을 나간 방도 있었고 접견을 나간 재소자들도 있었다,
사소 재소자들은 방에서 불러서 방으로 철창으로 가서 이야기을 하고 있었다,
김호짐 주임님 사무실은 1방 앞에 있었고 사소실은 주임님 옆에 있었다,
김병식보스는 주임님실에 들어가서 자리에 앉으며 김호짐주임님과 대화을 하였다,
"김병식 보스 어떻게 된 사건이야?"
"예!" "이번에 사건들이 조직들이 전국에서 오산시로 들어와서 싸움을 하였고 호남전국구파 와 경상도전국구파들에 신고가 들어와 사건이 되었습니다,
"응" "그래?" "그럼?" "어떻게 될 것 같아?"
"예!" "검사님과 이야기을 다 하였습니다, 2년8개월로 준다고 합니다,
"응" "잘 됐어?"
"주임님?" "건강은 어떻십니까?"
"응" "김병식 보스 두목 때문에 건강해?" "저번에 오산시 아피숑퍼시팩룸나이트 가게 가서도 신세을 많이 겼는데 이번에는 구치소에 나한테 있는 동안 이야기을 할 것 있으며는 해?"
"예!" "주임님?"
김병식보스와 김호짐주임님과 대화을하고 있을 때 밖에서 교도관에 목소리가 들렸다,
"김호짐 주임님?" "접견좀 따 주십시요!"
재소자 김오나 가 와서 교도관에게 인사을 하였다,
"안녕하십니까?"
"그래?" "주임님좀 드려라?"
"예!" "수고 하십시요!"
김오나 재소자 사소가 접견 용지을 받고서 주임실로 같고 와

서 문을열고서 드렸다,
"주임님?" "접견 용지입니다,
"그래?"
김호짐주임님은 접견 용지을 받고서 재소자 사소가 밖으로 나 같으며 김병식 보스에게 말을하였다,
"김병식 보스 커피 한잔 할래?"
"예!" "주임님, 우유 한잔 주시기바랍니다,
"그래?"
김호짐 주임님이 사무실에서 우유을 주고 김병식 보스에게 말을하였다,
"김병식 시내파 보스 두목 우유을 먹고서 있어?" "접견좀 따주고서 올게"
"예!" "주임님?"
김호짐주임님은 칠판에다 17동 사동 사소 2명과 재소자 인원 140명과 접견 과 목욕 과 교무과 와 의무과 와 교무과 와 운동 과 검치 와 재판을 적어 놓고 있었다,
김병식 보스는 커피을 마시고 있었고 김호짐주임님은 사동으로 가서 접견을 문을따주고 있었다,
김호짐 주임님은 접견을 따주고 재소자들이 1방으로 와서 철창 문 앞에 교도관을 기다리고 있었다,
김호짐 주임님이 사무실에 들어와서 앉으며 열세을 탁자에 놓고서 김병식보스에게 말을하였다,
"김병식두목?" "기다렸지?"
"주임님?" 아닙니다, "주임님?" "관고 계장님은 어떤 분이십니까?"
"응" 새로 오셔서 김병호 계장님이야?"
"예!"
"한번가서 인사할래?"
"예!" "주임님?"

"그래?" "그럼?" "방에 가서 옷을 놓고서 인사을 하고 저녁때까지 있다가 방에 들어가?"
"예!" "주임님?" 고맙습니다,
"아니야?" "김병식 보스 방에 있다가 나오고 싶으며는 사소들에게 말을해?" "아니며는 인터폰을 눌러서 나한테 이야기을 해?"
"예!" "김호집 주임님?"
"방은 15방으로 끝 방으로 줄게?"
"14방도 강력 누범 방이고 김병식 보스가 들어가는 방은 강력 누범 방이야?"
" 예!" "주임님?"
"그리고 운동과 목욕은 2방씩 문을 따?"
"예!" "주임님?"
"14방에는 호남전국구파 애들이 몇 명있는데 지역이 달라서 서로 간에 인사는 하는 것 같아?"
"2번 방은 강력 초범 방이고 경상도전국구파기 있고는 해?"
"예!" "주임님?
"그럼?" "일어나자?"
"예!"
김호집주임님과 김병식보스와 일어나서 문을열고서 대화을하고 15방으로 걸어서 가고 있었다,
사동 방안에서 이야기을 하고 바둑 장기 와 신문 잡지 책과 책들을 보고 있었다,
15방에 들어 갈때에 방 5방 오미암 과 11방 지영모 가 일어나서 김호집 주임님한테 말을하였다,
"주임님?" "의무과 좀 보내주십시요!"
"그래?" "있어 봐?" "연락 했어?"
"예!" 5방과 11방에서 말을하였다,
김병식보스는 그놈들을 쳐다보고 15방으로 걸어서 같고 15방

에 도착을하여 김호짐 주임님이 문을 따주고 방 애들한테 말을 하였다,
"호차야?"
"예!" "주임님?"
"짐좀 받아줘?"
"예!" "주임님?"
오호차 는 앞 창을 타고서 있다가 일어나서 오호차 가 직접 짐을 받았다,
김병식보스 보다 나이가 많았다,
"호차는 뒤 창으로 가서 있고 김병식보스가 앞창으로 가서 이 방에 있을 거야?" "알았어?"
"예!" "주임님?"
"김병식 보스 두목 가?"
"예!" "주임님?"
김병식보스에 옷을 오호차 재소자가 받고서 뒤 창으로 가서 앉았다,
김호짐주임님과 김병식보스와 관고실로 걸으며 대화을 하였다,
"김호짐 주임님?"
"응"
"여기는 새로 생긴지가 얼마 되지 않는 것 같습니다,
"응" "김병식보스?" "이곳은 대방이라 이곳으로 오고 싶은 재소자들이 많아?" "이곳은 방안에 수독물이 나와서 다른 사동은 밖에서 싯고서 들어가고 화장실도 뻥 뚤러서 있고 아래가 다 보여 바람들과 생쥐들이 지나가는 것과 고양이가 보이잖아?"
"예!" "주임님?"
김병식 보스와 김호짐 주임님과 이야기을하고 철창 문을따고서 나가서 관고실 사무실 안으로 문을열고서 들어같다,
김병호계장님이 오늘은 혼자서 앉자서 있었다,

관고실안에는 다른 때에는 경기대 의경들이 있었고 교도관들이 있었다,
김호짐 주임님은 거수경래을 하고 충성 하며 말을하였다,
"계장님?" 대한민국 경기도 오산시 정통으로가는 시내파 김병식 보스 두목 하얀호랑이 대장 왔습니다,
"그래?" "김병식 두목 앉자?" "김호짐 주임님한테 이야기을 많이 들었어?"
"예!" "계장님?"
"김병식 보스 두목 차 한잔 하지?" "어떤것으로 마실래?"
"예!" "계장님?" 우유 한잔 주시기바랍니다,
"응" "그래?"
"계장님?" "저는 사동으로 가 있겠습니다,
"응" "그래?"
김호짐주임님은 사동으로 갈 때 거수경래을 충성하고 사동으로 같다,
경기대 이병 의경들이 거수경래을 충싱하며 사동 뷖에시 하었다,
"김병식 보스는 동생들이 많이 있어?"
"예!" "계장님?" 동생들이 29명 있습니다,
"그래?" "대한민국에서 김병식 보스 두목이 알아 준다고 하던데 말야?"
"예!" "계장님?"
"김호짐주임님도 이야기을 많이 해서 대한민국 경기도 오산시 정통으로가는 시내파 김병식 보스 두목 백호하얀호랑이 대장이 어떤분인가 생각했지?"
"예!"
"구치소 소장님도 많이 이야기을 하고 말야?"
"예!" "계장님?"
"이곳에 있는 동안 어려운 일 있으며는 이야기을 해?"

"예!"
"자" 마셔?"
"예!"
 김병식보스와 김병호 계장님과 대화을하고 있는데 밖에서 교도관 이장민 부장님이 문을열고서 들어와서 김병호 계장님께 거수경래을 충성하고 이야기을 하였다,
"계장님?" 7777번 접견이 왔습니다,
"그래?" "김병식 보스 접견 다녀 오고 있는 동안 또 대화을 하자?"
"예!" "계장님?" 다녀오겠습니다,
"그래?" "김병식 보스 두목?"
김병식보스는 일어나서 김병호 계장님한테 인사을하고 교도관 이장민 부장님도 거수경래을 충성하고 말을 하였으며 김병호 계장님도 대답을 하였다,
"수고하십시요!"
"그래?" "수고해!"
김병식 보스는 이장민 부장과 둘만 걸어서 가고 있었고 재소자들과 교도관 상사와 경기대 상사들이 거수경래을 충성하고 경기대 이병들이 철창 문을 열어주고 있었다,
김병식보스는 접견을 갈때는 교도관들이 혼자서 문을 따서 접견실로 데리고 같다,
김병식보스가 접견실로 도착을 하여 이장민 부장님이 자리에 앉으며 밖에서 김병식보스에 오른팔 조모차 동생과 왼팔 한다보 동생이 들어 오고 있었다,
김병식보스는자리에앉잤다,
조모차 동생과 한다보 동생과 접견실 1번 방에 들어와서 90도로 동시에 인사을하고 대답을 하였다,
"형님, 편히쉬셨습니까, 형님?"
"그래, 밥들은 먹고서왔냐?"

"예, 형님, 먹었습니다, 형님?"
90도로 동시에 인사을하고 대답을 하였다,
호남전국구파들과 경상도전국구파들과 강원도전국구파들과 제주도전국구파들은 조용들하고 있느냐?"
"예, 형님, 조용합니다, 형님?"
90도로 인사을하고 대답을 하였다,
"그래, 오산시을 모차 와 다보 가 형이 출소을 할때까지 지켜야된다,
"예, 형님, 명심하겠습니다, 형님?"
90도로 동시에 인사을하고 대답을 하였다,
"형님, 형수님께 전화가 왔습니다, 형님?"
90도로 조모차 동생이 인사을하고 대답을 하였다,
"그래, 이곳에 있다고 하였겠지?"
"예, 형님, 말씀을 드렸습니다, 형님?"
90도로 인사을하고 대답을 하였다,
"그레,
"형님, 금요일날 면회을 오신다고 하였습니다, 형님?"
90도로 인사을하고 대답을 하였다,
"그래, 모차야, 고생했다,
"예, 형님, 명심하겠습니다, 형님?"
90도로 인사을 하고 대답을 하였다,
김병식 보스와 조모차 동생과 한다보 동생들과 이야기을 하고 한복과 먹을 것과 이불과 침낭과 운동화와 사회에서 사온 것들을 티와 속옷과 양말과 수건과 칫솔과 등으로 매이커로 영치품에 넣었다고 하고 인사을하며 면회장에서 같다,
김병식 보스는 일어나서 교도관 이장민 부장과 김호짐 주임님에 사동으로 같으며 의경들은 충성하는 소리에 듣고서 사동으로 도착을 하였다,
이장민 부장이 거수 경래을하고 접견장으로 같다,

김병식 보스는 김호짐 주임님과 사동에서 저녁때까지 있었다,
김병식 보스가 김오나 사소와 고소너 사소에게 말을 하였다,
"너희들은 사건이 무엇이야?"
"예,형님 강도입니다,형님?"
"예, 형님, 강간입니다,형님?"
"그래, 이름이 어떻게되냐?"
"예, 형님, 김오나입니다,형님, 형님, 나이는 25살입니다, 형님?"
"그래?"
"예, 형님, 고소너입니다,형님, 형님, 나이는 25살입니다,형님?"
"그래, 고생들한다,
김오나 는 강도로 들어왔으며 고소너 는 강간으로 들어왔다,
나이는 같은 나이였다,
김병식 보스가 이야기을 하고 있었으며 17동 하층에는 저녁 배식이 찾아왔다,
교도관 이어장 담당과 경기대 이병 김오소 의경과 제소자 두명이 리어컷을 앞에서 와 뒤에서 밀고 끌고서 김호짐 주임님한테 거수 경래을하고 담당 이어장 이 말을 하였다,
"주임님, 저녁 배식입니다,
"그래, 저녁 배식이모야?"
"예, 닭국과 김치와 닭도리탕입니다,
"그래, 저녁은 먹을만하게 나왔어?"
"예, 주임님, 그럼?"
이어장 담당과 이병 김오소 의경과 거수 경래을하고 재소자 두명도 저녁 배식을 내리고 거수 경래을하며 취장으로 리어컷을 끌고서 같다,
김호짐 주임님은 관고실에가서 김병호 계장에게 저녁을 주임실 사무실에서 먹을거냐고 이야기을 하였다,

김병호 계장님은 식당에서 먹는다고 하며 김호짐 주임님이 사소 두명에게 저녁식사을 차리라고 하였다,
김오나 사소와 고소너 사소가 동시에 말을하였다,
"각방 배식?"""
각 사동 방에서는 배식 준비을하고 있었고 구르마에다 밥통 큰것과 국통 큰것과 스탠통으로 실고서 작은 것 두개을 반찬통을 실었다,
김오나 사소와 고소너 사소는 저녁준비을 해놓은 것에 탁자위에다 닭국과 닭토리탕을 국자로 많이퍼서 같다 놓았,
김호짐 주임님이 말을하였다,
"김병식 보스 두목 저녁을 이곳에서 나랑먹고서 방으로 들어가?""
"예, 김호짐 주임님?"
김병식 보스와 김호짐 주임님과 저녁을 탁자에서 사무실에서 둘이 먹었다,
사소들이 미리 주임실에 저녁 준비을하여 놓았나,
사소들은 주임님과 김병식 보스에 저녁식사을 먹는 것을 인사을 하였다,
김병식 보스와 주임님과 이야기을하고 사동 방안서 그릇을 닥는 소리들이 들렸다,
김호짐 주임님이 말을하였다,
"김병식 보스 오늘 고생했어, 곧, 저녁 점검이와서 방으로 들어가야 되겠어?"
"예, 김호짐 주임님 고생했습니다,
"그래?"
김호짐 주임님은 김병식 보스에 15방을 문을 열어주고 앞으로 철창 문으로가서 김병호 계장님에 점검을 기다리고 있었다,
김병식 보스가 15방으로 들어가서 앞창에 앉으며 1번으로 자리을 앉졌다,

- 257 -

김병식 보스에 오른쪽에는 오호자 가 앉았으며 그옆으로 자모지 와 오종호 와 모조오 와 자용조 와 너소오 와 김오모 와 김용주 와 조금오 와 장미소 와 장소요 가 앉잤다,
김병식 보스에 뒤에는 미오진 과 미소욘 과 자소명 과 조오그 와 차소망 과 기송지 와 기오자 와 소망 과 오지자 와 기자 와 송지멈 과 김기만 이 오른쪽으로 앉았다,
미오진 뒤에는 고영지 와 고지영 과 송아엉 과 김오영 과 차진영 과 차영지 가 앉잤다,
김병식 보스가 오호자에게 말을하였다,
"이름이 어떻게되냐?"
"예, 형님, 오호차입니다, 형님?"
"그래, 몇 살이야?"
"예, 형님, 30살입니다,형님?"
"그래, 사건이뭐야?"
"예, 형님, 강간입니다,형님?"
김병식 보스와 이야기을 하고 있는데, 김호짐 주임님에 목소리가 들렸다,
"사소 두명들은 안녕하십니까?"
하고
"각방 점검 준비 각방 차렷?"
"충성"
"총원 450명 사소 2명 이상없습니다,"
"예, 고생했어?"
"예, 계장님?"
김호짐 주임님께서 거수 경래을 내리고 말을하였다,
1방하며는 재소자들이 오른쪽으로 번호을 하나 둘 셋 넷 다석 여섯 일곱 여덜 아홉 열 열하나 열둘 하고 하나 한 번호 뒤로 열셋 하며 오른쪽으로 번호을하며 서른 하고 번호 끝 하고 사동 방 재소자들은 동시에 수고하셨습니다, 하고 인사을 하였

다,
김호짐 주임님은 2방 하고 저녁점검을 17동 사동 하층을 끝냈다,
김병호 계장님이 점검을 마치고 책받침 종이에 적고서 나가려고 할 때, 김호짐 주임님께서 거수 경래을 하였다,
"충성"
"김호짐 주임 퇘근해?"
"예, 계장님?"
사소 두명들도 계장에게 인사을 하였다,
"고생하셨습니다, 계장님?"
"수고했다,
김호짐 주임님은 김병식 보스에 방에와서 김병식 보스에게 고생했다고 하고 내일보자고 하며 김호짐 주임님은 퇘근을하였다,
17층 하층에는 야간으로 교도관 김인지 부장이 아침까지 근무을 하였디,
15방에서는 스피커로 방송이 나오고 있었으며 한국가요을 보안과에서 틀어주고 있었다,
화장실은 넓고 대포알로 변기가되여 있었다,
잡수는 오전에 일어나 사소들이 그루마로 큰통을하여 3통씩 각방을주고 있었다,
식수도 오전과 오후에 2번씩 사소들이 말통으로 2개식주고 있었다,
김병식 보스는 말을하였다,
"방 애들아 들어라, 벽으로 둘러앉자라?"
"예!"
인사을하며 동시에 대답들을 하였다,
"오호자야?"
"예, 형님?"

인사을하고 대답을 하였다,
"한사람씩 이름과 집과 나이와 자기소개을 하라고 하였다,
"예, 형님?"
인사을하고 대답을 하였다,
"모지부터 이름과 나이와 집과 사건과 자기소개들을 하여라?"
"예, 형님?"
자모지 는 인사을하고 대답을하며 자기소개을 하였다,
"이름은 자모지입니다, 형님, 나이는 29살입니다, 형님, 집은 서울입니다, 형님, 사건은 강간입니다, 형님?"
하고 인사을하며 대답을 하였다,
"이름은 오종호입니다, 형님, 나이는 29입니다, 형님, 집은 수원입니다, 형님, 사건은 강간입니다, 형님?"
인사을하고 대답을 하였다,
모조오 와 자용조 와 15방 애들은 인사을하며 대답들을 하였고 김병식 보스가 인사을 받고서 방안에서 쉬라고 하였다,
자모지들은 바둑과 장기와 육놀이와 책과 잡지 책들을 보고 놀고 이야기들을 하고 있었다,
김병식 보스는 교도관 김인지 부장이 15방에 끝에 있는 교도관 직원에 종이에 싸인을 하고 가는 것을 보았다,
김병식 보스는 말을하였다,
"호자야?"
"예, 형님?"
인사을하고 대답을 하였다,
"형이 이곳에있는 동안 방 애들이 하는 되로 하라고 해라?"
"예, 형님?"
인사을하고 대답을 하였다,
"호자도 형이랑 있으면서 어려운 일과 부탁이 있으며는 말을 하여라?"
"예, 형님?"

인사을하고 대답을 하였다,
17동 하층 15방에서는 저녁시간을 끝 맞치고 음악이 끝나서 저녁9시에 취침을 하라는 방송이 나왔다,
교도관 김인지 부장도 밖으로 나와서 말을하였다,
"각방취침?"
각사동은 이야기을 하고 이불들을 갈고 하는 것을 들었다,
김병식 보스에 이불은 오호자 와 자모지 가 붙잡고서 갈아드리고 있었다,
침대처럼 이불을 깔아드리고 덮는 것도 춥지 않게 드렸다,
17동 사동에는 복도에 난로가 3개로 되어 있었다,
사소와 주임실도 난로가 있었다,
김병식 보스는 누워서 오호자에게 책을 달라고 하며 책을 읽고 하였다,
김병식 보스가 누워서 책을 보는 것에 오호자들은 동시에 인사을하며 대답을 하였다,
"형님, 쉬십시오, 형님?"
"그래, 다들 고생들했다, 누워서 각자하는 것들을 해라?"
"예, 형님, 편히주무십시오, 형님?"
인사을하고 대답들을 하였다,
17방 하층 15방에서의 하루가 지나 새벽5시30분이 되었다,
방송에 스피컷에서는 라팔이 트럼펫이 흘러나왔다,
"빰~"빰~"바~"라~"라~"빰~"바~라~"라~"라~
김인지 부장이 말을하였다,
"각방기상?""""
각방들은 기상을하고 이불들을 정리을 하는것들을 소리을 들었고 김병식 보스에게 방 애들이 인사을하고 대답을 하였다,
"형님, 편히주무셨습니까, 형님?"
오호자 와 자모지 가 김병식 보스에 이불을 정리을하고 방애들이 이불을 정리을하여 홀당에 다 넣었다,

오호자 가 말을하였다,
"형님, 샤워을 하시겠습니까, 형님?"
"그래?"
"예, 형님?" 인사을하고 대답을 하였다,
방은 아침에 일어나서 일불을 개고 기오자 와 기송지 가 쓸었고 젖은 걸레로는 장소요 와 장미소 와 조금오 가 닥았고 마른 걸레로는 김용주 와 김오모 와 너소오 가 닥았다,
아침밥과 점심밥과 저녁밥과 취침할 때 방과 쓸고 닥았다,
김병식 보스가 방을 닥으라고 하면 닥고 쓸었다,
화장실 청소도 치약을 짜서 청소을 하라고 하면 하였다,
오호자 는 칫솔으로 치약을 짜서 김병식 보스에게 드렸고 김병식 보스는 옷을벗고 샤워을 하였다,
김병식 보스가 샤워을하는 동안 교도관 김인지 부장이 말을하였다,
"각방 점검 준비?"""
교도관이 말을 하였으며 김상이 계장이 점검을 치었다,
김인지 부장은 거수 경래을하고 말을하였다,
"충성"
"총원 450명 사소2명 하고 점검을 치었다,
15방에 가서 번호을 열넷 하고 화장실 한명 있습니다, 하고 인사을하고 점검을 치루고 나서 사소들은 각방 식수 하고 1번 방부터 말통을 식수을 방앞에 문에다 주고 문을따서 방사람들이 둘고서 같다,
식수을주고 아침밥을 주기위해 사소들은 말을하였다,
"각방배식?"""
김병식 보스에 방은 차영지 와 차진영 과 김오영 과 송아영 이 싯고서 배식 준비을 하기 위해 음식을 하였다,
고추장에 참기름을 놓고서 소세지 무침과 닭무침과 멸치무침과 오징어무침 같은 것을 준비을 하였다,

큰상을 3개을 피고 김병식 보스는 앞창에 앞에서 앉고 오른쪽 과 왼쪽으로 자리을 앉으며 방 애들이 아침밥을 먹었다,
김병식 보스에게 방애들은 인사을하고 먹었다,
"형님, 식사많이드십시요, 형님?"
"그래, 많이들먹자?"
15방 애들은 아침밥을 먹고 식히을 고영지 가 닥았으며 김기만 과 송지멈 과 마른 수건으로 닥았고 기자 와 오지자 와 소망 과 마른 수건으로 정리을 하였다,
15방에는 음악이 흘러서 나왔다,
방은 기오자 와 기송지 가 쓸었으며 식수는 피티병에 차소망 과 조오그 와 자소멍 이 담았다,
화장실 청소는 치약으로 짜서 미소은 과 미오진 이 번갈아 가며 청소을 하였고 젖은 걸래는 장소요 와 장미소 와 조금오 가 닥았다,
마른 걸래로는 김용주 와 김오모 와 너소오 가 닥았다,
방 청소을 다히고 니면 걸레을 지용조 가 빨아서 너는 곳으로 줄에 널었다,
15번 방은 일주일에 대청소을 하고는 하였다,
마루에 방도 치약을 짜서 탄반기에 물을타서 썩어서 마루바닥에 뿌려서 닥았다,
아침밥을 먹고나서 김인지 부장이 말을하였다,
"각방 검치와 재판을 나갈준비들을 해?"
김인지 부장에 말이 끝나고나서 이호주 담당이 1방부터 문을 따서 재소자들을 데리고 나같다,
15방에 음악 소리는 끝나고 점검준비을 하였다,
김병식 보스에 방에 청소을하고 김인지 부장에 말이들렀다,
"각방점검?""
각방들은 점검을 하였다,
15방에 김상이 계장이 와서 말을하였다,

"대한민국 경기도 오산시 정통으로가는 시내파 보스 두목 김병식 백호하얀호랑이 대장 이곳에 어떻게왔어?"
"예, 김상이 계장님, 건강하셨습니까?"
"그래, 나야 건강하지, 그런데 왜 이곳에 들어왔어?"
"예, 그렇게 됐습니다,
"그래, 김호짐 주임한테는 이야기는 들었어, 김호짐 주임 사동에와서 다행이야?"
"예, 김상이 계장님?"
"그래, 몇 명이지 30명입니다,
"그래, 그럼, 오늘은 퇴근을하고 또 보자구?""
"예, 김상이 계장님, 고생했습니다,
"그래, 쉬어?"
김병식 보스와 이야기을 하고 김인지 부장은 충성하는 소리을 듣고서 각방 쉬어 하고 김상이 계장은 퇴근을 하였다,
김병식 보스는 말을하였다,
"애들아, 쉬어라?"
"예, 형님?"
동시에 인사을하고 대답을 하였다,
오전8시50분이 되어 김호짐 주임님에 아침 점검소리가 들렸다,
"각방 점검 준비,
"충성"
"총원 440명 검치4명 재판6명 사소2명이 있습니다,
"그래, 식사는했어?"
"예, 계장님?"
"그래?"
"1방?"
"안녕하십니까?"
동시에 1번방 재소자가 동시에 말을하였다,

"하나, 둘, 셋, 하고 번호을 하였다,
번호가 끝나고 수고하십시오 하며 인사을 하였다,
김호집 주임은 2방하고 점검을 치렀다,
15번 방에가서 김병식 보스가 말을하였다,
"나오셨습니까?"
"그래, 김병식 보스 잠을자는데 불편한곳은 없었어?"
"예, 호텔 같았습니다,
"하" "하" "하" "하"
김병호 계장과 김호집 주임은 동시에 웃었다,
15방 애들도 동시에 웃었다,
김병호 계장이 점검을 치르고 김호집 주임님이 15방에 와서 김병식 보스에게 말을하였다,
"어제 자는데 춥지는 않았어?"
"예, 김호집 주임님 난로가 이곳 앞에 있어서 따뜻했습니다,
"그래, 그럼 다행이구?"
"호자아, 우유을 한잔 가저와라?"
"예, 형님?"
우유을 김호집 주임을 주었다,
김호집 주임님은 빨대가 꽂혀 있는 흰우유을 마셨다,
15사동 철창 문앞에서 이보고 담당이 거수 경래을하고 말을하였다,
"충성"
"주임님 접견입니다,
"그래, 수고해?"
"예, 주임님?"
"충성"
"김병식 보스 밖으로 나오려면 말을해?"
"예, 김호집 주임님?"
"그럼 일을 볼게?"

"예, 오늘도 고생하시기바랍니다,
"그래 김병식 보스 힘들어도 참고있어?"
"예!"
김병식 보스가 앞창에 서 서 이야기을 하였다,
오호자 가 말을하였다,
"모지야, 우리 방 오늘 운동이 오후지!"
"예, 오후예요!"
"목포는 오늘 오전에 널겠어!"
"예!"
"목포을 널 준비들을 하자?"
"예!"
이야기하는 소리들을 들었다,
방 애들은 목포을 홀 당에서 꺼내서 마루바닥에 놓았다,
17사동에서 김삼우 부장과 이무지 담당과 김호짐 주임에게 거수 경래을 충성 하고 동시에 말을하였다,
"1방 3방 운동준비?"""
이야기을 하였다,
1방과 3방이 문을열리는 소리가나고 재소자들은 복도로 나가서 앞에서 앉으며 번호를 붙이고 앉으며 소리들이 났다,
1분이지나서 교도관 조한자 부장과 이호주 담당이 말을하였다,
"15방 목포준비?"
경기대 병장 조한좀 의경과 15방을 따고서 오호자 가 고무신을 앞에다 문에두고 김병식 보스는 신고서 복도로 나가서 이호주 담당이 재소자들을 세고서 이불을 널러 나같다,
이불을 널고서 낮에 이불을 떨고서 방으로 같고 들어갇다,
김병식 보스에 방은 이불을 널고서 15방으로 들어와서 14방도 이불을 같고서 1방까지 이불을 널었다,
17동 사동에 1방부터 이보고 담당과 경기대 일병 이용민 의경과 재소자 하고정 이 구매을 접견 물을 리어컷으로 1방부터

주고서 있었다,
구매 접견 쪽지을 같고 나누어 주었다,
15방까지 와서 김병식 보스가 앞창에 서 서 있었고 김병식 보스가 말을하였다,
"형 7777 접견물 왔냐?"
"예, 형님, 접견물 왔습니다,형님?"
"그래, 호자야, 접견물을 받아라?"
"예, 형님?"
구매 재소자 하고정 은 접견물을 15방으로 주고 있었다,
닭훈제 30마리와 김치와 흰우유 3박스와 소세지 30개와 멸치와 마른오징어 30개와 무말랭이와 과자와 빵100개와 육개장 라면 3박스와 김과 요구르트와 사이다와 콜라와 이온음료와 초코랫과 사탕과 과일과 땅콩과 한복 2개와 고무신 2개와 운동화 2개와 이불과 침냥과 등으로 접견물을 넣어주고 있었으며 재소자 하고정 은 김병식 보스에게 인사을하고 접견실로 리어컷을 같고서 같다,
오호차 와 자모지 와 15방에 애들은 접견물 100백만원치 들어온 것들을 홀 당에 정리을하고 김병식 보스가 방에서들 먹자고 하여 방 앞에 먹는것들을 놓았다,
김병식 보스는 사소 김오나을 불렀다,
"오나야, 15방이다,
"예, 형님?"
하고 사소실에서 일을하다 15방으로 달려오고 있었다,
김병식 보스가 창에서 서 서 있는 것에 인사을 90도로 하고 대답을 하였다,
"형님, 쉬셨습니까, 형님?"
"그래, 이것들 김호짐 주임님 과 아침 마다 주고 너희들도 먹어라?"
"예, 형님, 고맙습니다,형님?"

김오나 는 고소너을 불렀다,
"소녀야, 구르마 같고서 형님 방으로 와?"
"알았어?"
김병식 보스가 말을하였다,
"점심에 사소실에서 주전자로 닭훈제 와 소세지 와 김치 와 김 같은 것을 같고가서 찌개를 해서 가져와라?"
"예, 형님?"
김오나 는 대답을하고 인사을하며 고소너 와 사소실로 같고서 같다,
김병식 보스는 오호자들이 먹을 것을 신문지에 깔아놓고서 들러 앉자서 먹으려할때, 오호자 애들은 인사을하고 대답을 하였다,
"형님, 많이드십시오, 형님?"
"그래, 많이들 먹자?"
김병식 보스와 먹고서 있을 때, 김오나 사소가 신문을 가져와서 김병식 보스에게 인사을하고 신문을 드렸다,
오호자 는 오늘 신문 과 책 과 사책들을 시키는 날이라 구매용지에 적어서 내보냈다,
사약도 내일시키는 날이라 적어서 내보냈다,
아침에 일어나서 보고전도 써서 내보냈으며 의무과에서 교도관들이 17동 사동으로 와서 재소자들을 데리고 간다,
사동 주임님들이 데리고 가는것도 있다,
김병식 보스는 방에서 먹을것들을 먹고서 방 애들이 장기와 바둑과 책들과 육놀이와 잡지 책들을 보고 있었다,
영치 오상모 주임님 재소자 김오진 이 와서 김오진 은 김병식 보스에게 인사을 하였다,
"형님, 쉬셨습니까, 형님?"
오상모 주임이 말을하였다,
"김병식 보스 두목 영치품이 들어왔어?"

"예, 오상모 주임님 나오셨습니까?"
"그래, 동생들이 매이커로 사회 물품으로 옷 티 와 양말 과 속 옷 과 수건 과 운동화 와 이렇게 많이들 넣었어, 이불도 사서 가지고 들어와서 넣고 말야, 30개씩은 되는것같아?"
"예, 오상모 주임님, 주임님, 필요하신 것 있으십니까?"
"아니야, 김병식 보스 두목?"
"호자야, 주인님과 오진 이 우유을 가져와라?"
"예, 형님?"
하고 우유 두잔을 같고 와서 먹었다,
김병식 보스는 영치품을 받고서 오상모 주임님에게 인사을하고 김오진 도 김병식 보스에게 인사을하고 같다,
김병식 보스에 이불은 5개가 들어 왔고 다른것들은 30개씩들어 왔다,
김병식 보스는 방 애들에게 물품들을 골고루 나누어 주었다,
김병식 보스에 방 수번과 거실표을 바늘을 사소에게 불러서 달라고하여 오호자 가 딜아서 드렸다,
바지도 나이론 실로 재단을 재서 박스자로 검정 볼팬으로 그려서 통도 꼬매서 드렸다,
김병식 보스는 신문을보고 있었으며 17동 사동에서 김함중 담당이 김호짐 주임님에게 거수 경래을 충성 하고 의무과을 말을하며 데리고 같다,
김병식 보스는 점심 시간이되여 방 애들이 음식을 라면 불면을 한다고 하여 라면 과 닭훈제 와 소세지을 뜨거운 물에 담가서 놓아 찌져서 김치 와 고추장 과 참기름 과 김을 부셔서 놓고서 만들었다,
사소 김오나 는 찌개을 가져와서 김병식 보스에게 인사을하고 사소실로 같으며 점심이라는 배식을 외쳤다,
김병식 보스는 점심을 먹고서 한승호 동생과 김학지 동생과 오한지 동생과 장보구 동생과 고승국 동생들이 접견이와서 면

회을 같다,
15방 애들은 인사을하고 김호짐 주임님에게 인사을하며 사소도 김병식 보스에게 인사을하고 접견을하며 15방으로 들어왔다,
운동시간이 되어 오후 운동을 나가려고 하였다,
김삼우 부장 과 이무지 담당과 2방과 14방과 15방을 문을따고서 운동을 나오라고 하였다,
김병식 보스을 보고 말을 동시에 하였다,
"김병식 보스 두목 어떻게 들어왔어?"
"예, 그렇게됐습니다,
"그래, 운동을해?"
"예!"
하고 김병식 보스는 운동을 나같다,
복도에서 6방을 영선 재소자들이 와서 방을 고쳐주고 있었다,
김병식 보스는 영선들을 보고 교도관 담당 과 경기대 이병을 보고서 복도로 나가서 14방 고영모 와 장용미 와 상종오에게 2방에 지민김 이 60도로 인사을하고 대답을 하였다,
"형님, 쉬셨습니까?"
김병식 보스는 두눈으로 보고서 있었다,
교도관 김삼우 부장 과 이무지 담당이 앞에서 5섯줄로 하고 뒤로 앉으라고 하였다,
김병식 보스는 맨 뒤에서 서 서 있었고 나머지들은 모두 자리에 앉았다,
김삼우 부장이 일어나 하고 운동장으로 걸어서가며 경기대 의경들이 충성 하고 인사들을 하였다,
운동장에 도착을하여 앉은 번호을 다시 하고 운동을 하라고 말을하였다,
운동장은 넓었으며 농구공 과 축구공 과 족구공들이 있었다,
김병식 보스는 운동장을 걸어가며 오호자에게 말을하였다,

그때, 14방 고영모 호남전국구파 놈이 말을하였다,
"어디서왔어?"
교도관들은 운동장에 잠간 비어두고 탑에서 지키는 경기대 의경들은 운동장을 보지는 못했다,
김병식 보스는 말을 듣자마자 360도로 회전을하며 오른쪽 발 다리로 뒤 돌려차기을하여 고영모 놈의 오른쪽 얼굴면상 턱을 차 버렸다,
"퍽" 하고 "욱" 하며 입과 코에서 허공으로 피가튀기며 왼쪽으로 날아가 버렸다,
15방 애들은 운동을하다 싸움을 구경들을 하고 있었다,
호남전국구파 장용미 가 말을하였다,
"애들아, 처라?"
2방 지민김 도 말을하였다,
"처라?"
"예, 형님?"
인사을하고 김병식 보스에게 싸움을 하었다,
김병식 보스는 달려가서 "붕" 점프을하고 오른쪽 발 다리와 왼쪽 발 다리로 호남전국구파 상종오 놈이 오른쪽에 있는 것을 얼굴면상 가운데 밑에 턱을 차 버리고 왼쪽에 기영기 가 있는 것을 얼굴면상 가운데 밑에 턱을 차 버렸다,
"퍽" 하고 "욱" 하며 부러지는 소리을내고 입에서 허공으로 피가튀기며 뒤로 한바퀴 돌고 넘으며 날아가 버렸다,
김병식 보스는 착지을 하였다,
14방 과 2방 꼬마 애들이 김병식 보스에게 싸움을 계속하여 걸어오고 있었다,
김병식 보스는 오른쪽 발 다리로 상단차기을 하여 가나오 놈을 왼쪽 얼굴 면상 턱을 차 버렸다,
"퍽" 하고 "욱" 하며 부러지는 소리을내고 왼쪽으로 날아가 버렸다,

김병식 보스는 왼쪽 발 다리로 상단차기을하여 김장용 놈을 오른쪽 얼굴면상 턱을 차 버렸다,
"퍽" 하고 "욱" 하며 부러지는 소리을내고 오른쪽으로 날아가 버렸다,
김병식 보스는 왼쪽 발 다리로 180도로 회전을하고 뒤 돌려차기을하여 기오마 놈을 왼쪽 얼굴 면상 턱을 차 버렸다,
"퍽" 하고 "욱" 하며 부러지는 소리을내고 입과 코에서 허공으로 피가튀기며 오른쪽으로 날아가 버렸다,
김병식 보스는 오른쪽 발 다리로 앞차기로 밀며 조용망 놈을 가슴명치을 차 버렸다,
"퍽" 하고 "욱" 하며 뒤로 날아가 버렸다,
김병식 보스는 14방 꼬마놈들을 용오온 과 고김미 와 김미고 와 장지김 과 강김장 과 고김지 와 강저용 과 지모짐 과 김오김 과 장미김 과 차송김 과 김기차 와 장미전 과 김미곤 과 고승대 와 승대김 과 김고찬 과 고승다 와 다전김 과 김하마 와 고한마 와 상한상 과 30명들 과 2방 경상도전국구파 지민김 놈들 30명들을 싸움을 주먹과 발로 대응을 해주고 호남전국구파 장용미 가 있었다,
김병식 보스는 달려가서 "붕" 점프을하고 두다리로 호남전국구파 장용미 놈을 얼굴면상 코을 차 버렸다,
"퍽" 하고 "욱" 하며 부러지는 소리을내고 입과 코에서 허공으로 피가튀기고 뒤로 날아가 버렸다,
김병식 보스가 등과 두팔로 머리로 뒤로 땅을잡고서 두다리로 머리에 높이까지 들어올려서 덤브링으로 두팔을밀며 두다리로 땡기며 덤브링으로 올라가 착지을 하였다,
김병식 보스는 걸어가서 고영모 놈에게 말을하였다,
"대한민국 경기도 오산시 정통으로가는 시내파 보스 두목 김병식 백호하얀호랑이 대장이다, 이름이뭐냐, 이곳에 호남전국구파들이 너희들이냐?"

"예, 형님, 성함은 들었습니다,형님?"
"그래, 저놈은 경상도전국구파놈이냐?"
"예, 형님, 경상도전국구파 지민김입니다, 2방에서 동생들하고 있습니다, 형님?"
"그래, 이름이 어떻게되냐?"
"예, 형님, 고영모입니다,형님?"
"그래, 지금 맞은것에 되하여 의무과에서 치료을 수술들을 하여라, 이곳에서 한번만 더 나에게 상대을 하며는 그때는 죽음이 될 것이다,
"예, 형님?"
고영모 는 대답을 인사을 하였다,
김병식 보스가 말을하고 싸움이 끝나고 나서 15방 애들은 동시에 박수을치며 만세을하고 대답들을 하였다,
"짝" "짝" "짝" "짝"
"김병식 보스 형님?"
"만세" "만세" "만세"
15방 사람들이 이야기을 하고 있을 때 교도관 김삼우 부장과 이무지 담당이 운동장에 들어와서 동시에 이야기을 하였다,
"뭐야?"
김병식 보스가 말을하였다,
"김삼우 부장님 제가 그랬습니다,
"그래, 김병식 보스 이놈들을 더 혼을내주지, 그랬어?"
"그렇게 할려고 하려다 조금 맞 만 보여 줬습니다,
"그래, 잘했어?"
이무지 담당도 말을하였다,
"야~이, 색끼들아, 덤 빌 분 한테 덤벼라, 이놈들아, 지금 이 것만해도 니놈들은 다행인지 알어, 일어나, 의무과로 가게?"
"예!"
14방 놈들과 2방 놈들은 60명들이 의무과로 갔다,

교도관 이무지 담당이 60명들을 의무과로 데리고 같으며 교도관 김삼우 부장은 이불을 털 러 15방 재소자들을 데리고 같다,
이불을 두 사람씩 끝에서 잡고서 털고 15방으로 들어갔다,
교도관 김삼우 부장은 김호집 주임님과 관고실에가서 김병호 계장님과 김병식 보스에 싸움을 이야기을하고 보안과로 같다,
운동을 같다가 온 재소자 방은 김호집 주임님이 경기대 의경들을 통하여 이불들을 털고서 방으로 들어왔다,
김병식 보스는 김호집 주임님과 관고실에가서 김병호 계장님께 수술비와 치료비를 해준다고 하며 계좌에 돈을 1억을 해주었다,
김병식 보스는 방으로 들어와서 저녁에 편지가 와서 동생들에 편지을 읽어 보고 구치소에 하루에 반복되는 시간을 마치고 점검을하고 저녁을먹고 음악을 듣고서 잠을 청 하였다,
금요일은 17동 사동은 운동이없고 목욕을 하는 날이였다,
15방은 오후에 목욕을 하는 날이였다,
14방 과 2방 꼬마 애들은 병동에서 치료를 받고서 있었다,
김병식 보스는 오전에 접견이 왔다,
교도관 김호미 부장이 김호집 주임님에게 거수 경래을하고 17사동 철창 문 앞에서 기다리고 있었다,
김호집 주임님이 15방으로 와서 문을 열어주며 말을하였다,
"김병식 보스 두목 접견이왔어, 동생들하고 여자 한분이 왔어?"
"예, 김호집 주임님?"
김병식 보스의 오호자 가 운동화을 매이커을 앞문에 놓고 김병식 보스는 신고서 밖으로 나가려고 할 때, 오호자 애들이 동시에 90도로 인사을 하였다,
"형님, 다녀오십시요,형님?"
"그래?"

김병식 보스는 김호집 주임님에게 인사을하고 사소들도 김병식 보스에게 인사을하며 접견실로 같다,
김병식 보스가 도착을하여 1번 방으로 들어같다,
조모차 동생과 한다보 동생과 김호아 동생이 미국에서 한국으로 들어와서 접견을 시작을 하였다,
김병식 보스가 서 서 있었다,
조모차 동생과 한다보 동생이 90도로 동시에 인사을하고 대답을 하였다,
"형님, 편히쉬셨습니까, 형님?"
"그래?"
김호아 동생도 눈물을 흘리며 말을하였다,
"오빠, 어떻게 된것이예요, 제가 싸우지 말라고 하였는데 약속을 어겼어요!"
"그래, 호아 공주, 그렇게 됐어, 미국에서 한국까지 들어와서 힘이 들텐데, 괜찮아?"
"에, 오빠, 저는 괜찮아요!"
"그래, 오빠는 힘이 들지 않아요!"
"대한민국 경기도 오산시 정통으로가는 시내파 보스 두목 김병식 백호하얀호랑이 대장이 힘이 든게 어디에있어, 이렇게 동생들도 있고 사랑하는 김호아 공주님도 있는데 말야?"
김호아 동생은 눈물을 흘리다, 웃었다,
"히" "히" "히"
"그래, 호아야, 웃고서, 오빠가 출소을 할때까지 미국에서 공부을 하고서 있어?"
"예, 오빠는 춥지는 않아요!"
"그래, 건강 하잖아?"
김병식 보스는 오른팔 팔뚝을 보여 주었다,
알통이 나와서 누가 만져 봐도 딱딱한 속 근육 이였다,
김병식 보스는 조모차 동생과 한다보 동생과 오산시에 호남전

국구파들과 경상도전국구파들과 이야기을하고 조만인 꼬마도 이야기을 하였으며 조모차 동생이 재판때 김용화 변호사님이 구형때 나간다고 하였다,,
김병식 보스는 접견을하고 조모차 동생과 한다보 동생이 동시에 90도로 인사을하고 대답을하며 접견실에서 나같다,
김호아 동생도 김병식 보스에게 편지을 또 쓴다고 하며 경강히 있으라며 접견실에서 나같다,
김병식 보스는 김호미 부장과 17동으로 와서 김호짐 주임님 한테 거수경래을 충성 하며 다른 사동으로 같다,
김병식 보스와 김호짐 주임님과 이야기을하고 15방으로 들어 같다,
김호짐 주임님이 말을하였다,
"각방, 소장님, 순시?"
사동 재소자들은 방 정리을하고 점검 자세로 앉자서 있었다,
경기대 의경들은 거수경래을 하는 소리들이 들렸다,
"충성" "충성"
김호짐 주임님이 말을하였다,
"각방, 차렸?"
소장 김부여 와 보안과장 김여준 과 보안계장 이행지 와 관고실 계장 김병호 와 경기대 계장 이오장 과 주임 한석기 와 부장 이오석 과 담당 한미서 가 따라오고 있었다,
17동 사동으로 들어와서 보고 있었다,
김호짐 주임님이 거수경래을 하고 말을하였다,
"총원, 360명 목욕 90명 사소2명 이상없습니다,
"그래?"
김부여 소장이 말을하였다,
과장 과 계장은 뒤에서 따라오고 있었다,
김호짐 주임님이 말을하였다,
1방 하고 재소자들은 안녕하십니까 하면 주임님이 2방을 하면

또, 인사을 하였다,
7방 8방 9방은 목욕을 갔다고 김호집 주임님이 소장님께 말을 하였다,
김병식 보스에 방에가서 김부여 소장이 말을하였다,
"대한민국 경기도 오산시 정통으로가는 시내파 보스 두목 김병식 백호하얀호랑이 대장님께서 어떻게왔어?"
"예, 김부여 소장님, 그렇게 됐습니다,
"김호집 주임이 말을 많이 하는데 말야, 아비숑퍼시팩룸나이트에 가서 신세을 많이졌다고 말야?"
"예, 김부여 소장님?"
"그래, 어려운일이 있으며는 이야기을 해?"
"예!"
김부여 소장님 과 과장 과 계장들은 고개을 끄덕 하고 있었다,
김병식 보스와 이야기을하고 김부여 소장은 보안과로 같다,
김호집 주임님이 충성 하고 계속하여 근무을 하겠습니다, 하며 이야기을하고 기수경대을 충성 하였다,
"각방 쉬어?"
김병식 보스는 방애들과 점심을 먹고서 목욕을 운동 하는 것 처럼 복도에 나가서 옷만 입고서 목욕탕으로 같다,
목욕탕은 넓고 사각으로 샤워기가 되어 있었다,
김병식 보스는 목욕을 15방 애들끼리만 하고 시간을 한진바 주임님 과 조금하 주임님이 많이 주어 목욕을하고 15방으로 들어오는데 1방과 3방과 4방에서 교도관들과 경기대 의경들이 검방을 하였다,
1방과 3방과 4방 애들은 복도에서 앉자서 있었다,
김병식 보스에 하루에 한번씩 접견물이 15방으로 들어왔으며 일주일에 한번씩 보안과장과 보안계장에 순시도 있었다,
김병식 보스는 저녁에 편지을 주는 이용주 부장에 편지을 받고서 읽어보았다,

김호아 동생과 조모차 동생들에 편지들이였다,
김병식 보스는 구치소에 반복되는 시간을 지내고 일주일 한번 있는 교회당을 나같다,
김병식 보스는 불교 라 오호자 와 자모지 와 오종호을 데리고 나같다,
이용지 부장이 데리려 왔으며 복도에는 교도관들과 경기대들이 많았다,
교회당으로 가서 의자을 오호자들이 넓개 펴서 김병식 보스님을 앉으시라고 의자을 마처 주었으며 오하자들이 인사을하고 앉잤다,
김병식 보스는 불교 스님들에 말과 노래을 마치고 오호자들은 떡을받고서 15방으로 들어왔다,
2주가되여 14방놈들과 2방놈들이 들어와서 호남전국구파들과 경상도전국구파들은 다른 사동으로 배방이 되었다,
김병식 보스에 방에서는 승마 놀이이와 하마 놀이와 상을 대상을 두 개를 붙여서 우루사 뚜껑으로 책 빠 빠 한 곳 앞으로 찌져서 탁구 채을 만들어 탁구을 치었다,
구치소에 하루 하루 가 지나서 운동을 14방 꼬마들과 농구와 족구들과 축구들을 차며 닭훈제 와 오징어 내기도 하고 운동도 하였다,
한달이가서 김병식 보스에 재판이 구형이 있었다,
김병식 보스는 아침을 먹고서 장이온 담당에 말에 보안과 신체 검사실로 같다,
김병식 보스는 양말을 신고서 같으며 다른 재소자들은 검사을 하고 양말을 신었다,
교도관들과 경기대들이 많았다,
김병식 보스는 수갑을차고 포승줄 노란 것을 매고 혼자서 버스에 1호차에 앉쟜다,
다른 재소자들은 옆으로 하얀 포승줄로 매서 재판장으로 같다,

김병식 보스가 비둘기장 재판장에서 내려서 교도관들과 경기대 들에 서 서 있는것에 보며 지하로 들어가서 5층으로 가서 재소자들이 기다리는 곳에서 교도관이 포승줄을 풀었다,
재판장에 남자 판사가 재판을 하는 소리들이 들렸다,
김병식 보스에게 수번과 7777번 이름을 부르는 소리가 들렸다,
판사가 사건번호을 부르는 판사도 있었다,
재판장에서 교도관 부장이 문을열고서 재소자가 기다리는 곳에서 교도관이 김병식 보스에 수갑을 풀어주어 재판장에 들어같다,
재판장에는 한구미 검사가 나오지않고 다른 검사가 나와서 김병식 보스는 재판을 받았다,
재판장에는 조모차 동생들이 인사을 90도로 하고 대답을 하였다,
"형님, 편히나오셨습니까, 형님?"
"그래?"
남자 판사 와 서기 와 검사 와 재판장에 짖히는 직원이 한명 있었다,
교도관들과 경기대들도 서 서 있었다,
김병식 보스에 옆에는 김용화 변호사가 있었다,
판사가 김병식 보스에게 말을하였다,
"주민등록 과 이름을 되십시요!"
"예, 740530-ooooooo입니다,
"예!"
"김병식 피고인 사건들이 모두 맞습니까?"
"예, 모두 맞습니다, 대한민국 경기도 오산시에 호남전국구파 놈들과 경상도전국구파 놈들과 타지지역 놈들이 합쳐서 들어와서 오산시 주민 의르신 분들을 괘롭히고 하는 것을 대한민국 경기도 오산시 정통으로가는 시내파 보스 두목 김병식 백

호하얀호랑이 대장 이름섯자 김병식 제가 혼들을 내준 것입니다, 경찰관들도 못하는 것들을 제가 혼들을 내준것인데 잘못이 있으며는 저놈들이 받는게 맞는 것 아닙니까, 그리고 제가 정당한 이유로 싸움을 하였고 제가 동생들을 데리고 있는 것입니다, 건달은 술과 담배을 하지 않고 여자도 지켜 줄수 있는게 정통으로 가는 건달입니다, 술 과 담배 와 마약 과 노름 과 여자들 돈이나 뺏는 놈들은 이세상에서 없어 줘야 되는 것입니다, 안 그렇습니까, 방청객 여러분들?""""
조모차 동생들과 방청객 사람들은 소리을내고 박수을 치었다,
"와~아"~아"~아"~
"짝" "짝" "짝" "짝"
"맞습니다,
김병식 보스는 판사와 검사을 보고 말을 하다가 방청객들을 보며 이야기을 하였다,
조모차 동생들과 다른 사람들도 많았다,
"방청객 여러분들 재소자들이 이곳 구치소에서 죄도 없고 하는 사람들이 많습니다, 죄도 없고 구치소에서 살아가는 재소자들은 밖에서 하루에 한번씩 오시는 부모님이 있습니다, 눈물을 흘리시고 자식을 봐라 보는 것이 마음들이 아프실거라 생각합니다, 자식이 구치소에 살아가는 것들을 아시겠습니까?"
김병식 보스가 말을 하고 있을 때, 조모차 동생들과 사람들은 박수을 치고 소리을 내었다,
"와~아"~아"~아"~
"짝" "짝" "짝" "짝"
"맞습니다,
김병식 보스에게 남자 판사가 이야기을 하였다,
"김병식 피고인 저을 보고 이야기을 해 주시기바랍니다,
"김거자 판사님, 제가 실수을 한 것이 있으며는 싸웠던 것만 있습니다, 정당방위로 싸워서 대한민국 경기도 오산시을 지켰

습니다, 그놈들이 저 한테 잘못이 있으며는 범죄 조직으로 범단을 만들어서 단체로 오산시을 들어와서 대한민국 경기도 오산시 정통으로가는 시내파 보스 두목 김병식 백호하얀호랑이 대장에게 싸움을 걸어 왔던 것입니다,
"예, 김병식 보스님, 그래서, 이렇게 재판을 받고 있지 않습니까, 오산시 터미널에서 상대방들이 사시미 칼과 손도끼들을 둘고와서 김병식 보스 두목님과 싸웠던 것들을 모두다 인정을 하시는 것이지요!"
"예, 판사님, 모두 인정합니다,
"예!"
"김거자 판사님 제 형에 되하여 알고 있습니다, 판사님께서 저에게 형량을 얼마나 주시겠습니까?"
"예, 김병식 보스님, 제가 줄수 있는 것은 검사님에 형량에 주는것에 봐서 형량을 줄것입니다,
김거자 판사은 호남이 고향이였다,
김병식 보스와 이야기을 하는 것을 들어 봐서 한구미 검사에 2년8개월을 넘어갈 것 같았다,
김병식 보스는 말을하였다,
"김거자 판사님, 제가 이곳에서 말을 하겠습니다, 고향이 호남인 것을 압니다, 이야기을 하는 것에 한구미 검사님이 이곳에 나오시지 않았습니다, 김병식 보스 저에게는 재판의 구형때 나오셔서 저에게 구형을 준다고 하였습니다, 그런데 이곳에 나오지 않은 것을 봐서 이곳에 재판은 어느 당 정치입니까?"
김거자 판사는 김병식 보스을보고 웃었다,
김병식 보스가 말을하였다,
"김거자 판사님 지금 웃고 있습니까, 방청객 사람들이 이렇게 지켜 보고 있는데 저을 보고 웃는 것 입니까, 재판을 하는 것 입니까, 저에게 장난을 하는것입니까?"
김병식 보스는 방청객 사람들을 보고 조모차 동생들도 지켜보

왔다,
"방청객 사람들 재판장님이 이렇게 재소자들과 장난을 치고 웃습니다, 죄도 없는 재소자들을 법 책을 보고 형량을 주며 교도소을 살아야 됩니다, 판사님이 교도소을 한번 살아 보라고 하시겠습니까, 방청객 사람들 이런 재판을 받아야 됩니까?"
"와~아"~아"~아"~아"~
"짝" "짝" "짝" "짝"
"맞습니다,
김병식 보스는 말을 하였으며 김거자 판사는 김병식 보스에게 말을하였다,
"김병식 보스님 저을 보고 이야기을 하시기 바랍니다, 교도관님들 말려 주시기바랍니다,
조금하 주임과 이진요 주임과 김삼우 부장과 김호미 담당과 이상어 계장이 동시에 이야기을 하였다,
"김병식, 보스, 진정해?"
김병식 보스는 말을하였다,
"말리지 마라?"
김거자 판사는 말을하였다,
"김병식 보스 변호사님 이야기을 하실 것이 있습니까?"
"예, 김병식 보스님께서 말씀을 모두 해서 말을 할게 없습니다, 그래도 형량에 정당방위에 넣어서 형량을 주셨으면 합니다,
"예, 변호사님?"
"하고잠 검사님 구형을 주시기 바랍니다,
"예, 판사님?"
여자 검사는 일어나서 김병식 보스에게 이야기을 하고 형량을 주었다,
"김병식 피고인은 경기도 오산시을 동생들과 있으면서 타지역 건달들과 싸움을하고 오산시에 타지 호남전국구파들과 경상도

전국구파들과 이력 싸움을하여 김병식 피고인이 보스 두목님 으로 혼자서 싸웠다고 하였어도 범죄 단체을 결성을하여 두 번을 구치소에 수감이 되었습니다, 그래서 10년을 구형을 하 겠습니다,
하고잠 검사는 자리에 앉잤다,
김병식 보스가 말을하였다,
"경국지색 하고잠 검사님 판사님과 짜고서 재판을 하는 것 입니까, 정당방위로 싸움을 하였던 것입니다, 이런 재판을 제가 받지도 않겠습니다, 이곳이 어디에 당 인지는 제가 알것같습니다,
"김병식 보스님 끝으로 형량는 제가 주는것입니다,
"좆같아서 재판을 못받겠습니다,
"김병식 보스님 진성한 재판장에서 욕을 하셨습니까?"
"예, 씨발, 사람대 사람으로 욕도 못합니까, 재판장님은 하시는 것이 재판을 하는것이고 대한민국 경기도 오산시 정통으로 가는 시내파 보스 두목 김병식 백호하얀호랑이 대장은 오산시을 지켜가며 대한민국 건달입니다, 대한민국 법 좆같습니다,
하고 김병식 보스 두목은 걸어가서 재소자 대기실로 걸어같다, 조모차 동생들은 동시에 90도로 인사을하고 대답을 하였다,
"형님, 편히쉬십시오, 형님?"
"그래, 건강들해라?"
"예, 형님, 명심하겠습니다, 형님?"
조모차 동생들은 29명들이 동시에 인사을하며 대답을 하였다,
김거자 판사가 말을하였다,
"교도관님들 김병식 보스 두목님을 데리고 들어가십시오, 역시 대한민국 경기도 오산시 정통으로가는 시내파 보스 두목 김병식 백호하얀호랑이 대장 답습니다, 의리 와 카리스마 와 깡 모두 갖혀 있습니다, 김병식 보스님 재판 선거때 나오셔야 됩니다,

좆같아서 재판장에 나오지 않는다고 했다,
"대한민국 법 좆같다,
하고 김병식 보스는 들어갔다,
김병식 보스는 재판이 끝나고 혼자서 교도관들과 구치소로 들어갔다,
17동 사동으로 이진요 주임이 김병식 보스을 들어보내고 김호짐 주임님 한테 들어와서 김병식 보스가 인사을 하였다,
"김호짐 주임님 점심 식사하셨습니까?"
"김병식 보스 두목 지금 먹고서 취장 애들이 같고 들어 같어, 라면이라도 먹을거야?"
"예, 지금은 생각이 없습니다,
"그럼, 배가 고프면은 사소들에 말을하여 같다 먹어?"
"예, 김호짐 주임님?"
김병식 보스는 김호짐 주임님 의자에 쇼파에 앉자서 있는것에 김병식 보스도 말을하고 앉았다,
"재판을 받았어?"
"예, 구형, 10년을 받았습니다,
"아니, 그렇게 많이 받았어?"
"예, 김호짐 주임님, 그래서 선거때는 재판장에 가지도 않는다고 하였습니다,
"그래도 가는게 좋은 것 아녀?"
"예, 변호사가 재판을들고 구치소에 들어 올것같습니다,
"그래, 김병식 보스 두목?"
김호짐 주임님과 이야기을하고 있을 때 조모차 동생과 한다보 동생들이 김병식 보스에게 접견이와서 접견을하고 15방에 들어가서 저녁 점검을 하였다,
구치소에 하루가 지나가고 반복되는 시간을 보내며 몇칠이 구치소에서 가고 스피커로 방송이 흘러나왔다,
"내일까지 독후감을 쓰고 싶은 재소자가 있으며는 독후감을

써서 내일오전에 교도관을 통하여 보안과로 같다주라고 하였다,
보안과에서 상을 준다고 하였다,
김병식 보스가 말을하였다,
"호자 와 모지 도 독후감을 써서 제출을 해봐라?"
"예, 형님,
"방 애들도 독후감을 제출을 하여라?"
"예, 형님?
"그래, 원고지을 한번 줘봐라?"
"예, 형님?
김병식 보스는 오호자 가 상을 펴서 놓은 것에 독후감을 쓰고 있었다,
독후감은 인생을 쓰고 있었다,
"제목 인생:
"살아가는 세상을 자기가 만들어가면서 인생을 살아가는 것이다,
낙오자로 살아가는 것은 자기가 세상을 삶을 만들지 못하고 삶을 살아가는 것이고 밝은 세상으로 삶을 대기만성으로 살아가는 것은 내가 만드는 것이다,
하고 김병식 보스는 독후감을 10매을 쓰며 구치소에 돌아오는 오전에 제출을 하였다,
구치소에 방송에서 독후감 발표에 상을 주었다,
여자 교도관의 목소리가 흘러서 나왔으며 사동과 수번 이름을 불렀다,
"인기상,
"우수상,
"최우수상, 17동, 7777 김병식 재소자입니다,
"15방 애들은 박수와 소리을 내었다,
"와~아"~아"~아"~

"형님, 축하드립니다, 형님?"
"짝" "짝" "짝" "짝"
"그래, 고맙다,
사소들과 와서 인사을 하였고 김호짐 주임님도 이야기을 하고서 주임실로 같다,
김병식 보스는 보안과에서 이상효 부장이 와서 문을열고서 독후감 상을 받으러 보안과로 같다,
인기상 과 우수상 과 최우수 상을 받은 재소자들 만 와서 소장과 보안과장과 보안계장 앞에서 상을 받았다,
상장과 치약과 칫솔과 화장지와 책들을 받았다,
김병식 보스는 상장만 받고서 소장과 보안과장과 보안계장과 우유을 한잖 마시고 이상효 부장이 15방으로 김병식 보스 두목을 데려다 주었다,
구치소에서 하루가 지나 반복되는 시간을 보내고 김호짐 주임님과 김병식 보스는 의무과도 같으며 재판선거 날짜가 와서 변호사가 구치소로 들어와서 김병식 보스에 선거 재판을 이야기을 해주고 같다,
김병식 보스에 형량은 2년8개월 이였다,
한구미 검사와 김용화 변호사가 판사에게 말을 하여 2년8개월을 약속을 지켰다,
김병식 보스는 항소을 포기을하고 기결이되여 17동 방을 한개를 만들어서 방을 주었다,
김호짐 주임님이 김병식 보스에 기결 바지와 상의을 세탁에서 양재로 줄자로 재서 옷을 마쳐주었다,
김병식 보스는 오호자들이 이불과 바늘로 꼬메서 깔판을 만들어주고 옷과 이불과 이감을 갈수있게 만들어 주었다,
김병식 보스에 13방에서 한달을 기결을 지내고 있었다,
김호짐 주임님이 김병식 보스에게 내일 오전에 교도소로 이감을 간다고 보안과에서 연락이 왔다고 하였다,

김호짐 주임은 김병식 보스을 문을 열어주고 김병호 계장과 말을하고 하루을 구치소 밖에서 김호짐 주임님과 이야기을하고 인사을 하였다,
구치소에서 하루가 지나 한진바 주임과 조한자 부장과 김만효 담당과 경기대 이병 지효모 와 장지효 와 김병식 보스을 오전에 이감을 가기 위해 13방으로 와서 문을 열어주었다,
김병식 보스는 2방에 한지몽을 불렀다,
"야, 이리로 와서 이것좀 들어라?"
"예, 형님?"
한지몽 은 물건이 많이 없었다,
김병식 보스에 물건들을 담당과 부장과 한지몽 과 의경 이병 두명과 가방을 김병식 보스가 들고서 보안과로 같다,
김병식 보스는 포승줄과 수갑과 차고 재소자 5명에서 한진바 주임들과 보안과 경기대들과 버스을 타고서 교도소로 같다,
김병식 보스에 이감 이불과 옷들은 보안과 사소들이 버스에 심칸에 넣어서 드렸다,
김병식 보스는 수번을 띠었다,
김병식 보스는 호남으로가며 한진바 주임님과 조한자 부장과 김만효 담당과 이야기을하며 호남으로 교도소로 같다,
오전에 차들은 맞히지가 않았다,
호남으로 도착을하여 교도소 정문에서 교도관에 거수경래을 부장이 주임에게 충성 하며 교도소에 버스을타고 들어가서 교도소 문이열리고 버스가 들어가서 보안과 운동장에 버스가 쓰며 김병식 보스에 짐을 한지몽 애가 짐 칸에서 내려 주고 주임님들과 인사을하고 구치소로 같다,

## 호남교도소로 이감

김병식 보스는 말을하였다,
"지몽아?"
"예, 형님?"
"형, 짐을 이곳으로 옴겨나라?"
"예, 형님?"
김병식 보스가 말을 하고 서 서 있을 때 구치소에 버스가 들어오고 있었다,
시간이 가고 재소자들이 100명으로 구치소에서 이감을 왔다,
교도소에 교도관들이 주임 고소미 와 상보소 와 장다민 과 방고자 와 부장 오사보 와 장고포 와 장기로 와 소장하 와 담당 초아가 와 김지홀 와 최소당 과 소당포 와 경기대 계장 고장모 와 주임 고초아 와 부장 고도타 와 담당 초소나 와 경기대 병장 최아조 와 고아라 와 장호차 와 상병 소아타 와 나마파 와 아소화 와 일병 초나머 와 아파지 와 라소한 과 이병 고소카 와 한미솔 과 호파보 와 장고짐 과 100명에 재소자들 앞에서 둘러서 있었다,
교도관들은 오른쪽 옆에 가스총을 차고서 있었다,
경기대 의경들은 박달나무을 차고서 있었다,
교도소에 탑에서 5군데들에 의경들이 원을 돌면서 상사들에게 충성 하고 거수경래을 하였다,
교도관들도 상사들에게 거수경래을 충성 하고 하였다,
김병식 보스는 재소자들에 맨 뒤에서 한지몽 과 서 서 있었다,
앞에는 김병식 보스에 짐들이 있었다,

보안계장이 보안과에서 걸어서오며 교도관들은 거수경래을 충성 하고 경기대들도 거수경래을 충성 하였다,
재소자들에게 앞에서 보안계장 타옹다 가 말을하였다,
"야, 다들 앞에서 10줄씩 맞쳐서 앉으며 번호을 되라?"
옆에서 있던 교도관들은 서 서 이야기을 동시에 하였다,
"조용히들 하고 앞에서 앉으면서 번호을 돼, 앞에서 하나 뒤에는 둘 하면서 앉자라, 뒤에 조용히들 않해?"
보안계장 과 교도관들은 이야기을 하였다,
재소자들은 앞에서 앉으며 하나 하고 앉잤다,
김병식 보스는 맨 뒤에서 혼자서 서 서 말을 하지 않았다,
보안계장 타옹다 가 말을하였다,
"뒤에는 왜 앉지을 않지,
교도관들은 동시에 이야기을 하였다,
"앉자라, 앉자, 반항을 하는것이야, 앉자?"
경기대 주임과 부장과 담당들이 걸어서오며 이야기을 하였다,
심병식 보스는 싸움을 사세을하고 있나,
보안계장 타옹다 가 오른팔로 손짓을하며 말을하였다,
"이리로 나와 봐?"
김병식 보스는 걸어서가며 타옹다 가 보안과 지하실로 데리고 같으며 경기대 고초아 주임과 고도타 부장과 초소나 담당이 뒤을 따라서 같다,
재소자들은 신체검사들을 하고 교도관들에 이야기들을 듣고서 있었다,
김병식 보스는 지하실로 들어가서 계단을 내려가서 보안계장 과 경기대 주임들에 이야기을 들었다,
타옹다 계장이 말을하였다,
"어디서왔어?"
"대한민국 경기도 오산시 정통으로가는 시내파 보스 두목 김병식 백호하얀호랑이 대장이다,

"그래, 건달이야?"
"그래, 이곳은 그렇게 사는곳이 아니다,
"그래서 이곳과 사회나 같은 곳이 아닌가, 사람으로 사람을 대우을 하는 곳이 아닌가, 계장?"
경기대 고초아 주임이 말을 하였다,
"아니, 이곳이 어떤곳인데 말을 함부러 하고 있어, 앉자?"
"너희가 앉자라?"
김병식 보스는 360도로 회전을하고 오른쪽 발 다리로 뒤돌려 차기을하여 고초아 의 얼굴면상 오른쪽 턱을 차 버렸다,
"픽" 하고 "욱" 하며 부러지는 소리을내고 왼쪽으로 날아가버렸다,
김병식 보스는 착지을 하였다,
경기대 초소나 담당은 계단으로 올라가서 경기대들을 불렀다,
"야, 경기대 이리로 와 봐, 싸움을한다,
경기대들은 박달나무을 들고서 교도관들은 가스총을 들고서 달려서오고 있었다,
김병식 보스는 교도관 부장 고도타 가 오른주먹을 뻣고서 있는 것을 보고 김병식 보스가 왼쪽 팔로 손으로 쳐 버리고 고도타 가 좌축으로 회전을 하는 것을 김병식 보스는 두팔로 고도타 에 뒷에서 머리을 잡고서 울대을 조이며 말을하였다,
"보안계장, 이곳은 이렇게 하여 만, 나한테, 굴복을 할것이냐,
"그래, 김병식 보스라고 하였냐, 내가 이곳에서 교도관을 하고 김병식 보스을 처음 만났다, 교도관을 풀어줘라?"
경기대 고도타 부장은 김병식 보스에게 뒤에서 목을 잡히고 김병식 보스가 조여 버리면 기절을하고 마는 상황이였다,
김병식 보스가 말을하였다,
"계장, 앞으로 계단으로 나가라?"
보안계장은 계단으로 앞으로 올라가는 것을 보여주고 옆에 의자가 있어서 들고서 김병식 보스에게 머리을 찍으려고 하였다,

김병식 보스는 두눈으로 보고 오른쪽 발 다리로 들어올려서 내리찍히로 보안계장 타온다 의 오른쪽 등짝을 찍어버렸다,
"퍽" 하고 "욱" 하고 앞으로 꼬꾸라졌다,
김병식 보스는 부장 고도타 의 뒤에서 목을잡고서 지하실에서 땅으로 올라같다,
교도관들이 동시에 말을하였다,
"야, 그팔놓아라, 교도관을 풀어주어라, 야, 반항을 하는것이야, 경기대들 모해?"
교도관들은 동시에 말을하였고 주임 고소미 는 100명의 재소자들을 신입식을 하고 있는 것을 지켜보고 있었다,
김병식 보스가 말을하였다,
"이곳이, 이렇게 재소자들을 대우을 하는곳이야, 교도관들도 사람인데 아직도 이렇게 재소자들을 대우을 해서는 되냐, 교도관들아?""""
상보소 주임이 말을하였다,
"아, 모해, 경기대들 덤며라?"
김병식 보스는 경기대 부장 고도타을 앞으로 밀어버렸다,
고도타 는 "욱" 하고 앞으로 꼬구라졌다,
김병식 보스는 경기대 이병 고소카 와 한미솔 과 오른쪽과 왼쪽에서 달려서 오는 것을 김병식 보스가 달려가서 "붕" 점프을하고 오른쪽 발 다리로 고소카 의 얼굴면상 가운데 밑에 턱을 차 버리고 왼쪽 발 다리로 한미솔 에 얼굴면상 가운데 밑에 턱을 차 버렸다,
"퍽" 하고 "욱" 하며 부러지는 소리을내고 뒤로 한바퀴 돌고서 넘으며 덤브링으로 하며 날아가 버렸다,
김병식 보스는 착지을 하였다,
경기대 병장들과 상병들과 일병들과 이병들이 박달나무로 둘고서 김병식 보스에게 싸움을하고 들어오고 있었다,
김병식 보스는 두눈으로 보며 경기대 이병 호파보 와 장고짐

이 오른쪽과 왼쪽에서 박달나무을 둘고서 내리치는 것을 김병식 보스는 360도로 회전을하고 오른쪽 발 다리로 뒤돌려차기을하여 투터치로 오른쪽에 호파보 가 있는 것을 얼굴면상 오른쪽 턱을 차 버렸다,
왼쪽에 장고짐 이 있는 것을 오른쪽 얼굴면상 턱을 차 버렸다, "퍽" 하고 "욱" 하며 부러지는 소리을내고 입과 코에서 허공으로 피가튀기며 박달나무을 앞으로 떨어트리고 왼쪽으로 한바퀴 돌고 넘으며 덤브링을하고 날아가 버렸다,
신체검사을 하고 있는 재소자들은 동시에 말을하고 박수을 치였다,
"김병식 보스 두목 형님, 잘 싸우십니다,
"와~아"~아"~
"영화을 보는 것 같습니다,
교도관들이 의무과 주임 조상보 와 부장 조낭소 와 담당 파보포 와 영치 주임 나보치 와 보안과 부장 이난미 가 동시에 말을하였다,
"조용히들 안해, 앉자?"
의무과에는 사회 과장 사도주 와 주임 조상보 와 부장 조낭소 와 담당 파보포 와 경기대 이병 도고로 와 여자 간호사 김소팍 과 사소 하아카. 와 영치 주임 나보치 와 경기대 일병 도파호 와 사소 소아차 와 보안과 부장 이난미 가 탁자을 놓고서 재소자들을 신입식을 하고 있었다,
김병식 보스에 싸움을 지켜보며 재소자들을 보고 있었다,
보안과 이난미 부장이 보안과로 연락을하여 교도관들과 경기대들을 불렀다,
김병식 보스는 착지을 하였다,
경기대 계장 고장모 가 말을하였다,
"김병식 보스라고 하였어, 이곳에서 김병식 보스 두목 만큼 싸움을 하는 건달은 처음 봤다, 우리 용권이 있으며는 이야기을

하자?"
"그래, 교도관 깐토들아?"
김병식 보스가 말을하는 순간에 경기대 일병 초나머 가 박달나무무을 둘고서 내리치는 것을 김병식 보스가 180도로 회전을하고 왼쪽 발 다리로 뒤돌려차기을하여 초나머 에 왼쪽 얼굴면상을 차 버렸다,
"퍽" 하고 "욱" 하며 부러지는 소리와 입과 코에서 허공으로 피가튀기며 박달나무와 함께 오른쪽으로 날아가 버렸다,
김병식 보스는 오른쪽 발 다리로 들어올려서 내리찍히로 경기대 일병 아파지을 왼쪽 어깨을 내리찍었다,
"퍽" 하고 "욱" 하며 부러지는 소리을내고 박달나무와 함께 앞으로 꼬꾸라졌다,
김병식 보스는 오른쪽 주먹 라이트훅으로 경기대 일병 라소한을 얼굴면상 코을 처 버렸다,
"퍽" 하고 "욱" 하며 부러지는 소리을내고 입과 코에서 허공으로 피가튀기며 박날나무와 함께 뒤로 날아가 버렸다,
김병식 보스는 쉬지 않고 연속으로 이어가는 싸움이였다,
김병식 보스는 180도로 회전을하고 앉자서 오른쪽 발 다리로 뒤돌려차기을하여 경기대 상병 소아타을 오른쪽 발목을 차 버렸다,
"퍽" 하고 "욱" 하며 부러지는 소리을내고 왼쪽으로 한바퀴 돌고 넘으며 덤브링을하고 박달다무와 함께 날아가 버렸다,
김병식 보스는 일어나서 왼쪽 발 다리로 앞차기로 경기대 상병 나마타을 가슴명치 배을 밀어버렸다,
"퍽" 하고 "욱" 하며 박달나무는 앞으로 떨어트리고 뒤로 날아가 버렸다,
경기대 상병 아소한 이 오른쪽에 있는 것을 보고 180도로 회전을하고 "붕" 점프을하고 오른쪽 발 다리로 뒤돌려차기을하여 아소한을 오른쪽 얼굴면상 턱을 차 버렸다,

"퍽" 하고 "욱" 하며 부러지는 소리을내고 입과 코에서 허공으로 피가튀기며 박달나무는 앞으로 떨어트리고 왼쪽으로 한바퀴 돌고 넘으며 덤브링을하고 날아가 버렸다,
김병식 보스는 착지을 하였다,
경기대 병장 최아조 와 고아라 와 장호차 가 박달나무을 둘고서 내리치고 있었다,
김병식 보스는 오른쪽 발 다리로 뒷 굽치로 왼쪽으로 몸을 비틀며 최아조 의 오른쪽 무릎팍을 차 버렸다,
"퍽" 하고 "욱" 하며 부러지는 소리을내고 박달나무와 함께 앞으로 꼬꾸라졌다,
김병식 보스는 오른쪽 발 다리로 상단차기을하여 경기대 병장 고아라을 왼쪽 얼굴면상 턱을 차 버렸다,
"퍽" 하고 "욱" 하며 부러지는 소리을내고 입과 코에서 허공으로 피가튀기며 박달나무는 앞으로 떨어트리고 오른쪽으로 날아가 버렸다,
경기대 장호차 병장은 박달나무로 김병식 보스에게 휘둘리고 있었다,
김병식 보스는 달려가서 "붕" 점프을하고 두다리로 장호차 의 얼굴면상 코을 차 버렸다,
"퍽" 하고 "욱" 하며 부러지는 소리을내고 코에서 허공으로 피가튀기며 박달나무는 앞으로 떨어트리고 뒤로 날아가 버렸다,
김병식 보스는 땅을 등으로 두팔로 땅을짚고서 두다리을 가슴 머리까지 올려서 두팔을 머리뒤로 하고 밀며 두다리을 떵기며 덤브링으로 일어났다,
교도관 담당 초아가 가 오른쪽에 있었다,
왼쪽에는 김자홀 이 있었다,
김병식 보스는 "붕" 점프을하고 720도로 회전을하고 오른쪽 발 다리로 뒤돌려차기을하여 초아가 의 얼굴면상 오른쪽 턱을

차 버렸으며 왼쪽에 있는 김자홀 의 오른쪽 얼굴면상 턱을 차 버렸다,
"퍽" 하고 "욱" 하며 부러지는 소리을내고 입과 코에서 허공으로 피가튀기며 왼쪽으로 날아가 버렸다,
김병식 보스는 착지을 하였다,
교도관 부장 오사보 와 장고포 와 장기로 와 소장하 와 담당 최소당 과 소당포 와 경기대 계장 고장모 와 담당 초소나 가 있었다,
뒤에는 교도관 주임 고소미 와 상보소 와 장다민 과 방고자 가 있었다,
김병식 보스가 앞으로 달려가서 "붕" 점프을하고 공중에서 두바퀴 돌고 넘으며 덤브링을하고 착지을하며 오른쪽 발 다리로 고소미 에 머리통을 차 버리고 왼쪽 발 다리로 상보소 에 머리통을 차 버렸다,
"퍽" 하고 "욱" 하며 앞으로 고꾸라졌다,
김병식 보스는 "붕" 점프을하고 360도로 회진을하고 오른쪽 발 다리로 뒤돌려차기을하여 장다민 의 오른쪽 얼굴면상 턱을 차 버렸다,
"퍽" 하고 "욱" 하며 부러지는 소리을내고 입과 코에서 허공으로 피가튀기며 왼쪽으로 날아가 버렸다,
김병식 보스는 착지을 하였다,
교도관 주임 방고자 가 앞에서 있었다,
김병식 보스는 왼쪽 발 다리로 들어올려서 내리찍히로 방고자 의 오른쪽 어깨을 내리찍었다,
"퍽" 하고 "욱" 하며 부러지는 소리을내고 앞으로 꼬꾸라졌다,
교도관 오사보 부장이 오른쪽에 있었으며 왼쪽에는 장고포 가 있었다,
김병식 보스는 앞으로 달려가서 "붕" 점프을하고 오른쪽 발 다리로 오사보 의 얼굴면상 가운데 밑에 턱을 차 버리고 왼쪽

발 다리로 장고포 의 얼굴면상 가운데 밑에 턱을 차 버렸다,
"퍽" 하고 "욱" 하며 부러지는 소리을내고 뒤로 고개을 젖히고 한바퀴 돌고 넘으며 덤브링을하고 날아가 버렸다,
김병식 보스는 착지을 하였다,
교도관 장기로 부장이 가스총을 뽑는 것을 보았다,
김병식 보스는 장기로 부장이 가스총을 뽑기 전에 달려가서 "붕" 점프을하고 오른쪽 발 다리와 왼쪽 발 다리로 앞차기로 장기로 의 가슴명치을 차 버렸다,
"퍽" 하고 "욱" 하며 뒤로 날아가 버렸다,
김병식 보스는 땅을 등으로 짖고서 두팔로 땅을짖고서 두팔로 머리의 뒤로 하고 두다리로 가슴과 머리까지 올리며 떵기며 두팔을 밀며 덤브링을하고 올라갈 때 경기대 계장 고장모 가 말을하고 가스총을 뽑아서 김병식 보스에 있는 땅에다 쏘았다,
"교도관들 피해?"
"예, 계장님?"
"팡" "팡" "팡" "팡" "팡"
하얀연기가 나고 교도괸들은 한걸음씩 피하고 있였다,
김병식 보스는 오른쪽으로 구르며 오른쪽 발 다리로 왼쪽 발 다리로 소장하 부장에 두다리을 감아서 가위자세로 넘어트렸다,
"욱" 하고 앞으로 고구라졌다,
김병식 보스는 일어나서 달려가서 연기가 있는곳으로 "붕" 점프을하고 오른쪽 주먹 수퍼라이트훅으로 고장모 계장에게 얼굴면상 코을 쳐 버렸다,
"퍽" 하고 "욱" 하고 부러지는 소리을내고 가스총을 앞으로 떨어트리고 뒤로 날아가 버렸다,
김병식 보스는 착지을 하였다,
교도관 담당 쵀소당 이 오른쪽에 있었다,
왼쪽에는 소당포 가 있었다,

김병식 보스는 오른쪽 발 다리로 상단차기로 최소당 의 얼굴
면상 왼쪽 턱을 차 버렸다,
"퍽" 하고 "윽" 하며 부러지는 소리을내고 입과 코에서 허공
으로 피가튀기며 오른쪽으로 날아가 버렸다,
김병식 보스는 왼쪽 발 다리로 180도로 회전을하고 뒤돌려차
기을하여 소당포 의 얼굴면상 코을 차 버렸다,
"퍽" 하고 "윽" 하며 부러지는 소리을내고 허공으로 피가튀기
며 뒤로 날아가 버렸다,
교도관들과 경기대들은 고통을 받고서 있었다,
김병식 보스는 두눈이 희미하게 보이고 있었다,
교도관들과 경기대들과의 연속으로 이어가는 발차기와 주먹이
였다,
경기대 교도관 담당 초소나 가 앞에서 있었다,
김병식 보스가 오른쪽 발 다리로 상단차기을 하는 순간에 보
안과에서 충성 하는 소리들과 교도관들과 경기대들과 소장과
부소장과 보안과상과 날려서 오는 소리들이 들렸나,
신체검사실에서는 김병식 보스을 보고 있었고 소장들에게 거
수경래을 충성을 하는 것을 보았다,
교도관들과 경기대들은 100명이 되는 것 같았다,
김병식 보스는 오른쪽 발 다리로 상단차기을하여 초소나 의
얼굴면상 왼쪽 턱을 차 버렸다,
"퍽" 하고 "윽" 하며 부러지는 소리을내고 입과 코에서 허공
으로 피가튀기며 뒤로 날아가 버렸다,
김병식 보스는 교도관들이 달려오는 곳으로 달려가서 "붕" 점
프을하고 오른쪽 발 다리로 옆차기로 교도관 한명을 차 버리
는 순간 호아요 계장에 가스총을 발사을 하는 것을 공중에서
회전을하여 땅으로 착지을 하였다,
"팡" "팡" "팡" "팡" "팡"
김병식 보스는 착지을하고 두눈이 희미하게 보이는 것을 느끼

고 교도관들과 경기대들을 상대을 해주고 있었다,
김병식 보스에 싸움은 계속으로 이어가는 싸움이였다,
시간이가고 보안과에서 달려서 왔던 96명들 교도관들과 경기대들은 땅에서 고통을 받고서 있었다,
김병식 보스도 두눈이 고통을 받고서 오는 것을 알았다,
교도소 김오공 소장과 부소장 소다소 와 보안과장 장호보 와 교도관 계장 호아요 가 있었다,
소장 김오공 이 말을하였다,
"이름이 어떻게되는지, 싸움을 정말 잘하는 것 같아?"
"그래, 소장, 대한민국 경기도 오산시 정통으로가는 시내파 보스 두목 김병식 백호하얀호랑이 대장이다,
"의리와 카리스마와 깡이 대단한 것을 알았다,
"그래, 내가 이런씩으로 하여야만, 교도소에서 생활이 되겠냐?"
"그래, 김병식 보스 두목 남자 답구나, 이곳 호남 교도소에는 김병식 보스가 필요하고 우리 타협을 보는 것이 어떻겠어?"
"깐토들에 말을 들어야 되냐, 대한민국 경기도 오산시 정통으로가는 시내파 보스 두목 김병식 백호하얀호랑이 대장은 인간쓰레기같은 놈들 하고는 상종을 하지 않는다, 특히 술과 담배와 마약과 노름과 하는 것들은 상대을 하지 않고 그런놈들은 지구상에서 없어져야 된다, 또한, 형사같은 놈들이다,
"하" "하" "하"
"김병식 보스 두목 답다, 형사들이라 그럼 우리도 형사에 속하겠어?"
"그래, 그렇게 되겠지, 사람대 사람으로 대우을 하는 것이 사람이다, 형사놈들도 사람을 대우을 할줄 모르고 돈이나 뺏고서 술집이나 가서 농략이나 하고 여자들과 힘자랑이나 하는 놈들이다,
"김병식 보스 두목 답구나,

"협상은 형사놈들이나 하는 것이다, 남자는 자기의 잘못을 하는 것을 하지않는게 남자이다, 정통으로 가는 건달도 자기의 잘못을하지 않는 것이다,
"그래, 교도소에서 싸움을 모두 없었던 것으로 하겠다,
"그래 그럼, 나에게 방을 하나 주어라, 저기 있는 재소자들과 함께있는 방으로 말이다,
"그래, 내가 허락을 해주겠다, 호아요 계장?"
"예, 소장님, 김병식 보스에게 방을 하나 줘라?"
"예, 소장님?"
하는 순간 호아요 계장이 김병식 보스에게 걸어가다 가스총을 다섯발 총을 뽑고서 쏘았다,
김병식 보스도 "붕" 점프을하고 360도로 회전을하며 오른쪽 발 다리로 뒤돌려차기을하여 호아요 계장에 오른쪽 턱을 차 버렸다,
"퍽" 하고 "욱" 하며 부러지는 소리을내고 입과 코에서 허공으로 피가뒤기미 뒤로 날아가 버렸다,
김병식 보스는 착지을 하였다,
김병식 보스는 땅으로 쓰러지고 두눈이 보이지 않는것에 두눈이 잠겼다,
"소장 김오공 에 말이 두귀가에 들리고 있었다,
"야, 이리로 와서 김병식 보스 두목을 지하실에 혁 수갑으로 철장에 걸어서 묶어놔라?"
"예, 소장님?"
김병식 보스는 교도관들과 경기대들이 몸을 둘고서 혁수갑으로 두팔을 감고서 보안과 지하실로 둘고서 내려 가는 깃을 느꼈다,
김병식 보스에 두팔은 지하실에 철장에 묶혀서 있었다,
교도관들과 경기대들은 보안과로 가고 지하실에는 없었다,
지하실에는 밖을 볼수가 없었다,

창문도 없었으며 지하실 전구가 하나 있었다,
김병식 보스는 하루가 지나가고 이틀이가고 이주일이 같다,
김병식 보스에 귓가에서 들리는 소리가 났다,
"병식아, 이곳에서 또 이렇게 있으며는 어떻하냐, 일어나서 사회로 나와야 되지 않겠냐, 일어나라 일어나라 아버지에 원수들을 값아야 되지 않겠냐, 일어나서 사회로 복귀을 하여라?"
김병식 보스는 두눈을 뜨고서 말을하며 고개을 저으며 몸을 흔들었다,
"아버지"~"아버지"~
김병식 보스에 두팔을 혁수갑으로 묶혀서 철장에 걸처 있었다,
김병식 보스가 몸을 흔들고 있었으며 두팔을 흔들고 있었다,
보안과 지하실에는 문을열리는 소리들이 들렸다,
"꽝" "꽝" "꽝"
"소장님, 들어가십시요!"
"그래, 김병식 보스는 아직도 눈을 뜨지 못했어?"
"예, 소장님, 이주일이 됬었습니다,
"그래, 내려가보자?"
"예, 소장님?"
지하실로 김오공 소장과 부소장 소다소 와 보안과장 장호보 와 교도관주임 이성효 가 내려오고 있었다,
김병식 보스가 말을하였다,
"깐토들이 이렇게 와서 대한민국 경기도 오산시 정통으로가는 시내파 보스 두목 김병식 백호하얀호랑이 대장을 대우을 해주고 말이다,
김오공 소장이 말을하였다,
"그래, 내가 교도소에서 교도관 소장으로 있고 나서 이렇게 남자 답고 의리 있고 깡과 카리스마와 있는 김병식 보스 두목을 처음 보았어, 이곳에서 플어주겠다,
"그래 내가 소장과 교도관들에게 말을 하겠다, 나에게 맞았던

교도관들과 경기대들에 치료비는 주겠다, 이곳으로 동생들이 접견을와서 말을 하여라?"
"그래, 그렇치 않아도 김병식 보스에 동생들이 접견을와서 치료비을 모두 주었다, 지금 김병식 보스가 이렇게 철장에 매달려 있는 시간도 2주가 되었다, 그리고 호남 교도관들과 경기대들도 김병식 보스을 풀어줘도 된다고 하였어?"
"그래, 김오공 소장?"
김병식 보스는 몸을 풀고서 혁수갑을 풀어줄때까지 있었다,
김오공 소장이 말을하였다,
"이성효 주임, 김병식 보스 두목을 풀어줘라?"
"예, 소장님?"
교도관 이성효 주임은 김병식 보스에 혁수갑을 풀어주었다,
김병식 보스가 혁수갑을 풀어놓았고 김오공 소장이 말을하였다,
"김병식 보스 이곳에서 나가면은 2달 동안 징벌방으로 갈것이야?"
"그래, 김오공 소장?"
하고 이야기을하며 달려가 "붕" 점프을하고 360도로 회전을하며 오른쪽 발 다리로 뒤돌려차기을하여 김오공 소장에 오른쪽 얼굴면상 턱을 차 버렸다,
"퍽" 하고 "욱" 하며 부러지는 소리을내고 입과 코에서 허공으로 피가튀기며 왼쪽으로 날아가 버렸다,
김병식 보스가 착지을하는 순간 이성효 주임이 가스총을 뽑아서 김병식 보스에게 다섯방 쏘았다,
"팡" "팡" "팡" "팡" "팡"
부소장과 보안과장과 주임은 소장을 데리고 지하실로 올라갔다,
김병식 보스는 두눈을 감고서 지하실에 쓰러졌다,
가스총을 맞은것들이 몸들에서 빠지지 않았으며 힘을 쓸수가

없었다,
부소장 소다소 가 말을하였다,
"이성효 주임 수갑과 포승줄을 묶어서 김병식 보스을 독방에 넣어라?"
"예, 부소장님?"
부소장과 이야기을하고 보안과로 같으며 김병식 보스는 수갑과 포승줄을 매고 독방으로 들어같다,
1동 사동에는 교도관 주임 한고잡 이 근무을하고 있었다,
사소들은 한미송 과 김한인 재소자들이 있었다,
김병식 보스는 5방에서 있었으며 두눈을 뜨며 몸을풀고서 있었다,
몸에는 포승줄이 꽁 꽁 묶여서 있었고 두팔 손목에는 2개의 수갑이 채워져 있었다,
김병식 보스가 몸을 풀면서 독방의 5방에 창문을 보고서 있었다,
독방에 창문은 화장실이 보이고 창문이 조그만게 보이고 밖을 볼수가 있었다,
교도소에서 시간이 흘러가며 1동 사동에서 점심이라는 배식을 사소가 불렀다,
"1동배식?""
김병식 보스는 사소 한미송 과 김한인 이 구르마을 끌고서 와서 김병식 보스 두목에게 한미송 이 대답을 하였다,
"형님, 식사을 하시겠습니까, 형님?"
"그래, 먹지 않는다,
"예, 형님, 몸은 괜찮으십니까, 형님?"
"그래, 괜찮다, 오늘이 몇칠이 되었느냐?"
"예, 형님, 오늘이 5월2일입니다, 형님?"
한미송 사소는 대답을할 때 90도로 인사을하고 대답을 하였다,

"그래, 재소자들 밥을 주고서 이곳으로 와봐라?"
"예, 형님, 교도관 주임님이 없는 것을 보고 오겠습니다, 형님?"
"그래 일을봐라?"
"예, 형님, 쉬십시요, 형님?"
"그래?"
사소는 90도로 인사을하고 대답을하고 각방들에 배식을 하였다,
교도소에는 15공장 취장과 16공장 영선과 17공장 외통과 18공장 내통과 19공장 사소와 20공장 세탁과 1공장 인쇄와 2공장 목공과 3공장 양재와 4공장 이발과 5공장 원예와 6공장 종이공장과 7공장 봉투공장과 8공장 고시반과 9공장 컴퓨터와 10공장 신발공장과 11공장 가축공장과 12공장 탤래비젼공장과 13공장 밴드브공장과 14공장 돗자리공장이 있었다,
김병식 보스는 사소 한미송 이 5방으로 와서 김병식 보스와 이야기을하고 있있다,
한미송 사소는 강도로 들어와서 7년을 받고서 교도소에서 살아가고 있었다,
김병식 보스와 이야기을하고 사소 김한인 이 이야기을 하였다,
"1동 건빵배식?""""
김병식 보스가 말을하였다,
"미송아, 건빵과 박스에 보며는 옆에 핀들이 있다, 그것을 나에게 넣어주고 일을보아라?"
"예, 형님, 필요하신게 있으시며는 말씀을 하십시오 형님?"
하고 90도로 인사을하고 건방을 나누어 주었다,
김병식 보스에게 한미송 사소는 책들과 닭훈제와 먹을것들을 방으로 보내주고 김병식 보스는 건빵을 핀으로 한 개를 유톤을하여 실로 묶으며 잠겨있는 수갑을 풀을수있게 돌려서 풀고서 한 개의 핀으로 위에을 구부리고 일자로 하여 수갑의 날카

로운 이빨에 다 넣고서 손목을 치고 수갑을 풀었다,
김병식 보스에 수갑을 풀고서 포승줄도 풀어서 느순하게 만들어서 묶었다,
김병식 보스는 5방에 독방에서 생활을하고 부소장 소다소 에 순시라는 말에 수갑을차고 포승줄을 묶으고 있었다,
한고잡 주임님이 김병식 보스에 방에와서 말을하였다,
"김병식 보스 두목 방 이상이 없지!"
"예, 한고잡 주임님?"
"그래?"
"부소장님과 오시며는 김병식 보스 이곳에서 나가고 봐야되지 않겠어?"
"예, 이곳에서 나가서 봐야지 않겠습니까, 한고잡 주임님 주임님께서 저에게 잘해 주신것들 잊지을 않겠습니다,
"그래, 김병식 보스 두목?"
김병식 보스와 이야기을하고 있었으며 한고잡 주임님이 1동 철창 정문을보고 각방 차렸을 하고 외쳤다,
한고잡 주임님은 부소장들에게 거수경래을 충성 하고 말을하였다,
"충성"
"총원 10명 사소2명 이상없습니다,
"그래, 한고잡 주임, 고생하네?"
"예, 소장님?"
한고잡 주임님이 1방 하며 말을하고 재소자 한명이 안녕하십니까 하고 인사을 하였다,
2방 하고 3방 과 4방은 비여있습니다, 하며 5방으로 왔을 때,
김병식 보스가 말을하였다,
"소다소 부소장 고생이많다,
"그래, 김병식 보스 두목, 건강은 어떤가?"
"나는 소장과 부소장 들에 건강을 생각을 하느라 내 건강은

생각지도 않았어, 그렇지만, 소장과 부소장이 나을 건강을 걱정을 해주는것에 건강이 좋아졌다,
"그래, 이제 얼마남지을 않았어, 이야기을 한 대로 신입씩 때에 왔던 재소자들 방 사동으로 넣어 줄것이야, 김병식 보스 두목 그곳에서 가도 싸움을 하며는 이감을 보낼것이고 말야?"
"그래, 좋다, 그곳으로 가며는 언제쯤 보내주는 것이냐,
"그것은 소장님 싸인이 있어야, 돼서 오늘 내가 말을하여 빠른 시 일에 보내주겠다,
"그래, 소다소 부소장,
"한고잡 주임?"
"예, 부소장님?"
"김병식 보스 두목 양재에서 기결복 2벌을 맞쳐서 입혀줘?"
"예, 부소장님?"
"그리고 김병식 보스 두목 조모차 동생과 한다보 동생들이 접견을와서 소장님 치료비 들과 모두 합의을 하였어, 동생들도 김병식 보스을 남은 것 같아, 그래, 그럼, 김병식 보스 잔벌로 처리을 하는 것으로 할게, 쉬어?"
"그래, 고생해라?"
부소장 과 과장 과 보안계장 과 관고계장 은 1동 사동에서 보안과로 같다,
김병식 보스에 하루가 지나서 한미송 사소가 와서 대답을 하였다,
"형님, 쉬셨습니까, 형님?"
"그래, 일이 있어서, 형 방에 들렸어?"
"예, 형님, 배방이 되어 있습니다, 형님?"
"그래, 몇동이야?"
"예, 형님 5동입니다, 형님, 형님, 이번에 사동을 깨서 만든 사동입니다, 형님?"
"그래, 고생했다,

"예, 형님, 쉬십시오, 형님?"
"그래?"
한미송 사소는 김병식 보스와 대화을 할때마다 90도로 인사을 하고 대답을 하였다,
김병식 보스는 수갑과 포승줄을 보안계장이 와서 풀어주고 인사을하며 점심을 5방에서 먹고서 한고잡 주임에게 인사을하고 5동으로 한미송 사소가 김병식 보스에 짐을 구르마에 다 실고서 부장과 사동으로 같다,
김병식 보스는 사동에가서 이상호 주임에게 인사을하고 한미송 사소는 10방에 짐을 내려놓고서 김병식 보스에게 인사을하고 주임님에게 인사을하며 사소들에게도 이야기을하며 1동으로 같다,
이상호 주임이 말을하였다,
"김병식 보스 두목 이야기을 들었어, 건강은 좋아?"
"예, 이상호 주임님?"
"그래, 이곳 사동에서 사회로 출소을 할때까지 잘해보자?"
"예, 그런데 이상호 주임님은 서울이 고향 입니까,
"그런 것 같아?"
"예, 이야기을 하는 것이 말씨가 서울에 말씨입니다,
"그래, 경기도야?"
"예, 이상호 주임님?"
"그래, 관고 계장님에게 인사을하고 10방으로 들어가면 돼, 그리고 언제 듣지 사동으로 나오고 싶으면은 이야기을 해?"
"예, 이상호 주임님?"
김병식 보스는 이상호 주임님과 관고실로 가서 계장에게 인사을 하였다,
하장머 계장은 서울이 집 이였다,
김병식 보스와 우유을 한잔 하고 이상호 주임님과도 우유을 한잔 하며 사소 한치기 와 김오치 에게도 이야기을하며 10방

으로 들어갈다,
한치기 사소는 나이가 29살이였고 강간이였다,
5년을 받고서 살아가고 있었다,
김오치 사소는 폭력이였다,
3년을 받고서 살아가고 있었다,
서울이 집 이라하였다,
김병식 보스 두목이 10방으로 들어가는데 1방에서 한민치 와 방 재소자들과 2방에서 이한저 와 재소자들과 3방에서 김미저 와 재소자들과 4방에서 한미김 과 재소자들과 5방에서 이상민 과 재소자들과 6방에서 한미점 과 재소자들과 7방에서 정지전 과 재소자들과 8방에서 이함지 와 재소자들과 9방에서 장이조 와 호상고 와 저고이 와 김장최 와 최이장 과 고상용 과 자지장 과 정하장 과 강이호 와 고김호 와 김이산 과 최지옹 과 고정이 와 김하정 과 조이정 과 김하준 과 10방에서 한지몽 과 장이호 와 김한잉 과 조한증 과 장초고 와 김고총 과 장조곤 과 지총홍 과 김홍저 와 징공저 와 최임처 와 최힝지 와 김이효 와 최고잉 과 김잉효 와 최처임 과 하징지 와 최지처 와 김처엉 이 소리을 동시에 내고 박수을 치었다,
김병식 보스는 1방으로 걸어서가며 창틀에서 서 서 김병식 보스 두목에게 이야기을 하는것과 인사을 하는것에 듣고서 10방으로 주임님과 걸어서 같다,
"김병식 보스 두목님?"
"만세""만세""만세""만세""만세"
"짝""짝""짝""짝""짝""짝"
이상호 주임이 말을하였다,
"김병식 보스 두목 소문이 대단한 것을 이곳에 호남교도소에도 소문을 날리는 것 같아, 재소자들도 김병식 보스에 싸움을 보고 말야, 그래서 사동도 김병식 보스 두목에 말에 소장님이 이렇게 주었잖아?"

"하" "하" "하" "하"
"이상호 주임님도 농담도 잘하십니다,
"아니야, 진담이야?"
"예, 주임님, 쉬는날에 대한민국 경기도 오산시에 가며는 아비송퍼시팩룸나이트로 가셔서 저녁에 조모차 동생들을 찾아서 술 한잔과 차비라도 가지고 오시기을 바랍니다,
"그래, 김병식 보스 두목 쉬는날 한번가볼게?"
"예, 이상호 주임님, 오늘은 제 짐을 정리을 하여야 될것같습니다,
"그래, 쉬어?" ""
이상호 주임님이 문을 열어주고 한지몽 이 앞으로 나와서 김병식 보스에게 인사을 하였다,
"형님, 고생하셨습니다, 형님?"
90도로 인사을 하였다,
"그래, 이방에 있었구나?"
"예, 형님,
"90도로 인사을 하였다,
"애들아, 형님 짐을 가지고 들어와라?"
"예!"
장이호 와 김한잉 과 조한중 은 동시에 이야기을하고 김병식 보스에 짐을 둘고서 들어왔다,
이상호 주임은 10방에 문을닫고서 주임실로 같다,
아직 겨울이라 복도에는 연탄 난로들이 3개씩 있었다,
김병식 보스는 말을하였다,
"이곳에서 10방에 있는 애들은 들어라, 대한민국 경기도 오산시 정통으로가는 시내파 보스 두목 김병식 백호하얀호랑이 대장이다, 동생들도 이곳에서 통성명을 하고 나에게 말을 해줘라?"
"예, 형님?"

동시에 19명들은 인사을하고 대답을 하였다,
김병식 보스에게 통성명을 하고 식기 당번과 방 걸래와 비자루와 화장실 청소와 구매와 한지몽 동생이 정해서 주었다,
김병식 보스 보다 나이는 위였다,
김병식 보스는 19명들에게 동생들이라고 하였다,
김병식 보스가 이야기을하고 있었으며 한치기 사소가 10방으로 와서 김병식 보스에게 90도로 인사을하고 수번222번 과 방 수번을 주었다,
김병식 보스에게 서신을 부장이주며 이상호 주임님이 점검과 계장과 치루고 하루가 지나서 이틀이 찾아왔다,
김병식 보스에 방에는 오전에 일어나서 점검을 치루고 아침을 먹고서 운동을 오전에하고 10방 과 9방과 20명들이 축구공으로 축구을 찼다,
닭훈제 와 먹을것들을 내기을 하였다,
10방이 10대 5로 크게 이겼다,
운동을하고 들어와서 조모차 동생과 한나보 동생과 집신이와서 부장과 접견장으로 같다,
경기대 의경들은 철창 문을 열어 주며 거수경래을 충성 하고 하였다,
김병식 보스가 1호실로 들어같다,
조모차 동생과 한다보 동생들이 90도로 동시에 인사을하고 대답을 하였다,
"형님, 편히쉬셨습니까, 형님?"
"그래, 몸들은 건강들 하냐?"
"예, 형님, 건강합니다, 형님?"
90도로 동시에 인사을하고 대답을 하였다,
"형님, 건강은 어떠하십니까, 형님?"
90도로 동시에 인사을하고 대답을 하였다,
"그래, 형은 건강하다, 오산시는 타지놈들이 조용히들 하고 있

는지, 모차 와 다모 는 아피숑퍼시팩룸나이트에 올라가서 있는지말야?"
"예, 형님, 명령을 받들고 있습니다, 형님?"
90도로 동시에 인사을하고 대답을 하였다,
"그래도 모차 와 다보 는 오산시에서 빈틈을 주어서는 안된다,
"예, 형님, 명심하겠습니다, 형님?"
90도로 동시에 인사을하고 대답을 하였다,
조모차 동생이 대답을 하였다,
"형님, 김미한 국회의원님이 이곳 소장에게 전화을 하였다고 합니다, 형님?"
90도로 인사을하고 대답을 하였다,
"그래, 건강은 좋은지 형이 여쭈어 본다고 하여라?"
"예, 형님, 명심하겠습니다, 형님?"
90도로 인사을하고 대답을 하였다,
"형님, 김미한 국회의원님이 서울로 가신다고 합니다, 형님?"
90도로 인사을하고 대답을 하였다,
"그래, 모차야, 그럼 오산시에는 국회의원이 없겠다,
"예, 형님, 그렇게 된다고 합니다, 형님?"
90도로 인사을하고 대답을 하였다,
김병식 보스와 조모차 동생들과 이야기을하고 인사을 받고서 김병식 보스는 방으로 들어왔다,
김병식 보스에 접견 물은 박스로 들어와서 방 앞에 놓고서 주임님과 관고실과 사소들도 나누어 주었다,
김병식 보스에 접견 물은 하루에 한번씩 동생들이 번갈아 가며 와서 넣어 주었다,
접견은 한달에 5번이 되었다,
김병식 보스는 우루사을 시켜서 우유와 아침마다 주임님과 계장을 우유와 챙겨서 주었다,
과일도 하루에 몇 번을 주었다,

김병식 보스에게 맞았던 교도관들도 보이고 있었다,
김병식 보스와 이야기을 하고 잊어 먹은 것 같았다,
하루가 지나서 목포와 의무과들을 가고 교회당 불교 집회을 나같다,
교도소에서도 불교 집회 때, 떡을 나누어 주었다,
김병식 보스는 교회당을 같다 오며 하루가 지나 연예인 행사을 하는 곳으로 교회당으로 같으며 구경들을 하고 5동으로 들어왔다,
교도소에도 반복되는 시간이였다,
김병식 보스는 사소들에 찌개들을 해준는것에 식사를 먹었으며 목욕을 하는날이였다,
교도관 초아가 담당과 김자홀 담당과 오사보 부장과 고소미 주임이 5동에 와서 8방 9방 10방을 목욕을 문을열고서 5동 밖으로 복도에 나가서 앉은 번호을 앞에서 하고 앉았다,
앉은 번호을하고 줄을 맞쳐서 목욕탕으로 걸어서 같다,
정기내 의경들은 교도판들에 거수경래을 충성 하고 하였다,
김병식 보스는 말을하였다,
"고소미 주임, 오늘도 목욕 시간을 2타임으로 줘라?"
"그래, 김병식 보스 두목, 오늘 시간을 많이줄게?"""
김병식 보스는 일주일에 한번씩 목욕을 하는 것에 시간을 많이 하였다,
목포도 일주일에 한번씩 널고 털었다,
5동이 목욕을하면 6동이 와서 목욕을 하였다,
김병식 보스는 목욕탕으로 와서 번호을 맞치고 목욕탕으로 들어같다,
목욕탕은 넓고 컸다,
김병식 보스가 한지몽 과 자이호 와 김한잉 과 조한증 과 장초고 와 김고총 과 장조곤 과 지송홍 과 김홍처 와 장공처 와 최임처 와 최항지 와 김이효 와 최고잉 과 김잉효 와 최처임

과 하징지 와 최지처 와 김처엉 과 목욕을 하고 있었다,
사각으로 샤워기가 되어 있었고 넓은 가운데는 목욕탕으로 들어가서 때을 불릴수있게 되어 있었다,
시간이 가고 고소미 주임이 말을하였다,
"목욕 끝, 나와라?""""
8방과 9방과 10방은 밖으로 나같고 김병식 보스가 말을 하였다,
"지몽 이와 이호 는 나가지 말아라?"
"예, 형님?"
90도로 인사을하고 동시에 대답을 하였다,
고소미 주임은 5동 사동을 목욕을 모두 시키고 6동을 목욕탕으로 데리고 들어왔다,
김병식 보스가 목욕을 비누칠을 하여 샤워기로 물을 식히고 있었다,
돼지 같은 놈들이 5명에서 호남말씨로 하며 말을 하였다,
"비켜라, 비켜?""""
김병식 보스는 목욕을 하다 뒤을 보고 오른쪽 발 다리로 뒤돌려차기을하여 호남전국구파 이한자 놈의 오른쪽 얼굴면상 턱을 차 버렸다,
"퍽" 하고 "욱" 하며 부러지는 소리을내고 입과 코에서 허공으로 피가튀기며 왼쪽으로 날아가 버렸다,
김병식 보스는 호남전국구파 한자한 과 미송고 와 김오한 과 고미미 가 송곳을 뽑아서 김병식 보스에게 내리찍고서 있었다,
김병식 보스는 오른쪽과 왼쪽으로 뒤로 피해 가며 두눈으로 보고 있었다,
김병식 보스는 360도로 회전을하고 오른쪽 발 다리로 뒤돌려차기을하여 한자한 놈의 오른쪽 얼굴면상 턱을 차 버렸다,
"퍽" 하고 "욱" 하며 부러지는 소리을내고 입과 코에서 허공으로 피가튀기며 송곳을 둘고서 함께 뒤로 목욕탕 넓은탕으로

날아가 버렸다,
"풍덩"~
김병식 보스는 착지을 하였다,
김병식 보스가 오른쪽 발 다리로 상단차기을하여 호남전국구파 미송고 놈의 얼굴면상 왼쪽 턱을 차 버렸다,
"픽" 하고 "옥" 하며 부러지는 소리을내고 입과 코에서 허공으로 피가튀기며 오른쪽으로 송곳과 함께 날아가 버렸다,
김병식 보스는 왼쪽 발 다리로 상단차기로 김오한 놈의 얼굴면상 오른쪽 턱을 차 버렸다,
"픽" 하고 "옥" 하며 부러지는 소리을내고 입과 코에서 허공으로 피가튀기며 송곳과 함께 왼쪽으로 날아가 버렸다,
김병식 보스는 "붕" 점프을하고 720도로 회전을하며 오른쪽 발 다리로 뒤돌려착을하여 호남전국구파 고미미 놈의 얼굴면상 오른쪽 턱을 차 버렸다,
"픽" 하고 "옥" 하며 부러지는 소리을내고 입과 코에서 허공으로 피가튀기며 송곳과 함께 뒤로 목욕방으로 날아가 버렸다,
"풍덩"~
김병식 보스는 착지을 하였다,
재소자들은 뒤로 피하고 소리을내고 박수을치며 구경들을 하고 있었다,
"와~"아~"아~"아~
"짝""짝""짝""짝""짝"
"영화을 보는 것 같아?"
김병식 보스가 말을하였다,
"이곳까지 와서 너희들이 나에게 대응을 하는것이야, 너희들은 호남전국구파들이냐?"
"예, 형님, 죽을 죄을 졌습니다,
이한자 놈이 고통을 받으며 대답을 하였다,
김병식 보스가 말을 하고 있을 때 교도관들이 들어왔다,

고소미 주임이 말을 하였다,
"김병식 보스 두목 진정해?"
"그래, 알았다,
"김병식 보스 두목 들어가자?"
"그래, 너희들의 치료비는 내가 해주겠다,
하고 김병식 보스는 옷을 입고서 한지몽 과 장이호 와 방으로 들어왔다,
김병식 보스는 치료비을 동생들이 와서 이야기을 하고 해주었다,
소장 김오공 이 5동으로 와서 김미한 국회의원을 말들을 하고 치료비도 이야기을하고 없었던 것으로 하였다,
하루가 지나 교도소에서 시간이 흘렀다,
체육대회가 있었다,
김병식 보스에 5동은 농구 와 테니스을 출마을 하기로 하였다,
다른 미징역 사동도 종목을 나가기로 하였다,
체육대회가 시작을 하고 대운동장에서 20공장들이 대회을 하는 날 이였다,
21공장으로 미징역을 하여 체육대회을 하였다,
시간이가서 김병식 보스가 테니스을 단식으로 출마을하여 우승을 하였다,
체육대회는 끝 맞치고 사동으로 들어와서 라면과 먹을 것들을 밀가루 와 돼지 고기들 같은 것을 받았다,
체육대회는 줄다리기와 100미터와 마라톤과 이어달리기와 배구와 씨름과 농구와 족구와 쌀을 둘기와 탁구와 배드멘트과 테니스와 등으로 체육대회을 하였다,
호남교도소에서 여름이 지나서 4개월이라는 시간을 보내고 있었다,
김병식 보스와 한지몽 은 출력이라 하여 돗자리 공장으로 짐을 사서 출역을 하였다,

5동 사동 계장님과 주임님과 김병식 보스는 인사을하고 사소들도 인사을하며 한지몽 동생이 짐을 한곳에 넣고서 한치기 사소가 구르마로 짐을 같고서 사동으로 같다 줬다,
14공장 돗자리 공장은 사동이 2동이였다,
1방부터 5방까지 있었으며 6방부터 10방까지는 15공장 취장들이였다,
김병식 보스에 방에 한치기 사소가 1방에 짐을 넣고서 오상소 주임님에게 인사을하고 사동으로 같다,
김병식 보스는 이난미 부장과 돗자리 공장으로 2층으로 올라 같다,
철창 문에서는 경기대 이병이 거수경래을 충성 하고 문을열어 주었다,
돗자리 공장으로 올라가는 복도에는 옆으로 취장들에 식당이 있었다,
재소자들은 이야기들을하고 밥을하며 고등어을 칼로 다듬고 있었다,
2층으로 올라가는 1층에는 인쇄가 있었으며 2층에 옆에는 양재가 있었다,
돗자리 공장으로 올라가서 철창에서 문을 보고 있는 장소봉 문방이 옆에 있는 한미호 주임에게 말을하였다,
"주임님 김병식 보스님, 형님께서 오십니다,
"그래, 문을 열어드려라?"
"예, 주임님?"
교도소 소장이 관고계장 공장 지기엉 계장에게 이야기을 하였다,
김병식 보스는 문을 열어 주는 것에 부장은 주임님에게 거수경래을 충성 하고 김병식 보스을 인계을하며 거수경래을 충성 하고 재소자들도 인사을하고 보안과로 같다,
한미호 주임님이 말을하였다,

"김병식 보스 두목 이리와서 앉자?"
"예, 한미호 주임님?"
"김오공 소장님께 이야기을 들었어?"
"예?"
"김병식 보스 두목 악수을 하자구?"
"예, 한미호 주임님?"
"그래, 돗자리 공장 14공장에 한미호 주임이야?"
"예, 고생하십니다, 대한민국 경기도 오산시 정통으로가는 시내파 보스 두목 김병식 백호하얀호랑이 대장입니다,
"그래, 동생들도 하루에 한번씩 이곳에 와서 접견물과 넣고 간다고 하였느데 고생들이 많구나?"
"예, 제 동생들입니다,
"그래, 이곳에있는 동안 잘 해보자구, 오소동 작업반장?"
"예, 주임님, 이리로와서, 김병식 보스에게 인사들을 해?"
"예, 주임님?"
"김병식 보스 두목을 봉사원으로 해서 명찰을 줘?"
"예, 주임님?"
김병식 보스는 앉자서 있었으며 작업반장 오소동 이 재소자들을 불러서 인사을 시켰다,
한지몽 은 서기에게 가서 이름과 수번과 집 같은 곳을 적고서 있었다,
도구반장 한미곳 과 문방 장소봉 과 서기 고동조 와 공장 사소 한민저 와 고소촘 과 공장에서 돗자리을 만드는 재소자들 고소잔 과 소하볼 과 소아침 과 포소동 과 나모송 과 하조옹 과 보송처 와 한미로 와 소하창 과 최손고 와 장소마 와 맞추롱 과 도소장 과 70명들이 있었다,
큰 바늘로 대나무 돗자리을 만들고 있었다,
김병식 보스는 한지몽을 김병식 옆에서 있게 만들었다,
김병식 보스는 14공장에서 봉사원으로 주임님에게 이야기을

하지 않고서 운동장도 다녔다,
경기대 의경이 철장문을 지키고 있어도 김병식 보스가 말을 경기대에게 하여 운동장에 나갈 올게, 몇공장에 갇다 올게, 하면 경기대들이 문을 열어 주고는 하였다,
김병식 보스에 방은 2동 1방이 였다,
2방은 작업반장이 있었고 3방은 도구반장이 있었으며 4방은 문방이 있었고 5방은 서기가 방을 쓰고 있었다,
김병식 보스는 하루가 지나 2틀이 지나 운동장에서 운동을하고 접견물과 교회당을 가며 재소자들과 지내고 있었다,
오전 아침이면 사동에서 나와 교도관들과 경기대들에게 검사을하고 공장으로 나와서 아침밥과 저녁밥을 먹고서 검사을하며 사동으로 들어간다,
아침과 저녁에는 교도관 담당이 와서 공장에 문을 열어주고 스피커에서 방송들이 나온다,
김병식 보스가 말을 하였다,
"소봉아, 오늘은 취상에 가서 마늘과 파와 고추와 후추와 고춧가루와 가져와서 찌개를 해먹자?"
"예, 형님?"
90도로 인사을 하였다,
"형님, 다녀오겠습니다,형님?"
90도로 인사을 하였다,
"그래,
작업반장 오소동 은 말을하였다,
"주임님, 취장을 내려 갇다 오겠습니다,
"작업반장 갇다와?"
"예, 주임님?"
"소봉아, 문방 잘지켜라?"
"예!"
작업반장 오소동 은 1층으로 내려가서 철망으로 되어 있는 곳

에 취장 작업반장을 불렀다,
돗자리 공장은 주임님이 가스랜지을 같다 놓고서 찌개들을 해 먹고 주임님도 밥을먹고 하였다,
"함저야?"
"응, 소동아, 왔어?"
"그래, 마늘과 파와 양파와 고춧가루와 고추와 후추가루와 소금과 설탕좀 줘봐, 오늘 찌게을 해 먹으려고 그래?"
"그래, 조금만 있어봐?"
이함저 작업반장은 취장으로 들어가서 야채들과 봉지에 놓고서 돼지고기도 넣어줬다,
"소동아, 돼지고기도 조금 넣었어, 형님께 안부을 전해드려 식사 많이 드시라고 말씀을해줘?"
"그래, 식사많이해?"
"많이먹어?"
오소동 작업반장은 돗자리 공장으로 들어와서 김병식 보스에게 인사을하고 취장에 이함저 에 이야기을 해드렸다,
김병식 보스가 말을하였다,
"소동아, 작업을 그만 시켜라, 점심 준비을 해라고 하여라?"
"예, 형님?"
90도로 인사을 하였다,
작업반장이 반대에게 말을하였다,
"각 반대 점심 식사 준비?""""
도구반장 한미곳 이 말을하였다,
"각 반대 도구 반납?""""
각 5반 대는 도구을 조장들이 가지고 와서 도구반장에게 주었다,
5반대들은 점심 준비을 하였다,
음식들을 닭훈제와 소세지와 김치을 넣고서 무침을하고 있었다,

돗자리 공장 한민저 와 고소춈 은 김병식 보스에 점심 상을 차리고 있었으며 김병식 보스는 사소들과 작업반장과 찌개들을 하는 것을 보고 한미호 주임님과 이야기을하고 있었다,
김병식 보스가 말을하였다,
"한미호 주임님 점심을 함께 드시겠습니까?"
"그렇게 해야지, 보안과 식당에 가도 맛이 없어?"
"예, 한미호 주임님, 소동아?"
"예, 형님?"
90도로 인사을 하였다,
"주임님도 공장에서 식사을 드실 것이다,
"예, 형님?"
90도로 인사을 하였다,
돗자리 공장들은 일반 사람들이였다,
한미호 주임님이 말을하였다,
"김병식 보스 두목 이것 받아?"
"에, 주임님 껌 아닙니까?"
"응, 맞아, 김병식 보스는 껌을 좋아하지 않아?"
"좋아합니다, 고독껌입니다,
"응, 그래, 그럼, 내일 고독껌을 사가지고 올게?"
"예, 한미호 주임님?"
김병식 보스는 껌5통을 받고서 문방이 점심밥이 왔다고 말을 하였다,
"주임님, 점심 배식입니다,
"그래?"
"각 반대 점심배식?""""
"민저야, 소춈아, 점심 배식이다,
"예!"
사소들은 동시에 장소봉에게 대답을 하였다,
한민저 가 말을하였다,

"5반대 미로 씨와 하창 씨와 손고 씨와 소마 씨가 나와서 반잔과 한 개씩 들고와요, 국통도 둘이 둘고 와요!"
한미로 와 소하창 과 최손고 와 장소마 와 반잔과 국통을 둘이 둘고서 2층로 올라왔다,
김병식 보스와 주임님과 자리에 앉잤다,
한미저 사소와 고소촘 사소는 밥통을 둘고 와서 동시에 말을 하였다,
"각 반대 배식?"
1반대부터 조장들과 와서 배식들을 사소들이 국자와 주걱과 박아지로 반잔을 주었다,
김병식 보스와 주임님과 작업반장과 도구반장과 문방과 서기와 사소들과 한지몽 과 김병식 보스에게 인사을하며 점심을 먹고서 사소들이 설거지와 밥통과 국통과 반잔통 스탠을 같다가 1층으로 놓았다,
14공장에서 음악이 흘러나왔다,
각 반대에서는 잠을자는 재소자들도 있었고 이야기와 바둑과 장기을 두는 재소자들도 있었다,
점심이 지나 가고 작업반장이 말을하였다,
"작업시작?"
도구반장이 말을하였다,
"각 반대 도구 가져가기?"
몇분이 지나서 부장님이 와서 문방에게 교회당을 이야기을 하였다,
"주임님, 불교 집회입니다,
"그래,
김병식 보스는 불교 집회을 가기위해 한지몽 과 준비을 하였다,
작업반장이 말을하였다,
"각 반대 불교 집회 갈사람들 앞으로 나와서 한줄로 서 서 있

어?"
각 반대들은 앞으로 나와서 한줄로 서 서 있었다,
14공장에서는 10명이 불교 집회을 나갔다,
공장에서 김병식 보스가 나가며 작업반장들은 인사을하고 한지몽 이 2하면서 끝으로 열 하고 공장에서 나갔다,
문방은 칠판에다 공장에 있는 재소자들을 적고 불교 집회 10명을 적었다,
의무과에 갈때와 어디을 갈때면 칠판에다 적었다,
순시가 와도 문방이 이야기을 하고 밖에서 공장부장이 문을 열어 놓고는 한다,
공장주임님도 열세을 같고서 있었다,
김병식 보스는 교도관들과 경기대들이 복도에 서 서 지키고 있었고 교회당에 가서 한지몽 과 재소자 애들이 의자을 똑바로 맞쳐 주는것에 앉자서 불교 집회을 들었다,
김병식 보스가 앉으면 한지몽 들이 인사을하고 끝날때도 형님 고생하셨습니다, 형님?" 90노도 동시에 인사을 하며 내납들을 하였다,
김병식 보스는 14공장으로 들어와서 하루에 시간을 보냈다,
하루가 지나 저녁이 되었다,
1방에는 김병식 보스와 한지몽 과 고소잔 과 소하볼 과 맞추롱 과 15명들이 1방에 있었다,
2방에는 작업반장 오소동 과 사소 한미저 와 고소촘 과 15명들 재소자 애들이 있었다,
3방에는 도구반장 한미곳 과 소아침 과 포소동 과 도소장 과 15명들이 있었다,
4방에는 문방 장소봉 과 나모송 과 하조옹 과 보송처 와 15명들이 재소자들이 있었다,
5방에는 서기 고동조 와 한미로 와 소하창 과 최손고 와 장소마 와 20명들 재소자들이 있었다,

일요일이라 공장들은 출역을 하지 않았다,
교회당에서 비디오 영화을 오전과 오후에 보여주고 있었다,
김병식 보스는 취장들과 각공장 몇군데와 함께가서 비디오을 보았다,
한지몽 애들이 의자을 맞쳐 주고 비디오을 보고 들어와서 식사을하고 하루가 지나서 14공장으로 출역을 하였다,
출역을하여 점검을 치루고 김병식 보스가 말을하였다,
"소봉아?"
"예, 형님?"
90도로 인사을 하였다,
"인쇄에가서 수번과 방표시을 찍어서 같고 와라?"
"예, 형님?"
90도로 인사을 하였다,
"양재에 가서도 기결복을 맞치게 줄자 좀 같고와라?"
"예, 형님, 다녀오겠습니다, 형님?"
90도로 인사을하고 대답을 하였다,
김병식 보스가 말을하였다,
"지몽아?"
"예, 형님?"
90도로 인사을 하였다,
"운동을 같다와서 목욕을하고 빨래 다이에다 빨래을 널 때, 가방 몇 개를 빨아서 널어라?"
"예, 형님?"
90도로 인사을 하였다,
운동을 같다와서 한지몽 과 공장 사소실에서 샤워을하면 빨래을 빨고 1층으로 가서 빨래 다이 나무로 된 것으로 널고서 2층으로 올라온다,
"그리고 목공에가서 운동 시간에 빨래 다이와 젓가락을 만들어 달라고 하여라?"

"예, 형님?"
90도로 인사을하고 대답을 하였다,
"그래, 오늘 이불을 공장 사소 실에서 빨지 말고 세탁으로 보내서 같고 오라고 해라?"
"예, 형님?"
90도로 인사을하고 대답을 하였다,
14공장에서는 음악이 흘러서 나왔다,
스댄으로 큰 통으로 5개가 아침 식수가 와서 각 반대에 식수을 나누어주고 아침 밥이 와서 공장에서 아침을 먹었다,
이발이 오후에 14공장으로 들어와서 김병식 보스는 이발 반장에게 머리을 깍고서 샤워을 하였다,
취장에서 14공장으로 식사을 할 때 마다 음식을해서 보내주고 있었다,
닭토리 탕과 고등어 조림과 떡복이와 백숙과 계란말이와 보내고 있었으며 김병식 보스가 말을하였다,
"소동아?"
"예, 형님?"
90도로 인사을 하였다,
"내일 운동을 하며는 목포을 가지고 나와서 널고 목포을 털고서 같고 들어오자?"
"예, 형님?"
90도로 인사을 하였다,
"각 반대들에게 이야기을하여 내일 이불들을 공장으로 가지고 나오라고 하여라?"
''예, 형님?"
90도로 인사을 하였다,
김병식 보스 두목은 운동 시간에는 농구도 하고 배구도 하고 족구도 하고 테니스도 치고는 하였다,
14공장에서 소장과 부소장과 보안계장들이 순시을 돌고는 하

였다,
오후가되여 김병식 보스와 작업반장과 각 반대 재소자들과 각 반대에 돗자리을 만든 것들을 가지고 운동장으로 둘고서 같다, 운동장에는 철창으로 막힌 곳으로 용달차가 한 대가 들어와 있었다,
사회에서 들어오는 사장들이였다,
김병식 보스가 말을하였다,
"사장, 오늘이 날씨가 좋은 것 같아?"
"예, 작업을 하시느라 고생들합니다,
"그래, 작업 할것들을 있으면 많이 주고서 들어가, 그리고 작업들을 하느라 고생들을 하는데 고기들과 라면과 먹을 것들을 주고서 같으면 좋겠어?"
"예, 봉사원님, 지금 많이 가지고 왔습니다,
"그래, 그럼, 작업반장과 이야기을 해?"
"예, 봉사원님, 고생하세요!"
"그래, 소동아?"
"예, 형님?"
90도로 인사을 하였다,
"이리로 와서 사장과 이야기을 해라?"
"예, 형님?"
90도로 인사을 하였다,
작업반장은 사장에게 담배을 달라고 하였다,
김병식 보스는 말을하고 한지몽 과 14공장으로 올라같다,
작업반장은 고기들과 라면과 담배들을 가지고 와서 각 반대 조장과 공장에 재소자들에게 나누어 주었다,
14공장에 돗자리 공장에 시간이 흘러 한달이 넘어가는 시간이 되어가고 있었다,
오전에 관고실에서 관고계장이 김병식 보스을 불렀다,
김병식 보스는 한미호 주임님에게 이야기을하고 관고계장에게

걸어서 같다,
김병식 보스가 노크을하고 들어가서 쇼파에 앉았다,
지기엉 계장이 말을하였다,
"김병식 보스 두목 14공장에 생활이 어때 좋아?"
"예, 지기엉 계장님, 재소자들 애들이 착한것같습니다,
"그래, 김병식 보스 두목 동생들은 하루에 한번씩 교도소로 와서 접견물과 물품들을 넣고 간다고 하던데 동생들을 잘둔 것 같아?"
"예, 지기엉 계장님 고맙습니다, 쉬는날이 되며는 대한민국 경기도 오산시 아비송퍼시팩롬나이트에 가셔서 술과 놀다 쉬다 오시기바랍니다, 조모차동생들이 있을것입니다, 차비라도 가지고 오시기바랍니다,
"하" "하" "하" "하"
"김병식 보스 두목 답군, 그래 쉬는날 한번갈게?"
"예!"
"생활을 하나 어려운점이 있으너는 이야기을 해?"
"하" "하" "하"
"지기엉 계장님도 농담을 하십니까, 김병식 보스 두목 백호하 얀호랑이는 어려운 것이 있어도 제가 모든 것을 해결을 합니다,
"그래, 김병식 보스 두목?"
김병식 보스와 지기엉 계장과 이야기을하고 14공장으로 들어같다,
하루가 지나서 김병식 보스에게 접견이 왔다,
하기장 형과 조니보 형수가 왔다,
김병식 보스는 접견을하고 14공장으로 들어와서 정신교육 이라는 교육을 받았다,
김병식 보스에 접견은 오산시 주민분들이 번갈아가며 오고서 있었다,

김병식 보스는 한지몽 과 오전에 운동장에가서 2주 동안에 교육을 받았고 오전에는 피티 체조와 등으로 오후에는 교회당에 가서 비디오을 보고 들어왔다,
재소자들이 많았고 정신교육을 받아서 불류심사과에서 점수을 져서 가출옥에 심사을보고 하는곳이였다,
14공장에 호남교도소에서 생활을 한지도 6개월이 넘어가고 있었다,
봄 여름 가을이 지나 초겨울이 돌아오는 계절이였다,
눈과 비와 맞으며 운동도 하고 수중 농구와 수중 배구도 하였다,
김병식 보스는 운동을 하기 위해 작업반장에게 말을하였다,
"소동아?"
"예, 형님?"
90도로 인사을 하였다,
"오늘은 비도 오는데 운동장에 나가서 수중 축구나 한번하자?"
"예, 형님, 이야기을 하겠습니다, 형님?"
90도로 인사을하고 대답을 하였다,
"저번에 형이 적어준 형 노래 백호하얀호랑이 노래을 반대에 외우라고 하였냐?"
"예, 형님, 노래을 적은것들을 젔습니다, 형님?"
90도로 인사을하며 대답을 하였다,
"그래, 오늘은 운동장을 두바퀴 돌면서 형 노래을 불을가한다,
"예, 형님?"
90도로 인사을 하였다,
"각 반대 운동준비?"""
도구반장이 말을하였다,
"각 반대 도구반납?"""
각 반대들은 도구을 반납하고 운동준비을 하였다,

"한미호 주임님 운동을 하겠습니다,
"그래, 김병식 보스?"
"주임님 비도 오는데 공장에 있으시겠습니까?"
"그래, 그럼, 김병식 보스가 운동을하고 올래?"
"예, 한미호 주임님?"
"그래?"
14공장에서 번호을 하나 둘 셋 하고 운동장으로 나같다,
김병식 보스는 앞에서 각 반대에 줄을 다섯명씩 하여 뒤로 줄을 맞쳐서 앉은 번호을하고 인원수을 맞쳤다,
김병식 보스가 말을하였다,
"앞에서 앉은 번호?""
하나 둘 셋 넷 하고 앉잤다,
"일어나 앞으로 뛰어?"
김병식 보스가 말을하고 옆에서 김병식 보스는 뛰었다,
김병식 보스가 말을하였다,
"뛰면시, 노래을한다, 왼발에 맞쳐기며 노래는 백호히얀호랑이을 부른다, 내가 셋 하면 노래을 왼발에 맞쳐서 부른다,
"하나" "둘" "셋"
김병식 보스 두목이 말을하였고 재소자들은 백호하얀호랑이 노래을 불렀다,
각 공장들은 14공장들을 창문으로 보았다,
노래가 끝나고 김병식 보스가 말을하였다,
"14공장 운동?""
"운동?""
하고 재소자들은 소리을내며 운동을 시작을 하였다,
교도소는 탑에서 지키는 경기대 의경들은 오른쪽 옆에 다가 옆총을 차고서 돌고서 있었다,
대 운동장에는 경기대 의경이 안으로 들어가서 있었다,
김병식 보스는 작업반장들과 수중 축구을 하고 있었다,

재소자들은 진흙에서 넘어지고 공을 찼으며 김병식 보스가 공을 잡았다 하면 회전을하고 골인을 넣었다,
운동시간이 30분이 되여 끝나서 김병식 보스가 말을하였다,
"14공장 운동 끝?""""
운동장에 모여서 있었다,
텔래비젼 12공장이 나와서 줄을 맞치고 있었다,
12공장에 주임도 공장에서 있었다,
하늘에서는 비가 내리고 있었다,
김병식 보스는 말을하였다,
"앞에서 앉은 번호?"
하나 둘 셋 하고 번호을 되고 앉으며 일어났다,
한미호 주임도 공장안에서 책을 보는것같았다,
텔래비젼 공장에서는 호남전국구파들과 경상도전국파들이 말을하며 봉사원 호남전국구파 오소팡 에게 60도로 인사을하고 앉았다,
재소자들은 200명이 되는 것 같았다,
호남전국구파 봉사원 오소팡 과 소모산 과 초정고 와 상도자 와 김상초 와 50명들이 있었으며 경상도전국구파 도소장 과 호자보 와 김치잠 과 최장방 과 김항장 과 50명들이 봉사원에게 인사을하고 앉았다,
김병식 보스가 말을 하려고 할 때 호남전국구파 오소팡 이 말을하였다,
"김병식 보스인가, 우리 인사나 하자, 이야기는 들었다,
"그래, 너희들 집에가서 인사나해라?"
"뭐야?"
오른주먹으로 날리는 것을 김병식 보스는 두눈으로 보고 "붕" 점프을하고 360도로 회전을하며 오른쪽 발 다리로 뒤돌려차기을하여 오소팡 놈의 오른쪽 얼굴면상 턱을 차 버렸다,
"퍽" 하고 "욱" 하며 부러지는 소리을내고 입과 코에서 허공

으로 피가튀기며 왼쪽으로 날아가버렸다,
김병식 보스는 착지을 하였다,
14공장 재소자들은 동시에 박수을치며 소리을내고 구경들을 하였다,
"김병식 보스 두목 형님, 짱, 이십니다, 영화 같은 그림을 봅니다,
"와~"와~"아~"아~"아"~
"짝" "짝" "짝" "짝"
김병식 보스을 지켜 보고 있던 호남전국구파 와 경상도전국구파 100명들은 동시에 김병식 보스에게 덤볐다,
김병식 보스는 호남전국구파 소모산 과 최정고 와 오는 것을 보고 김병식 보스가 오른쪽 발 다리로 상단차기을하여 호남전국구파 소모산 에 왼쪽 얼굴면상 턱을 차 버렸다,
"퍽" 하고 "욱" 하며 부러지는 소리을내고 입과 코에서 허공으로 피가튀기며 오른쪽으로 날아가버렸다,
김병식 보스는 왼쪽 발 다리로 상단차기을하여 호남전국구파 최정고 놈의 오른쪽 얼굴면상 턱을 차 버렸다,
"퍽" 하고 "욱" 하며 부러지는 소리을내고 입과 코에서 허공으로 피가튀기며 왼쪽으로 날아가버렸다,
김병식 보스는 앉자서 180도로 회전을하고 오른쪽 발 다리로 뒤돌려차기을하여 호남전국구파 상도자 놈의 오른쪽 발목을 차 버렸다,
"퍽" 하고 "욱" 하며 부러지는 소리을내고 오른쪽으로 한바퀴 돌고 넘으며 덤브링을하고 날아가버렸다,
김병식 보스는 앉자서 180도로 회전을하고 왼쪽 발 다리로 뒤돌려차기을하여 호남전국구파 김상초 놈의 왼쪽 발목을 차 버렸다,
"퍽" 하고 "욱" 하며 부러지는 소리을내고 왼쪽으로 한바퀴 돌고 넘으며 덤브링을하고 날아가버렸다,

김병식 보스는 일어나서 오른쪽 발 다리로 앞차기로 경상도전국구파 도소장 놈의 가슴명치을 차 버렸다,
"퍽" 하고 "욱" 하며 뒤로 날아가버렸다,
김병식 보스는 달려가서 "붕" 점프을하고 오른쪽 발 다리로 경상도전국구파 호자보 놈의 얼굴면상 가운데 밑에 턱을 차 버리고 김병식 보스에 왼쪽 발 다리로 경상도전국구파 김치잠 놈의 얼굴면상 가운데 밑에 턱을 차 버렸다,
"퍽" 하고 "욱" 하며 부러지는 소리을내고 입에서 허공으로 피가튀기며 뒤로 한바퀴 돌고 넘으며 덤브링을하며 날아가버렸다,
김병식 보스는 착지을 하였다,
김병식 보스는 달려가서 "붕" 점프을하고 720도로 회전을하며 오른쪽 발 다리로 뒤돌려차기을하여 투터치로 경상도전국구파 최장방 놈이 오른쪽에 있는 것을 오른쪽 얼굴면상 턱을 차 버렸다,
왼쪽에 경상도전국구파 김항장 놈이 있는 것을 오른쪽 얼굴면상 턱을 차 버렸다,
"퍽" 하고 "욱" 하며 부러지는 소리을내고 입과 코에서 허공으로 피가튀기며 뒤로 한바퀴 돌고 넘으며 덤브링을하고 날아가버렸다,
김병식 보스에 쉬지 않는 연속 싸움이였다,
김병식 보스는 호남전국구파 와 경상도전국구파 100명을 몇분도 되지 않아서 싸움을 끝냈다,
교도소 탑에서 호각을 부르는 소리가 났다,
"후~"우~"우~"우~"우~
"후~"우~"우~"우~"우~
"후~"우~"우~"우~"으~"으~
14공장 재소자들은 김병식 보스에게 박수을치고 만세을 5번을 외쳤다,

"김병식 보스 두목 형님?"
"만세, 만세, 만세, 만세, 만세?"
"짝" "짝" "짝" "짝" "짝"
김병식 보스가 말을하려고 할 때 경기대 들과 교도관들이 달려와서 김병식 보스을 진정 하라고 하며 독거방으로 혼자서 있는 방으로 배방을 시켰다,
김병식 보스는 치료비을 해 주고 소장이 없던 것으로 마무리을 하였다,
4동으로 독거방으로 배방이되여 잡업 치소가 되었다,
김병식 보스에 짐은 공장 사소들이 같다가 주고 인사을하고 14공장으로 같다,
14공장 주임님도 김병식 보스와 호남 교도소에 있는 동안 보자고 하며 사회에 나가서 보자고 하였다,
취장에서 김병식 보스에게 4동으로 1방으로 반잔 들을 보내주고 있었다,
김병식 보스는 주임님실에서 말을하였다,
"김호인 주임님, 고생하십니다,
"응, 김병식 보스 두목, 한미호 주임님한테 이야기을 들었어, 운동시간에 호남전국구파 와 경상도전국구파 들을 혼들을 내 줬다구, 소문이 교도소에 퍼졌어?"
"예, 김호인 주임님?"
"그래, 관고계장님 이홍기 계장님한테 인사을하자?"
"예,
김병식 보스는 계장과 주임에게 인사을하고 1방으로 들어같다,
1방 문을열고서 짐을 정리을 하였다,
김병식 보스가 말을하였다,
"사소야, 두명 모두 이곳으로 와봐라?"
"예, 형님?"
이하중 과 이안호 는 90도로 동시에 대답을하고 1방으로 왔

다,
"형 방을 빗자루로 쑬고서 정리을 해줘라?"
"예, 형님?"
동시에 90도로 인사을하고 대답을 하였다,
김병식 보스는 주임님과 주임 사무실에 가서 이야기을하고 있었다,
사소들은 방을 쓸고서 걸래을 닥고서 식수도 같다 놓고 구매도 김병식 보스님에게 여쭈어봐서 사약구매와 사책구매와 먹을구매을 시켰다,
김병식 보스는 구치소 나 교도소 에가도 우루사 와 흰우유을 시켜서 사소와 아니면 김병식 보스가 아침에 교도관을 준다,
김병식 보스에 먹을것들을 가져와서 주임님과 계장님과 사소들도 먹고는 하였다,
김병식 보스는 말을하였다,
"하중아, 안호야, 먹을것들을 어디다 두었냐?"
"예, 형님, 방에 두었습니다,형님?"
90도로 인사을 하였다,
김병식 보스는 먹을것들을 5방에 한지곳 과 6방에 장소종 과 7방에 이소조 와 8방에 마상혀 와 9방에 김방더 와 10방에 사도버 와 11방에 김바소 와 12방에 도가상 과 13방에 김비송 과 14방에 최송나 와 24방에 아이퍼 와 25방에 다송자 와 26방에 다성홍 와 27방에 조금이 와 28방에 차도서 와 29방에 하이소 와 30방에 자도봉 과 31방에 고상초 와 32방에 다이보 와 33방에 나소잡 과 34방에 가호로 와 35방에 장마셔 들이 있었다,
1방부터 20방까지 있었고 맞은편으로는 21방부터 40방까지 있었다,
공방에는 재소자들이 독거방으로 시찰을 받아서 들어오면 주고는 하였다,

김병식 보스가 닭훈제와 라면과 과자와 빵과 과일과 음료수들을 먹을 것을 주며 말을하였다,
"이것들먹어라?"
"예, 형님, 고맙습니다, 형님?"
90도로 인사을 하면서 받았다,
김병식 보스는 방에 있는 재소자들에게 주며 독거방에서 하루에 점검을하며 4동에 하루을 맞췄다,
하루가 돌아와서 김병식 보스는 스피커에 기상 나팔 소리에 일어나서 점검을하고 명상에 시간을 30분을 하였고 108배을 하고 샤워을하며 아침밥을 먹었다,
점검이 끝나고 신문이 들어와서 신문을 보고 앞에 있는 28방 차도소 와 29방 하이소 에게 신문을 주었다,
김병식 보스는 동생들이 밖에서 신문을 모두 집어 놓고서 있었다,
교도소에 4동에서 생활을 목욕도 사동에서 하며 운동도 조그만 운농장에서 하고 있었다,
목포도 혼자씩 나가서 털고는 하였다,
쓰레기도 혼자씩 나가서 버리고 있었다,
김병식 보스는 아하중 사소와 이안호 사소들이 번갈아가며 청소을 해주고 있었다,
김병식 보스는 운동을 사형수가 있는 곳에서 미로가 되어 있는 곳에서 하고 있었다,
사형수는 교도소에 20명들이 있었다,
김병식 보스에 사동에는 사형수가 없었다,
김병식 보스는 운동을 하기 위해 부장이 한명 왔다,
김병식 보스가 말을하였다,
"운동입니까?"
"응, 김병식 보스 두목 운동나가자?"
"예,

김병식 보스는 운동화을 신고서 운동을 나갔다,
김병식 보스와 부장이 운동장으로 갈때마다 철 창문을 열어주고 경기대 의경 이병들이 거수경래을 충성 하고 대답을 하였다,
김병식 보스을 아는 동생들은 접견과 의무과와 목욕과 집회 교회당을 가고는 하는 재소자들은 김병식 보스을 보고 90도로 인사을 하였다,
"형님, 건강하십니까, 형님?"
"그래,
김병식 보스는 미로 운동장에 도착을하여 운동을 시작을 하였다,
5개의 방이 있었고 열세을 열고서 운동장으로 들어갔다,
재소자가 운동장에 들어가며는 밖에서 문을 잠그고 하였다,
운동장에 옆에는 사형을 시킬 수 있는 곳이였다,
김병식 보스는 탑에서 경기대 의경이 충성을 하는 것을 보고 2층에서 교도관 부장이 원을 돌면서 운동장을 보고서 있었다,
1방에서 김병식 보스가 운동을 주먹과 발차기와 "붕" 점프을 하여 운동을 보여 주고 있었다,
2방과 3방과 4방과 5방에서는 재소자들에 소리들이 들렸다,
사형수들이 운동을하고 있었다,
사형수들은 운동을 하루에 한번씩하고 밖을 하늘을보고 있었다,
김병식 보스가 "붕" 점프을하고 720도로 오른쪽 발 다리로 뒤돌려차기 와 앉자서 뒤돌려차기 와 상단차기 와 내리찍히 와 수퍼라이트훅 과 공중 회전 과 등으로 연속으로 싸움을보여 주고있었다,
2층에서 부장이 원을 돌고 있다,
김병식 보스에 운동하는 싸움을 보고 부장은 오른쪽 팔 손을 들고서 엄지로 굿 이라고 하며 말을하였다,

"김병식, 보스 두목 굿""" 
하고 고개을 떨구었다, 
김병식 보스는 운동을하고 있는데 2층에서 부장이 시간이 되었다고 하며 김병식 보스에게 밀을하였다, 
김병식 보스 두목 방에 들어가자?" 
"예?" 
김병식 보스와 부장은 4동으로 들어 같고 미로 운동장에는 경기대들이 와서 지키고 있었다, 
김병식 보스는 샤워실에서 목욕을하고 1방으로 들어갇다, 
4동 재소자들과 이야기을하고 일주일이 되어가고 있었다, 
저녁에 김호아 동생에 편지가 왔다, 
김병식 보스는 편지을 읽어 보았다, 
"사랑 하며 보고 싶은 대한민국 경기도 오산시 정통으로가는 시내파 보스 두목 김병식 백호하얀호랑이 대장님, 오빠에게?"""
"그곳에 계신곳이 춥고 살아 가기가 힘이 들깃이라 일아요!" 
"오빠에 호남교도소에 접견을 가서 오빠에 얼굴을 모습들을 보았어요!" 
"가슴속에 오빠에 마음들 호아에게 이야기을 하려한것들 호아는 알고 있어요!" 
"오빠에게도 따뜻한 마음을속, 가슴속에 있다는 것들을 알았거든요!" 
"보고싶은 오빠?" 
"호아가 있는 곳도 2년이라는 세월이 찾아 오고 있어요!" 
"오빠에게 있는 그곳에도 1년이라는 시간이 찾아오겠지요!" 
"호아는 지금 연예인이 되는 공부을 모든 과목을 할가해요!" 
"미국에도 눈도 많이 오고 비도 많이들 내려요!" 
"그럴때면, 김병식 보스 두목 오빠에 생각이 나고는해요!" 
"보고싶고, 의리 와 카리스마 와 깡 으로 동생들만 생각을 하

시는 오빠,
"호아는 생각도 조금은 하지도 않는 김병식 보스 두목 오빠,
"제가 모라고 했어요!"
"싸움을하지 말라고 하였는데, 그게, 모예요!"
"호아, 삐짐?"""
"아~이~~침~~~
김호아 동생은 편지을 보냈고 김병식 보스는 김호아 동생에 서신을 읽고서 웃었다,
"하" "하" "하" "하"
김병식 보스가 서신을 읽고 나서 김호아 동생의 편지에 끝에는 건강하고 사랑한다는 글이 쓰여져 있었다,
추신에는 하루 빨리 오빠을 사회에서 보고 싶다는 이야기을 하였다,
김병식 보스는 하루을 잠을 자며 오전에 오사보 부장이 4동 1방으로 와서 이감을 준비을 해라고 하였다,
김병식 보스가 말을하였다,
"오사보 부장, 왜, 어제 말을 해 주지 않고서 오늘이냐?"
"김병식 보스 두목 우리도 소장님에 지시에 행동을 하는것이라 그렇게 됐어?"
"그럼, 소장이 나을 모르게 이감을 시키는 것이야?"
"그렇게 되는 것 같아?"
"그래, 내가 어디로 이감을 가는것이야?"
"응, 그래, 경상도 교도소 쪽인 것 같아?"
"그래?"
김병식 보스는 이감을 갈수 있게 사소들 두명을 불렀다,
김병식 보스가 사소들에게 짐을 싸라고 하며 구르마로 보안과로 가서 버스에 짐칸에 넣었다,
김병식 보스는 수갑과 노란포승줄을 매고서 고소미 주임과 오사보 부장과 초아가 담당과 경기대들과 재소자 3명과 김병식

보스와 경상도 교도소로 출발을 하였다,

## 경상도교도소로 이감


경상도 교도소에 도착을하여 정문 앞에서 부장이 거수경래을 충성 하고 경기대 이병도 거수경래을 충성 하고 고소미 주임 이 4명이라 하며 교도소 정문으로 올라같다,
접견장에서는 여자 교도관에 소리가 들렸다,
버스는 교도소 정문에서 담당이 철창문을 보고 문을 열어 주며 버스가 들어가 고소미 주임이 4명이라 하며 거수경래을 충성 하고 운동장 보안과로 들어같다,
교도소에 담장 탑 6군데에서는 경기대 의경 이병들이 충성 하고 거수경래을 하였다,
김병식 보스가 버스에서 내려서 고소미 주임들과 인사을하고 버스는 같다,
경상도 교도소에는 이감을 20명이 왔다,
경상도 교도관 소장 이호밤 과 부소장 장하차 와 보안과장 장소학 과 보안계장 소장망 과 경기대 계장 최이자 와 주임 인이처 와 담당 김공치 와 교도관 계장 이상지 와 조바파 와 장소더 와 주임 바하파 와 김팡처 와 방로속 과 부장 이장요 와 타송나 와 담당 이한청 과 자소덕 과 이함엉 과 경기대 병장 김호앙 의경과 장소잡 의경과 상병 이항지 의경과 마승홍 의경과 일병 김상줍 의경과 한미장 의경과 소기보 의경과 이병 장토솜 의경과 한보자 의경과 김소초 의경과 의무과 과장 이한초 와 교도관 주임 나공봉 과 담당 이한펌 과 경기대 일병 한고러 의경과 사소 이화기 재소자와 간호사 여자 이운민 이

있었다,
의무과는 탁자을 두고 의자에 앉자서 있었다,
소장과 부소장과 보안과장도 앉자서 있었다,
교도소에 버스들은 같고 짐은 내려서 앞에 두고서 의무과와 소장과 부소장과 보안과장은 가스총과 박달나무들을 오른쪽에 차고 있지 않고 교도관들과 경기대들 만 차고서 있었다,
김병식 보스는 두눈으로 보았으며 경상도 교도소에 낌새가 이상했다,
소장에 옆에는 투구와 쇄사슬과 수갑과 포승줄과 간 담요목포 같은것들이 있었다,
소장이 부소장에게 말을하고 부소장이 보안과장에게 말을 하는 것을 보았다,
"저 뒤에 있는 재소자가 김병식 보스 두목이야?"
"예, 소장님?"
"그럼, 경상도 교도소에 모습을 보여줘, 반항을 하며는 묶어서 독빙으로 넣이?"
"예, 소장님?"
경기대 계장 초이자가 말을하였다,
"뒤에 자리에 앉자라, 앞에도 머리을 숙이고 앉자?"
교도관들도 동시에 걸어서오며 재소자들을 때리며 자리에 앉혔다,
"앉자, 앉자, 앉으라고 하였다,
재소자들은 이야기을하며 자리에 앉잤다,
"왜들 때리세요!"
김병식 보스 두목에게 주임 바하파 가 걸어오며 오른쪽 주먹으로 날리며 머리을 숙이고 앉으라고 하였다,
"머리을 숙이고 앉자라?"
김병식 보스는 "붕" 점프을하고 360도로 회전을하고 오른쪽 발 달리로 뒤돌려차기를 하여 바하파 주임에 오른쪽 턱을 차

버렸다,
"퍽"하고 "욱"하며 부러지는 소리을내고 입과코에서 허공으로 피가튀기며 왼쪽으로 날아가버렸다,
김병식 보스는 착지을 하였다,
교도관들은 동시에 재소자들에게 말을하였다,
"이리로 나와라?"
재소자들은 옆으로 피하고 교도관들은 오른쪽에 있는 가스총으로 뽑아서 김병식 보스에게 쏘았다,
"팡" "팡" "팡" "팡"
"팡" "팡" "팡" "팡" "팡"
"팡" "팡" "팡"
"팡" "팡"
"팡"
김병식 보스는 달려가서 "붕" 점프을하고 공중에서 세바퀴을 돌고서 넘으며 덤브링을 하여 소장이 앉자서있는 의자로 착지을하여 오른쪽 발 다리로 소장에 머리통을 차 버렸다,
"퍽" 하고 "욱" 하고 소장은 옆으로 쓰러졌다,
김병식 보스는 두 눈을 뜰수가 없었다,
교도관에 가스총을 많이 맞은 것 같았다,
호남교도소 소장과 경상도교도소 소장과 이야기을하고 김병식 보스을 이곳에서 준비을 하라고 한것같았다,
김병식 보스는 경기대 이병 장토솜 이 박달나무을 둘고서 내리치는 것을 김병식 보스가 희미한 두 눈으로 보고 왼쪽 발 다리로 장토솜 놈에 가슴명치을 차 버렸다,
"퍽" 하고 "욱" 하며 뒤로 박달나무와 함께 날아가버렸다,
김병식 보스는 몸에 힘이 없이 운동장에 쓰러졌다,
김병식 보스에게 교도관들이 달려와서 부소장 장하차 가 말을 하였다,
"경기대 최이자 계장, 김병식 보스을 묶어서 독방에 보안과에

넣어라?"
"예, 부소장님?"
"빨리 소장님을 병원으로 옴겨드려라?"
"예, 부소장님?"
부소장과 보안과장과 보안계장들은 보안과로 소장님과 같다,
김병식 보스는 이야기을 하는 소리을 듣고서 있었다,
최이자 계장이 말을 하였다,
"경기대 모해, 김병식 보스 두목을 일으켜 봐, 세워서 잡고서 포승줄로 수갑을 채워서 비녀을 꼽아서 잡고서 있어봐?"
"예, 계장님?"
경기대들은 수갑과 포승줄로 묶으고 담당들이 잡고서 있었다,
김병식 보스는 힘이 없었다,
가슴속에서는 주먹과 발차기을 하고는 싶었다,
김병식 보스을 보고 비녀을 꼽고서 교도관 부장 이장요 와 담당 이한청 과 자소덕 이 오른쪽 과 왼쪽에서 잡고서 있었고 이징요 부징이 구두 워거로 김병식 보스에 비녀을 꼽은 곳을 차고 있었다,
김병식 보스는 고통이 몸에서 전기가 오고서 있었다,
"찌리릭" "찌리릭"
김병식 보스을 누워서 경기대 계장 최이자 가 오른쪽 발 다리로 와 왼쪽 발 다리로 땅을 구르게 밀고서 있었다,
김병식 보스는 두눈을 뜨고서 몸을 회전을하고 오른쪽 발 다리로 뒤돌려차기을 하여 경기대 계장 최이자을 오른쪽 발목을 차 버렸다,
"퍽" 하고 "욱" 하며 부러지는 소리을내고 오른쪽으로 한바퀴 돌고서 넘으며 덤브링을하고 날아가버렸다,
김병식 보스는 일어나서 수갑과 포승줄과 비녀가 꼽혀 있는것에 "붕" 점프을하고 360도로 회전을하고 오른쪽 발 다리로 뒤돌려차기을 하여 부장 이장요 놈에 오른쪽 얼굴면상 턱을 차

버렸다,
"퍽" 하고 "윽" 하며 부러지는 소리을내고 입과 코에서 허공으로 피가튀기며 뒤로 날아가버렸다,
김병식 보스가 허공에서 착지을 하려 할 때, 경기대 주임 인이 처 와 경기대 담당 김공치 가 가스총을 5섯발씩 발사을 하였다,
"팡" "팡" "팡" "팡" "팡"
"팡" "팡" "팡" "팡" "팡"
,

3권으로